DER BADISCHE KRIMI
3

Brigitte Glaser, Jahrgang 1955, stammt wie ihre Heldin aus dem Badischen, lebt und arbeitet seit vierundzwanzig Jahren in Köln. Sie ist die Autorin der Stadtteilkrimis »Tatort Veedel« im Kölner Stadt-Anzeiger. Bei Emons ist bereits ihr Roman »Leichenschmaus« erschienen.

Dieses Buch ist ein Roman. Handlungen und Personen sind frei erfunden. Ähnlichkeiten mit lebenden oder toten Personen sind rein zufällig.

Brigitte Glaser

Kirschtote

Emons Verlag

© Hermann-Josef Emons Verlag
Alle Rechte vorbehalten
Umschlagzeichnung: Heribert Stragholz
Druck und Bindung: Clausen & Bosse GmbH, Leck
Printed in Germany 2005
Erstausgabe 2004
ISBN 3-89705-347-0

www.emons-verlag.de

Die Küche meiner Mutter war die Hölle.

Lustlos warf ich die zehnte Portion Fritten ins Fett und drehte die Wiener in der Pfanne um. Lange würde ich hier auf keinen Fall bleiben. Wieso nur hatte ich mich breitschlagen lassen, in dieser Schnitzelküche zu arbeiten? Ich schüttelte die Pommes. Das Frittenfett dampfte mir entgegen, setzte sich auf Haut und Haaren fest. Seit ich hier arbeitete, wurde ich den Geruch nicht mehr los.

»Hier, deine Salate!«

Wie Stockscheiben übers Eis schob Carlo drei Salatbeilagen über den Pass. Sie landeten exakt vor der Durchreiche zur Wirtschaft.

Ich stellte die Teller mit Pommes und Schnitzel daneben und signalisierte Erna mit der kleinen Glocke, dass sie servieren konnte.

Meine Mutter hatte sich ein Bein gebrochen und mich von Köln zurück in die badische Provinz beordert. Sie verstand es, meinen verwirrten Seelenzustand gnadenlos auszunutzen. Unter normalen Umständen hätte ich herumtelefoniert und einen Kollegen gebeten, für ein, zwei Monate in der Linde auszuhelfen, wäre auf gar keinen Fall selbst gekommen. Aber die Morde im Goldenen Ochsen hatten mich ziemlich durcheinander gebracht.

»Drei Elsässer Wurstsalat, zwei Restaurationsbrote!«

Erna steckte ihr rundes Gesicht durch die Durchreiche und schnaufte. Sie war alt geworden seit meinem letzten Besuch.

Ich holte Lyonerwurst und Emmentaler aus dem Kühlschrank und wies Carlo an, Essiggurken und Gemüsezwiebeln klein zu schneiden. Es war schon eine Erleichterung, wieder halbwegs schlafen zu können und nicht mehr Nacht für Nacht von erstochenen oder tiefgefrorenen Leichen zu träumen. Nach Spielmanns Tod wäre es klug gewesen, weit wegzugehen ... Nur hatte ich mich nicht dazu durchringen können. In meinem weißen Zimmer in Adelas Wohnung hockend, starrte ich wochenlang die Decke an. Bis meine Mutter anrief.

»Was sind eigentlich Restaurationsbrote?«, wollte Carlo wissen.

»Ein Überbleibsel aus der Nachkriegszeit.«

Carlo sah mich verständnislos an.

»Du nimmst eine große Scheibe Brot, bestreichst diese dick mit Butter und legst dann mindestens ein Viertelpfund Wurstaufschnitt darauf. Das Ganze garnierst du mit Essiggurken, Zwiebelringen und Tomatenachteln. Und als Krönung, Carlo, steckst du ein paar Salzstangen in die Wurstberge!«

»Und so was schmeckt?« Carlo verzog angewidert die Mundwinkel.

»Nach Krieg und Hungerjahren waren die Menschen ganz scharf auf dick belegte Brote, fette Speisen und üppige Portionen. Und diese Art Küche pflegt meine Mutter bis heute, ihre ganze Küche ist eine Art Restauration, konservativ bis zum Gehtnichtmehr, seit mindestens zwanzig Jahren hat sie kein neues Gericht auf die Karte gesetzt. Deshalb gibt es auch noch diese blöden Restaurationsbrote!«

»Na ja, solang's verlangt wird«, meinte der schlaksige Italiener pragmatisch.

»Mensch, Carlo«, regte ich mich auf. »Das ist doch langweilig. Kochen wird doch erst spannend durchs Ausprobieren! Man kann den Gästen nicht immer das Gleiche vorsetzen, man muss sie mit neuen Speisen, neuen Kombinationen, neuen Genüssen überraschen. Das ist die Kunst des Kochens!«

»Katharina! Wo bleiben die Elsässer?« Erna drängelte an der Durchreiche.

»Apropos Neues ausprobieren.« Carlo streute seine Zwiebelringe über meine Wurstsalathaufen. »Seit Tagen versprichst du, mir das Geheimnis einer richtigen Meerrettichsoße zu verraten. Wann kochen wir die endlich?«

»Sowie der Jörger Metzger einen wirklich gut abgehangenen Tafelspitz hat«, versprach ich ihm und schob Erna den letzten Wurstsalat hin.

Eine Stunde später blitzte die Küche sauber, und wir zwei machten Feierabend. Carlo schnappte sich sein Skateboard und verabredete sich per Handy mit einem Kumpel in der Disco Illenau. Ich begleitete ihn zur Tür. Draußen fiel feiner Nieselregen, hüllte gegenüber Schule und Rathaus ein. Zwischen Fahrradständern und Schulhofmauer sammelte sich das erste Herbstlaub. Für Anfang Oktober war es noch erstaunlich mild, aber der Regen, das war deutlich zu spüren, würde kühlere Temperaturen mit sich bringen. Ich sah Carlo nach, wie er auf seinem Skateboard an der Autowerkstatt vorbei zur B3 rollte. Dann schlenderte ich in die Gaststube, holte mir hinter dem Tresen ein gut gekühltes Rothaus Tannezäpfle und setzte mich neben meinen Vater auf die Bank vor dem grünen Kachelofen. Jetzt, so kurz vor Mitternacht, war die Gaststube fast leer, nur aus dem Nebenzimmer drang noch Gemurmel, und dieses schwoll manchmal zu einem ordentlichen Lärm an.

»Wählt der Gesangsverein Eintracht einen neuen Vorsitzenden?«, fragte ich meinen Vater und nahm einen Schluck Bier.

Er schüttelte den Kopf.

»Das ist die Bürgerinitiative Legelsau.«

Ich sah ihn verständnislos an.

»Die sind gegen diese Indoor-Skihalle, die beim Breitenbrunnen gebaut werden soll.«

Der Alte zog kräftig an seiner Brissago. Seine roten Haare, die ich von ihm geerbt habe, waren in den letzten Jahren weiß geworden, und seine vielen Sommersprossen versteckten sich zwischen immer mehr Falten.

»Indoor-Skihalle?«

»Ja. Im Ruhrgebiet gibt's so was schon. Eine riesige Halle, in der mit Strom und Wasser Kunstschnee erzeugt wird. Da kannst du sogar im Sommer Ski fahren! So was will die Gemeinde Sasbachwalden jetzt mitten in den Schwarzwald bauen. Seit das bekannt ist, ist hier in der Gegend der Teufel los.«

»Und es hat sich tatsächlich sofort eine Bürgerinitiative formiert? Das ist doch ganz untypisch für die gemütlichen Badener. So kämpferisch ist man hier doch gar nicht.«

»Sag das nicht!« Der Alte sah mich mit seinen wachen Augen an. »Wenn's drauf ankommt, können wir Badener auch kämpfen. Denk an 1848! Denk an den Protest gegen das geplante AKW in Wyhl!«

»Und du hast ihnen das Nebenzimmer als Tagungsort zur Verfügung gestellt?«

»Irgendwo müssen sie doch hin, oder? Ein bisschen was verdienen tun wir auch dabei!«

Er paffte jetzt kleine Rauchkringel in die Luft, und über seine Lippen huschte ein ganz leichtes Lächeln. Vor Jahren schon hatte er den örtlichen Grünen sein Nebenzimmer zur Verfügung gestellt. Und die Jungsozialisten waren nur rausgeflogen, weil sie mit ihren Diskussionen nie ein Ende gefunden hatten. Für einen badischen Dorfwirt war mein Vater erstaunlich liberal.

»Weiß sie's?« Ich deutete nach oben.

Im ersten Stock lag meine Mutter mit ihrem Gipsbein. Wir schauten beide zur Decke. Als hätte sie geahnt, dass wir über sie sprachen, ertönte prompt ein Klopfen. Wenn Martha etwas brauchte oder ihr langweilig war, klopfte sie mit dem Stock. Das Klopfen wurde schneller und heftiger, eilte man nicht sofort zu ihr. Wenn alles Klopfen nichts nutzte, fing sie an zu brüllen, dass die Biergläser auf den Tischen wackelten. Krank war sie nicht weniger tyrannisch als gesund.

»Ich geh schon«, seufzte ich und machte mich auf den Weg nach oben.

»Französischer Fluss mit fünf Buchstaben?«

Seit sie mit dem gebrochenen Bein liegen musste, löste meine Mutter Kreuzworträtsel wie am Fließband, etwas, das sie zuvor nie interessiert hatte. Mit ihrem mächtigen Körper, den ich leider von ihr geerbt hatte, thronte sie in einem lächerlichen mädchenrosa Nachthemd in einem Berg von Kissen. Ihr rechtes Bein war bis zum Oberschenkel vergipst und hing an einem Haken. Noch mindestens eine Woche durfte sie es auf keinen Fall bewegen! – Still liegen zu müssen war sicherlich für die meisten Menschen eine Tortur, aber für Martha, die es gewohnt war, über einen Gasthof zu herrschen, die Hölle.

»Loire«, sagte ich.

»Passt nicht, in dem Wort ist ein ›a‹ drin.«

Ihr Bett stand in der Mitte des Zimmers. Eine Stunde lang hatten mein Vater und ich das Krankenlager im Zimmer hin und her geschoben, bis es den für sie idealen Standort hatte. Jetzt blickte sie auf Zimmertür und Treppe, konnte aber auch genau beobachten, was an der Kreuzung B3 und Talstraße passierte.

»Hast du wegen dem französischen Fluss geklopft?«

»Ich muss mal!«

Sie deutete auf die Bettpfanne, die auf einem Schemel am Bettende stand.

Das war der für uns beide unangenehmste Aspekt ihrer Krankheit. Zum wiederholten Male mühte ich mich ab, ihr das Teil unter den gewaltigen Hintern zu schieben. Im Krankenhaus wäre so etwas alles viel einfacher zu bewerkstelligen, aber Martha hatte sich auf eigene Verantwortung entlassen. Ganz selbstverständlich ging sie davon aus, dass ich nicht nur als Köchin einsprang, sondern ihr gleichzeitig noch als Krankenschwester diente.

»Wer tagt denn heut Abend im Nebenzimmer?«, fragte sie, nachdem ihr »Geschäft« erledigt war.

»Die Bürgerinitiative Legelsau.«

»Wie oft habe ich dem Vater schon gesagt, er soll sich aus der Politik raushalten!«, murrte sie. »Aber er hört nicht auf mich! Als Wirt darf man nicht in der Politik mitmischen. Da muss man neutral bleiben!«

Ich sammelte das schmutzige Geschirr ein, das sich im Laufe des Tages angesammelt hatte, und wandte mich zur Tür.

»Ab morgen setz ich ein Tagesgericht auf die Karte. Gehobene badische Küche. Ich hab's satt, immer nur deine alte Speisekarte rauf und runter zu kochen!«

Bevor sie antworten konnte, machte ich die Tür hinter mir zu und stieg eilig nach unten.

Dort hatten jetzt die Hallengegner ein Ende gefunden. Langsam leerte sich der Nebenraum. Ein großer Mann mit Seehundschnauzer wurde auf dem Weg nach draußen von vielen umringt.

»Wer ist das?«, fragte ich meinen Vater.

»Das ist Konrad Hils, der Wortführer der Hallengegner, der José Bové des Achertals.«

Der Mann sah zu uns herüber und hob die Hand zum Abschied. Seine Augen waren so blau wie die von Robert Redford. Als er mich sah, stutzte er kurz, dann kam er auf mich zu.

»Bist du Katharina?«, fragte er und streckte mir die Hand hin. »Ich bin Konrad, der Mann von Teresa. – Ich hab viel von dir gehört.«

Teresa, meine Sandkasten-Freundin! Ihr letztes Lebenszeichen war die Einladung zu ihrer Hochzeit gewesen, zu der ich nicht kommen konnte. Wann war das? Vor drei Jahren? Oder vor fünf?

»Wenn ich Teresa erzähle, dass du zu Hause bist, wird sie sich wahnsinnig freuen!«

Konrad schüttelte mir kräftig die Hand und strahlte mich an. Die anderen Mitglieder der Bürgerinitiative drängten nach draußen.

»Anna!«, rief Konrad einer schwarzhaarigen Frau nach. »Ich nehme dich mit bis Kappelrodeck. Ich komme sofort. – Ich hoffe, wir sehen dich bald mal in der Legelsau«, sagte er zu mir und folgte den anderen nach draußen.

»Wieso heißt die Bürgerinitiative Legelsau?«, fragte ich meinen

Vater, während ich Erna half, die Gläser aus dem Nebenraum zum Tresen zu schaffen.

»Weißt du nimmer, wo die Legelsau ist? Bist du so lang in der Fremde gewesen, dass du dich nicht mehr erinnerst?« Mein Vater schüttelte ungläubig den Kopf. »Die Legelsau ist das schmale Tal zwischen Sasbachwalden und Seebach. Oberhalb davon wollen die Sasbachwaldener die Skihalle bauen.«

Der Alte leerte die vollen Aschenbecher in den Müll und pinselte sie danach sauber.

»Die Legelsauer befürchten, dass durch die große versiegelte Fläche, die mit dem Bau der Halle entsteht, an regenreichen Tagen das Wasser nicht mehr versickern kann und der Grimmersbach dann die Legelsau überschwemmt.«

»Und Teresa wohnt jetzt da?«

»Ja. Im Häusl von ihrem Großvater.«

»Hast du sie mal gesehen in letzter Zeit?«

»Sie hat einen Blumenladen in der Kirchstraße in Achern.«

»Oje«, seufzte Erna und ließ ihren kleinen runden Körper auf die Ofenbank sinken. »Da drin ist es heute heiß hergegangen, das kann ich euch sagen. Der Träuble und der Hils haben sich furchtbar in die Wolle gekriegt. Es hat nicht viel gefehlt, und sie wären aufeinander losgegangen, zwei sonst so gebildete Mannsbilder ...«

Ich sagte schnell gute Nacht, denn Erna würde sich jetzt mindestens noch eine halbe Stunde die Last des Tages von der Seele reden. Heute reichte mir meine eigene Last. Ich hoffte auf einen traumlosen Schlaf.

*

Von den Kirschbäumen, die auf sanften Hügeln entlang der L87 wuchsen, erkannte man bei dem Regen nur die dicken, schwarzen Stämme.

Der seit Tagen fallende Regen hatte nicht dazu beigetragen, meine Stimmung zu verbessern. Einzig ein Anruf von Teresa war ein Lichtblick in diesen trüben Tagen gewesen. Sie hatte mich zu einem Besuch in der Legelsau eingeladen. Dahin war ich an meinem freien Tag unterwegs.

Die Weinberge von Waldulm und Kappelrodeck verschwanden

völlig in dem grauen, bleischweren Regenhimmel. Der Scheibenwischer meines altersschwachen Fiat Punto mühte sich mehr schlecht als recht mit den Wassermassen ab, und das Gebläse des Wagens bekam die beschlagenen Scheiben nicht frei. Die heruntergekommenen Häuser in Furschenbach, in denen die Gemeinde Kappelrodeck ihre Asylanten unterbrachte, sahen bei Regen noch trostloser aus als üblich. In der scharfen Linkskurve hinter Ottenöfen hielt ich den Wagen mit Mühe auf der Fahrbahn. In Seebach bog ich beim Gasthaus Hirschen zum Grimmerswald ab. Der Himmel verstärkte seine Anstrengungen, immer größere Wassermassen auf mein kleines Auto zu schütten. Der Fiat keuchte mit Tempo zwanzig den Berg hoch. Ich hoffte inständig, dass er nicht hier und jetzt seinen Geist aufgab. Beim Gasthaus »Zum Grünen Baum« tauchte wie aus dem Nichts ein schwarzer Lada Niva auf und schoss mit halsbrecherischem Tempo auf mich zu. Blitzschnell registrierte ich, dass weder ich noch mein Fiat einen Zusammenstoß mit diesem Schwergewicht überleben würden, und lenkte den kleinen Italiener geistesgegenwärtig auf den Parkplatz des Gasthauses. Als meine Hände nicht mehr zitterten, fuhr ich weiter. Es war jetzt nicht mehr weit. Die nächsten hundert Meter säumten gestapelte Baumstämme die Straße, deren Duft durch die geschlossenen Fenster drang. Ich mochte diesen Geruch. Nur wenige Dinge riechen so gut wie frisch geschnittenes, nasses Holz! Das Holz war schon immer eines der wenigen Reichtümer des Schwarzwaldes gewesen. Früher hatte man es in der Rheinebene gegen Getreide und Obst getauscht, heute wurde es in vielen Sägereien vor Ort verarbeitet. Hinter der Sägerei Börsig bog ein schmaler Weg rechts ab. Jetzt war ich in der Legelsau. Es ging steil bergan. Das Rauschen des nahen Grimmersbachs übertönte den Regen. Die hohen, dunklen Tannen ächzten unter der Wasserlast. Als ich minutenlang an keinem Gehöft mehr vorbeigekommen war und der Wald immer dichter wurde, schmiegte sich am Fuß des Brandkopfes ein alter Bauernkaten an den Berg. Davor parkte ein Renault-Kastenwagen mit der Aufschrift »Blumen Hils«. In dieser Einöde also hatte Teresa ihr neues Zuhause gefunden.

Beim Aussteigen peitschte mir eine kräftige Windböe einen Schwall Wasser ins Gesicht. Die Luft roch nach Tanne und Moos, und außer dem Plätschern des Regens und dem Pfeifen des Windes war nichts zu hören. Eine Klingel gab es nicht, und so trat ich direkt in einen großen Raum, in dem Küche, Wohnzimmer und Büro ineinander übergingen und der im Moment vor allem eines war: ein einziger Saustall.

»Teresa?«

Das Sofa stand auf dem Kopf, Bücher lagen achtlos vor einem umgestoßenen Regal. Neben dem Schreibtisch türmten sich wahllos geöffnete Aktenordner. Schubladen waren durchwühlt und deren Inhalt auf den Boden geworfen worden. Teresa tauchte hinter dem Küchentisch auf, ein paar Sonnenblumen festhaltend.

»Sogar meine Blumen haben sie umgeschmissen, die gemeinen Hunde!«

Obwohl sie genau wie ich Mitte dreißig war, hatte sie noch den schlanken, knabenhaften Körper, um den ich sie in unserer Schul- und Lehrzeit immer beneidet hatte. Sie trug immer noch Jeans. Aber das dunkelblonde Haar war jetzt viel kürzer, gerade mal streichholzlang. Die langweilige Farbe hatte sie mit kräftigen gelben Strähnen aufgepeppt.

»Was ist passiert?«

»Keine Ahnung. Ich bin erst vor ein paar Minuten heimgekommen und hab dieses Chaos vorgefunden.«

Erst jetzt bemerkte ich, dass sie am ganzen Körper zitterte.

»Sieht nach einem Einbruch aus.«

»So was hat's hier noch nie gegeben. Unsere Haustür steht immer auf, genau wie die von den anderen Häusern im Tal. Hier muss man nicht absperren. Das ist nicht so wie in der Stadt.«

Immer wieder sah sie sich im Raum um, als läge hier irgendwo die Erklärung für dieses Durcheinander versteckt. Dann kam sie auf mich zu und streckte mir beide Hände entgegen.

»Ich hab mich so auf ein Wiedersehen mit dir gefreut, Katharina, und jetzt kann ich dir nur einen so furchtbaren Empfang bieten!«

Ihre Hände waren rissig, schrundig und rau, das Ergebnis täglicher Arbeit mit Topfpflanzen, Blumen und Wasser. Ich drückte sie fest.

»Hast du schon die Polizei angerufen?«

»Klar. Aber das dauert, bis die von Achern hier oben sind. Konrad müsste aber bald hier sein. Der will heute brennen, hat heute Mittag schon den Ofen angefeuert. Ich frage mich, wo er bleibt.«

Sie ließ mich los und tigerte unruhig durch den Raum.

»Ist was verschwunden?«, fragte ich.

Sie zuckte mit den Schultern, lief in die Küchenecke und kam mit einer Blechdose zurück.

»Auf Bargeld waren die Einbrecher nicht aus. Hier schau, zweihundert Euro, unser Haushaltsgeld. Das haben sie liegen lassen.«

Der Computer lief, und der Schreibtisch sah besonders durchwühlt aus.

»Fehlt da was?«, fragte ich.

»Das weiß ich nicht. Der gehört Konrad.«

Draußen hielt jetzt ein Auto, und jemand stapfte eilig auf das Haus zu.

»Da ist er ja«, sagte Teresa erleichtert und ging auf Konrad zu.

Die blaue Baseballmütze auf seinem Kopf war vom Regen durchweicht, sein Seehundschnauzer triefte vor Nässe.

»Herrgott, Sakramoscht!«, fluchte er, als er das Durcheinander sah.

Hinter ihm tauchte ein vielleicht siebzehnjähriger Junge mit breiten Schultern und blassem Gesicht auf und sah sich ängstlich um.

Konrad untersuchte sofort seinen Schreibtisch. Hektisch öffnete er ein paar Dateien auf seinem Rechner. Der Junge blieb am Eingang stehen, kramte ein Erdbeerbonbon aus der Jackentasche und steckte es in den Mund. Von seiner Baseballmütze tropften dicke Wassertropfen auf die Tastatur.

»Zieh deine Schuhe aus, Vladimir. Und Konrad, du auch!«, sagte Teresa. »Du machst mir hier die ganze Wohnung nass.«

Der Junge tat wie geheißen, aber Konrad schien sie gar nicht gehört zu haben. Er untersuchte jetzt die durchwühlten Schreibtischschubladen.

»Ist was weg, Konrad? Was haben die Diebe auf deinem Computer gesucht? Hat das Ganze etwas mit dieser verfluchten Skihalle zu tun?«

Teresa ging zu ihm und berührte ihn an den Schultern.

»Keine Ahnung«, murmelte er, ohne von den Schubladen aufzublicken.

Draußen hielt jetzt wieder ein Wagen. Ich lugte durch das Fenster. Ein grün-weißer Passat. Die Polizei hatte den Weg in die Legelsau gefunden. Die zwei Beamten streiften sorgfältig die Füße ab, bevor sie eintraten. Den älteren zierte eine Minipli-Frisur, der jüngere hatte sich eine Glatze rasiert.

»Scheißwetter«, sagte die Minipli.

»Schöne Bescherung«, die Glatze.

»Wie sind die Diebe ins Haus gekommen?«, fragte der Ältere und zückte einen Schreibblock.

»Durch die Haustür«, sagte Teresa. »Die ist nie abgeschlossen.«

»Na prima!«, schnaubte die Glatze. »Das ist ja wie eine Einladung. Eins kann ich Ihnen jetzt schon sagen: Die Hausratversicherung zahlt bei so was keinen Pfennig.«

Er ließ sich von Teresa durch den Raum führen und begutachtete wortlos den entstandenen Schaden.

»Was ist entwendet worden?«, fragte er zum Schluss.

Die Minipli machte sich irgendwelche Notizen.

»Konrad?« Teresa blickte ihren Mann gleichzeitig fragend und herausfordernd an.

»Ich kann nichts feststellen!« Er zuckte mit den Schultern.

Ich sah Teresa an und dann Konrad. Die beiden hielten sich mit Blicken fest. Teresa glaubte ihrem Mann nicht, das konnte ich deutlich sehen. Log Konrad die Polizei an?

»Also Vandalismus«, notierte der Ältere.

»Haben Sie Feinde?«, fragte die Glatze und sah unter das umgestürzte Sofa.

»Jede Menge«, sagte Konrad und verließ jetzt seinen Schreibtisch. »Ich bin der Sprecher der Bürgerinitiative Legelsau.«

»Oje«, sagte die Minipli und vertiefte sich in ihre Schreibarbeit.

»Gibt es jemanden, den Sie konkret verdächtigen?«, fragte der andere und klopfte mit seinen Händen unruhig auf den Rücken.

»Fragen Sie den Bürgermeister von Sasbachwalden. Fragen Sie die Chefin vom Höhenhotel Breitenbrunnen. Fragen Sie den Vorsitzenden vom Acherner Skiclub. – Soll ich die Liste fortsetzen?«

Konrad sah die beiden Herren herausfordernd an.

»Sie glauben doch nicht ernsthaft, dass der Bürgermeister von Sasbachwalden fremde Häuser durchwühlt.« Der Polizist fixierte Konrad eisig.

»Dem trau ich noch ganz andere Sachen zu«, gab der zurück.

»Das hilft uns jetzt in der Sache nicht weiter«, beeilte sich der ältere Beamte die Situation zu entschärfen. »Hat einer von Ihnen noch sachdienliche Hinweise?«

»Auf dem Hinweg hat mich beim ›Grünen Baum‹ ein schwarzer Lada Niva fast umgefahren«, sagte ich. »Kann sein, der kam aus der Legelsau.«

»So ein großer Geländewagen?«, fragte Teresa.

Ich nickte.

»Der ist mir kurz vor der Sägerei entgegengekommen.«

»Kennzeichen?«, fragte die Minipli.

Hatte sich keine von uns gemerkt.

»Wir fahren jetzt bei Ihren Nachbarn vorbei. Vielleicht ist denen etwas aufgefallen. Wir tun, was in unserer Macht steht, um die Randalierer dingfest zu machen.«

»Wer's glaubt, wird selig«, murmelte Konrad, als er das Protokoll unterschrieb.

Die Herren verabschiedeten sich kurz und knapp.

»Scheißwetter«, sagte der Ältere noch mal, als sie nach draußen in den Regen traten.

Stumm starrten wir alle den Polizisten nach. Als der Wagen gewendet hatte und aus dem Hof gefahren war, scheuchte Teresa Konrad unwirsch vom Sofa, wuchtete das Möbelstück hoch und stellte es an seinen Platz. Das Gleiche tat sie mit den beiden Sesseln. Als Nächstes war das Regal an der Reihe.

»Vladimir!«

Sie machte dem Jungen ein Zeichen, dass er ihr helfen solle, und schob mit seiner Hilfe das Regal an seinen Platz. Jetzt eilte sie in die Kochnische, griff sich eine Vase aus einem der Oberschränke und stellte die Sonnenblumen hinein. Konrad stand währenddessen wie angewurzelt mitten im Raum. Sie beachtete ihn überhaupt nicht und fing jetzt an, die Bücher wieder in das Regal zu stellen.

»Was soll das Theater?«, platzte Konrad schließlich heraus.

Wortlos räumte Teresa weiter Bücher ein. Vladimir verzog sich mit einem neuen Erdbeerbonbon in eine Sofaecke. Konrads Robert-Redford-Augen glänzten wütend. Endlich drehte sich Teresa zu ihm um.

»Was fehlt von deinen Schreibtischsachen? Welche Dateien auf deinem Rechner sind durchsucht worden? Warum lügst du die Polizei an? Warum erzählst du nichts von den anonymen Anrufen? Was hast du für Geheimnisse?«

Sie sagte das leise, fast bedächtig, jedes Wort abwägend. Während unserer gemeinsamen Zeit hatte ich mich mit Teresa oft genug gestritten, um zu wissen, dass sie, wenn sie so redete, auf hundertachtzig war. Auch Konrad wusste das. Zudem war es ihm sichtlich unange-

15

nehm, dass ich Zeugin dieser Szene war. Er schickte mir ein verrutschtes Lächeln und sagte dann:

»Mein Fotoapparat fehlt, und alle Fotos, die ich in den letzten zwei Monaten von dem Gelände gemacht habe, auf das die Skihalle gebaut werden soll.«

»Und warum sagst du das nicht?«

Teresa ging auf ihn zu und funkelte ihn an.

»Glaubst du wirklich, dass die nach meinem Fotoapparat suchen?«, wehrte sich Konrad. »Außerdem bin ich nicht sicher, ob ich ihn nicht in der Schule habe. Ich mach mich doch nicht lächerlich und sage, er ist geklaut, und morgen finde ich ihn im Lehrerzimmer.«

Er löste sich jetzt aus seiner Erstarrung, ging zum Schreibtisch und begann, die Schubladen zu schließen.

»Und die Fotos? Wenn die Fotos weg sind, heißt das doch, dass einer von der Skihallen-Mafia sie geklaut hat! – Wenigstens das hättest du den beiden sagen sollen. Das ist doch was Konkretes, nach dem die suchen können.«

Teresa stellte sich neben ihn an den Schreibtisch.

»Wegen der paar Fotos treten die keinem von denen auf die Füße, das kannst du mir glauben. Ganz davon abgesehen, dass sie da bestimmt nichts finden würden.«

Konrad stellte seine Aktenordner in Reih und Glied auf eine Ablage neben seinem Schreibtisch.

»Zudem habe ich Kontaktabzüge und Negative in der Schule gelassen. Sprich, ich kann die Fotos jederzeit nachmachen lassen.«

Erst jetzt sah er seine Frau direkt an, hörte mit den Aufräumarbeiten auf und ging auf Teresa zu.

»Außerdem habe ich dir immer gesagt, dass es ein harter Kampf wird, diese Skihalle zu verhindern. Und mit so was«, er deutete auf das übrige Chaos und nahm sie in den Arm, »kriegen die mich nicht klein. Also, Kopf hoch. Wir schaffen das schon.«

Teresa seufzte tief und sagte dann: »Räumen wir auf!«

Konrad sah auf die Uhr. »Verflucht, schon vier Uhr. Ich muss in die Brennküche. Der Ofen ist jetzt heiß genug, ich muss das Kirschwasser brennen! Ich helf dir nachher. Vladimir, komm, sonst schaffen wir das heute nicht mehr. Um acht müssen wir fertig sein!«

Der Junge kroch aus seiner Sofaecke und folgte Konrad nach draußen.

»Wieso brennt Konrad Schnaps? Der ist doch Lehrer an der Berufsschule, oder?«, fragte ich, als wir allein waren.

»Es ist sein Hobby. Auf dem Hof lag ein Brennrecht, das konnten wir übernehmen, nachdem mein Großvater mir das Haus vererbt hatte. So hat das angefangen. Du weißt, man muss jedes Brennen beim Zoll in Stuttgart anmelden und bis acht Uhr abends damit fertig sein. – Aber schön ist es nicht, dass ich jetzt hier alleine Ordnung schaffen muss.«

Teresa räumte schon wieder Regale ein.

»Soll ich was kochen?«, fragte ich.

»Ein Kaffee wär nicht schlecht!«

Ein winziges, sanftes Lächeln glitt über ihr Gesicht, bevor sie sich in weitere Aufräumarbeiten stürzte. In der Kochnische stand eine dieser üblichen Kaffeemaschinen. Ich füllte Wasser in den Tank und löffelte Kaffeepulver in die Filtertüte. Dieser Teil der Wohnung schien die Einbrecher nicht sonderlich interessiert zu haben. Zwar standen alle Schranktüren auf, aber weder Geschirr noch Töpfe waren herausgerissen worden. Im Kühlschrank fanden sich Wurst und Käse in Plastikhüllen, eine Diätmargarine, einige Fruchtjoghurts und ein Rest Butter. Meine Leidenschaft fürs Kochen hatte Teresa nie geteilt. Daran schien sich nichts geändert zu haben. Als ich allerdings das Gemüsefach herauszog, fand ich etwas ganz Wunderbares: frische Steinpilze.

»Wo hast du die her?«, fragte ich und stellte ihr einen Kaffee ins Regal.

»Von Hilde, meiner Nachbarin. Die kennt sich hier im Wald aus wie keine zweite. Jedes Jahr findet sie die schönsten Pilze.«

Teresa wischte mit einem Staubtuch das Regal blank. Sie hatte es schon vollständig eingeräumt.

»Hast du Kartoffeln, Knoblauch und Salbei im Haus?«, wollte ich wissen.

»Kartoffeln im Keller. Knoblauch weiß ich nicht. Im Garten steht ein Salbeistrauch. – Willst du etwa wirklich kochen?« Sie sah mich ungläubig an.

»Du weißt, dass ich nichts lieber tue. Und nach so viel Aufregung ist nichts tröstlicher als eine warme Mahlzeit.«

»Teresa!«, rief Konrad von draußen und steckte den Kopf durch die Tür. »Weißt du, wer mir das Maischefass vor die Brennküche gestellt hat?«

»Welches Fass?«

Sie zog sich Gummistiefel an und trat nach draußen. Ich folgte ihr. Der Regen hatte nachgelassen, dafür pfiff der Wind umso heftiger über den Hof. Es dämmerte bereits, und die schwarzen Tannen hinter dem Haus wogten mächtig hin und her. Neben der Brennküche, einem kleinen, hell erleuchteten Nebengebäude, beugte sich Konrad über ein großes blaues Plastikfass. Das Fass hatte einen Deckel, in dessen Mitte sich eine mit einem Korken verschlossene Öffnung befand. Konrad entfernte vorsichtig den Korken und steckte seine Nase in das kleine Loch.

»Kirschen, Wildkirschen, und was für welche!«, schwärmte er. »Die Maische ergibt einen Spitzenschnaps! Wollt ihr mal riechen?«

Teresa schüttelte den Kopf, aber ich war neugierig. Im ersten Moment überwog der Geruch von Vergorenem. In dem Fass befand sich schließlich nichts anderes als Kirschen, die durch Zusetzung von Hefe ihren Fruchtzucker in Alkohol verwandelt hatten. Aber hinter dem säuerlichen Geruch konnte man ein wunderbares Kirscharoma riechen. Ich verstand nicht viel vom Brennen, doch dem Geruch nach teilte ich Konrads Auffassung. Aus dieser Maische konnte ein großer Brand entstehen.

»Ich habe keine Ahnung, wer dir das Fass vor die Tür gestellt hat«, sagte Teresa. »Als ich nach Hause kam, habe ich nicht drauf geachtet. – Heute passieren hier wirklich seltsame Dinge. Richtig unheimlich!«

Sie rieb sich fröstelnd die Arme.

»'s wird sich aufklären«, murmelte Konrad. »Vladimir, komm! Das Fass muss nach drinnen! Die Kirschmaische brennen wir beim nächsten Mal. Vielleicht hat sich bis dahin der großzügige Spender gemeldet.«

Er machte dem Jungen ein Zeichen, und gemeinsam rollten sie das schwere Fass in die Brennküche.

»Wer ist der Junge?«, fragte ich Teresa beim Zurückgehen.

»Ein Schüler von Konrad, ein Russlanddeutscher. Einer, der's schwer hat. Konrad hat ihn unter seine Fittiche genommen. Vladimir fragt Konrad immer, ob er kommen und bei uns helfen kann. Alle Feldarbeiten, überhaupt alle landwirtschaftlichen Arbeiten, macht der Junge gern.«

Teresa verschwand schnell im Garten und kam mit einem Zweig Salbei zurück.

»Dann koch ich jetzt mal«, sagte ich, und Teresa nickte.

Während ich aus Kartoffeln, Salbei, Knoblauch und Pilzen ein »Geröstl«, wie die Österreicher sagen, zauberte, vollendete Teresa ihre Aufräumarbeiten. Ich stellte das Essen auf den Tisch. Der große Raum strahlte Ruhe und Sauberkeit aus. Erst jetzt sah ich, mit welcher Liebe er renoviert und eingerichtet worden war. Der helle Dielenboden bot einen großartigen Kontrast zu den schwarzen, alten Holzbalken, die das Häuschen trugen. Die schlichten Kiefernmöbel passten wunderbar hier rein, auch die vielen Grünpflanzen, die den Raum auflockerten. Überall fanden sich liebevoll ausgesuchte Kleinigkeiten: Blumenvasen aus Terrakotta, alte Schmalztöpfe, gerahmte Aquarell-Bilder von Rosen und Narzissen und lustige Tonfigürchen. Teresa und Konrad hatten sich ein richtiges Nest gebaut.

»Wie lang seid ihr jetzt schon verheiratet?«, fragte ich Teresa beim Essen.

»Fünf Jahre. Schade, dass du nicht zur Hochzeit kommen konntest!«

»Das wär ich gern, aber die Einladung kam zu spät. Das war in der Zeit, als ich von Paris nach Palermo gewechselt bin.«

»Ja, du bist viel herumgekommen.«

»Kann man sagen. Straßburg. Paris. Palermo. Wien. Brüssel. Und zum Schluss Köln.«

»Bist du auch verheiratet?«

»Nein.«

Wenn man mich auf das Thema Liebe anspricht, klingeln bei mir Dutzende von Alarmglocken. Normalerweise reagiere ich dann sehr kurz angebunden, aber Teresa war eine alte Freundin, also fügte ich hinzu: »Es gibt einen Wiener Koch, Ecki Matuschka. Aber der kocht noch bis nächstes Frühjahr in Bombay«

»Hast du nicht furchtbare Sehnsucht nach ihm?«, wollte Teresa wissen.

»Es hält sich in Grenzen.«

Ich lächelte gequält. Teresa sah mich offen an.

»Du brauchst nicht darüber zu reden, wenn du nicht willst. Wir haben uns ja ewig nicht gesehen. Aber in all den Jahren, in denen du weg warst, habe ich mir vorgestellt, was für ein spannendes Leben du führst und dass du mir davon erzählst, wenn wir uns wiedersehen. In Köln, habe ich gehört, warst du sogar in einen Mordfall verwickelt. Stimmt das?«

Es war, als würde sie mir einen Dolch in den Bauch stoßen. Selbst die kleinste Erinnerung an Spielmann tat furchtbar weh. Ich konnte nicht darüber reden, was im Goldenen Ochsen passiert war. Schon gar nicht mit jemandem, der nichts davon wusste. Ich war zu tief in all die Vorkommnisse verstrickt gewesen, wäre beinahe selbst umgebracht worden ...Zurzeit wollte ich nur eines: Nicht mehr daran erinnert werden.

»Ich erzähl dir von Wien. Da habe ich am liebsten gekocht«, sagte ich schnell. »Und dann erzählst du mir von deinem Blumenladen ...«

*

Es war kurz vor Mitternacht, als ich in meinen Fiat stieg. Der Regen hatte aufgehört, aber der starke Herbstwind zerrte immer noch an den Tannen, warf sie hin und her, bog sie nach vorn und nach hinten. Die Bäume ächzten unter der Tortur. Eine schwere Wolke bedeckte den schalen Halbmond und tauchte die Legelsau in tiefe Finsternis. Froh darüber, dass wenigstens die kleinen Scheinwerfer meines Punto funktionierten und etwas Licht in das dunkle Tal brachten, machte ich mich auf den Heimweg.

Wir hatten im Laufe des Abends unverfängliche Themen gefunden. Teresas Blumenladen zum Beispiel. Wie stolz sie war, jetzt einige der noblen Höhenhotels als Kunden gewonnen zu haben! Sie zeigte mir Fotos von der Blumendekoration, die sie zu einem japanischen Buffet des Grandhotel Bühler Höhe entworfen hatte. Vier flache siegellackrote Schalen, in denen Steine, Blätter und zarte, weiße Orchideen zu einer Einheit verschmolzen. Großartig! In ihrem Metier war Teresa ebenso eine Künstlerin wie ich in meinem. Auch ich erzählte ein wenig von meinem Leben. Von den Launen berühmter Köche, unter denen ich gearbeitet, von dem Small Talk mit illustren Gästen, für die ich gekocht hatte. Von nächtlichen Stromergängen durch Wien, den Blumenmärkten in Paris, den Zitronenhainen in Palermo und den Museen in Brüssel. Spät abends gesellte sich Konrad zu uns. Er roch nach verfeuertem Holz und Schnaps.

»Wo hast du gesteckt?«, fragte Teresa. »Mit dem Brennen musst du doch längst fertig sein.«

»Hab Vladimir noch nach Hause gefahren«, murmelte er. »Die Borisova hat mich zum Essen eingeladen. Du weißt, wie froh sie ist, wenn sie mal jemanden hat, mit dem sie über ihre Sorgen reden kann. Da kommt man so schnell nicht wieder los.«

Dann maulte er über das frisch gebrannte Kirschwasser. Es entfalte im vorderen Gaumen eine unangenehme, leicht an Spiritus erinnernde Schärfe, auch durch einen zweiten Brennvorgang sei es ihm nicht gelungen, den beißenden Geschmack aufzuheben. Über viel mehr redete er nicht. Hin und wieder sah ich, wie seine blauen Augen zum Schreibtisch schielten, um dann schnell zu Teresa und mir zurückzukehren. Vielleicht machte ihm der Diebstahl doch mehr Sorgen, als er Teresa gegenüber eingestanden hatte. Was war an den Fotos so verräterisch, dass jemand deswegen in eine fremde Wohnung einbrach? Oder war es den Dieben um etwas ganz anderes gegangen? Von was für anonymen Anrufen hatte Teresa gesprochen? Weder Konrad noch Teresa erwähnten im Laufe des Abends den Einbruch noch einmal. Beide taten so, als wäre alles in bester Ordnung. Entweder wollten sie in meiner Gegenwart nicht darüber reden, oder sie verdrängten es, um in diesem einsamen Haus gut schlafen zu können. Als ich gehen wollte, hatten mich beide zur Tür gebracht. Konrad hatte den Arm um Teresas Schulter gelegt, Teresa selbstverständlich ihren Kopf an die seine gelehnt. Als ich die Autotür aufschloss, hatten beide gleichzeitig die Hand zum Abschied gehoben. Ein trautes Paar.

Der Fiat holperte langsam den Berg hinunter. Immer wieder galt es, vom Wind heruntergepeitschten Ästen und Zweigen auszuweichen.

Ob die beiden miteinander glücklich waren? Zumindest vertrauten sie einander. Wie sonst könnte man in solch ein einsames Haus ziehen?

In Seebach erleuchtete eine einzige Straßenlaterne die Kreuzung zur L87. Dies fiel umso mehr auf, als die Häuser hier im Dorfkern alle schon im Dunkeln lagen. In der Gegend endete der Abend früh, und der Morgen brach zeitig an. Kaum hatte ich Seebach hinter mir gelassen, fing der Punto an zu husten. Ich schickte ein Stoßgebet zum Himmel, damit er noch durchhielt, bis ich in der Linde war. In Ottenhöfen fing es wieder an zu regnen, und das Husten des Wagens steigerte sich zu einem asthmatischen Keuchen. Hinter Furschenbach blieb er nach ein paar ruckartigen Bewegungen einfach stehen, und nichts brachte ihn dazu, sich wieder in Bewegung zu setzen. In diesem Augenblick schüttete eine besonders dicke Regenwolke ihren Inhalt über das Achertal aus. Ich kramte in meiner Handtasche nach meinem Handy, bis mir einfiel, dass ich es meiner Mutter geliehen hatte, damit diese nach Lust und Laune jedermann mit Geschichten über ihr gebrochenes Bein nerven konnte. Ich wartete eine Ewigkeit, aber kein anderer Wagen fuhr das Achertal hinauf oder herunter. Scheiß Landleben! Der Regen rann über die Windschutzscheibe, und der Wind rüttelte an den Autotüren. Keine Menschenseele weit und breit. Bis zum nächsten Ort bestimmt eine halbe Stunde Fußmarsch. Was tun? Ich drückte auf die Fiathupe und brüllte mir die Seele aus dem Leib. Vergebens. Niemand kam. Nach weiteren zwanzig Minuten sah ich für die angebrochene Nacht nur zwei Möglichkeiten: Entweder ich übernachtete in meinem Auto, oder ich ging zu Fuß zum nächsten Ort. Zähneknirschend entschied ich mich für Letzteres. Als dreißig Minuten später die erste Straßenlaterne von Kappelrodeck auftauchte, klebte mir die Jacke am Körper, und die Schuhe hatten sich mit Wasser voll gesogen. Auch in diesem Dorf nirgendwo ein hell erleuchtetes Fenster, nirgendwo eine Gaststube, die noch geöffnet hatte, nirgendwo eine Telefonzelle. Nur stetig fallender Regen, den mir der Wind mal von vorn, mal von der Seite ins Gesicht peitschte und der mich jetzt nicht mehr nässer machen konnte, als ich schon war. Ich überlegte gerade, an welchem Haus ich jetzt auf die Klingel drücken würde, als plötzlich Musik die Nacht durchbrach. So laut und schmetternd, dass sie Regen und Wind übertönte und bestimmt den ganzen verschnarchten Ort aufwecken würde. Die Stimme erkannte ich sofort, das Lied nicht. Ein Musette-Walzer. Ich ortete die nächtliche Ruhestörung hinter einer mächtigen Kirschlorbeerhecke. In dem Haus, das dahinter sichtbar wurde, brannte im ersten Stock noch Licht. Von dort kamen die temperamentvollen Akkordeonklänge. »A. Galli« las ich auf dem Türschild und klingelte.

Ich hörte jemanden schnell eine Holztreppe hinunterlaufen, dann wurde die Tür aufgerissen.

»Du liebe Güte, schifft es so?«

Vor mir stand eine Frau meines Alters, an der alles rund war: die Augen, die Ohren, der Mund, die Locken, die Arme, der Busen, die Hüfte, die Beine.

»Schuhe und Strümpfe ausziehen! Ich hol ein Handtuch!«

Sie war schon wieder auf dem Weg nach oben.

»Ich will nur telefonieren. Ich hab die Musik gehört!«, rief ich ihr nach.

Unbeeindruckt von meinem Einwand hüpfte sie weiter und kam schnell mit mehreren großen Handtüchern zurück.

»Sie ist wunderbar, die Musik, gell? Es ist mein Lieblingsstück, ›Les mots d'amour‹. Michel Rivegauche hat es für die Piaf geschrieben. Sie singt es mit so viel Inbrunst, dass es mir jedes Mal fast das Herz zerreißt. Aber man muss es laut hören, ganz laut, sonst ist es nur halb so schön.«

»Beschweren sich die Nachbarn nicht?«, fragte ich und rubbelte meine roten Locken trocken.

»Um die Zeit liegen die alle im Tiefschlaf. Und wenn doch, juckt es mich nicht. Ich mach das ja nicht jede Nacht.«

»Mon aa-mour, mon amour«, sang sie lautstark den Refrain mit und machte mir ein Zeichen, ihr nach oben zu folgen. »Ich heiß übrigens Anna«, sagte sie zwischendurch. »Et je mourrais d'amour, et je mourrais d'amour, mon amour, mon amour«, trällerte sie weiter.

Anna Galli trug eine weinrote Samthose, um den Hals baumelten indische Ketten, die schwarzen Locken waren mit einem bunten Tuch hochgesteckt. Ich hatte sie schon einmal in der Linde gesehen. Sie gehörte zur Bürgerinitiative Legelsau.

»Katharina«, sagte ich zwischen den Amour-Arien.

Den Raum, in den sie mich führte, hätte ich in diesem Kaff genauso wenig vermutet wie Anna. Mittelpunkt dieses ungewöhnlichen Zimmers war zweifellos ein blutroter Diwan, der mit Kissen in sämtlichen Rot- und Goldtönen bestückt war. Gemütliche Kissen mit orientalischen Mustern luden auf dem Perserteppich davor zum Sitzen ein. Hinter dem Diwan eine Palme in einem großen Kupfertopf, daneben ein riesiger hellgrüner Farn auf einem Art-déco-Tischchen. An den Wänden große Ölgemälde in Goldrahmen, die verschiedene Sagen der Gegend darstellten, wie sie viel größer in der Trinkhalle in Baden-Baden hingen. »Das Edelfrauengrab«, »Die Mummelseenixen«, »Die Hex vom Dasenstein«. Von der Decke winkten ein Dutzend goldene Putten, und vor dem großen Eichenschreibtisch lag tatsächlich ein Eisbärenfell.

»Keine Sorge, er beißt nicht«, kicherte Anna. »Ich hab mal ein Foto von Sarah Bernhardts Salon gesehen. Die große Diva auf einer Chaiselongue ruhend, ein Bärenfell zu ihren Füßen. Seither wollte ich ein Bärenfell. Vor hundert Jahren war es kein Problem, an ein echtes Bärenfell zu kommen, schließlich hatte jeder Fotograf eines, um darauf süße Baby-Fotos zu machen. – Ich hab ewig gebraucht, um eines zu finden, und meines ist auch nicht echt. Es stammt aus einem Theaterfundus. Sieht trotzdem klasse aus, oder?«

Ich nickte. »Darf ich mal telefonieren?«, fragte ich dann.

»Klar doch.«

Sie drehte die Piaf leiser und zeigte auf ein vorsintflutliches schwarzes Riesentelefon auf dem Eichenschreibtisch, das sicher nicht aus dem Salon der Sarah Bernhardt, aber sehr wohl aus einem frühen Humphrey-Bogart-Film stammen konnte.

Ich steckte den Zeigefinger in die Wählscheibe und rief in der Linde an. Während das Freizeichen in meinem Ohr klingelte, betrachtete ich die Bilder hinter dem Schreibtisch. Die meisten mit kräftigen Ölfarben gemalte Stillleben, aus denen aber ein zartes Aquarell hervorstach. Es zeigte die verschwommenen Umrisse eines kleinen Landhauses, davor eine mächtige, schon fast kahle Linde, alles in Grau- und Brauntönen gehalten. Darunter stand: »Glück«. Ein merkwürdiger Kontrast zwischen Titel und Bild, fand ich. In der Linde ging keiner ans Telefon. Kein Wunder, um halb zwei Uhr morgens. Beim Taxiruf Kappelrodeck meldete sich nur der Anrufbeantworter, und das einzige Nachttaxi, das in Achern arbeitete, war für die nächsten zwei Stunden ausgebucht. Ich legte fluchend den Hörer auf. Sicherlich würde meine Mutter das Handy hören, aber die wollte ich auf keinen Fall anrufen. Ich wusste genau, welche Tiraden sie loslassen würde. Blieb nur noch mein Bruder, der in Waldulm wohnte.

»Komm, ich fahr dich«, sagte Anna da. »Du musst jetzt keinen mehr wecken. Mir macht's nichts aus. Ich bin doch in einer halben Stunde zurück. Edith Piaf kann man auch wunderbar im Auto hören.«

Auf dem Weg nach draußen fielen mir in einem Regal ein paar bunte Flaschen auf, die mit verschiedenen Früchten verziert waren.

»Was sind das?«, fragte ich.

»Die neuen Flaschen für meinen Schnaps«, sagte Anna. »Zurzeit sind ja diese schmalen, hohen, durchsichtigen, weißen Flaschen modern. Dem wollte ich was Verspieltes, Buntes entgegensetzen. Wenn man etwas Außergewöhnliches machen will, darf man nie mit dem Trend gehen.«

»Brennst du selbst?«, fragte ich ziemlich erstaunt. Ich hatte noch nie von einer Brennerin gehört. Brennen taten hier in der Gegend die kleinen Bauern, um neben dem kargen Einkommen aus der Landwirtschaft noch ein bisschen was zu verdienen. Schon ein Hobby-Brenner wie Konrad war eine Ausnahme. Auf keinen Fall konnte ich mir so einen schillernden Paradiesvogel wie Anna in diesem Geschäft vorstellen.

»Ja«, sagte Anna, als sei es das Selbstverständlichste auf der Welt. »Mein Vater hat mir sein Brennrecht vermacht, und ich habe noch drei weitere dazu gepachtet. Meine Spezialität sind Quitten und Ha-ferpflaumen.«

Sie schlüpfte in Gummistiefel und Regenjacke, ich in meine nassen Schuhe. Sofort gefroren mir die Zehen zu Eisklumpen. Anna schloss einen alten Ford Kombi auf, in dem es nach Farben und Terpentin stank. Mit dem Starten des Wagens erklang wieder die Piaf, die jetzt passenderweise »Il pleut« sang. Anna summte sofort mit.

»Wie bist du darauf gekommen?«, fragte ich.

»Auf was?«

Anna lenkte den Wagen auf die L87 und drückte dort kräftig aufs Gas. Regen und Wind waren ihr ziemlich egal.

»Das Brennen.«

»Durch meinen Alten. Er war so der Typ Mann, der mit Kindern nichts anfangen konnte. Von wegen Spielen, mal einen Ausflug machen oder ins Kino gehen. Hat mich mit in seine Brennküche genommen. Fand ich als Kind furchtbar. Der Geruch von Maische und Alkohol. Brrr.« Sie schüttelte sich. »Aber natürlich habe ich genau mitbekom-men, wie's geht. Und der Holzofen hat mir Spaß gemacht. Ich durfte immer die Holzstücke nachlegen und ihn kräftig durchstochern.«

Sie trommelte mit den Fingern im Takt der Musik aufs Lenkrad.

»Als ich vor zwei Jahren hier in die Gegend zurückzog, bin ich nach langer Zeit mal wieder mit meinem Vater in die Brennküche und habe es spaßeshalber selbst probiert. Seither habe ich einen Narren daran gefressen und mache heute einen besseren Schnaps, als mein Vater es jemals geschafft hat. Geschieht ihm recht, dem alten ›Brudd-ler‹. Außerdem verdiene ich ganz gut damit.«

»Brennst du auch Kirschwasser?«

»Kirsch! Vergiss es.«

Sie schnalzte verächtlich mit der Zunge.

»Wieso nicht? Schwarzwälder Kirschwasser ist der berühmteste Schnaps überhaupt.«

»Das war mal so. Aber du kennst doch den Fluch des maschinellen

Fortschritts. Früher mussten die kleinen schwarzen Schnapskirschen von Hand von den Bäumen geschüttelt werden. Daran kannst du dich doch bestimmt erinnern, oder?«

»Ja. Unter die Bäume legte man große Sacktücher, um die Kirschen aufzusammeln.«

»Genau. Und diese Tücher hat man dann zu mehreren vorsichtig hochgehoben und in Fässer geschüttet. Eine mühsame Handarbeit, für die man ein paar Leute brauchte. Jeder hat sich überlegt, ob er Schnapskirschen anbaut. Heute«, schnaubte Anna, »gibt es dafür maschinelle Schüttler. Riesige Greifarme umklammern den Baumstamm, rütteln einmal kräftig, und alle Kirschen fallen in eine dafür konstruierte Auffangschale, von der aus sie mittels Förderband direkt in Fässer transportiert werden. Großer Effekt. Wenig Manpower. Weißt du, wozu das geführt hat?« Anna sah mich fragend an.

»Weniger Arbeit?«

Anna schnaubte wieder. »Alle haben wie verrückt neue Kirschbaumplantagen angelegt, so viele, dass sie den zusätzlichen Schnaps überhaupt nicht mehr abgesetzt bekommen. Der Schwarzwälder Kirsch wird dir heute nachgeschmissen. Die Bauern haben sich die Preise damit völlig versaut, und die Qualität hat auch gelitten.«

Sie bog jetzt von der L87 auf die B3, und vor uns tauchte das gelbe Ortsschild von Fautenbach auf.

»Nur mit was Besonderem kannst du dir heute beim Brennen noch was verdienen. Auf keinen Fall mit einem Kirsch. – So, da sind wir.«

Sie setzte den Blinker und fuhr langsam auf die Linde zu.

»Hierher kommst du also. Da finde ich dich auf alle Fälle wieder.« Anna lächelte mich zum Abschied an.

»Tausend Dank für alles«, sagte ich beim Aussteigen.

»Ist schon in Ordnung«, erwiderte Anna und fuhr davon.

In der Gaststube zog ich mir die nassen Schuhe aus und holte eine Flasche Kirschwasser aus dem Regal. Nach dem ganzen Gerede über Schnaps musste das sein. Das Kirschwasser stammte von Bohnert, dem bekanntesten Großbrenner der Gegend. Ein mittelmäßiger Schnaps, da hatte Anna Recht. Aber die Wärme, die er in meinem Körper entfachte, brauchte ich jetzt dringend.

*

Ozzy Osbourne grölte »I'm a dreamer« durch die Lindenküche, und Carlo panierte schon die zwanzig Schnitzel, die wir jeden Tag verkauften. Ich holte mir als spätes Frühstück ein Glas Milch aus dem Kühlschrank und stellte das kleine Transistorteil leiser. Carlo hörte immer »Radio Regenbogen«, den hiesigen privaten Rundfunksender. So wurden wir täglich mit aktuellen Hits bedudelt, waren immer über das Wetter, alle Staus auf der A5, alle Kulturereignisse der Ortenau und das, was sich sonst so in der Region tat, informiert. Ich öffnete den Kühlschrank noch mal. Der Jörger-Metzger hatte mir einen zwei Kilo schweren, gut abgehangenen Tafelspitz und ein paar prächtige Markknochen ausgesucht. In den angelieferten Gemüsekörben auf dem Pass fand ich Rote Bete, zwei kräftige Meerrettichwurzeln und die kleinen Bamberger Hörnchen, die ich als Pellkartoffeln servieren wollte.

»Revolutionieren wir die Küche meiner Mutter mit Roter Bete und Meerrettich, Carlo«, schlug ich vor. »Als badischen Klassiker servieren wir ›Rindfleisch mit Meerrettichsoße und Rote-Bete-Salat‹, als vegetarisches Gericht ›Rote Bete in Bierteig mit Frischkäse-Meerrettichsoße‹ und als Vorspeise ›Carpaccio von der Roten Bete mit frisch geriebenem rohen Meerrettich und einer Walnussöl-Vinaigrette‹. Na, wie klingt das?«

»Mir gefällt's. Hoffentlich finden's die Gäste auch besser als die Wiener Schnitzel«, meinte Carlo.

»Der Regionalverband südlicher Oberrhein hat gestern mehrheitlich der Änderung des Regionalplans von 1995 zugestimmt«, verkündete Radio Regenbogen. »Damit kann die Gemeinde Sasbachwalden in Sachen Skihalle an die konkrete Planung gehen. Geht alles glatt mit dem nun folgenden Zielabweichungsverfahren, der Änderung von Flächennutzungs- und Bebauungsplan, dann könnte im Herbst 2005 mit dem Bau der überdachten Kunstschneepiste begonnen werden. Die Gemeinde Sasbachwalden hat damit definitive Planungssicherheit.«

»Oh, da wird es aber beim nächsten Treffen der Legelsauer Heulen und Zähneknirschen geben«, meinte Carlo.

»Was hältst du denn von der Halle?«, fragte ich und reichte ihm das Wurzelgemüse für die Rinderbrühe.

»Zum Snowboardfahren wär's echt geil!« Carlo schälte den Lauch und wusch ihn gründlich. »Die paar Male im Jahr, wo auf den Schwarzwaldpisten genügend Schnee zum Fahren liegt, kannst du an zwei Händen abzählen.«

»Selten hat ein Thema die Region und deren Verbandsversammlung so bewegt wie die Sasbachwaldener Vision einer rund dreiundzwanzig Millionen Euro teuren Indoor-Skianlage zu Füßen der Hornisgrinde«, fuhr die Radiosprecherin fort. »Selten wurde in der Kommunalpolitik so kontrovers diskutiert wie um das ›Skifahren im Kühlschrank‹. Darüber wollen wir nach der Musik von Robbie Williams mit Rudolf Morgentaler, dem Bürgermeister von Sasbachwalden, und Konrad Hils, dem Sprecher der Bürgerinitiative Legelsau, reden. Es dürfte spannend sein, was diese beiden zu der Entscheidung des Regionalverbands zu sagen haben.«

»Something beautiful« klang durch die Küche, und ich öffnete das Fenster, um die Meerrettichwurzel zu schälen. Der Regen war einem strahlend schönen Oktobertag gewichen. Bei klarer Sicht zeigte sich der Schwarzwald, der sich hinter dem Rathaus erhob, ganz nah. Deutlich konnte man die bunten Mischwälder am Fuß der Berge erkennen, genauso wie die Häuser von Sasbachwalden. Und oben auf der Hornisgrinde drehten sich die mächtigen Windräder. In der Mitte zwischen den letzten Häusern von Sasbachwalden und der Hornisgrinde lag der Breitenbrunnen, den man von hier unten nicht sehen konnte. Dort sollte also diese Skihalle gebaut werden. Die Schärfe des Meerrettichs trieb mir die Tränen in die Augen. Es musste eine Wurzel von dieser länger haltbaren österreichischen Sorte sein, die hier erst seit einigen Jahren angebaut wurde. Nicht die strengste Zwiebel konnte mit dieser Schärfe konkurrieren. Mein Vater streckte seinen Kopf durch die Durchreiche, um zu sagen, dass Teresa für mich am Telefon sei. Dankbar für die Unterbrechung trocknete ich meine Tränen ab und lief in die Gaststube. Dort saßen um diese Zeit nur die drei Stammtischler vor ihrem ersten Ulmer Export. Ich grüßte und ging hinter den Tresen, wo das Telefon hing.

»Ich wollte nur wissen, ob du gut nach Hause gekommen bist.« Teresas Stimme klang erstaunlich munter.

»Auf Umwegen!«

Mein Auto stand noch immer zwischen Furschenbach und Kappelrodeck, aber mein Vater hatte versprochen, es in der Mittagspause mit Carlo zu holen.

»Und du? Hast du gut geschlafen?«

»Ich hab kein Auge zugetan. Bei jedem Windstoß, der am Fenster rüttelte, bin ich zusammengefahren, weil ich dachte, die Dreckskerle kommen zurück. Wir haben gestern noch eine Stunde nach unserem Hausschlüssel gesucht. Weißt du, die Tür schließen wir sonst nur ab, wenn wir länger in Urlaub fahren. Gestern Nacht haben wir den Schlüssel dreimal umgedreht. Konrad hat außerdem die Tür zu den alten Stallungen verrammelt. Ich kam mir vor wie in einer Festung und konnte trotzdem nicht schlafen.«

»Was ist mit der Kamera? Hat Konrad sie gefunden?«

»In der Schule hat er sie nicht vergessen, deshalb ist er sich jetzt sicher, dass sie gestohlen wurde.«

»Dann könnte der Einbruch wirklich etwas mit der Skihalle zu tun haben.«

»Das denk ich auch. Aber Konrad zuckt dazu immer nur mit den Schultern und sagt nichts.«

Teresa seufzte.

»Glaubst du, er verheimlicht dir etwas?«

»Ach je …«, meinte sie gedehnt.

»Katharina! Ich weiß nicht, wie ich mit der Brühe weitermachen soll. Wann muss ich die Knochen, wann den Tafelspitz ins Wasser legen?«, drängelte Carlo, den Kopf in der Durchreiche.

»Ich ruf dich an, wenn ich ein bisschen Luft habe«, verabschiedete ich mich von Teresa. Ich legte den Hörer auf und nickte den Stammtischbrüdern zu.

»Jetz könnet Saschwaller ihre Winfässer leer sufe, wo des mit dere Hall klappt«, verkündete der Schindler Blasi, der sich an diesem Tisch seit Jahren seinen letzten Rest Verstand versoff.

»Für irgendebbs muss es jo guet si«, bestätigte ihn der Weber Gustl, der ihm dabei seit Jahren Gesellschaft leistete.

Der Dritte im Bunde, der Ehmann Karle mit seinem breiten Bauernschädel, nickte wie immer zu den Kommentaren der beiden.

»Natürlich freuen wir uns sehr, dass der Regionalverband sich so eindeutig, und das betone ich, so eindeutig für die Änderung des Regionalplans von 1995 ausgesprochen hat«, empfing mich die Stimme des Sasbachwaldener Bürgermeisters durch das Radio in der Küche. »Ich denke, es ist eine gute, eine richtungsweisende Entscheidung für unsere Gegend. Die geplante Skihalle wird nicht nur die rückläufigen Touristenzahlen in unserer Gemeinde wieder in die Höhe treiben, nein, von unserer Halle werden auch all unsere Nachbargemeinden, sogar die ganze Region profitieren.«

»War der Konrad Hils schon dran?«, fragte ich Carlo und hob den Kochdeckel. Carlo hatte das Wurzelgemüse und die Markknochen ins Wasser gegeben.

»Ich hab nicht aufgepasst. Was muss ich jetzt machen?«

»Schäl drei Zwiebeln und spick sie mit Lorbeer und Nelken. 'ne halbe Hand voll Pfefferkörner und eine Hand voll Salz dazu. Wenn die Brühe siedet, langsam den Tafelspitz hineingleiten lassen.«

Carlo entstammte einer Dynastie neapolitanischer Pizzabäcker. Sein Großvater hatte in den späten Sechzigern die erste Pizzeria in Achern eröffnet, sein Vater hatte diese in der Zwischenzeit um mehrere Filialen im Hanauer Land und im Achertal erweitert. Aber Carlo wollte dieses kleine Imperium nicht einfach übernehmen. Er träumte von einem Crossover neapolitanischer Pizzabackkunst und badischer Küche und wollte sich deshalb in seiner Kochlehre mit badischen Spezialitäten vertraut machen. Hier in der Gegend gibt es viele Gasthöfe mit einer ausgezeichneten regionalen Küche, nicht zuletzt das Lokal meines Bruders in Waldulm. Warum Carlo sich ausgerechnet die Schnitzelküche meiner Mutter zum Lernen ausgesucht hat, war mir bei der Auswahl schleierhaft. Carlo erzählte, dass er als Kind einmal ihre Spätzle mit Soße gegessen habe und davon so begeistert gewesen sei, dass er sich bei seiner Bewerbung daran erinnert habe. Nun war meine Mutter weder eine gute Köchin noch eine gute Lehrherrin, und Carlo hatte es schon mehr als einmal bereut, bei der Entscheidung seinen Erinnerungen aus Kindertagen gefolgt zu sein. Als Einziger in der Linde (bei Erna wusste ich es nicht so genau) war er regelrecht froh über Marthas Beinbruch. Als ich ihren Posten übernahm, freute er sich wie ein Schneekönig. Er fragte mich Löcher in den Bauch zu allem, was Kochen und Köche betraf. Er war helle und schnell und meist guter Laune. Für mich ein Lichtblick in der badischen Tristesse.

»Wie lang muss das Fleisch sieden?«, fragte Carlo mit dem Tafelspitz in der Hand.

»Je länger, desto besser. Aber mindestens zwei Stunden.«

Radio Regenbogen kündigte jetzt Konrad Hils an. Ich stellte das Gerät lauter.

»Die Zustimmung zur Änderung des Regionalplans ist völlig unverständlich«, begann Konrad, »sie verstößt an allen Ecken gegen geltendes Recht.«

Er sprach klar und ganz unaufgeregt, mit einem gepflegten alemannischen Slang in der Stimme. »Was haben die eigentlich entschieden, die ›Dipfelesschisser‹? Man hat die Gemeinde Sasbachwalden von einer ›Eigenentwicklungsgemeinde‹ zu einer ›Gemeinde mit besonderen Entwicklungsaufgaben‹ befördert. Und für diese besonderen Entwicklungsaufgaben darf die Gemeinde jetzt ein Naturschutzgebiet zerstören. ›Elegant‹ hat der zuständige Vertreter des Regierungspräsidiums das genannt. Uns ist das zu wenig. Wir schlagen ›graziös‹ vor oder besser noch ›ballettös‹. Ein Trampel, wer jetzt noch fragt, warum man denn vorher überhaupt die vielen Umweltgutachten zur Skihalle eingefordert hat. So jemand versteht eben einfach nichts von politischer Choreografie!«

Carlo kicherte leise vor sich hin, und ich hörte gebannt zu. Konrad war wirklich gut. Mit Spott machte er die Entscheidung der Regionalpolitiker lächerlich. Im Gegensatz zu der getragenen Rede des Sasbachwaldener Bürgermeisters sprach er witzig und bildhaft. Kein Wunder, dass man ihn mit José Bové, Frankreichs rebellischem Frontmann gegen McDonald's und Fastfood, verglich.

»Jedenfalls darf man gespannt sein, ob das Wirtschaftsministerium diese Art von Tänzchen noch weiter mitmacht«, fuhr er fort. »Auf alle Fälle haben wir Legelsauer beschlossen, bei den nächsten Wahlen verstärkt ›unelegante‹ Politiker zu wählen.«

»Katharina?« Mein Vater winkte mich zur Durchreiche. »Kannst du mal hoch zur Mama?«, flüsterte er. »Sie muss mal.«

Ich verdrehte die Augen, legte die Schürze ab und stapfte die Treppe hoch.

»Du kannst dir nicht vorstellen, wie unangenehm mir das ist«, empfing sie mich stöhnend. »Ich halte oft stundenlang ein, bis ich nicht mehr kann.«

»Du hättest im Krankenhaus bleiben sollen. Professionelle Krankenschwestern können das viel besser als ich.«

»Jemand Fremdes so nah an mich heranlassen? Bist du verrückt?« Sie zog sich das lächerliche Nachthemd zurecht. »So was Unangenehmes muss schon in der Familie bleiben.«

Ich sammelte die schmutzigen Kaffeetassen und ausgelesenen Zeitschriften ein.

»Ich brauch neue Kreuzworträtsel. Und ein Fernglas, damit ich besser sehen kann, was auf der Kreuzung passiert. Papa hat eines in der Schreibtischschublade.«

Ich nickte, schüttelte ihr die Kissen auf und nahm dann die Bettpfanne.

»Hast du schon was Neues auf die Karte gesetzt?«, fragte sie, scheinbar nebenbei. Bemüht, der Frage kein Gewicht zu geben, blätterte sie eifrig eine Zeitschrift durch.

»Ein Carpaccio von der Roten Bete«, sagte ich, wohl wissend, dass sie dieses Gericht am meisten ärgern würde.

»Garbadscho!« Sie spie das Wort voller Verachtung aus. »So was bestellt hier kein Mensch.«

»Wir werden sehen«, sagte ich. »Ich hab übrigens dafür die Restaurationsbrote von der Karte genommen.«

Sie sah mich wütend und sprachlos an. Diesen Augenblick nutzte ich, ihrem Krankenlager zu entwischen. Es war ein lächerlicher Machtkampf, den ich da mit meiner Mutter führte. Ich wusste es, und sie wusste es wahrscheinlich auch. Dieser giftige Ton zwischen uns hatte sich in meiner Pubertät entwickelt und danach nie verloren. Verschärft hatte er sich durch die Heirat meines Bruders. Nachdem Bernhard nicht, wie erwartet, die Linde übernahm, sondern in den Gasthof seiner Frau einheiratete. Nach den Vorstellungen meiner Mutter sollte jetzt ich, das einzige andere Kind, die Linde übernehmen. Aber das wollte ich auf gar keinen Fall. Je klarer ich das formulierte, desto hartnäckiger versuchte meine Mutter, mich vom Gegenteil zu überzeugen.

In der Küche hing der Duft von Rinderbrühe. Rinderbrühe bildete die Basis einer guten Meerrettichsoße. Ich rührte mit Butter und Mehl eine Mehlschwitze und füllte diese mit der Rinderbrühe auf. Carlo sah mir aufmerksam zu. Ganz zum Schluss, damit er ja nichts von seiner Schärfe verlor, wurde der Meerrettich hineingerieben und die Soße mit Sahne, Salz und Pfeffer abgeschmeckt.

»Außer dem Tafelspitz wirst du nicht viel von deinen neuen Sachen absetzen. Heut tagt der Gesangsverein. Das sind Fleischesser. Aber mir kannst du mal so eine Rote Bete im Bierteig zum Probieren geben.«

Erna war auch nicht aufbauend, was meine neuen Gerichte betraf. Als sie mein verärgertes Gesicht sah, fügte sie schnell hinzu: »Aber morgen Abend kommen die Landfrauen, die probieren gern mal was Neues aus.«

Und so war es denn auch. Wir verkauften wie üblich unsere Wiener Schnitzel und Wurstsalate, der Tafelspitz lief auch ganz gut. Carpaccio und Rote Bete in Bierteig wurden aber nur ein einziges Mal bestellt. Carlo sah mich an dem Abend mehrfach zweifelnd an.

»So was muss wachsen, Carlo. Das kommt nicht von heute auf morgen«, versuchte ich ihm und mir Mut zu machen.

»Katharina, da will dich ein Gast sprechen«, verkündete Erna, bevor sie sich eine weitere Fuhre Wurstsalate auf die kräftigen Arme lud. »Der, der dein Gar-Dingsbums und das andere Zeugs gegessen hat.«

»Sag, 's dauert noch eine Viertelstunde. Wir müssen noch viermal Wiener und zweimal Tafelspitz fertig machen.«

Neugierig ging ich danach in die Wirtschaft, gespannt, wer der Gast war und was er mir zu meinem Essen sagen würde. Die Gaststube war gut gefüllt. Am Stammtisch hatten sich zu den drei Gesellen vom Nachmittag noch zwei weitere eingefunden. Am großen runden Tisch vor dem Tresen saßen drei ältere Ehepaare, der Aussprache nach aus dem Ruhrgebiet kommend, zwei Tische am Fenster waren mit jüngeren, Cola trinkenden Leuten besetzt, und im Nebenraum war der Männergesangsverein zum freien Singen übergegangen. »Am Brunnen vor dem Tore«, erklang es von dort mehrstimmig. Die jungen Leute verdrehten genervt die Augen. Erna, mit einem Tablett voller Weingläser bewaffnet, deutete mit dem Kopf auf einen jungen Mann, der allein am Vierertisch neben dem Eingang saß. Er erhob sich lächelnd, als er mich kommen sah. Der Mann war vielleicht eins siebzig, also gut zehn Zentimeter kleiner als ich, schlank, durchtrainiert, mit honiggelben Augen. Sein Lächeln war umwerfend.

»Sie sind also die Frau, die bei Carton in Paris, bei Gerer in Wien und bei Spielmann in Köln gekocht hat.«

»Woher wissen Sie das?«, fragte ich etwas perplex.

»Ich ess öfter bei Ihrem Bruder in Waldulm. Der lobt Sie in den höchsten Tönen.«

Wahrscheinlich aus schlechtem Gewissen, weil er die Linde nicht übernommen hatte und genau wusste, wie sehr mich unsere Mutter jetzt unter Druck setzte.

»Trinken Sie ein Glas mit mir?«

Es war zwar nicht ganz fair, Carlo die Küche allein aufräumen zu lassen. Aber warum nicht?

»Ein Tannezäpfle«, sagte ich.

Er rief Erna zu sich und bestellte mein Bier und für sich einen Kirsch.

»Das Carpaccio war ausgezeichnet, und für den Bierteig, verwenden Sie da rohe Rote Bete?«

Alles an diesem Mann strahlte Selbstbewusstsein aus: die Art, wie er Erna zu sich bestellte, mich an seinen Tisch bat, die Beine von sich streckte, mich mit Wohlwollen taxierte.

»Ich koche sie etwas vor, sonst sind sie zu hart. Aber sie müssen noch Biss haben.«

Erna servierte die Getränke und sah mich vorwurfsvoll an. Ich wusste genau, was sie dachte: Was waren das für neue Sitten, sich noch während der Arbeitszeit zu den Gästen zu setzen und mit ihnen zu trinken? Das Kirschwasser servierte sie nicht wie in feineren Häusern üblich in breiten Schwenkern, sondern in kleinen Schnapsgläsern. Mein Gastgeber leerte den Geist mit einem Zug und stieß dann ein genussvolles »Aah« aus.

»Es ist ein mittelmäßiger Schnaps«, sagte ich. »Es gibt viel bessere Kirschbrände als die von Bohnert.«

»Oh, wir haben auch andere. Einen, den wir fünf bis sieben Jahre in unseren Granitkellern lagern, so lange, bis er weich und vollendet ist.«

Er sah mich mit einem leicht bedauernden Lächeln an.

Fettnäpfchen, dachte ich.

»Sie arbeiten für Bohnert?«, fragte ich dann und nahm einen Schluck Bier.

Er nickte. »Willi Bohnert ist ein großer Feinschmecker. Wenn ich ihm erzähle, dass Sie hier kochen, wird er darauf bestehen, mal bei Ihnen zu essen. Sein neuestes Projekt ist übrigens ein Kochbuch. ›Ortenauer Köche kochen mit heimischem Geist‹, nur Gerichte, in denen ein hiesiger Brand vorkommt. Ihr Bruder steuert schon drei Rezepte bei. Ich bin sicher, Bohnert würde sich wahnsinnig freuen, wenn auch Sie etwas zu dem Buch beitragen würden.«

»Schöne Idee«, sagte ich. »Wenn ich Zeit habe, werde ich mir was dazu überlegen.«

»Kochen Sie länger hier?«

Er schenkte mir ein umwerfendes Lächeln.

»Eher nicht«, sagte ich vorsichtig und lächelte ebenfalls.

»Ich habe es befürchtet«, seufzte er theatralisch. »Dann muss ich wohl in nächster Zeit häufiger zum Essen kommen, bevor Sie wieder abhauen.«

»Tun Sie das«, sagte ich und stand auf.

Er hob zum Abschied leicht die Hand.

»Auf bald«, sagte er, und die honiggelben Augen blitzten.

Gut gelaunt ging ich zurück in die Küche. Die war noch ein einziges Schlachtfeld. Carlo hatte mit dem Aufräumen einfach gewartet, bis ich zurück war.

»Was soll ich mit dem Bierteig machen?«, fragte er.

»Wegschütten. Das geschlagene Eiweiß zerfällt. Deshalb können wir den Teig morgen nicht mehr verwenden«, sagte ich und begann den Herd sauber zu schrubben.

Als wir danach in die Gaststube kamen, kassierte Erna bei den letzten Gästen ab. Ich schnappte mir ein neues Tannezäpfle und setze mich zu meinem Vater, der schon auf der Kachelofenbank hockte.

»Na, wie gefällt dir der Jäger?«

Der Alte deutete zu dem jetzt leeren Tisch neben dem Eingang.

»Kennst du ihn?«

»Achim Jäger, er ist der Aufkäufer vom Bohnert.«

»Aufkäufer?« Ich nahm einen Schluck Bier.

»Er kauft den Kleinbrennern ihren Schnaps im Auftrag von Bohnert ab.«

»Der kann mit den Bauern reden?«

Mit mir hatte Achim Jäger hochdeutsch ohne alemannischen Einschlag gesprochen.

»Der ist wie ein Chamäleon. Mit dir redet er fein und mit den Bauern so, wie denen der Schnabel gewachsen ist. In Seebach schwätzt er seebächerisch, in Oppenau oppenauerisch und bei uns fautebächerisch. So gut, du denkst, er ist hier aufgewachsen.«

»Aha«, sagte ich.

Erna stellte eine Weinschorle auf den Tisch und plumpste neben mich auf die Ofenbank.

»'s ist mal wieder geschafft!«, seufzte sie und nahm einen Schluck Schorle. »Beim Gesangsverein ist heut nur von der Skihalle gesprochen worden. Können die die Halle jetzt wirklich bauen? Stimmt's, dass die B3 wegen dem zusätzlichen Verkehr noch verstopfter sein wird? Verdienen dann wirklich alle Gastwirte in der Gegend mehr Geld?«

Ich zuckte mit den Schultern, und mein Vater grummelte etwas Unverständliches.

Bevor Erna weiter heraussprudelte, was sie im Laufe des Abends noch alles gehört hatte, fragte ich: »Wisst ihr, was der Regionalplan regelt, der jetzt wegen der Skihalle geändert worden ist?«

Erna überlegte kurz und lächelte dann bedauernd. Darüber war also beim Männergesangsverein nicht gesprochen worden.

»Darin ist zum Beispiel festgelegt, wo Industrieansiedlungen entstehen dürfen oder wo gebaut werden darf«, sagte mein Vater. »Darin wird auch geregelt, welche Gegenden unter Naturschutz stehen, so wie die Wälder um den Breitenbrunnen zum Beispiel.«

»Die Skihalle soll mitten in ein Naturschutzgebiet gebaut werden?«

»So ist es.«

»Und? Können die jetzt anfangen zu bauen?«, mischte sich Erna wieder ein.

»Nein.« Der Alte zog kräftig an seiner Brissago. »Entschieden ist, dass der Naturschutz hier zugunsten einer Bebauung aufgehoben ist. Aber der Teufel steckt im Detail. Da gibt es noch den Flächennutzungsplan, der dann geändert werden müsste, die Bedenken der Umweltschützer und und und.«

»Die Sache ist also keinesfalls gelaufen?«, fragte ich.

»Im Gegenteil. Jetzt geht der Kampf erst richtig los«, meinte mein Vater.

»Hoffentlich gibt's kein Mord und Totschlag!«, seufzte Erna, wie immer Schlimmes befürchtend.

*

Der »Acher- und Bühler Bote« lag ausgebreitet auf dem Tisch vor der Ofenbank. Daneben eine leere Kaffeetasse und Reste eines Marmeladenbrots. Mein Vater hatte sein Frühstück schon beendet und war draußen, um die Getränkeanlieferung zu kontrollieren. Ein kühler Wind wehte in die Gaststube und vertrieb für kurze Zeit den Gestank von kaltem Rauch und abgestandenem Bier. Wie bereits gestern von

Radio Regenbogen angekündigt, hatte das Tief »Helga« die Ortenau erreicht, und durch die offenen Fenster sah ich nur Nieselregen. Fröstelnd schloss ich Fenster und Türen, holte mir einen Kaffee und setzte mich vor die aufgeschlagene Zeitung. FK Feger, mit dem ich mal zur Schule gegangen war, hatte für den politischen Teil einen langen Artikel über die Entscheidung des Regionalverbandes geschrieben, in dem vorsichtig durchklang, dass dies zwar eine Niederlage für die Hallengegner, aber noch lange keine definitive Entscheidung für die Skihalle sei. Im Lokalteil fand ich neben drei erbosten Leserbriefen von Skihallen-Gegnern folgende kleine Notiz: »Vor zwei Tagen ist in der abgelegenen Legelsau ein Einbruch verübt worden. Anscheinend waren der oder die Täter nicht an Geld- oder Wertgegenständen interessiert, sondern einzig an einem Fotoapparat und Fotografien. Um die Fotos sei es nicht schlimm, so der Besitzer, davon gebe es noch Kontaktabzüge, aber der Diebstahl der Kamera sei ein herber Verlust.« War Konrad also doch zur Polizei gegangen und hatte den Diebstahl der Kamera angezeigt?, dachte ich. Aber wie kam die Nachricht so schnell in die Zeitung? Gab die Polizei automatisch alle Diebstahlsmeldungen an die örtlichen Zeitungen weiter? Oder hatte Konrad selbst die Presse informiert? Wenn ja, dann war erstaunlich, dass sein Name nicht auftauchte. Denn damit hätte er die Stimmung gegen die Skihalle bestimmt noch mal anheizen können. Es fiel mir ein, dass ich gestern Teresa nicht mehr zurückgerufen hatte, und ich nahm mir vor, dies zu tun, bevor die Rushhour in der Küche begann.

»Sauwetter«, fluchte mein Vater und zog seine Jacke aus. »Machst du mal einen Kaffee für den Sepp, ja?«

»Servus, Katharina.«

Sepp, der Bierfahrer aus Ulm, schüttelte mir kräftig die Hand. Solange ich denken konnte, brachte er uns die Getränke.

»So, bisch au mol wieder im Ländle?«, begrüßte er mich.

»Hast du deine Gemüsebestellungen fertig?«, fragte mein Vater. »Der Sepp kann sie mitnehmen. Seine nächste Station ist der Gemüse-Berger.«

In der Küche prüfte ich die Bestände, komplettierte meine Liste und gab sie an Sepp weiter.

»Ich hab übrigens einen Computer gekauft, der wird heut geliefert. Und dann legen die uns von der Post gleich einen Internetanschluss. Hab gedacht, so was brauchen wir jetzt auch, oder?«

Der Alte sah mich fragend an. Wir hatten darüber vor einiger Zeit schon mal geredet, und er war immer sehr skeptisch gewesen. Wie's aussah, hatte er es sich jetzt anders überlegt. Das war so seine Art, mir die Linde schmackhaft zu machen.

»Dann lass dir aber gleich einen Einführungskurs geben. Sonst verzweifelst du an dem Ding!«

Ich sah auf die Uhr. In einer Viertelstunde kam Carlo, also konnte ich jetzt noch mit Teresa telefonieren. Ich erreichte sie in ihrem Blumenladen.

»Ich hab furchtbar viel zu tun«, sagte sie. »Morgen Abend findet im Hotel Breitenbrunnen eine brasilianische Nacht statt. Dschungelpflanzen, Lilien, Orchideen und ein Brunnen mit Seerosen. Ich weiß immer noch nicht, wo ich die Seerosen hernehmen soll.«

Ich war mir sicher, dass Teresa etwas einfallen würde, und das sagte ich auch. Dann fragte ich: »Hat sich was Neues wegen dem Einbruch ergeben?«

»Nein, nichts. Heute habe ich aber wenigstens wieder geschlafen.«

»Na ja, vielleicht klärt sich die Sache, jetzt wo Konrad den Diebstahl des Fotoapparats gemeldet hat. Nun weiß die Polizei, wonach sie suchen muss.«

»Was meinst du?«, fragte Teresa sichtlich irritiert.

»Im Acher- und Bühler Booten steht heut was über den Einbruch bei euch.«

Für eine Weile war es still am anderen Ende der Leitung.

»Konrad und ich haben uns kaum gesehen in den letzten zwei Tagen«, begann Teresa dann zögerlich und machte wieder eine Pause, bevor sie fortfuhr: »Und wegen dieser Skihalle hatten wir schon ein paarmal Streit. Wir haben kaum mehr Zeit füreinander, seit Konrad sich in der Bürgerinitiative engagiert. Und seit dem Einbruch benimmt er sich richtig merkwürdig. Ich bin sicher, der Diebstahl hat etwas mit der Skihalle zu tun, und ich bin auch sicher, dass Konrad das denkt. Aber er redet nicht mit mir darüber. Und das macht mir Sorgen.«

Ich sah sie vor mir in ihrem Blumenladen stehen, umgeben von Dschungelpflanzen und Orchideen. Ob sie wie früher bei Kummer an ihren Lippen nagte? Genau wie ich redete Teresa nicht so schnell über persönliche Probleme. Sie musste sich also große Sorgen um ihren Mann machen, wenn sie es jetzt so offen ansprach. Mir fiel sofort meine Freundin Adela ein, die jetzt sagen würde: »Männer! Von de-

nen muss man die Finger lassen. Sie sind unberechenbar. Red mit ihnen über Autos oder geh mal mit ihnen ins Bett, doch halt sie dir
sonst fern!« Aber das würde Teresa jetzt bestimmt nicht gefallen.

»Das wird schon wieder!«, versuchte ich sie zu trösten.

»Wahrscheinlich. Erst mal muss ich jetzt zusehen, woher ich die
Seerosen bekomme«, antwortete sie lahm.

»Wenn was ist, du weißt, wo du mich erreichst!«, schob ich als
Aufmunterung nach, bevor ich den Hörer auflegte.

Von der B3 drang wütendes Gehupe in die Gaststube. Als ich vor
die Tür trat, sah ich, dass ein Traktor, der einen Wagen voller Meerrettichwurzeln zog, gemächlich mit zwanzig Kilometern dahertuckerte.
Hinter ihm drängelte eine Schlange wütender Autofahrer, von denen
einige meinten, sie kämen schneller voran, wenn sie auf die Hupe
drückten. An den Meerrettichwurzeln klebte schwere, braune Erde.
Der Regen der letzten Tage war nicht gut für die Ernte. Es war müh-
samer, die Wurzeln aus nasser als aus trockener Erde zu ziehen, und
es würde mehr Arbeit machen, die verkrustete Erde abzuschrubben.
Da dies alles Handarbeit war, würden die Bauern mit der Ernte noch
weniger verdienen als sonst.

Es regnete jetzt kaum noch, aber der Himmel war bleischwer, und
der Schwarzwald verbarg sich in einem grauen Wolkenmeer. Auf dem
Bürgersteig vor dem Rathaus tauchte Carlo auf seinem Skateboard
auf. Er winkte, fuhr ein paar elegante Schleifen über den Parkplatz
der Autowerkstatt, beschleunigte noch einmal und landete dann direkt vor mir.

»Hi, Chefin, was gibt's Neues?«

Er schüttelte das klamme Haar und strahlte mich mit einem Optimismus an, wie man ihn wahrscheinlich nur mit siebzehn haben
konnte.

»Es regnet gleich wieder«, sagte ich.

»Weißt du, was ich gestern erlebt habe, als ich von der Disco in der
Illenau nach Hause ging?«

»Du hast die Frau deines Lebens kennen gelernt.«

Es begann tatsächlich wieder zu regnen, und ich ging zurück zum
Haus.

»Quatsch!«, meinte Carlo, als wir die Treppen hochstiegen. »Du
weißt doch, dass die Legelsauer in ganz Achern Plakate gegen die Skihalle aufgehängt haben, oder?«

»Mhm«, murmelte ich, froh wieder im Trockenen zu sein.

»Na ja. Gestern Abend war ein Trupp Leute unterwegs, die die alle abgerissen haben.«

»Ohla«, sagte ich und holte mir auf dem Weg zur Küche einen Kaffee. »Du auch einen?«

Carlo nickte. »Ich war mit 'nem Kumpel unterwegs. Wir haben die angemacht, gesagt, was soll der Scheiß? Da sind die auf uns losgegangen! Das waren fünf, und wir waren zu zweit. Ich war echt froh, dass wir unsere Skateboards hatten.«

»Kennst du die?« Ich stellte die Kaffees am Pass ab, band mir die Schürze um und steckte den Tourchon ein.

»Vom Sehen. Hängen manchmal beim Kino rum. Ich glaub, die sind im Skiclub.«

»So, so. – Und jetzt an die Arbeit! Du machst heute die Meerrettichsoße!«

In der kurzen Zeit, die wir jetzt miteinander arbeiteten, hatten wir zwei schnell einen gemeinsamen Rhythmus gefunden. Das ist wichtig beim Kochen, denn nur so kann man die Hektik der Rushhour, wenn die Bestellungen Schlag auf Schlag kommen und der Service drängelt, gut überstehen. Heute panierte ich die Schnitzel und ließ Carlo nicht nur die Meerrettichsoße, sondern auch den Bierteig machen. Der Junge sollte schließlich was von mir lernen. Mal sehen, ob Erna Recht hatte und die Landfrauen wirklich neugieriger auf neue Gerichte waren. Radio Regenbogen schüttete uns und das schlechte Wetter derweil mit Gute-Laune-Musik zu. Carlo wiegte sich im Rhythmus von »White Flag« von Dido, und ich überlegte, wann ich endlich die panierten Schnitzel von der Speisekarte verbannen konnte.

»Da ist Besuch für dich!«, meldete mein Vater.

Ich legte die Schürze ab und eilte in die Wirtschaft.

Mitten in der Gaststube stand Adela. Meine Adela!

Mit ihren Theorien über Männer und Morde hatte sie mich zur Weißglut gebracht. Wegen ihrer Leidenschaft für alte Autos hatte ich eine Nacht eingesperrt in einer alten Lagerhalle verbringen müssen. Ihretwegen hatte ich Stunden im Kölner Polizeipräsidium festgesessen. Sie war neugierig, stur, bockig und sehr von sich überzeugt. Dabei eine treue Freundin, die gut zuhören konnte. In wie vielen Nächten hatte sie das getan! Und sie hatte mir das Leben gerettet. Wenn sie nicht im Goldenen Ochsen aufgetaucht wäre …Ich drückte und herzte sie kräftig.

Kennen gelernt hatte ich Adela, als ich in Köln eine Wohnung suchte. Als früh pensionierte Hebamme litt sie unter Schlafstörungen und vermietete deshalb ein Zimmer ihrer großen Deutzer Altbauwohnung bevorzugt an Nachtarbeiter, um nachts nicht als Einzige wach zu sein. Wir waren Freundinnen geworden, und nach Spielmanns Tod hatte sie sich um mich gekümmert. Etwas, was ich ihr nie vergessen würde. – Und jetzt hielt ich sie völlig überraschend mitten in der Linde in den Armen. Ich ließ sie los und betrachtete sie genauer. Sie sah aus, als wollte sie gerade zu einer Expedition auf den Mount Everest aufbrechen. Feste Bergschuhe, Wollstrümpfe, Knickerbocker, Anorak und auf dem Kopf so ein neckisches Tirolerhütchen. Ein Ensemble, das ihre kleine kräftige Gestalt fast quadratisch wirken ließ. Was Kleidung betraf, hatte Adela, um es freundlich auszudrücken, einen recht schrägen Geschmack. Mit ihrem ebenmäßigen Gesicht, den dunklen, wachen Augen und dem schwarzen Kurzhaar sah sie mit ihren fast sechzig Jahren trotzdem verdammt gut aus.

»Was stellst du dir unter Landleben vor?«, fragte ich sie. »Wir haben Strom, fließendes Wasser, geteerte Straßen, Telefon und Internet.«

»Na, ja«, meinte Adela. »Besser zu gut ausgerüstet als gar nicht. – Wo ist denn jetzt eigentlich der Schwarzwald?«

Ich schleppte sie vor die Tür und deutete auf das graue Wolkenmeer, hinter dem er sich heute verbarg. Der Regen hatte aufgehört, und am Himmel zeigten sich zwischen dem Grau vereinzelte blaue Streifen.

»Was hältst du von einem Spaziergang?«, fragte ich.

Zum Glück verzichtete Adela darauf, ihren Wanderstock, den sie auch dabeihatte, mitzunehmen, und hakte sich stattdessen bei mir unter. Wir schlenderten die Talstraße in Richtung Oberdorf hinauf. Die Regenfälle der letzten Tage hatten den Fautenbach ansteigen lassen und das ansonsten träge Bächlein in eine aufgewühlte braune Brühe verwandelt.

»Na, wie geht's dir, Schätzelchen?«, fragte Adela und tätschelte meine Hand.

Eine Angewohnheit aus ihrer Hebammenzeit. Den vielen Schwangeren, die sie entbunden hatte, hatte sie während der Wehen zur Beruhigung immer wieder die Hand getätschelt.

»Es regnet viel, ich paniere Schnitzel und schiebe meiner Mutter die Bettpfanne unter den Hintern.«

»Das klingt nicht schön, ist aber nicht das, was ich hören will.«

Ihre Finger tippten weiter behutsam und beharrlich auf meine Hand. Adela war davon überzeugt, dass dieses Tätscheln nicht nur gegen schmerzhafte Wehen, sondern auch gegen alle Arten von Seelenqualen half.

»Was machen deine Alpträume?«

Ich entzog ihr meine Hand und steckte sie wie die andere in die Jackentasche.

»Es gibt schon Nächte, wo ich davon verschont werde. Aber noch wache ich jeden Morgen schweißgebadet auf, fühle mich nie ausgeruht.«

Adela seufzte und hakte sich wieder bei mir unter. Die Birken entlang des Baches hatten sich schon gelb verfärbt, Regen und Wind die welksten Blätter bereits heruntergeweht. Die Luft roch nach nasser Erde und feuchtem Laub.

»Es braucht Zeit, bis die Wunden heilen«, meinte sie dann ruhig und ergriff wieder meine Hand. »Was ist mit Spielmann?«

Sofort verspürte ich diesen stechenden, bohrenden Schmerz. Vor meinem inneren Auge tauchten in aberwitzigem Tempo furchtbare Bilder auf, Bilder, die ich für ewig aus meinem Kopf verbannen wollte.

»Hör auf!«, sagte ich schroff, schob wieder meine Hände in die Jacke und stapfte davon. Heruntergefallene Früchte eines wilden Birnbaumes, der am Bachrand stand, strömten den säuerlichen Geruch von Fäulnis und Verderben aus.

»Weißt du übrigens, wem du diesen überraschenden Besuch von mir zu verdanken hast?«, fragte Adela schnaufend, als sie mich eingeholt hatte.

Ich zuckte mit den Schultern, immer noch damit beschäftigt, die Horrorbilder aus meinem Inneren dahin zurückzudrängen, wo sie nicht mehr wehtaten.

»Dr. Kälber. Bestimmt habe ich dir mal von ihm erzählt. Er war Assistenzarzt bei Professor Wolf in der Gynäkologie. Wir haben vor einigen Jahren im Krankenhaus Holweide zusammengearbeitet. Er hat meine Arbeit immer sehr geschätzt …Nein, das ist zu wenig. Er war ein glühender Bewunderer von mir. Und weißt du, wo er jetzt seine Praxis hat? In Baden-Baden!«

Langsam wich der Schmerz in mir zurück. Mit einem Ohr konnte ich schon wieder Adelas unverfänglichem Gerede lauschen.

»Letzte Woche hat er mich angerufen und gefragt, ob ich nicht Interesse hätte, in seiner Praxis einen Geburtsvorbereitungskurs abzuhalten. Es hat sich schon bis nach Baden-Baden herumgesprochen, dass ich mich als Hebamme zur Ruhe gesetzt habe – du weißt, meine Geburtsvorbereitungskurse waren –«

»Legendär«, ergänzte ich.

Schließlich hatte mir Adela oft genug davon erzählt. Und nicht nur Adela, auch all die Frauen, die ich durch sie kennen gelernt hatte, die bei ihr entbunden hatten. Adela hat schon Akupunktur bei Schwangerschaftsleiden eingesetzt, als kaum jemand wusste, wie dieses Wort geschrieben wurde. Sie hat schon zu Zeiten Hausgeburten gemacht, in denen die Mehrzahl der Gynäkologen noch dringend davon abrieten. Und in ganz Köln wusste man, dass sie, wann immer möglich, die Schwangeren im offenen Cabrio zur Geburtsklinik fuhr, damit die Gebärenden sich noch ein bisschen entspannen konnten, bevor der Stress richtig losging.

»Einen Monat lang, zweimal die Woche, haben wir abgemacht, und Dr. Kälber zahlt ein großzügiges Honorar. Er hat durchblicken lassen, dass er viele Patientinnen mit Geld hat. – Ihr habt doch ein Fremdenzimmer frei, oder?«

Wir waren jetzt bei der Nepomukbrücke angelangt. Als Kind hatte ich hier mit meinem Vater immer Wettspucken veranstaltet. Wir überquerten die Brücke und stiegen den steilen Weg zur alten Kirche hoch.

»Der Weg zum Himmel ist beschwerlich, oder warum sonst hat man die Kirche so hoch oben gebaut?«, schnaubte Adela, rang um Luft und steuerte zielsicher eine Bank vor der Kirche an.

Unter uns schlängelte sich der Bach, hinter den alten Fachwerkhäusern löste sich das graue Wolkenmeer auf, und der Schwarzwald wurde in seiner ganzen Pracht sichtbar.

Adela wühlte in ihrer Handtasche und förderte zwei Luftpostbriefe zutage. Ich wusste, dass sie von Ecki aus Bombay waren. Ungelesen steckte ich sie in meine Jackentasche.

»Weiß er, dass du jetzt hier in Fautenbach bist? Hast du ihm geschrieben, was mit Spielmann passiert ist?«

Adela sollte endlich aufhören, so unangenehme Fragen zu stellen.

Ich hatte Ecki seit Spielmanns Tod nicht mehr geschrieben. Ich wusste überhaupt nicht, was ich ihm schreiben sollte. Genauso wenig, wie ich wusste, ob ich seine Briefe lesen wollte.

Ich starrte in die Ferne. Bläulich schimmerte die Silhouette des Schwarzwalds. Aus einer der Scheunen unten am Bach drang das Kreischen einer Säge hoch.

»Gibt's denn gar nichts Interessantes von hier zu berichten?«, fragte Adela, um mich wieder auf andere Gedanken zu bringen.

Dankbar, dass sie von den schmerzhaften Fragen abließ, sagte ich: »Ich hab Teresa, eine alte Freundin, wiedergetroffen. Bei ihr ist eingebrochen worden.«

Als ich Adelas Blick sah, bereute ich sofort, ihr von dem Einbruch erzählt zu haben. Es war der gleiche Blick wie der, als ich ihr von dem Mord an Schwertfeger berichtet hatte. Nicht schon wieder, dachte ich. Sie soll sich nicht schon wieder in ein Verbrechen einmischen!

*

Abends verzehrte Adela mit sichtlichem Genuss und sehr zu meinem Ärger ein Wiener Schnitzel.

»Ich musste als Kind so viel Rote Bete essen, das reicht fürs ganze Leben. Da kann mich auch dein Bierteig oder sonst was nicht vom Gegenteil überzeugen.«

Davor war es ihr gelungen, meiner Mutter ein Lob zu entlocken, nachdem sie ihr den Ischiasnerv akupunktiert hatte. Spätabends holte mein Vater als Willkommenstrunk zwei feine Flaschen »Waldulmer Pfarrberg« aus dem Keller.

Der Wein ließ mich gut einschlafen. Aber frühmorgens riss mich ein heftiges Schluchzen aus dem Schlaf. Ich merkte, wie mir die Tränen liefen, ich war also durch mein eigenes Weinen geweckt worden. Mich an keinen Alptraum erinnernd, hatte ich dennoch Angst, die Augen wieder zu schließen, und setzte mich auf. Milchiges Morgenlicht drang bereits in mein Zimmer, und an der B3 setzte der tägliche Berufsverkehr ein. Ich starrte auf das große Filmplakat »Das Imperium schlägt zurück«, das seit meinem fünfzehnten Geburtstag an der Wand über den beiden Korbsesseln klebte. »Die Star Wars-Trilogie« war der Kinohöhepunkt meiner frühen Jugend gewesen. Auf meinem Schulschreibtisch stand bis heute die Plastikminiaturausgabe von

Han Solos Raumschiff Fliegender Falke, und direkt daneben lagen die beiden Brief von Ecki, die ich immer noch nicht geöffnet hatte. Han Solo war die erste Liebe meines Lebens gewesen. Vielleicht war ich deshalb auf so einen Abenteurer-Typen wie Ecki hereingefallen! Der kurvte genauso ungebunden in der Welt herum, wie Han Solo in seinem Fliegenden Falken durchs Weltall gepest war.

Mühsam schleppte ich mich durch den Tag. Als ich am frühen Abend zu einem weiteren Spaziergang mit Adela aufbrechen wollte, fuhr Teresa mit ihrem Kastenwagen vor. Schnell sprang sie aus dem Renault.

»Ich muss dich um einen Gefallen bitten«, begann sie ohne Umschweife. »Konrad ist verschwunden. Schon vor drei Stunden wollte er bei mir im Geschäft sein, um mit seinem Wagen die Dschungelpflanzen zum Breitenbrunnen zu bringen. Er ist nicht aufgetaucht. Er meldet sich auch nicht über sein Handy.«

Sie redete schnell, ganz außer Atem. Ich sah, dass sie geweint hatte.

»Er war heute Nachmittag ganz kurzfristig am Wolfsbrunnen verabredet. Frag mich nicht, mit wem! Er hat mal wieder nichts gesagt. – Und ich habe doch diese brasilianische Nacht. Ein großer Auftrag, Geld, das ich unbedingt brauche. Ich weiß überhaupt nicht, was ich machen soll!«

»Wolfsbrunnen, das ist doch die Wirtschaft beim Steinbruch, oberhalb von Seebach, oder?«, fragte ich.

Teresa nickte und nagte an ihren Lippen, die davon schon an den Rändern entzündet waren.

»Natürlich fahren wir zu diesem Wolfsbrunnen und sehen nach, ob wir ihn finden«, sagte Adela und stapfte ins Haus, um ihre Autoschlüssel zu holen.

So war sie immer. Wenn sie beschloss, etwas zu tun, dann wurde es auch gemacht. Teresa sah mich irritiert an. Als Adela zurück war, machte ich die beiden Frauen miteinander bekannt. Natürlich hätte ich Teresa diesen Gefallen auch getan. Es waren noch zwei Stunden Zeit, bis der Abendbetrieb losging, und bis zum Wolfsbrunnen brauchten wir nicht länger als eine halbe Stunde.

»Wenn wir ihn finden, werde ich ihn als Erstes zusammenscheißen, weil er dir so viel Kummer macht«, sagte ich zu Teresa. »Was fährt er für ein Auto?«

»Einen dunkelgrünen Landrover.«

Adela klemmte sich hinter das Steuer ihres schwarzen VW-Cabrios, und ich dirigierte sie auf die L87. Ein regenfreier Tag ging zu Ende und tauchte die Kirschbaumplantagen in ein weiches Dämmerlicht. Die Spätburgunder Rebhänge von Kappelrodeck hatten sich bereits weinrot verfärbt und bildeten einen wunderbaren Kontrast zu den dunklen Tannenwäldern, die sich dahinter erhoben. Vor Seebach hingen sanfte Nebelschwaden über der Acher. Dahinter führte die L87 steil und kurvenreich durch dichten Tannenwald bergan, da hätte mein Punto geschnauft, aber Adelas Cabrio schaffte die Steigung ohne Mühe. Zwei Kilometer später tauchte der Gasthof »Zum Wolfsbrunnen« auf. Einsam lag er zwischen Seebach und der Schwarzwaldhochstraße. Wanderer kehrten hier ein oder Ausflügler, die mit Auto oder Bus durch den Schwarzwald kurvten. Wir entdeckten Konrads Landrover sofort. Er stand auf dem schmalen Parkstreifen neben der Bushaltestelle.

»Wir sehen zuerst in der Kneipe nach«, schlug ich vor.

Adela nickte und trippelte neben mir her. Nachdem ich gestern wegen ihres Outfits gelästert hatte, trug sie heute etwas ganz anderes: Schnürstiefel, einen schwarzen Glockenrock, eine Rüschenbluse mit Blumenmuster und darüber eine knallrote, flauschige Strickjacke. Ich lief schon seit Tagen in Turnschuhen, Jeans und Sweatshirt herum und war froh, noch meinen Anorak angezogen zu haben, denn hier oben wurde es um diese Zeit schon empfindlich kalt.

Die Gaststube, ein niedriger, stickiger Raum, war, sah man von der Gruppe Männer an einem der Tische ab, leer. Konrad entdeckte ich nicht in der Männerrunde. Die Bedienung trocknete hinter dem Tresen in gemächlichem Tempo Gläser ab. Ich beschrieb ihr Konrad, aber sie schüttelte den Kopf, war sich sicher, dass er nicht hier gewesen war. Ich deutete noch auf sein Auto, das von einem der Fenster zu sehen war, aber sie zuckte gelangweilt mit den Schultern und meinte, dass sie nicht die Zeit habe, sich um parkende Autos zu kümmern. Anschließend wandte ich mich an die Männerunde, alles Kerle mit kräftigen Schultern und von Wind und Wetter gegerbten Gesichtern, deren Alter schwer zu schätzen war. Wald- oder Steinbrucharbeiter, möglicherweise. Auch von ihnen konnte oder mochte sich keiner an Konrad erinnern.

Draußen schlug uns kühle Abendluft entgegen. Die Dämmerung hatte sich weiter gesenkt.

»Bleibt noch der Steinbruch«, sagte ich. »Irgendwo muss er ja sein.«
Wir überquerten die Straße und liefen auf einem breiten, von vielen Fahrzeugen hart gefahrenen Schotterweg dorthin. Seit Mitte des neunzehnten Jahrhunderts wurde hier Kieselgranit abgebaut. Damals brauchte man Schotter zum Bau der Eisenbahnstrecke von Karlsruhe nach Basel. Bis dahin hatte man in der Gegend nur mit dem weichen rötlichen Buntsandstein gearbeitet, der ohne Sprengung abzutragen war. Die Sockel der alten Häuser bestanden daraus, die steinerne Einfassung der Haustüren, die Brunnentröge. Das Straßburger und das Freiburger Münster waren komplett aus Buntsandstein gebaut. Deshalb hatten die Schwarzwälder keine Ahnung, wie man den harten Granit aus dem Berg bricht. Fachleute wurden gebraucht, und so hatte der Erzherzog von Baden Fremdarbeiter aus Norditalien geholt, Männer, die wussten, wie man mit Dynamit und Spitzhacke dem Berg den Stein abtrotzen konnte. Viele dieser Männer waren geblieben: die Ossolas, Gallis, Rondellis, Rerazzis, Peduzzis. Sie hatten den Achertäler Bauern das Steinebrechen beigebracht, deren Töchter geheiratet und waren in der Fremde heimisch geworden.

Heute maß der Krater, den man am Wolfsbrunnen in den Berg gesprengt hat, etwa fünfzig Meter Breite und hundert Meter Höhe. Im letzten Licht des Tages konnte man sehen, dass auch im Kieselgranit der rötliche Ton des Buntsandsteins durchschimmerte.

Der Steinbruch lag verlassen da. Drei Bagger mit großen Schaufeln ruhten neben einem Haufen Wackersteine, wie sie als Sockel beim Hausbau verwendet werden. Das Förderband, das tagsüber handgroße Steine transportierte, stand ebenso still wie die Sägen, mit denen die Steine zerkleinert wurden.

Wir sahen uns um. Von Konrad keine Spur. An den steilen Wänden konnte er nicht hochgegangen sein, die waren selbst für alpine Kletterer zu glatt. Die kahlen Steinhalden boten keinen Platz zum Verstecken. In den Führerhäuschen der Bagger herrschte Leere. Niemand war hier in dieser Steinwüste. Zudem war immer weniger zu sehen, in einer halben Stunde würde es dunkel sein. Wenn Konrad hier irgendwo hilflos lag, mussten wir ihn schnell finden. In der Nacht fand man hier keinen mehr.

»Konrad!!!!«, schrie ich laut, die Hände zu einem Trichter formend, aber außer dem Motor eines sich den Berg emporquälenden Lkws antwortete niemand.

Wir suchten den ganzen Steinbruch ab. Sahen im Geräteschuppen nach, hinter jedem Steinhaufen. Das Dämmerlicht hüllte alles mehr und mehr ein. Nirgends eine Spur von Konrad. Besorgt machten wir uns auf den Rückweg. Wo sollten wir jetzt suchen? Hatte er einen der vielen Wanderwege, die sich hier verzweigten, genommen? Wenn ja, welchen? Und warum? Zwischen dem Steinbruch und der Straße vor dem Wolfsbrunnen lag ein abschüssiges Waldstück, das unten eine Kuhle bildete und sich auf der anderen Seite steil zur Straße hochzog. Dort hing zwischen zwei Heidelbeerbüschen eine Baseballmütze. Ich erkannte sie sofort. Es war die Mütze, die Konrad bei meinem Besuch in der Legelsau getragen hatte. Daneben entdeckten wir Schleifspuren. Angestrengt starrten wir in die Kuhle. Dort unten lag jemand, soweit man dies bei dem verglimmenden Tageslicht noch erkennen konnte. Regungslos.

»Hast du dein Handy?«, fragte ich Adela.

»Im Auto gelassen!«, regte sie sich auf.

»Geh zurück! Ruf Polizei und Krankenwagen! Ich versuche hinunterzusteigen.«

Adela trippelte eilig davon, ihre leuchtend rote Strickjacke ein letzter Farbtupfer in der bald alles verschlingenden Dunkelheit. Ich folgte den Schleifspuren und suchte den Abhang nach Büschen zum Festhalten ab. Ein Weg führte nirgendwo in diese Mulde. Ich rutschte mehr, als dass ich nach unten stieg. Keine Ahnung, wie lange es dauerte, bis ich den Körper erreichte. Auch den grünen Anorak erkannte ich wieder. Es war Konrad, ganz eindeutig. Er lag auf dem Bauch. Im Hinterkopf ein Loch, aus dem eine breiige, mit Knochensplittern zersetzte Masse quoll. Ich würgte, kämpfte gegen einen aufkommenden Brechreiz. Es half nichts, ich musste sein Gesicht sehen, musste wissen, ob er noch atmete. Beim Versuch, den Körper umzudrehen, rutschte ich mit Konrad noch ein Stück tiefer, ganz nach unten in die Mulde, dabei überschlug sich der Körper und lag jetzt auf dem Rücken. Ich blickte in ein paar weit geöffnete Augen. Aus den blauen Robert-Redford-Augen war aller Glanz gewichen. Im Seehundschnauzer klebten kleine Erdklumpen. Konrad war tot. Jemand hatte ihm den Schädel eingeschlagen. Mühsam richtete ich mich auf. Mein Mageninhalt rebellierte so stark, dass ich jetzt alles herauswürgte, was drinnen war. Wie sollte ich das Teresa sagen? Wie sollte ich ihr beibringen, dass ihre furchtbarsten Ahnungen Wirklichkeit geworden waren? Wieso musste ausgerechnet ich schon wieder eine Leiche finden?

Ich blickte nach oben und konnte fast nichts mehr erkennen. Die ankommende Nacht füllte alles mit Schwarz. Je weniger ich sehen konnte, desto mehr hörte ich. Der Wald raschelte, wisperte, stöhnte und knackte. Wo blieb nur Adela? Wieso brauchte sie so lange?

Plötzlich wurde oben im Steinbruch ein Bagger gestartet. Ich hörte, wie die Schaufel sich in einen Steinhaufen bohrte und danach die Steine hineinpurzelten. Was war da los? Wer schob dort oben in der Dunkelheit Steine hin und her? Warum kam Adela nicht zurück? Wo blieb der Krankenwagen? Die Bagger-Geräusche wurden lauter. Das Ungetüm rollte auf die Mulde zu, in der ich mit dem toten Konrad festsaß.

»Adela!!!«, schrie ich in panischer Angst.

Als Antwort rollte eine Lawine von Steinen zu mir herunter. Der erste traf mich am Hinterkopf, der zweite die Schulter, der dritte das Rückgrat. Ich wälzte mich brüllend vor Schmerzen auf dem Waldboden. Auf allen vieren krabbelnd versuchte ich, vor den Steinen zu fliehen. Aber immer mehr dicke Brocken rollten den Berg herunter. Ich suchte unter einem dichten Kieferwurzelwerk Schutz. So wurde die Wucht der Steine etwas abgefangen, dennoch traf mich einer an der Schulter, die eh schon wehtat. Für einen Augenblick tanzten mir Sternchen vor den Augen, und ich hatte Angst, ohnmächtig zu werden. Der Rücken schmerzte, als wäre er zerschmettert, im Kopf brummten Bässe einer riesigen Stereoanlage. Endlich kamen keine Steine mehr, und der Bagger fuhr weg. Ich holte tief Luft, versuchte herauszufinden, wo ich war. Da hörte ich, wie der Bagger sich erneut in den Steinberg bohrte, neue Ware auflud und zurückkam.

Wo blieb nur Adela?

Dort oben war jemand, der den toten Konrad unter Steinen begraben wollte und mich mit ihm. Ich musste auf die andere Seite der Mulde kommen und dort nach oben klettern, sonst war ich verloren. Doch wo war die andere Seite? In der Dunkelheit konnte ich nur noch die Äste und Baumstämme in meiner unmittelbaren Umgebung erkennen. Neben dem quietschenden Baggergeräusch hörte ich jetzt viel leiser noch ein anderes Geräusch. Ein Auto! Und dann sah ich weit rechts von mir den schwachen Schein eines Scheinwerfers. Dort war die Straße. Dorthin musste ich krabbeln. Ich zwang meinen schmerzenden Körper weiterzukriechen und zog mich von einem Ast zum andern hoch. Ich musste die Mulde verlassen haben, bevor der Bagger seine nächste Fuhre abladen konnte. Dornen und Gestrüpp zerkratzen mir Beine und Hände. Jeden Meter, den ich nach oben kroch, rutschte ich halb zurück. Ich krabbelte um mein Leben. Schon wieder füllte sich die Luft mit Staub, die neuen Steine begannen zu rollen, prallten in der Mulde ab, sprangen in meine Richtung. Ich zog mich weiter den Abhang hoch. Nicht aufgeben!, sagte ich mir, aber ich war so zerschlagen, so müde, ich wollte ausruhen, schlafen, nur noch schlafen. Meine Hände packten nach bröseliger Erde, fanden nirgendwo mehr Halt. Ich rutschte zurück in die tödliche Mulde. Irgendwo hörte ich eine Sirene, dann verstummte der Bagger.

»Wo steckst du?«, hörte ich Adela schreien.

Ich konnte nicht antworten. Meine Stimme gehorchte mir nicht mehr. Um mich herum waren unsichtbare Wände, die meine Worte nicht durchließen, und ich hörte Adela leiser und leiser werden, bis sie ganz verstummte. Dann versank ich in eine unendliche Dunkelheit.

*

Spiralen aus heißem Teer legten sich um meine Beine und zogen mich in ein schwarzes Loch. Schlingpflanzen schlängelten sich um Hals und Brust und quetschten mir die Luft ab. In einem Küchenboden, kniehoch mit einer Schicht aus Mehl, Salz und Nüssen bedeckt, steckten blutige Messer. Ein fetter Sumo-Ringer benutzte meinen Rücken als Gong und hieb unablässig mit einem riesigen Klöppel dagegen. Knochen wurden zermahlen. Jemand zog mich an den Haaren und zerrte mich unter einen Wasserhahn, aus dem kochendes Wasser dampfte. Eine schöne, langgliedrige Hand zündete meine Haare an. Sie brannten lichterloh. Ein großes, formloses Ungeheuer fraß Steine. Sowie es sich die Steine in den Mund stopfte, verwandelten diese sich in menschliche Körperteile. Mit spitzen Zähnen riss es davon rohe Fleischstücke ab, Blut tropfte aus seinem Maul und sprenkelte die Steine, die es als Nächstes fressen wollte, mit einem zarten Pünktchenmuster. Neben den Steinen lagen fünf Doraden, die ihre Fischkörper im Takt bewegten und »Let the Sun Shine« sangen. Auf einer Fleischschneidemaschine wurden meine roten Locken in fingergroße

Kringel geschnitten und danach vakuumverpackt. In einer Zirkusmanege war ich Halterin einer Bodenartistentruppe. Elfengleiche Artistinnen hopsten auf ein Sprungbrett, drehten in der Luft Salti und landeten dann auf meinen Schultern. Mit jeder Artistin schmerzten meine Schultern stärker, und Beine und Körper bohrten sich von Mal zu Mal tiefer in den Sägemehl-Boden, bis auch mein Kopf darin versank. Das Sägemehl verwandelte sich in Wasser. Mit den Artistinnen auf meinen Schultern trieb ich durch eine braune Brühe, von einem Strudel erfasst zog es mich in Tiefen, in denen nur noch Dunkelheit herrschte.

Als ich die Augen öffnete, blendete mich hellstes Weiß und schickte stechende Schmerzen in meinen Kopf. In der Luft hing eine Geruchsmischung aus Weichspüler, Desinfektionsmittel und zerkochtem Gemüse. Ich starrte auf einen weißen Baumwollkittel und ein kleines Metallschild, auf dem »Schwester Iris« stand.

»Na, wie fühlen Sie sich?«

Freundliche blaue Augen musterten mich. Geschickt schüttelte Schwester Iris die Kissen auf und strich sich danach energisch das blondierte Kurzhaar hinters Ohr.

»Eine Gehirnerschütterung und ein paar Knochenprellungen. Sie haben echt Glück gehabt.«

Schwester Iris füllte eine Tasse mit Pfefferminztee und bedeutete mir zu trinken. Lau und abgestanden fand er seinen Weg in meinen Magen.

»Ein Kaffee wär mir lieber.«

Meine Stimme klang fremd. So, als hätte ich sie seit Wochen nicht gehört.

»Ein gutes Zeichen«, sagte die Schwester und kurbelte das Bett so weit hoch, dass ich aufrecht sitzen konnte. »Wenn Sie ausgetrunken haben, müssen wir sehen, ob Sie schon alleine zur Toilette können.«

Sie schlug die Bettdecke zur Seite. Meine Beine waren übersät mit Schrammen und blauen Flecken. Schwester Iris packte mich geübt unter den Arm und half mir in den Stand. Ein heftiger Schmerz brachte mich in Atemnot.

»Der wird Sie noch eine Zeit lang begleiten. Sie haben eine Brustkorbprellung. Die geht immer auf die Atmung.«

Sie sprach hochdeutsch mit badischen Einsprengseln. So wie jemand, der nicht von hier war, aber schon lange hier lebte.

51

Jeder Schritt Richtung Badezimmer kostete Überwindung.

»Soll ich mitkommen?«, fragte Schwester Iris, als wir endlich die Badezimmertür erreicht hatten.

Ich schüttelte den Kopf.

»Schließen Sie auf keinen Fall ab! Falls was passiert!«, befahl sie.

Ich machte die Tür hinter mir zu und hangelte mich vom Waschbecken bis zur Kloschüssel. Es war zum Glück eine von diesen Behindertentoiletten mit Griffen links und rechts, mit deren Hilfe man sich langsam setzen konnte. Alles ging nur in Zeitlupe, und jede Bewegung setzte aus den unterschiedlichsten Bereichen meines Körpers ein Heer von Schmerzen in Bewegung. Man hatte mir einen von diesen weißen Operationskitteln angezogen. Als ich wieder stand, zog ich ihn vorsichtig aus und betrachtete meinen Körper vor dem Spiegel. Nicht nur die Beine, auch die Arme waren mit Schrammen und blauen Flecken übersät. Auf meinen breiten Hüften prangte ein Hämatom von der Größe eines Spiegeleis und unter der linken Brust eines so groß wie ein Tennisball. Aber das war nichts gegen den Rücken! An Schultern und Brustkorb konnte man nichts mehr von meiner hellen Haut sehen, sie hatte sich in eine durchgängige, dunkelblaurotlila Fläche verwandelt, die man bei ungenauem Hinblicken für ein riesiges Fantasy-Tattoo halten konnte. Schürfwunden, die wie mit Gabeln gezogene Linien aussahen, musterten meine Pobacken. Schrammen, die ich mir bestimmt beim Rutsch in die Mulde zugezogen hatte. Wenn ich mir meinen Körper so betrachtete, dann war es schon gut, dass ich zurzeit mit keinem Mann ins Bett ging! Der einzige Teil, der keine Verletzungen aufwies, war mein Gesicht. Das sah in dem grellen Neonlicht blass und mitgenommen aus, und unter den Augen entdeckte ich die ersten Fältchen.

»Alles in Ordnung?«, drängelte Schwester Iris vor der Tür.

Langsam schlurfte ich nach draußen und war dankbar, mich auf dem Weg zurück zum Bett auf ihren Arm stützen zu können.

»Wie lange bin ich schon hier?«, fragte ich, froh wieder zu liegen und mich nicht mehr bewegen zu müssen.

»Sie sind gestern Abend eingeliefert worden. Ich stelle Ihnen einen Joghurt hin. Wenn Ihnen der schon schmeckt, bringe ich Ihnen ein Abendessen.«

Die klebrige Masse am Hinterkopf. Der tote Konrad. Der unheimliche Bagger. Adela, ich habe Adela nicht mehr rufen können.

Schwester Iris rückte mir das Nachttischchen zurecht.

»Was ist mit Konrad Hils?«, fragte ich sie, bevor sie gehen konnte.

»Das fragen Sie am besten den –«

Die Krankenschwester deutete auf einen kleinen Mann, der in einem Buch lesend am Besuchertisch saß und mir jetzt ernst zunickte.

»Sie hat eine Gehirnerschütterung und einen Schock. Zehn Minuten, dann ist Schluss!«, verwarnte Schwester Iris den Mann, bevor sie uns verließ.

»Grüeß Gottle, Frau Schweizer«, er schüttelte mir vorsichtig die Hand. »Kuno Eberle, Mordkommission Offenburg. Könnet Se scho schwätze?«

Ein Schwabe! Du liebe Güte, was hatte hier im Badischen ein schwäbischer Kommissar verloren?

»Was ist mit Konrad?«

»Wir haben die Leiche von Konrad Hils erst heute Morgen bergen können. Das THW brauchte dazu einen kleinen Spezialbagger, so ein geländetüchtiges Fahrzeug, wegen dem steilen Abhang, wisset Se. Oje, das war kein schönen Anblick, des könnet Se mir glaube. Steine von der Größe, mit der Wucht des Aufpralls, ich glaub nicht, dass noch ein Knochen heil war. Es ist mir sehr schwer gefallen, seine Frau zu bitten, ihn zu identifizieren!«

Die arme Teresa! Ich stellte mir Konrads zerschmetterten, entstellten Leichnam vor und sah Teresa vor mir, die sich diesen Körper ansehen musste, der ein paar Stunden zuvor noch einem heilen und gesunden Konrad gehört hatte, der sich am Morgen von ihr verabschiedet, der sie möglicherweise in der Nacht zuvor noch geliebt hatte.

»Jetzt ist er in Freiburg, in der Gerichtsmedizin.«

Für meine Augen war es angenehmer, auf das Flanellhemd von Kuno Eberle zu blicken, als auf das stechende Weiß des Schwesternkittels. Das Hemd war alt und ungebügelt, genauso wie die Hose von undefinierbarer Farbe. Kuno Eberle war kein Mensch, der Wert auf Kleidung legte.

»Er war schon tot, als ich ihn gefunden habe«, sagte ich. »Jemand hat ihm den Schädel eingeschlagen.«

»Könet Se den Zustand der Leiche ä bissele genauer beschreiben? Das ist wichtig für den Pathologen, müsset Se wisse.«

Eberle nestelte aus seiner Hosentasche ein eselsohriges Heft und einen Stift.

Wieder stieg Übelkeit in mir auf, als ich Eberle die gallertartige, mit Blut und Knochensplittern vermischte Masse auf Konrads Hinterkopf beschrieb. Zum Glück ersparte er mir, länger darüber reden zu müssen. Ob mir in der Umgebung des Toten noch etwas aufgefallen sei, wollte Eberle dann wissen. Natürlich hatte ich nicht darauf geachtet, ob rechts oder links von der Leiche etwas lag! Es war ja fast dunkel gewesen, als ich zu dem Körper hinunterstieg, ich musste aufpassen, wohin ich meine Füße setzte, um auf dem durchgeweichten Waldboden nicht auszurutschen. Und dann hatte mich der Anblick von Konrad viel zu sehr geschockt, um noch irgendetwas anderes wahrzunehmen.

»'s hät ja sei könne«, meinte der Schwabe stoisch. »Und jetzt erzählet Se mir von dem Einbruch.«

»Hat Teresa das noch nicht getan?«, wunderte ich mich.

»Die ist noch nicht vernehmungsfähig. Vielleicht morgen«, murmelte Eberle.

»Wissen Sie, wo sie jetzt ist?«, wollte ich wissen.

»Bei ihrer Mutter.«

Das war gut! Teresas Mutter war anders als meine. Warmherzig und liebevoll. Wenn ihr überhaupt Menschen Halt und Trost geben konnten nach diesem grauenvollen Erlebnis, dann gehörte ihre Mutter dazu.

Ich erzählte das wenige, was ich von dem Einbruch wusste, und erwähnte auch die Notiz, die ich gestern im Acher- und Bühler Boten gelesen hatte. Eberle schrieb eifrig mit. Sein Haar hatte die gleiche undefinierbare Farbe wie seine Hose und war an einigen Stellen schon deutlich gelichtet. Die Bügel seiner Nullachtfünfzehn-Brille saßen so locker, dass er diese beim Schreiben des Öfteren nach hinten schieben musste.

»Ich werde gleich mal in der Martinstraße vorbeigehen und mit den Kollegen sprechen. Vielleicht haben die von den Nachbarn noch was erfahren.«

Seine Stimme klang nicht so, als ob er darein viel Hoffnung setzte. Wie alt mochte er sein? Mitte fünfzig? Anfang sechzig? Seine Wangen waren von tiefen Furchen durchzogen, die Nase wie bei alten Rotweintrinkern rot geädert. An seinen schiefen Zähnen hätte ein Kieferchirurg ein Vermögen verdienen können, und aus seinem Kinn sprossen graue Bartstoppeln. Ein zerknittertes, müdes Gesicht, an dem einzig das intensive Braun der Augen überraschte.

»Dann habet Se wahrscheinlich keine Idee, wer bei ihm am Wolfs-brunnen gewesen war?«

Er schnäuzte sich mit einem großen, schon mehrfach benutzten Stofftaschentuch und sah mich fragend an. Sein Blick war undurch-dringlich.

»Glauben Sie mir, ich täte nichts lieber, als Ihnen den Scheißkerl ans Messer zu liefern, der Konrad umgebracht hat.«

»Es handelt sich dabei möglicherweise um eine dritte Person«, sag-te Eberle. »Konrad Hils ist nicht allein zum Wolfsbrunnen gefahren. Wir haben neben seinem Fahrzeug Fußspuren von zwei Menschen ge-funden.«

»Herr Kommissar!«

Schwester Iris stand in der Tür und deutete auf ihre Armbanduhr.

»Was heißt das?«, fragte ich irritiert.

»Im Moment sehe ich zwei Möglichkeiten. Erstens, er ist mit sei-nem Mörder zum Wolfsbrunnen gefahren. Zweitens, eine dritte Per-son, eben nicht der Mörder, war bei ihm im Wagen.«

»Herr Kommissar!«

Die Stimme von Schwester Iris klang jetzt drohend. Eberle er-hob sich gehorsam, schlurfte zur Besucherecke und schlüpfte in eine schwarze Jacke, die er dort achtlos über einen Stuhl gehängt hatte. Erst jetzt sah ich, wie klein und schmal er war. Er kam noch mal zu-rück und legte mir ein Buch auf den Nachttisch.

»Vielleicht findet Se ebbes, das Sie ä bissele aufmuntert«, sagte er. »Wir sehet uns bald wieder, dann könnet Se's mir zurückgeben.«

»Jetzt reicht's aber wirklich, Herr Kommissar!«

Energisch kam die Schwester auf Eberle zu. Der reichte mir ohne Hast die Hand.

»Ich habe gehört, dass Sie schon mal in einen Mord verwickelt waren. Es tut mir Leid, dass es jetzt wieder der Fall ist. Also dann, Ade-le.«

Ohne Eile verließ er das Krankenzimmer. Lange starrte ich ihm nach, bevor ich das Buch zur Hand nahm. »Lichte Gedichte«, las ich, dann verschwammen die Buchstaben vor meinen Augen. Das Ge-spräch hatte mich völlig erschöpft, und ich sank zurück ins Reich der Träume. Geweckt wurde ich von dem vertrauten Geruch eines Veil-chenparfüms. Adela tätschelte mal wieder meine Hand.

»So viele Unglücke an einem Abend sind mir noch nie passiert, Schätzelchen, und du weißt, ich hab schon so allerlei erlebt!«

Als sie merkte, dass ich die Augen aufhatte, hüpfte Adela zu mir aufs Bett. »Erstes Unglück: Die Schnürstiefel kann ich auf den Müll schmeißen, auf dem Weg zurück ist mir ein Absatz abgebrochen. Zweites Unglück, ich konnte die Polizei nicht anrufen, der Akku von meinem Handy war leer.«

»Warum hast du so lange gebraucht?«, murmelte ich schlaftrunken.

»Das versuche ich dir gerade zu erklären, Schätzelchen.« Adela strich beschwichtigend über meine Handfläche. »Ich humpele also fluchend zu der Kneipe. Und, du wirst es nicht glauben, das dritte Unglück an diesem Abend: Die war schon geschlossen. In der Zeit, als wir nach Konrad gesucht haben, hat die verschlafene Bedienung den Laden dichtgemacht. Ich habe geklopft und gerufen, aber im ganzen Haus hat sich nichts geregt. Ich hinke also zurück auf die Straße. Es ist jetzt stockdunkel, nirgendwo eine Straßenlaterne. Ich überlege, ob ich zu dir zurückgehen oder an der Straße auf ein Auto warten soll. Da höre ich einen Lkw. Todesmutig stelle ich mich auf den Mittelstreifen, damit er auf keinen Fall vorbeifahren kann. Der Laster hält, der Fahrer, ein Tscheche, der kein Wort Deutsch spricht, steigt fluchend aus. Zum Glück besitzt er ein Handy und rückt es auch raus. Ich rufe also endlich die Polizei an. Die sagen, zwanzig Minuten, schneller können sie nicht da sein. Ich soll auf der Straße warten, damit ich sie sofort zum Tatort führen kann. Ich stell mich also an den Straßenrand, da kriegt der Tscheche seinen Laster nicht mehr gestartet! Er reißt die Motorhaube auf, prüft dies und das und kauderwelscht mich hinters Steuer. Klar kapier ich, was der will. Ich soll versuchen die Karre zu starten, während er am Motor rumhantiert. Ich starte also den Laster wieder und wieder und wieder und wieder, bis es endlich gelingt, den Motor am Laufen zu halten. So ein Lkw-Motor macht einen Krach, dagegen ist ein Traktor leise. Und dieser Krach, Schätzelchen, war das vierte Unglück des Abends. Deshalb habe ich den Bagger nicht gehört! Ohne den Krach des Lasters hätte ich doch gehört, wie der Bagger die Steine auflädt und wäre sofort zu dir gelaufen! – Als der Motor dann wieder gleichmäßig schnurrte, habe ich in der Ferne die Blaulichter gesehen. Ich also raus aus dem Laster, auf die Straße und dirigiere die Fahrzeuge zum Steinbruch. Ich rufe nach dir, und jetzt das fünfte Unglück: Du antwortest nicht! Das THW hat dann mit Scheinwerfern die Mulde ausgeleuchtet. So haben wir dich gefunden. Konrad, das allergrößte Unglück«, Adela schluckte, »konnte an dem Abend nicht geborgen werden. Er war unter einem großen Haufen Steine begraben.«

Sie schwieg eine Weile und betrachtete mich aufmerksam.

»Du kannst dir nicht vorstellen, wie froh ich bin, dass dir nichts passiert ist!«, sagte sie dann, beugte sich zu mir herunter und umarmte mich heftig.

Alle Schmerzherde meines Körpers reagierten sofort. Ich schrie laut auf, Adela schnellte vor Schreck zurück, und ich war jetzt hellwach.

»Ich kapiere nicht, was das mit den Steinen sollte. Konrad war schon tot, als ich ihn gefunden habe«, sagte ich, als ich wieder normal atmen konnte.

»Eberle meint, der Täter wollte die Leiche verstecken. So schnell wäre keiner darauf gekommen, unter dem Steinhaufen nach Konrad zu suchen. – Hast du ihn schon kennen gelernt?«

Ich nickte.

»Und?«

»Er ist ein Schwabe!«

Adela sah mich irritiert an.

»Das ist so, als wenn in Köln ein Düsseldorfer ermitteln würde.«

»Ach so! Lang gewachsene Feindschaft!« Adela kicherte. »Er wirkt ein bisschen trottelig, aber auf alle Fälle viel netter als Fischer.«

Dazu gehörte nicht viel. Fischer, ein wirklich unangenehmer Mensch und unfähiger Polizist, hatte in den Mordfällen im Goldenen Ochsen ermittelt. Wie hatte Spielmann immer gesagt? Wenn wir so arbeiten würden wie der, stünden wir bestenfalls in der Spülküche von McDonald's.

»Du musstest ihm natürlich brühwarm von den Morden im Goldenen Ochsen erzählen!«

»Das hätte er sowieso herausgefunden«, sagte Adela ruhig. »In so einem Fall ist Angriff die beste Verteidigung. – Was ist das denn?«

Sie deutete auf das Buch auf meinem Nachttisch.

»Hat der Schwabe mir dagelassen. Als Aufmunterung.«

»Sieh mal einer an«, murmelte Adela und blätterte darin. »Gedichte! Was er dir wohl damit sagen will? – Gedichte!«

✻

Nach der Entlassung aus dem Krankenhaus sah ich in Klamotten schon wieder ganz manierlich aus. Aber als Adela vorschlug, zur Genesung eine Therme zu besuchen, da musste sie all ihre Überredungskunst aufbieten, bevor ich bereit war, meinen blauviolettrotgelb verfärbten Körper in einem öffentlichen Bad zu zeigen. Immerhin lud sich mich ins exquisite »Friedrichsbad« in Baden-Baden ein.

Der prächtige Renaissancebau hatte den Krieg unversehrt überlebt, wie überhaupt die Stadt im Zweiten Weltkrieg von Bombenangriffen verschont worden war. Schon lange vor der Kapitulation von Nazi-Deutschland hatten die Franzosen beschlossen, die Bäderstadt zum Sitz ihrer Militärverwaltung zu machen. Als sie nach Gründung der Bundesrepublik wieder abzogen, verfiel der einst so elegante internationale Kurort in Agonie. In den sechziger und siebziger Jahren des letzten Jahrhunderts war Baden-Baden eine verschnarchte Kleinstadt mit dem morbiden Charme einer großen Vergangenheit und lebte davon, dass der Südwestfunk hier seinen Sitz aufbaute. Das Friedrichsbad hat all diese Zeiten ohne Veränderungen überstanden.

Mit dem Eintritt drückte man uns zwei weiße Leintücher in die Hand, und nachdem wir unsere Klamotten in den dafür vorgesehenen Spinden verstaut hatten, machten wir uns nackt auf den Weg zu den Duschen.

Mein mit Hämatomen übersäter Körper löste bei den anderen Badegästen unterschiedliche Reaktionen aus: Einige blickten peinlich berührt zur Seite, manche bedachten mich mit mitleidigen Blicken, aber es gab auch welche, die mich mit unverhohlener Neugier anstarrten. Die Brustkorbprellung werde noch eine Zeit lang schmerzen, hatte der Krankenhausarzt gesagt, und ich solle auf keinen Fall schwer heben oder tragen. Das hatte auch eine gute Seite. Auf absehbare Zeit würde ich nicht in der Lage sein, meine Mutter aufs Töpfchen zu setzen. Ordentlich sauber geschrubbt, marschierten wir mit unseren Leintüchern in das erste Dampfbad. Der Raum war wunderschön: Mintgrüne Jugendstil-Kacheln gaben ihm etwas Frisches, Frühlingshaftes, in breiten Kachelfriesen halsten sich weiße Schwäne. Mahagoni-Liegen luden zum Ausspannen ein. Wir breiteten unsere Leintücher darauf aus und ließen uns von dem angenehm warmen Dampf berieseln.

»Eberle hat erzählt, dass Konrad den Diebstahl des Fotoapparats wirklich der Polizeiwache in der Martinsstraße gemeldet hat«, sagte Adela.

Sie hatte sich auf den Bauch gelegt, die Arme angewinkelt und den Kopf zwischen ihre Hände gelegt. Sie sah wach und sehr gesprächig aus.

»Wer denn sonst?«, erwiderte ich kurz angebunden.

»Interessant an der Sache ist, dass Konrad darauf bestand, dass die Polizei dazu eine Pressemeldung macht.«

»Heißt das, er hat gedroht, andernfalls selbst damit an die Presse zu gehen?«, fragte ich.

»Genau«, bestätigte sie. »Jetzt frage ich dich: Warum war es Konrad so wichtig, dass der Einbruch …«

»Dies ist ein Ruheraum«, fuhr uns eine gebräunte Brünette an. »Hier darf nicht geredet werden.«

Adela verdrehte die Augen, sagte dann aber eine Zeit lang nichts. Nach zwanzig Minuten wechselten wir in ein Heißluftbad, in dem Saunatemperaturen herrschten. Hier waren die Kacheln honiggelb, und auf den Friesen tanzten Mädchen mit wallenden Locken in fließenden Gewändern. Die heiße, trockene Luft tat meiner Atmung nicht gut, und ich suchte die nächste Station auf, einen weiß gekachelten Raum mit schmalen Liegen. Eine kräftige Masseuse bedeutete mir, mich auf einer auszustrecken. Dann begann sie mich mit Seife und Bürste zu massieren.

»Autounfall oder sind Sie gestürzt?«, fragte sie mit unverkennbar osteuropäischem Akzent und knetete behutsam die malträtierten Stellen.

Ich murmelte etwas Unverständliches, schloss die Augen und überließ mich ihren Wunderhänden.

Wer hatte sich wohl hier in diesem altehrwürdigen Bad schon alles verwöhnen lassen? War Dostojewski hier gewesen, bevor er im Spielcasino seinen letzten Rubel verzockt hatte? Hatte man das Bad fürs gemeine Publikum gesperrt, damit Kaiserin Augusta, die mit Wilhelm I. ein Vierteljahrhundert lang zur Sommerfrische nach Baden-Baden kam, kaiserlich exklusiv Dämpfe und Quellen genießen konnte? Entspannte sich Monsieur Dupressoir hier von seinen Sorgen um die Zukunft des Casinos? Hector Berlioz, bevor er mit einer von ihm eigens dafür komponierten Oper das hiesige Theater einweihte? War Rachmaninow hier, als er sich 1930 in Baden-Baden einen Erholungsurlaub gönnte? Oder ließ Marlene Dietrich ihre langen Beine hier pflegen, bevor sie abends im Baccara-Saal des Casinos auftrat?

»So, jetzt gehen Sie unter die Dusche«, riss mich die Masseuse aus meinen Träumen und zog leider ihre Zauberhände zurück.

Mein Körper fühlte sich wunderbar leicht an, als ich mich danach auf die warmen Stufen des Thermaldampfbades setzte. Dieser Raum war so in den Fels gebaut, dass es den Anschein hatte, die heiße Quelle sprudele hier direkt aus der Felswand. Insgesamt elf heiße Quellen sprudeln in Baden-Baden aus der Erde, Quellen, die Chlorkalium, Natrium, Calcium, Lithium, Rubidium, Cäsium und Magnesium enthalten. Im neunzehnten Jahrhundert reiste man der Krämpfe und des bösen Magens wegen zu diesen Quellen, heutzutage genügen sie allen Wellness-Kriterien.

Im nächsten Dampfbad konnte ich jetzt auch heißere Temperaturen aushalten. Angenehme Badewannentemperaturen herrschten danach in dem großen Marmorbecken, in dem das Wasser türkis schimmerte. Hier traf ich Adela wieder.

»Es ist großartig!«, sagte ich.

»Ja«, meinte Adela. »Man kann wunderbar nachdenken.«

»Über was?«, fragte ich.

Adela seufzte.

Ich wusste genau, was sie dachte. Für sie war es furchtbar, dass ich nicht über diese schreckliche Spielmann-Geschichte reden konnte, ja nicht einmal eine richtige Ablenkung dafür suchte. Sie hatte mir geraten, Ecki in Bombay zu besuchen oder in Sydney zu kochen, auf alle Fälle weit wegzugehen. Dass ich mich stattdessen von meiner Mutter nach Fautenbach hatte zurückbeordern lassen, konnte sie schwer begreifen. »Du und deine Mutter«, hatte sie gestöhnt, »das macht doch alles noch viel schlimmer!« – Ich rechnete es ihr hoch an, dass sie dennoch zu Besuch gekommen war.

»Findest du dieses Verhalten von Konrad nicht merkwürdig?«, knüpfte Adela an unser Gespräch im ersten Dampfbad an.

Ich sah noch einmal die Szene in der Legelsau vor mir: Konrads erster Blick hatte dem Schreibtisch und seinem Computer gegolten. Nicht der Haushaltskasse, nicht der Stereoanlage, nicht dem DVD-Player oder was sonst für Einbrecher interessant sein könnte. Im Rückblick betrachtet kam es mir so vor, als hätte er genau gewusst,

60

was die Einbrecher gesucht hatten. Hatte es etwas mit der Skihalle zu tun, wie Teresa vermutete?

»Woher weißt du, dass Konrad bei der Polizei war?«

»Eberle. Der Mann gefällt mir immer besser. Der denkt gerne laut. Weißt du, was er sich fragt?«

Ich zuckte mit den Schultern.

»Ob Konrad mit der Pressemitteilung den Einbrechern eine Botschaft schicken wollte«, fuhr Adela fort.

»Oh, du arbeitest in diesem Fall mit der Polizei zusammen. Das ist doch mal was Neues«, spöttelte ich, soweit man in diesem entspannenden Wasser zu Spott fähig war.

Wir lagen nebeneinander am Rand dieses Marmorbeckens, die Arme weit ausgebreitet, die Beine von uns gestreckt. Unsere Rücken wurden von kleinen Düsen sanft massiert.

»Ach, Schätzelchen!«, seufzte Adela erneut. »Ich versuche doch nur, dich ein bisschen abzulenken.«

»Ich soll mich lieber mit dem Mord an Konrad als mit dem Tod von Spielmann beschäftigen? – Das ist, als wolltest du den Teufel mit dem Beelzebub austreiben!«

»In der Verhaltensforschung ist das eine verbreitete Therapie!«, konterte Adela.

Wir waren jetzt beide etwas lauter geworden und ernteten dafür erneut strafende Blicke von anderen Badenden.

»Jetzt sage ich dir mal, was ich glaube«, flüsterte ich Adela zu. »Wie ich dich kenne, hast du schon wieder eine ganz eigene Theorie, warum Konrad sterben musste.«

»Sicher nicht wegen der Fotos«, bestätigte Adela.

»Du willst dich also wieder in eine Arbeit einmischen, die dich nichts angeht. Und dazu brauchst du mich.«

»Natürlich brauche ich dich! Du bist jung und stark, und du kennst dich hier aus.«

»Adela!«, versuchte ich meinen letzten Trumpf auszuspielen. »Du weißt, was beim letzten Fall passiert ist, in den wir uns eingemischt haben.«

»Die Katastrophe mit Spielmann ist nicht passiert, weil wir uns eingemischt haben, sondern weil du verliebt warst«, parierte sie.

Der Hieb saß. Zu Recht. So war es gewesen. Liebe macht blind, das hatte ich am eigenen Leib verspürt.

»Lass uns ins nächste Becken steigen«, schlug ich vor.

Adela war einverstanden. Dieses letzte Becken war so wundervoll, dass alle schweren Gedanken vertrieben wurden. Es war rund, das Wasser darin glitzerte wieder türkisfarben, und über dem Wasser erhob sich licht und hoch eine Kuppel, deren Decke mit Gold und Stuck verziert war. Ging man zu mehreren im Bad im Kreis, bildeten sich starke Wellen. Ein kleines Meer inmitten eines Palastes! Wohlig erschöpft entstiegen wir den Wellen, die Haut glatt und weich, meine Hämatome verblasst. Langsam schlenderten wir zur letzten Station des römisch-irischen Bades, dem Ruheraum. Ein Tanzsaal voll mit Betten, die hohen Fenster mit schweren Vorhängen verdunkelt. Jemand gab uns zwei frische Leintücher, breitete sie auf einem freien Bett aus, forderte uns auf, uns hinzulegen, und wickelte uns dann in eine warme Wolldecke. Selbst Adela, die im Kuppelbecken noch sehr wach gewirkt hatte, klappten hier sofort die Augen zu. Und auch ich fiel in einen kurzen erholsamen Schlaf.

*

»Weißt du, dass die Russen wieder in Baden-Baden sind?«

Mein Vater brühte hinter dem Tresen einen Kaffee für uns auf, damit wir wieder wach wurden. Ich sah ihn verständnislos an.

»Ende des Neunzehnten war Baden-Baden so was wie die Sommerhauptstadt Europas. Da kurte die komplette europäische Aristokratie in Baden-Baden, und besonders die Russen liebten die Stadt. Nicht nur der russische Adel, auch viele Künstler kamen in die Stadt: Dostojewski, Tolstoi, Gogol, Turgenjew, Gontscharow. Und die haben über Baden-Baden geschrieben. Denk an Dostojewskis ›Der Spieler‹! Seit dieser Zeit ist Baden-Baden für die Russen die bekannteste deutsche Stadt, mal abgesehen von Berlin. Die haben sogar einen Fremdenführer in kyrillischer Sprache!«

Er stellte uns die Tassen auf den Tisch vor dem Kachelofen.

»Russische Aristokraten gibt's doch nicht mehr«, meinte ich und sog den Duft des frisch gebrühten Kaffees ein.

»Nein, aber einen neuen Geldadel. Solche, die nach und durch den Zusammenbruch der Sowjetunion reich geworden sind! Es wird gemunkelt, dass Baden-Baden sich mit russischen Mafiageldern saniert.«

Der Alte setze sich zu uns und zündete sich eine Brissago an.

»Ich kann's nicht glauben!«, nuschelte Adela und unterdrückte ein Gähnen.

»Eduard Schewardnadse, der jetzt von den Georgiern einen Denkzettel für seine grottenschlechte Politik bekommen hat, soll die Grundig-Villa gekauft haben. Achthundert Quadratmeter Wohnfläche, dreißigtausend Quadratmeter Grundstück. Könnt ihr euch vorstellen, was das kostet? – Alles Geld, was er aus dem armen Georgien zieht! – Läuft natürlich nicht legal, so was, sondern über tausend Ecken. Hintermänner, niederländische Tarnfirma mit Erfahrung in Geldwäsche und so weiter …«

Er schnaubte verächtlich. Abzocke in der Politik machte ihn immer wütend. Und Baden-Baden war nicht seine Stadt. Nie gewesen, auch vor der Ankunft der Russen nicht. Er konnte dieses elegante, vornehme Getue nicht leiden, das die Stadt ausmachte. Für ihn war es eine Stadt der Reichen, die an den Reichen verdiente und die den Reichen diente. So etwas mochte er überhaupt nicht. Wenn es eine Stadt hier im Badischen gab, in der er sich wohl fühlte, dann das liberale, bürgerliche Freiburg.

»Ich glaube, der Kaffee nützt nichts, ich muss mich noch eine Runde aufs Ohr legen!«, murmelte Adela schläfrig und stand langsam auf.

»Das Bad hat gut getan, trotz der Russen«, sagte ich.

Der Alte lächelte und schlürfte seinen Kaffee.

»Bernhard fragt, wann du wieder kochen kannst. Er braucht seinen Koch zurück«, sagte er dann. »Außerdem fehlt ihm eine Spülhilfe, falls du mal was hörst.«

Mein Bruder hatte einen seiner Köche an die Linde ausgeliehen. Klar, dass er ihn so schnell wie möglich zurückhaben wollte. Wenn in der Brigade einer fehlte, ging das immer auf die Knochen der anderen.

»Morgen stehe ich wieder am Herd«, sagte ich.

Heute hatte ich noch etwas anderes zu erledigen. Etwas, was mir auf der Seele lag, seit ich im Krankenhaus wieder aufgewacht war. Etwas, wovor ich mich fürchtete. Einen Besuch bei Teresa.

Der Himmel war so leuchtend blau, wie er es nur an einem schönen Herbsttag sein kann, und die Sonne entfaltete noch einmal so viel Kraft wie sonst nur im Sommer. Ich machte mich ohne Jacke auf den Weg.

Die langen, schmalen Blätter der Kirschbäume, die der Herbst gelb gefärbt hatte, bewegten sich wie zarte Fähnchen an den schmalgliedrigen schwarzen Ästen. Auf dem satten Grün der Wiese unter den Bäumen bildeten bereits heruntergefallene Blätter bizarre Muster. An den Rebhängen von Kappelrodeck war die Weinlese in vollem Gange. Überall standen die kleinen Traktoren mit Wagen voller Bottiche, teilweise schon gefüllt mit den schweren Spätburgunder Trauben, und zwischen den Rebreihen flatterten die bunten Kopftücher der Leserinnen. Ein idealer Tag zum Weinlesen, sonnig und trocken. Heute Abend würde vor der Winzergenossenschaft, wo die Trauben abgeliefert wurden, Hochbetrieb herrschen.

Mein kleiner Punto schnurrte dieses Mal den Berg hinauf, als wäre er das zuverlässigste Auto der Welt. Der Grimmersbach plätscherte munter, als ich ins Legelsau-Tal hineinfuhr, und die großen Tannen wiegten sanft hin und her. Zum ersten Mal sah ich, wie schön der Flecken war, den Teresa sich zum Leben ausgesucht hatte. Hinter dem alten Häuschen mit seinem tief gezogenen Schwarzwald-Schwalmdach erstreckte sich der mächtige Markwald. Bis hoch zum Breitenbrunnen kein weiteres Haus mehr. Vor dem Gehöft führte eine Wiese sanft hinab zum Grimmersbach, der dort über ein paar kräftige Felsen rauschte. Neben dem Haus hatte sich Teresa einen kleinen Garten angelegt. Kräuter, Buchsbaum, Pfingstrosen, Dahlien, Astern. Was halt noch wuchs auf dem kargen Boden und in dieser Höhe. Die Luft war klar, und es roch nach Moos und Gras.

Diesmal war die Haustür abgeschlossen. Ich klopfte und rief nach Teresa. Es regte sich nichts. Als ich schon wieder gehen wollte, öffnete sie die Tür einen Spalt breit und ließ mich ein. Sie grüßte nicht, sagte nichts, steuerte das Sofa an. Überall im Raum rote Rosen. Ich zählte sechs große Vasen, gefüllt mit dicken Sträußen, der Schreibtisch quoll über davon. Tische und Boden waren mit Rosenblüten bestreut, und über dem dicken Balken zur Kochnische hingen drei frische Sträuße kopfüber zum Trocknen. Rot, die Farbe der Liebe und des Blutes.

»Ich kann nicht mal sagen, dass ich mich freue, dass du überlebt hast«, sagte Teresa mit tonloser Stimme. »Wenn ich hätte wählen müssen, wäre es mir lieber, du wärst gestorben und nicht Konrad.«

Ich wusste, warum ich mich vor diesem Treffen gefürchtet hatte. Ich hatte keine Ahnung, wie ich mit Teresas Seelenqualen umgehen sollte, aber auf die Frage, ob Konrad oder ich, durfte ich auf keinen Fall eingehen.

»Was hast du gemacht, bevor ich gekommen bin?«, fragte ich stattdessen.

»Was soll ich machen? Ich starre die Wand an, ich starre den Tisch an, ich starre die Rosen an und versuche in meinen Schädel zu kriegen, dass Konrad nicht mehr da ist!«

Jetzt starrte sie mich an.

»Es ist sehr schönes Wetter. Lass uns ein bisschen spazieren gehen!«, schlug ich vor.

Sie starrte mich weiter an.

»Na, komm schon!«, versuchte ich sie zu überreden.

Sie rührte sich nicht vom Fleck, starrte jetzt durch mich hindurch.

»Dann koch ich dir was!«, fiel mir ein.

»Essen, um Gottes willen. Mir wird schlecht, wenn ich dran denke!«, rief sie angewidert und stand auf. Langsam lief sie zum Eingang und zog ein paar feste Schuhe an. »Also, dann gehen wir halt ein bisschen.«

Teresa schlug den Weg Richtung Hohfelsen ein. Sie lief sehr schnell, wie getrieben, ich hatte keine Chance, mit ihr mitzuhalten. Sie wartete auf einer Anhöhe. Ich atmete schwer, und mein Brustkorb schmerzte heftig.

Von hier oben bot sich ein phantastischer Anblick! Sanft wellte sich der Schwarzwald in die Rheinebene, in der Ferne glitzerte der Rhein, noch weiter weg konnte man in den schwachen graublauen Silhouetten die Vogesen erahnen. Auch Teresa blickte in die Ebene. Ihre Augen suchten etwas, und ich wusste auch, was. Jeder, der von hier in die Ebene schaut, sucht danach.

»Mal sehen, wer's zuerst findet«, sagte ich.

»Ich hab's«, sagte Teresa ganz schnell.

Ich folgte ihrem ausgestreckten Arm, und endlich entdeckte auch ich in der Ferne das Straßburger Münster, das größte Wahrzeichen der Gegend.

»Das Wetter wird wieder schlechter«, sagte Teresa. »Wenn man von hier aus das Münster so deutlich sehen kann, ist das kein gutes Zeichen.«

Sie ging weiter, jetzt in einem Tempo, bei dem ich mithalten konnte. Heerscharen von fleißigen Bienen summten um drei große Bienenstöcke am Rande einer Wiese mit Winterklee. Die Sonne hatte sie noch mal ins Freie gelockt, bald würden sie sich zum Winterschlaf zurückziehen.

»Wie hast du Konrad eigentlich kennen gelernt?«, fragte ich und hakte mich bei Teresa ein.

Zum ersten Mal an diesem Tag huschte ein leichtes Lächeln über ihr Gesicht.

»In meinem Laden«, sagte sie. »Er wollte einen Blumenstrauß für zwanzig Mark, egal was. Aber ›egal was‹ gibt es bei mir nicht. Ich habe ihn also gefragt, für wen die Blumen sein sollen, und nach seinen Angaben einen Strauß gebunden. Ich glaube, es waren Kornblumen, Margeriten, Buschwindröschen und Weizenhalme. Als er bezahlte, habe ich das erste Mal in seine Augen gesehen. Dieses Blau! Zuerst habe ich mich nur in dieses Blau verliebt.«

»Und wann hast du ihn wiedergesehen?«

»Direkt am nächsten Tag. Der Strauß war gut angekommen, ich hatte den Geschmack der Beschenkten genau getroffen. Jetzt bestellte er Blumen für seine Mutter. Wieder ließ er mich auswählen. Moosröschen, Spargelkraut, Ranunkeln, Fresien. Am Tag darauf ein Strauß für eine extravagante Kollegin. Drei weiße Callas mit Bambus auf Moos. Dann für seine Schwester. Gerbera, Kaffeebaum, Tulpen. Alles in Orange. Weißt du –«, jetzt wurde das Lächeln etwas breiter, »er wollte wissen, ob ich aufgrund seiner Beschreibung den Geschmack der jeweiligen Person treffen kann. Ich konnte. Davon war er völlig fasziniert. Wie die meisten Männer hatte er von Blumen keine Ahnung, deshalb war es so leicht, ihn zu beeindrucken.«

Der Weg führte jetzt durch einen kleinen Laubwald. In Erinnerungen versunken stolperte Teresa über ein paar heruntergefallene Esskastanien.

»Dann sagte er, ich solle einen Strauß für ihn zusammenstellen. Er sei jetzt so oft bei mir im Laden gewesen, da müsse ich doch wissen, was ihm gefalle.«

Immer noch lächelnd kickte sie die stachelig umhüllten Kastanien zur Seite.

»Da war ich mir schon ziemlich sicher, dass er nicht wegen der Blumen, sondern meinetwegen in den Laden kam.«

»Und was hast du gemacht?«

»Eine leere Weinflasche geholt. Weinflaschen brauche ich manchmal für Dekorationen, und die habe ich vor ihm aufgestellt. ›Sie mögen gar keine Schnittblumen‹, habe ich zu ihm gesagt, ›aber Sie trinken sicher gern ein Glas Wein, und dazu möchte ich Sie einladen.‹ – ›Wann?‹, hat er gefragt und mich angestrahlt. Na ja, da wusste ich, dass nicht nur ich verliebt war.«

Wir hatten jetzt den Wald verlassen, und rechts von uns tauchte das erste Gehöft von Busterbach auf. Ein kleiner, mit dem Berg verwachsener Fachwerkbau. Der Garten und die Wiesen davor hatten eine Steigung von mindestens dreißig Prozent. An den steilen Matten konnte man das Gras nicht maschinell, sondern nur mit der Sense abmähen, ein Grund, weshalb das Leben der Landwirte hier mühsam war. Der andere, die ungerechte Bevorzugung großer landwirtschaftlicher Betriebe durch die Bauernpolitik der europäischen Gemeinschaft, ließ viele Bauern am Sinn ihrer Arbeit zweifeln und schürte ihre Wut auf die Berliner und Brüsseler Politik.

»Und wie ist die Geschichte zwischen euch weitergegangen?«, wollte ich wissen.

»Es war, wie man so sagt, Liebe auf den ersten Blick. Nach unserem ersten Treffen ging es Schlag auf Schlag. Ein halbes Jahr später sind wir zusammengezogen. Als ich das Haus geerbt habe, entschieden wir, in die Berge zu ziehen. Obwohl das Haus eine Bruchbude war! Mein Großvater hat bestimmt zwanzig Jahre nichts mehr daran getan. Ein Jahr Schufterei, jedes Wochenende, jeden freien Abend! Schaffe, schaffe, Häusle baue, wie die Schwaben sagen. Und dann haben wir geheiratet. Wir hatten es wirklich gut miteinander. Es war ein schönes Leben mit Konrad, bis die Sache mit der Skihalle anfing …«

Jetzt verschwand das Lächeln aus Teresas Gesicht, und ich merkte, wie sich Kummer und Verzweiflung wieder Platz verschafften.

»Hat Konrad die Bürgeninitiative gegründet?«

Teresa nickte. Unter uns konnte man jetzt die Straße nach Sasbachwalden sehen, und von der Sägerei Börsig drang das Kreischen der Motorsägen zu uns herauf. Die Sonne stand schon weit im Westen und tauchte einen knorrigen alten Birnbaum in goldenes Oktoberlicht. Kleine Schnapsbirnen, verknorpelte Äpfel, Wildkirschen und Zibarten, nur diese Obstsorten wuchsen noch hier in vierhundert Meter Höhe. Allesamt als Früchte ungenießbar, aber hervorragend zum Schnapsmachen geeignet.

»Der Konrad war sehr umtriebig, keiner, der abends im Sessel vor dem Fernseher hockt. Der brauchte Leute um sich herum. Der war an vielem interessiert. Was der alles gemacht hat! Zwei freiwillige Arbeitsgemeinschaften an seiner Schule, vor zwei Jahren für die Grünen für den Acherner Stadtrat kandidiert. Dann der Versuch, eine Genossenschaft für Kleinbrenner zu gründen. Und das ist bestimmt nicht alles. Aber weißt du, obwohl er so viel gemacht hat, gab es immer noch Zeit für uns. Ich war immer der Mittelpunkt seines Lebens. – Als das mit der Skihalle anfing, wurde das anders …«

Vor uns tauchte jetzt das Gasthaus »Zum grünen Baum« auf.

»Möchtest du was trinken?«, fragte ich Teresa.

Die schüttelte den Kopf und bog rechts Richtung Sägerei Börsig ab. Wieder sog ich den Duft von frisch gesägtem Holz ein.

»Wann fing das mit der Skihalle an?«

»Letztes Jahr im Herbst. Die Gemeinde Sasbachwalden musste die Pläne öffentlich machen, ein Projekt in der Größenordnung kann nicht einfach von einem Gemeinderat hinter verschlossenen Türen entschieden werden. Dem Konrad war sofort klar, was da für eine Schweinerei geplant wurde. Stell dir vor, eine Halle länger als die Skilifte von Untermatt und Seibelseckle! Fünf Hektar Wald müssen dafür gefällt, Straßen verbreitert, Flächen versiegelt werden und und und. Bei der ersten öffentlichen Anhörung in Sasbachwalden ist Konrad noch als Ökospinner ausgelacht worden. Aber bald gab's von allen Ecken Widerspruch gegen die Halle. Konrad war jetzt ganz in seinem Element: Er hat die verschiedenen Aktivitäten koordiniert, die Bürgerinitiative gegründet, ganz schnell ist der Widerstand gegen die Halle mit ihm als Person in Verbindung gebracht worden. Und ich sage dir, das fand der Konrad toll. Die Interviews für die Zeitungen und fürs Fernsehen, die Podiumsdiskussionen, die Aktionen gegen die Skihalle. Immer stand er im Mittelpunkt. Du weißt, wie man ihn genannt hat? ›José Bové des Achertals!‹ Das hat ihm gefallen!«

Die hohen Tannen warfen jetzt lange Schatten. Strahlen der untergehenden Sonne glitzerten im Wasser des Grimmersbach. Über uns übte eine Schar Schwalben den baldigen Flug in den Süden.

»Weißt du, ich fand's wichtig, dass er sich engagiert hat, aber uns beiden hat es nicht gut getan. Seit einem Jahr stand der Mann ständig unter Strom. Der Erfolg ist ihm zu Kopf gestiegen, er war regelrecht süchtig danach, im Rampenlicht zu stehen. Dadurch ist er mir fremd geworden, das hat mir Angst gemacht.«

Wie am Anfang unseres Spaziergangs steigerte sie das Tempo ihrer Schritte wieder. Die Schwalben über uns probierten eine neue Formation aus. Ich versuchte, mit Teresa Schritt zu halten.

»Du hast mal anonyme Anrufe erwähnt.«

Zum Glück blieb sie jetzt stehen. Sie musterte den großen Garten eines alten Bauernhauses in der Mitte des Tals.

»Seit drei Jahren verreckt mir die Aussaat von den Lampion-Blumen. Guck mal, wie schön die hier gedeihen!«

Sie zeigte auf die orangefarbenen, Lampions ähnlichen Blüten, die an schwachen hellgrünen Stängeln, teilweise tief gebeugt, teilweise liegend im Garten leuchteten. Mitten im Garten ein Schild: Ferienwohnung zu vermieten. Viele Höfe hatten einen Teil ihrer Stallungen als Ferienwohnung ausgebaut, um sich durch den Tourismus ein Zubrot zu verdienen, denn allein von der Landwirtschaft konnte hier oben keiner mehr leben.

Ich wiederholte meine Frage, unsicher, ob sie mich nicht verstanden hatte oder dazu nichts sagen wollte.

»Die sind wirklich prächtig, die Lampions. Ich muss Gertrud fragen, ob sie mir welche verkauft. In Herbststräußen oder als Tischdekoration sehen sie wunderschön aus.«

Über uns kreischte ein Schwarm Krähen, die Schwalben segelten in weiter Ferne. Die Sonne war noch ein Stück nach Westen gewandert und verlor langsam an Kraft. Vom Grimmersbach wehte ein kühler Windhauch zu uns herüber. Teresa wandte sich von dem Garten ab und schritt wieder forsch voran. Der Weg wurde jetzt steiler, mein Brustkorb schmerzte.

»In letzter Zeit gab es keine mehr«, fing sie nach der ersten Kurve an. »Aber am Anfang, als klar wurde, dass nicht nur ein paar Ökospinner gegen die Halle sind, sondern 'ne ganze Menge Leute, da gab's etliche. ›Unterm Adolf wären so Aufwiegler erschossen worden‹, ›Wenn der mir mein Geschäft mit der Skihalle ruiniert, dann mach ich den zum Krüppel‹, ›Wenn Ihr Mann nicht die Finger von der Skihalle lässt, dann sorge ich dafür, dass in Ihrem Blumenladen keiner mehr einkauft‹, das waren die anonymen Anrufe, die ich bekommen habe. Bei Konrad haben sich mehr gemeldet. Er hat mir nicht immer erzählt, was für Schweinereien da durchs Telefon gekrächzt worden sind. Konrad hat sich davon auch nicht sehr beeindrucken lassen. Für ihn waren die Anrufer feige Würmer, die man am besten mit Nichtachtung strafte. Deshalb hat er die Anrufe auch nie der Polizei oder der Presse gemeldet.«

»Könnte einer von denen Konrad umgebracht haben?«

Ich merkte, wie sie bei den Worten »Konrad umgebracht« neben mir zusammenzuckte. Das Bild von Konrads Leiche tauchte vor mir auf. Der Schwabe, der gesagt hatte, dass sie noch nicht vernehmensfähig sei. Eine unerlaubte Frage. Ein Stich ins wunde Herz.

»Hat Eberle deswegen schon mit dir gesprochen?«, fragte ich.

Sie machte eine undeutliche Kopfbewegung und beschleunigte ihre Schritte noch einmal. Unmöglich für mich, mitzuhalten. Nach der zweiten Kurve verschwand sie aus meinem Blick. Diesmal wartete sie nirgendwo. Langsam, die Schmerzen in der Brust ignorierend, ging ich weiter. Hinter Straßburg versank jetzt blutrot die Sonne. Über dem Grimmersbach bildeten sich zarte Nebelbänke. Wie überall in den Bergen kühlte sich die Luft schnell ab. Der Weg führte von nun an steil bergan. Ich keuchte wie eine alte Dampflok, und mein Brustkorb war kurz vor dem Zerbersten, als ich endlich vor Teresas Haus stand.

Als ich wieder annähernd schmerzfrei atmen konnte, ging ich hinein. Teresas Wanderschuhe lagen achtlos im Eingangsbereich. Die Dämmerung tauchte den großen Wohnraum in grau-schwarze Farben. Sie saß zusammengekauert auf dem Sofa, ein Schatten ihrer selbst.

»Schon als wir Kinder waren, hast du mich immer abgehängt.« Irgendwie musste ich sie wieder ans Reden bringen. »Erinnerst du dich an die Wanderung durch die Wutachschlucht?« Ich zog mir ebenfalls die dreckigen Schuhe aus. »Wie eine Gämse bist du über die Felsblöcke nach oben gehüpft, warst immer ganz weit vorne, während ich mich langsam hochgequält habe. Wann war das? Sechste Klasse Realschule?«

»Siebte. Der Bächle war als Begleitperson dabei. Den hatten wir in Französisch. Und Französisch gab's erst in der siebten.« Teresas Stimme klang müde. Aber immerhin. Sie redete wieder.

»Du hast das bessere Gedächtnis von uns beiden. Ich glaube, ich war tierisch sauer auf dich.«

»Und ob! Zwei Tage hast du nicht mit mir geredet, und eine Woche durfte ich bei dir keine Englisch-Hausarbeiten abschreiben.«

»Tja. Man lässt auch seine beste Freundin nicht im Stich.«

»Du warst wirklich furchtbar lahm, und ich habe mich so gerne bewegt. Zum Glück haben wir uns dann wieder vertragen.«

»Genau! – Und jetzt habe ich Hunger. Hast du was zu essen im Haus?«

»Hilde stellt mir immer was hin.«

Sie deutete auf den Esstisch. Unter einem Küchentuch warteten ein warmes Holzofenbrot, ein Krug Apfelmost und ein frischer Rahmkäse. Mir lief das Wasser im Mund zusammen. Schon jahrelang hatte ich keinen Rahmkäse, eine Spezialität der Gegend, mehr gegessen. Ein schnittfester Frischkäse, geschmacksverwandt dem Mozzarella, aber cremiger und in der Konsistenz eher fest als faserig, bröselig. Ich deckte schnell den Tisch und aß mit gutem Appetit. Teresa dagegen kämpfte zwanzig Minuten mit einer halben Schnitte Brot und einem winzigen Stück Käse.

»Kannst du über Nacht bleiben?«, fragte sie irgendwann. »Ich kann dir ein Bett auf dem Sofa machen.«

Ich nickte. Die Nächte waren am schlimmsten, das wusste ich. Nie ist man Schmerz, Angst und Verzweiflung so sehr ausgeliefert wie morgens zwischen drei und vier Uhr.

»Ich kann nicht über seinen Tod sprechen«, sagte sie dann.

Das verstand ich nur zu gut.

»Hugo Spielmann, bei dem ich in Köln gearbeitet habe«, hörte ich mich sagen. »Ich war in ihn verliebt …Er ist einen grauenvollen Tod gestorben …«

Die Sätze kamen staksend aus mir heraus. Es fiel schwer, über Spielmann zu reden. Umso mehr wunderte ich mich, dass ich es plötzlich tat. Teresa sah mich irritiert an.

»Hast du nicht was von einem österreichischen Freund erzählt? Ecki irgendwas?«

Ich nickte und murmelte: »Eine sehr komplizierte Geschichte.«

Sie hakte nicht nach, zog sich wieder in ihren Kokon aus Schmerz und Trauer zurück. Drei Fernsehspielfilme brachten uns durch den Abend. Es war zwei Uhr morgens, als wir uns hinlegten. Noch im Halbschlaf hörte ich Teresa über mir auf und ab gehen. Ich hoffte, dass sie Schlaf finden würde, zweifelte aber sehr daran.

*

Nach den Tagen im Krankenhaus und der Rückkehr aus der Legelsau freute ich mich, wieder am Herd zu stehen, selbst hier in der Linde.

Helles Morgenlicht fiel auf die glänzend polierten Arbeitsflächen der Lindenküche. Auch die Waschbecken und der fünfflammige Gasherd strahlten vor Sauberkeit. Selbst die ausgebeulten Töpfe meiner Mutter hatten an diesem Morgen etwas Charmantes. Auf dem Schulhof gegenüber lärmten und kreischten die Kinder in der Frühstückspause. Das Gemüse, das ich gestern noch bestellt hatte, wartete am Pass. Die frischen Pfifferlinge und Steinpilze dufteten nach Wald. Für die aktuelle Tageskarte wollte ich diese Woche Gerichte mit Herbstpilzen anbieten.

Ich sah mir die Pilze an und überlegte. Vielleicht gebratene Steinpilzscheiben mit Thymian-Kartoffeln im Brickteig? Gehobelte Steinpilzscheiben auf Rauke, bestreut mit Parmesan und beträufelt mit einer Kürbisöl-Vinaigrette? Scharf angebratene Pfifferlinge mit Birnen-Kardamom-Kompott auf gestockten Eiern? Sauerkraut-Maultaschen mit Steinpilzen? Pfifferlinge mit Salbei und Knoblauch, dazu Käse-Polenta mit frittierten Salbeiblättern? Steinpilz-Pistazien-Soße auf breiten Nudeln? Fein pürierte Kartoffelsuppe mit gebratenen Apfel- und Steinpilzscheiben, gewürzt mit Speck und Thymian? – Auf alle Fälle klassisch badisch: Spätzle mit Pfifferlingen in Speck-Sahne-Schnittlauch-Soße.

»Mensch, Katharina! Klasse, dass du wieder da bist! Hab gedacht, du siehst schlimmer aus.«

Carlo strahlte, als er in die Küche kam.

»Hol dir die große Rührschüssel, Mehl, Eier, Salz, Wasser, den Mixer mit den Knethaken. Heute machen wir Spätzle!«

»Findest du es nicht aufregend, schon wieder in einen Mordfall verwickelt zu sein?«, fragte er, während er die Sachen zusammensuchte.

Jemandem, der so jung war und Morde nur aus dem Fernsehen kannte, verzieh ich die Frage.

»Auf hundert Gramm Mehl kommt ein Ei, das ist auch die Menge, die man für eine Portion rechnet. Auf fünfhundert Gramm Mehl kommt circa ein Teelöffel Salz und zwischen fünfzig und hundert Milliliter Wasser. Vorsichtig beim Wasser! Der Teig muss sehr fest sein. Wenn du zu viel Wasser zugibst, werden die Spätzle wässrig. Knete den Teig gut durch, er muss am Ende Blasen werfen. Wenn die Eigelbe blass sind, färb ein bisschen mit Gelbwurz. Denk dran, dass der Teig ruhen muss, damit das Mehl ausquellen kann. Am besten zwei Stunden.«

»Ich bin gespannt, ob die noch so schmecken, wie ich sie aus der Kindheit in Erinnerung habe!«

Carlo machte sich konzentriert an die Arbeit. Radio Regenbogen unterhielt uns wieder mit aktueller Dudel-Musik und dem Neuesten aus der Ortenau.

»Im Mordfall Konrad Hils hat die Polizei immer noch keine heiße Spur«, meldete uns die Nachrichtentante. »Deshalb lasse sich auch noch nichts über das Mordmotiv sagen, so der ermittelnde Kommissar der Offenburger Kripo, Kuno Eberle. Fest steht nur, dass man den ›José Bové des Achertals‹, wie Hils wegen seines Engagements gegen die geplante Indoor-Skihalle genannt wurde, zuerst erschlagen und dann unter Steinen begraben hat. Als Tatwaffe kommt möglicherweise eine Spitzhacke infrage, die den Steinbrucharbeitern im Wolfsbrunnen seit dem Mord fehlt.«

Der Mörder hatte Konrad also mit einer Spitzhacke ein Loch in den Schädel gehauen. Das erklärte die widerliche Gehirnmasse, die an seinem Kopf klebte, als ich ihn gefunden hatte. War der Mörder einer der Steinbrucharbeiter? Oder hatte der Täter im Affekt zu einer liegen gelassenen Spitzhacke gegriffen?

Adela steckte den Kopf durch die Küchentür, und von oben war ein ungeduldiges Klopfen zu hören.

»Ich fahre zu Dr. Kälber nach Baden-Baden. Was kochst du heute Abend, Schätzelchen?«

Ich sagte es ihr.

»Klingt gut. Ich habe nämlich Kuno Eberle zum Essen eingeladen. Wenn er Wiener Schnitzel oder Pilze mag, essen wir hier. Ansonsten könnten wir doch auch zu deinem Bruder gehen. Was denkst du?«

Sie grapschte sich eine Möhre aus dem Gemüsekorb und köpfte diese mit einem festen Biss. Heute trug sie ein lindgrünes Kostümchen.

»Du machst sowieso, was du willst!«

Adela grinste, hieb ein weiteres Mal ihre Zähne in die Möhre und warf mir einen Handkuss zu.

»Pass auf dich auf, Schätzelchen. Übertreibe es mit der Arbeit nicht am ersten Tag. – Spätestens morgen früh werde ich dir brühwarm berichten, was ich Neues erfahren habe.«

»Das ist aber 'ne heiße Nummer«, meinte Carlo, dessen Spätzle-teig jetzt endlich Blasen warf.

»Sie hat durchaus ihre guten Seiten«, sagte ich und hatte endlich die Pilz-Bürste in der hintersten Ecke der Besteckschublade gefunden. »Wenn dein Teig fertig ist, kannst du die Steinpilze säubern. Nur mit der Bürste den Dreck abreiben. Danach mach ich die Pfifferlinge.«

Bisher war es mir gelungen, das Klopfen von oben zu ignorieren. Aber jetzt hämmerte Martha mit Wucht gegen die Decke. Gleich würde sie anfangen zu brüllen. Ich warf einen Blick in die Gaststube. Der Alte war verschwunden. Das tat er gern, wenn Martha klopfte. Es half nichts, ich musste nach oben gehen.

»Ich könnte hier oben verrecken, ohne dass es euch kümmert! Mein Gott, wie lang muss ich denn klopfen, bis einer von euch kommt?«

Heute trug sie ein zitronengelbes Nachthemd, das ihr auch nicht besser stand als zuvor das rosafarbene. Seit ich das letzte Mal hier oben war, hatte der Stapel Kreuzworträtselhefte deutlich an Höhe ge-wonnen. Das Fernglas meines Vaters wartete griffbereit auf dem Nachttisch.

»Kannst du mir die Haare waschen?«, fragte sie. »Mein Kopf juckt fürchterlich. Die Haare sind ewig nicht gewaschen worden. Bestimmt hab ich Läuse.«

»Ich steh schon in der Küche«, sagte ich.

Sie warf einen Blick auf die Uhr.

»Du hast noch Zeit. Schließlich zwingt dich keiner, so kompliziertes neumodisches Zeugs zu kochen. Auch musst du dabei nicht schwer heben. Schlimm genug, dass der Vater jetzt das mit der Bettpfanne machen muss.«

Ich beschloss, das Ganze so schnell wie möglich hinter mich zu bringen, und holte Wasser und Waschzeugs aus dem Badezimmer. Natürlich war es kompliziert, ihr im Bett die Haare zu waschen, fast alles war kompliziert, wenn ein komplettes Bein in Gips lag.

»Wie geht's Teresa?«, fragte sie, den Kopf nach unten gebeugt und sich das Shampoo aus den Augen reibend.

»Wie geht's jemandem, der seinen Mann auf so fürchterliche Wei-se verloren hat!«

Ich schüttete Wasser auf das schamponierte Haar. Eine richtige Dreckbrühe floss da in die Waschschüssel.

»Ich habe den Konrad gesehen, muss in der Woche vor seinem Tod gewesen sein. Nicht ihn direkt, sein Auto. Er fährt doch so einen auffälligen grünen Geländewagen, nicht wahr? Der ist mindestens drei Mal ins Oberdorf gefahren. So nach einer halben, Dreiviertelstunde habe ich ihn zurückkommen sehen. Hab mich noch gefragt, was der Hils in Fautenbach macht. Und jetzt ist er tot. – Beeil dich mal. Es tut weh, den Kopf immer nach unten zu halten.«

Ich drückte eine weitere Portion Shampoo auf ihren Kopf, massierte es ein, wusch es aus. Danach war das Wasser nicht mehr dreckig. Ich reichte ihr ein Handtuch und schüttete das Schmutzwasser weg.

»Kämmen kannst du dich alleine, oder?«

Sie nickte und sah mich besorgt an.

»Und du ziehst Blut an, Kind. Erst die Morde im Goldenen Ochsen und jetzt Konrad. Warum passiert nur dir so was? Früher hätte man gesagt, auf dir liegt ein Fluch.«

»Jetzt hör auf, so einen Schwachsinn zu reden!«, sagte ich ärgerlich und beeilte mich, aus ihrem Zimmer zu entkommen.

Sie schnürte mir die Kehle zu, und ich benahm mich wie ein aufmüpfiger Teenie. Wann würde ich endlich ein vernünftiges Verhältnis zu meiner Mutter kriegen?

Unten in der Gaststube rumorte der Alte.

»Nächstes Mal bist du dran«, sagte ich.

»Ruf mal Carlos Vater an. Der wollte was wegen dem Jungen mit dir besprechen.«

Er reichte mir den Zettel mit der Nummer.

»Signora Schweizer, buongiorno. Was Sie bringen Carlo bei in Ihrer *cucina*?«

Signor Balsamos Stimme klang sehr erregt.

»Wissen Sie, was er gemacht 'at, die letzten Tage? Pizza mit Rote Bäte und Meerrettisch! Terribile! Terribile! Keiner, der eine Pizza italiano originale mag, isst so etwas!«

»Kann schon sein«, stimmte ich ihm zu, nachdem ich mir die Pizza vorgestellt hatte. »Aber Carlo will etwas Neues machen. Klar, dass man da am Anfang mal danebenhaut. Alle großen Köche haben so angefangen!«

»Carlo soll nicht werden eine große Koch, Carlo soll werden eine gute Pizzabäcker.«

So was Ähnliches hatte ich in Carlos Alter von meiner Mutter auch immer gehört.

»Später! Lassen Sie ihn doch mal Verschiedenes ausprobieren.«

Signor Balsamo schnaubte. Dann erzählte ich ihm, dass ich in Palermo gearbeitet hatte und die italienische Küche für mich die größte überhaupt sei. Das beruhigte ihn etwas. Pizza mit Roter Bete und Meerrettich! Man durfte wirklich auf Carlos nächste Experimente gespannt sein.

In der Küche traf mich fast der Schlag. Carlo hatte die kompletten Röhren der Steinpilze weggeworfen und die Kappen in kleine Würfel geschnitten.

»Du hättest sie nur putzen sollen, Carlo. Bei so frischen Steinpilzen kann man die Stiele mitessen. Außerdem brauche ich keine Würfel, sondern dünne Scheiben. Hoffentlich hast du sie nicht noch gewaschen?«

Er sah mich unglücklich an. Das also auch noch. Ich vergaß also für heute alle feineren Pilzgerichte und schüttete die verstümmelten Steinpilze zu den Pfifferlingen. Von weiteren Pannen blieben wir an diesem Tag in der Küche verschont, und Carlos Spätzleteig war Spitze!

»Hast du eigentlich Tomatensoße unter die Rote Bete gestrichen?«, fragte ich, während Carlo schwitzend den Spätzleteig durch die Presse drückte.

»Na klar. Das gehört doch zur Pizza. Hat mein Alter dich angerufen?« Carlo schwitzte noch mehr. »Der hatte einen Tobsuchtsanfall! Dass er mir die Pizza nicht nachgeschmissen hat, war alles.«

»Tomaten und Rote Bete passt wirklich nicht so gut. Aber nimm doch beim nächsten Mal Schmand anstelle von Tomatensoße und biete das Ganze als russische Pizza an. Vielleicht wird das der Hit eurer Pizza-Kollektion«, schlug ich vor.

»Und dann noch ein paar Pfifferlinge oben drauf!«, ergänzte Carlo begeistert.

»Nein, Carlo, nicht alles auf eine Pizza schaufeln!«

Der Junge musste noch viel lernen, und Signor Balsamo würde dabei bestimmt noch den einen oder anderen Tobsuchtsanfall bekommen.

Die Spätzle mit der Pfifferlingsoße entpuppten sich als Renner des Abends. Wir verkauften alle Portionen, dafür zehn panierte Schnitzel weniger als üblich. Zufrieden, aber doch recht geschafft von diesem ersten langen Arbeitstag, nahm ich mir nach getaner Arbeit ein Tannezäpfle und setzte mich auf die Bank vor den Kachelofen.

»Guck mal, wer da ist«, sagte mein Vater und zeigte auf den letzten Tisch der Fensterreihe.

Dort saß FK Feger und las Zeitung.

Warum FK Feger sich entschieden hatte, Journalist zu werden, war mir ein Rätsel. Ein noch größeres Rätsel war, dass er in diesem Job überhaupt eine Stelle bekommen hatte. Gut, der Acher- und Bühler Bote war nicht die Süddeutsche Zeitung oder der Kölner Stadt-Anzeiger, aber immerhin. FK hatte so gar nichts von den neugierigen, draufgängerischen, lärmenden, distanzlosen Vertretern seiner Zunft. FK war unglaublich schüchtern. Er war mit Abstand der schüchternste Junge der ganzen Klasse gewesen. Wenn er in der Schule überhaupt etwas gesagt hatte, dann nur auf Aufforderung und ganz leise und vorsichtig. Und so einer befragte jetzt fremde Menschen und kommentierte politische Entscheidungen? Vielleicht hatte er ein Selbstbehauptungstraining gemacht und war heute ganz anders, aber wenn ich ihn mir so betrachtete, glaubte ich nicht daran. FK war weder dick noch dünn, weder groß noch klein, weder hübsch noch hässlich. In einer Runde von zwanzig Leuten würde man ihn immer als Letzten, wenn überhaupt, bemerken, so durchschnittlich und unauffällig wirkte er. Einzig die zwei Großbuchstaben vor seinem Namen machten da eine Ausnahme. Die hatte er sich bereits zu Schulzeiten zugelegt. Seine Eltern hatten ihn Fritz Kurt genannt, Namen, die er nicht ausstehen konnte. Er verkürzte diese auf die beiden Anfangsbuchstaben und bestand darauf, so angeredet zu werden. Er setzte sich damit durch. Selbst die Lehrer nannten ihn am Ende so.

»Hallo, FK.«

Ich war mit meinem Bier zu seinem Tisch geschlendert, ohne dass er einmal von seiner Zeitung aufgeblickt hatte. Aufgeschreckt hob er den Kopf.

»Hallo. Lange nicht gesehen, Katharina.«

Er faltete die Zeitung zusammen und stopfte sie in seine Jackentasche.

»Klassentreffen vor vier Jahren. Als wir dreißig geworden sind«, sagte ich.

»Du hast in Paris gekocht.«

»Und du warst zum zweiten Mal Vater geworden.«

Keiner von uns beiden erwähnte das Klassentreffen fünf Jahre davor. Im heißen Juli am Baggersee, bei Lagerfeuer und Grillwürstchen. Wir hatten Zelte zum Schlafen mit. FK und ich hatten uns sehr spät und nach viel Wein gestanden, dass wir während unserer gemeinsamen Schulzeit ineinander verliebt waren. Leider nicht zur gleichen Zeit. Er ein halbes Jahr früher in mich, ich danach in ihn. Um die Sehnsucht der frühen Jugend einzulösen, gingen wir danach miteinander ins Bett. Ein One-Night-Stand. Wir haben nie darüber geredet.

»Und sonst?«, fragte er nach einer Weile.

»Jetzt koche ich hier. Meine Mutter hat sich das Bein gebrochen.«

»Dann muss ich mal hier essen, bevor du wieder gehst.«

Er verzog leicht die Mundwinkel nach oben, was man bei gutem Willen als Lächeln interpretieren konnte.

»Wenn du dazu kommst, bei dem, was hier los ist.«

Er nickte unbestimmt.

»Ich habe deinen Artikel über die Entscheidung der Regionalkonferenz gelesen. Du scheinst ein Experte in Sachen Indoor-Skihalle zu sein.«

»Seit einem Dreivierteljahr ist das Thema Nummer eins. Glaub mir, ich würd gern mal wieder über was anderes schreiben. Aber durch den Mord an Konrad Hils wird das Thema noch brisanter.«

Er nahm einen Schluck Bier und sah mich dann vorsichtig an.

»Ich weiß, dass du seine Leiche gefunden hast, Katharina.«

Das überraschte mich nicht. Was mich eher wunderte, war, dass sich noch niemand von Rundfunk oder Presse bei mir gemeldet hatte. Ich erinnerte mich zu gut, wie sich nach den Morden im Goldenen Ochsen die Pressefuzzis auf uns Köche gestürzt hatten, um sensationelle Informationen zu bekommen.

»Und jetzt willst du ein Exklusiv-Interview?«, fragte ich ihn spöttisch.

Wieder verzogen sich die Mundwinkel leicht nach oben.

»Das ich dann gleich an den Spiegel und den Stern verkaufe, was?«

Er schüttelte kaum merklich den Kopf.

»Sensationsjournalismus ist mir ein Graus, so gut müsstest du mich doch kennen, oder?«

Er nahm einen letzten Schluck Bier. »Weißt du, ich träume davon, mal wieder über Jahresversammlungen von Gesangsvereinen, Einweihungen von Kindergärten, Straßenfeste in Weindörfern oder Hauptversammlungen von Kleinbrennern zu schreiben. So Sachen halt, die man runterschreibt und dann sofort vergisst. Stattdessen habe ich diese Skihalle am Hals. Bei jedem Artikel, den ich darüber schreibe, muss ich die Worte auf die Goldwaage legen, damit die Redaktion nicht am nächsten Tag von Leserbriefen der Gegner oder Befürworter bombardiert wird. Ich habe ja gedacht, nach der Entscheidung der Regionalkonferenz beruhigt sich die Lage erst mal. Aber ›Scheißebächele‹, da wird der Hils ermordet!«

Regelrecht bekümmert schüttelte er den Kopf.

»Woher weißt du, dass ich die Leiche gefunden habe?«, wollte ich wissen.

»Zufall«, sagte er. »Meine Frau ist mit Iris Naujeck befreundet. Die hat dich im Krankenhaus betreut.«

»Hast du den Polizeibericht nicht gelesen?«

»Klar habe ich das. Aber da steht dein Name nicht drin. Der Eberle weiß seine Zeugen zu schützen. Der ist ein Profi im Umgang mit der Presse. Hat lang bei der Kripo in Stuttgart gearbeitet.«

»Und was macht er jetzt hier in der badischen Provinz?«

»Er ist noch nicht lange in Offenburg. Höchstens ein halbes Jahr.«

»Und?«

»Genaueres weiß ich nicht. Ich wollt deswegen mal mit einem Kollegen von der Stuttgarter Zeitung telefonieren. – Muss ich mir aufschreiben, damit ich es nicht vergesse.«

Er holte einen zerknitterten Block aus der Jackentasche und schrieb »Eberle« hinein.

»Da schau!«, sagte er und zeigte auf mehrere voll geschriebene Seiten. »Bestimmt zwanzig offene Fragen, denen ich noch nachgehen muss. Alles bloß wegen dieser blöden Skihalle! Ich könnt die Sasbachwaldener auf den Mond schießen!«

Murrend stopfte er den Block zu der Zeitung in seine Jackentasche, zahlte sein Bier und ging.

Wie gesagt, es war wirklich schwer begreiflich, warum FK Journalist geworden war. Da hatte er eine Geschichte, nach der sich jeder Reporter die Finger lecken würde, exklusiv, direkt vor seiner Haustür.

Und was machte er? Sehnte sich nach langweiligen Jahreshauptversammlungen von Gesangsvereinen.

*

»Wie viele Steckdosen haben Sie in diesem Raum? Wie ist die Akustik? Gibt es viele Nebengeräusche? Können Sie uns bitte Plätze im vorderen Teil reservieren? Wer wird die Versammlung leiten, jetzt wo Konrad Hils tot ist?«

Seit acht Uhr morgens stand bei uns das Telefon nicht mehr still. Am Abend sollte, wie immer donnerstags, die Bürgerinitiative Legelsau tagen, und es sah so aus, als ob es diesmal keine Sitzung im kleinen Kreis würde. Das SWR Fernsehen hatte sich mit einem Kamerateam angekündigt, der SWR Rundfunk und Radio Regenbogen schickten Reporter vorbei.

Mein Vater stand lange in dem kleinen Nebenraum, in dem die Bürgerinitiative immer tagte, und schüttelte den Kopf. In den Raum passten höchsten dreißig Personen. Heute würden bestimmt mehr kommen.

»Du kannst die Gaststube dazunehmen. ›Geschlossene Gesellschaft‹, dann hast du insgesamt siebzig Plätze«, schlug ich vor.

»Des konsch nit mache, Edgar«, meldete sich der Schindler Blasi, der um diese Zeit schon bei seinem zweiten Bier saß, »konsch uns doch wege däne Aktivischte nit vertriebe.«

»Rächt het dr Blasi«, stimmte ihm wie immer der Weber Gustl zu. »Mir trinke hier jede Dag unser Bierle. Und des soll au hit so bliebe.«

»So isch's!«, nickte wie immer der Ehmann Karle, der Dritte im Bunde.

»Siebzig Plätze. Ich glaube nicht, dass das reicht«, murmelte der Alte, und nachdem er noch eine Weile in den Nebenraum gestarrt hatte, sagte er entschlossen: »Wir nehmen den Saal!«

Der Saal! Wenn das nicht eine Nummer zu groß war! Früher war unser Saal der einzige große Veranstaltungsraum im Dorf gewesen. Hier wurde alles gefeiert: Hochzeiten, Todesfälle, Tanz in den Mai, Reiterfest, Patrozinium, Kirmes, Herbstkonzert Gesangsverein Eintracht, Zwiebelfest, Weihnachten, Fastnacht. Aber seit dem Bau der Mehrzweckhalle an der Bahnlinie fanden alle großen Veranstaltungen in dem hässlichen Betonteil statt, und bei uns blieb nur noch die eine oder andere Hochzeit hängen. Jetzt war der Saal eine Ewigkeit nicht mehr benutzt worden.

»Da passen zweihundert Leute rein«, gab ich zu bedenken.

»Hundert kommen bestimmt, da wett ich mit dir!«

Bereit, zentimeterdicke Staubschichten zu entfernen, packte sich der Alte den Staubsauger und marschierte in Richtung Saal.

Er sollte Recht behalten. Kurz vor acht zählte Erna schon einhundertfünfzig Leute. Carlo und ich schwitzten in der Küche, um allen Bestellungen Herr zu werden. Erna und drei Aushilfskellnerinnen eilten mit hochroten Köpfen unentwegt zwischen Küche und Saal hin und her. Der Alte kümmerte sich um die Getränke. So viele Gäste hatte die Linde lange nicht gesehen. Um elf schlossen wir die Küche. Nicht, weil keiner mehr was zu essen haben wollte. Aber Kühlschrank und Gemüsekisten waren vollständig leer geputzt. Einzig im Gefrierer lagen noch drei Tüten Fritten. Alles andere steckte in den Mägen der vielen Gäste. Ich wusch mir den Schweiß aus dem Gesicht, holte mir mein Tannezäpfle und ging nach hinten in den Saal.

Der Alte hatte die Tische in Hufeisenform aufgestellt. Trotz der späten Stunde war der Saal noch voller Menschen, die Versammlung noch nicht beendet. Über den Köpfen der Leute kräuselten sich Wolken von Zigarettenrauch. Die Luft roch nach altem Staub und frischem Schweiß. Viele Gesichter wirkten erregt und aufgewühlt. Von den Presseleuten saß einzig FK noch am Ende des langen Tisches und machte sich Notizen in seinen zerknitterten Block. Die Fernsehleute und Reporter waren längst zum nächsten Event des Abends weitergezogen. Vorn erhob sich jetzt ein langer, schmaler Mann mit einem Spitzbärtchen und klopfte an sein Glas.

»Liebe Freunde und Freundinnen. Zum Schluss unserer Sitzung möchte ich noch ein paar persönliche Bemerkungen machen.«

Ich schlich mich leise zu FK.

»Wer ist das?«, fragte ich ihn.

»Günther Träuble. Bis heute Abend stellvertretender Vorsitzender der Bürgerinitiative. Seit heute Abend ihr Vorsitzender«, leierte er für mich herunter, ohne von seinem Block aufzusehen.

»Ihr alle wisst, dass Konrad und ich nicht immer einer Meinung waren.«

»Nicht immer! Dass ich nicht lache«, rief eine Frau erregt dazwischen. »Ihr wart nie einer Meinung.«

Die Frau kannte ich. Es war Anna Galli aus Kappelrodeck

»Aber alle Meinungsverschiedenheiten verblassen, bei dem, was Konrad passiert ist«, fuhr der Spitzbart nach einen kurzen Blick auf Anna fort. »Konrad ist durch einen heimtückischen, hinterhältigen Mord ums Leben gekommen! Und auch wenn die Polizei herumdrucksт und behauptet, es gebe keine Hinweise auf den Mörder, so wissen wir hier doch alle, warum Konrad sterben musste. Er ist ermordet worden, weil er gegen diese Skihalle gekämpft hat, weil er unsere Galionsfigur war –«

»Was du nie werden wirst! Niemals!«, rief Anna wieder dazwischen.

»Jetzt lass mich mal bitte ausreden, Anna«, fuhr Träuble sie an, bevor er mühsam seinen Gesprächsfaden wieder aufgriff. »Konrad war unsere Galionsfigur. In der Öffentlichkeit stand er für das, was wir alle dachten: Keine ökologische Todsünde im Nordschwarzwald! Für einen sanften Tourismus –«

»Für die wilden Orchideen und die letzten Arnika-Vorkommen im Nordschwarzwald! Für die bedeutendsten Auerhuhn-Lebensräume in Deutschland!«, rief ein kleines Männlein dazwischen.

»Ja, ja, ja«, nickte der Spitzbart, genervt von dieser weiteren Unterbrechung. »Gegen eine verantwortungslose Spaßgesellschaft! Gegen geldgierige Haie, die mit der Skihalle das schnelle Geld machen wollen.«

»O Gott, jetzt macht er sich wirklich lächerlich!«, murmelte FK. »Er versucht, den Hils zu imitieren. Hast du den mal reden hören? Begnadet! Einen Saal wie diesen konnte er in fünf Minuten zum Kochen bringen. – Hör dir dagegen dieses Gestackse an! Was er da von sich gibt, ist doch nur platt und peinlich.« Er kratzte sich mit seinem Stift am Kopf. »Was soll ich bloß über diese verquirlte Scheiße schreiben?«

»Du wolltest doch was Persönliches sagen, Günther«, meldete sich ein bärtiger Bär zu Wort.

»Ich komme nicht dazu, weil mich hier keiner ausreden lässt!«, fauchte Träuble. »Also: Ihr wisst alle, dass Konrad und ich letzte Woche einen, äh …heftigen Disput hatten.«

»Du bist ihm fast an die Gurgel gesprungen!«, rief Anna wieder dazwischen.

»Ja, ja, ja.«

Träuble sah aus, als würde er jeden Augenblick explodieren, fasste sich dann aber schnell.

»Ihr könnt euch nicht vorstellen, wie Leid mir das heute tut!« Er holte tief Luft. »Aber in der Sache bin ich nach wie vor der Meinung, dass wir in unserer Öffentlichkeitsarbeit weiterhin auf die ökologischen Folgen der Skihalle setzen sollen. Da haben wir durch den BUND, den Schwarzwaldverein und das Umweltministerium die größte Unterstützung.«

Er holte noch mal tief Luft und gab dann seiner Stimme etwas Nachdrückliches.

»Nach dem Mord an Konrad finde ich es jetzt ebenfalls wichtig, den Weg zu verfolgen, den Konrad vorgeschlagen hat: Wer sind die Investoren dieses Mammutprojekts? Welche Geldgeber stecken hinter diesem nichts sagenden Firmennamen Fun-Sport AG? – Ich denke, wir sind es Konrad schuldig, der Sache nachzugehen. Ich schlage eine Arbeitsgruppe vor. Wer macht mit?«

Es meldeten sich ein paar Leute, und Träuble notierte die Namen.

»Jetzt noch zu Konrads Beerdigung, übermorgen. Einer von uns sollte am Grab ein paar Worte sprechen. Anna, was ist mit dir? Du warst doch eng mit Konrad befreundet.«

Anna starrte Träuble einige Zeit feindselig an und sagte dann: »Ich schlage Bertram vor!« Sie blickte zu dem Orchideen-Männlein hinüber. »Der war genauso gut mit Konrad befreundet und kann besser reden als ich.«

»Was ist mit einem Kranz?«, fragte Träuble, als das geklärt war.

»Du bist ein echter Spießer, Günther«, stöhnte Anna. »Natürlich nicht!«

»Warum haben sie ihn zum Vorsitzenden gemacht?«, fragte ich FK.

»Er ist der Stratege der Gruppe. Hat sehr gute Kontakte zum BUND und ins Landwirtschaftsministerium. Dass das Landwirtschaftsministerium sich so schnell und klar gegen die Skihalle positioniert hat, ist eindeutig Träubles Einfluss zu verdanken. Ein heller Kopf, zweifellos, aber mit einer Ausstrahlung wie Waschbeton. Hils und Träuble haben sich ideal ergänzt. Für die Bürgerinitiative ist Hils' Ermordung ein herber Verlust.«

»Ministerium? So hohe Wellen schlägt diese Skihalle?«

»Na ja. Es geht halt nicht nur um eine Skihalle. Es geht um eine neue Zielrichtung von Tourismus im Schwarzwald. In den letzten

Jahren sind in allen Fremdenverkehrsgemeinden die Besucherzahlen eingebrochen. Es kommen nicht mehr so viele Feriengäste in den Schwarzwald. Aus unterschiedlichen Gründen, Rezession, attraktivere Reisegebiete und und und. Du weißt, wie viele Leute im Schwarzwald vom Tourismus leben. Der Fremdenverkehr ist existentiell für die Region. Die Gretchenfrage lautet also: Wie kriegen wir wieder mehr zahlende Gäste? – Und so eine Indoor-Skihalle ist eine Möglichkeit.«

Er klappte seinen Block zu, stopfte ihn in die Jackentasche und stand auf.

»Jetzt ist es schon wieder so spät. Ich geh heim. Hier wird's nichts mehr Neues geben.«

»Moment, FK«, sagte ich und zog ihn wieder auf seinen Platz. »Wer unterstützt eigentlich das Projekt?«

»Katharina!«, maulte er. »Weißt du, wie müde ich bin?«

»Drei Sätze, FK, bitte!«

»Die Idee stammt von Maxi van der Camp, der Betreiberin des Höhenhotels Breitenbrunnen. Rudolf Morgentaler, der Bürgermeister von Sasbachwalden, hat die Halle zu seiner Lebensaufgabe gemacht. Die umliegenden Gemeinden, einschließlich Achern, sind gespalten, aber mit knapper Mehrheit für das Projekt. Überhaupt steht man auf der politischen Schiene, abgesehen vom Landwirtschaftsministerium, dem Projekt sehr, sehr wohlwollend gegenüber. – So, und jetzt geh ich. Ade!«

FK erhob sich wieder.

»Maxi van der Camp?«, fragte ich.

»Kennst du sie?«, fragte FK zurück und knöpfte seine Jacke zu.

»Ich war mit einer Maxi auf der Hotelfachschule in Baden-Baden. Aber die hatte einen anderen Nachnamen.«

»Kann geheiratet haben.« FK klopfte zum Abschied auf den Tisch.

»Hat sie ein Pferdegebiss?«

»So breit wie das von Don Camillo«, sagte FK und ging jetzt endgültig.

Auch im Saal herrschte jetzt Aufbruchstimmung. Die meisten Legelsauer drängten schnell nach draußen. In der Menge erkannte ich den Schnaps-Einkäufer Achim Jäger, der mein Rote-Bete-Carpaccio so gelobt hatte. Er lächelte und winkte mir kurz zu. War er auch ein

Gegner der Skihalle? Noch das eine oder andere Gesicht kam mir bekannt vor. Insgesamt ein bunt zusammengewürfelter Haufen von Jungen und Alten, Männer und Frauen, Alternativen und Bürgerlichen, Bauern und Angestellten.

Die noch Sitzengebliebenen warteten ungeduldig auf Erna, die mit dem Kassieren kaum nachkam. Einzig Adela und Kommissar Eberle, die ich erst jetzt bemerkte, schienen es nicht eilig zu haben. Die beiden plauderten angeregt miteinander. Sie saßen schräg vis-à-vis von Günther Träuble, der seine Papiere in die Aktentasche packte. Ich holte mir ein Tablett und fing an, die leeren Gläser einzusammeln.

»Lass mich das machen«, sagte Erna, die jetzt mit Kassieren fertig war. »Ich hab ein bestimmtes System in der Spülmaschine. Das bringst du mir sonst durcheinander. Leer du die Aschenbecher und bring den Müll raus!«

Es wunderte mich, dass sie bei dem, was sie heute geschuftet hatte, noch so aufrecht auf den Beinen stand.

Als ich zehn Minuten später den Müll draußen in die Tonne steckte, sah ich Günther Träuble zu seinem Wagen eilen. Sein neuer roter Passat stand neben dem alten Kombi von Anna, die gerade die Fahrertür aufschloss. Träuble zögerte kurz und ging dann auf sie zu.

»Kannst du mir mal erklären, warum du so feindselig bist, Anna?« Ohne zu antworten, öffnete Anna die Autotür, stieg ein und knallte die Tür zu. Träuble klopfte energisch an die Seitenscheibe.

»Verdammt, Anna. Du bist mir eine Erklärung schuldig!«

Anna riss die Tür so heftig auf, dass Träuble zurücktaumelte. Sie stieg aus und baute sich vor ihm auf.

»Ich weiß noch nicht, was du bei uns in der BI für eine Giftsuppe kochst, Günther, aber ich schwöre dir, dass ich es herausfinde. Du bist so falsch, wie man nur falsch sein kann«, belferte sie wütend. »Und wenn du etwas mit dem Mord an Konrad zu tun hast, wovon ich überzeugt bin, dann gnade dir Gott!«

Träuble schnappte nach Luft.

»Du bist ja verrückt! Komplett durchgeknallt!«, brüllte er, kickte wütend ein paar Steinchen zu Seite und stieg schnell in seinen Wagen. Beim Starten ließ er den Motor laut aufheulen und fuhr mit quietschenden Reifen davon.

Anna hatte sich nicht vom Fleck gerührt. Jetzt zitterte sie und wurde von einem Heulkrampf geschüttelt, erstarrte aber sofort, als sich die Eingangstür der Linde öffnete. Dort sah ich Achim Jäger herauskommen, der mit seinem Blick den Parkplatz absuchte. Als er Anna entdeckte, kam er sofort auf sie zu.

»Da kann ich drinnen lange nach dir suchen, wenn du schon hier draußen bist.«

Anna schniefte.

»Hey«, meinte er, »ist es so schlimm?«

Er nahm sie in den Arm und strich ihr über die Haare. Es sah nicht so aus, als ob er das zum ersten Mal tat. Müde schob Anna ihn von sich weg.

»Gute Nacht«, sagte sie und stieg in ihren Wagen.

Jäger folgte ihr in seinem Alfa.

»Es war wirklich ein interessanter Abend«, hörte ich Adelas Stimme und sah sie mit Eberle aus der Linde kommen.

»Des könnet Se laut sage«, stimmte ihr der Schwabe zu.

»Sie wissen jetzt ganz genau, welche Mitglieder der Bürgerinitiative Sie unter die Lupe nehmen müssen, nicht wahr?«

Eberle lächelte.

»Aber ich kann Ihnen jetzt schon sagen, dass das nichts bringt. Nach Konrads Mörder muss man im Steinbruch suchen, das sagt mir meine Intuition.«

»Mir Polizischte müsset halt ä bissle anders schaffe«, antwortete Eberle immer noch lächelnd und reichte ihr die Hand zum Abschied. »Auf bald, Ade-le, Frau Mohnlein.«

Adela winkte ihm nach, drehte sich um und stapfte zurück in die Linde. An der Treppe hatte ich sie eingeholt.

»Was für Intuitionen, Adela?«

»Wo kommst du denn her? Hast du mich belauscht?«

Sie hakte sich bei mir ein.

»Beim Müllwegbringen sieht und hört man so dies und jenes. Im Gegensatz zu dir kann ich nicht den ganzen Abend mit Kriminalpolizisten plaudern, sondern muss arbeiten.«

»Du armes Ding«, sagte sie, ohne eine Spur des Bedauerns.

»Was für Intuitionen hast du schon wieder?«

»Der Ort eines Verbrechens ist niemals Zufall, Schätzelchen«, begann sie und steuerte jetzt die Bank vor dem Kachelofen an. »Er sagt sehr viel über den Mörder aus.«

Sie winkte meinem Vater zu.

»Edgar, machst du mir noch ein Glas von diesem wunderbaren Rotwein, Hex vom Blasenstein?«

»Dasenstein, Adela. Hex vom Dasenstein«, korrigierte sie mein Vater, als er ihr den Wein hinstellte.

»Seit wann duzt ihr euch?«, fragte ich verblüfft.

»Not schweißt zusammen. Da wird das Du selbstverständlich«, murmelte mein Vater.

»Weißt du, es sah gar nicht gut aus, als ich dich im Steinbruch gefunden habe!«

Sie nahm mal wieder meine Hand und tätschelte sie. Täuschte ich mich, oder war da wirklich so etwas wie Rührung in Adelas Stimme?

»Na ja, letztendlich hast du mal wieder Glück gehabt, aber in der Nacht, in der ich dich ins Krankenhaus eingeliefert habe, wusste keiner so recht, ob du noch mal aufwachen wirst. Kurzum«, fuhr sie jetzt in ihrer üblichen burschikosen Art fort, »die Sorge um dich hat Edgar, Martha und mich zusammengeschweißt.«

»Martha auch?«, fragte ich ungläubig.

»Sie hat Rotz und Wasser geheult um dich«, nickte mein Vater.

»Unkraut vergeht nicht«, wischte ich meine eigene Rührung weg. »Adela, was sagt der Ort des Verbrechens über den Mörder aus?«

»Warum bestellt der Mörder sein Opfer in einen Steinbruch?«, fragte sie und sah aus wie eine allwissende Lehrerin.

»Ein einsamer Ort«, meinte mein Vater.

»Richtig. Aber hier in der Gegend gibt es Tausende von einsamen Orten. Warum also der Steinbruch? Erstens: Der Steinbruch ist mit dem Auto gut erreichbar. Zweitens: Er bietet optimale Bedingungen, eine Leiche verschwinden zu lassen. Wenn wir beide nicht zufällig da gewesen wären, meint ihr, irgendjemand hätte diesen Steinberg abgetragen?«

»Natürlich hätte man ihn abgetragen, Adela«, unterbrach ich sie. »Teresa wusste, dass Konrad sich am Wolfsbrunnen verabredet hatte, sein Auto stand da auf dem Parkplatz. In der Gegend wäre jeder Stein umgedreht worden.«

»Papperlapapp! – Wir haben dem Mörder einen Strich durch die Rechnung gemacht, das ist das Entscheidende. Selbstverständlich hätte er das Auto noch irgendwo ganz anders hingefahren und dafür gesorgt, dass man es bald findet. – Konrad hatte keinen Autoschlüssel bei sich, das weiß ich von Eberle.«

Sie nahm einen kräftigen Schluck Spätburgunder, bevor sie fortfuhr.

»Wir haben es mit einem eiskalten Typen zu tun. Ein Planer, ein Stratege. Stein ist ein schweres, kaltes Material, das tödlich sein kann. Stein ist ein Material, das unserem Täter sehr entspricht. Er wählt keine Erde, kein Wasser, kein Gas. Mit dem Stein verrät er etwas über sich. Ich weiß nur noch nicht was. – Ein steinernes Herz? Einen Willen, hart wie Granit? – Das werden wir schon noch rauskriegen!«

Wie befürchtet, hatte sie sich bereits in den Fall festgebissen! Sie liebte solche merkwürdigen Spekulationen. Seit den Morden im Goldenen Ochsen war sie davon überzeugt, eine bessere Detektivin zu sein als jeder Polizist.

»Verrenn dich nicht, Adela«, warnte ich sie. »Du weißt, zu was das führen kann.«

*

Maxi. Mir fiel einfach nicht ein, wie sie mit Nachnamen geheißen hatte. Aber der ungewöhnliche Vorname und das Pferdegebiss sprachen ganz eindeutig für meine Maxi. Sie stammte aus dem Kinzigtal. Ihre Eltern betrieben dort ein kleines Hotel, das sie übernehmen sollte. Man konnte nicht behaupten, dass wir Freundinnen waren. Was uns in der Hotelfachschule einte, war der Ehrgeiz. Wir wussten beide ziemlich genau, was wir wollten. Jeder von uns war damals schon klar, dass sie nicht einfach den elterlichen Betrieb weiterführen, sondern in einer anderen Liga spielten wollte. Das unterschied uns vom Rest der Klasse. Während die anderen in den Pausen von den täglichen Ärgernissen in ihren Ausbildungsbetrieben, den samstäglichen Discobesuchen und den neuesten Liebesverwicklungen erzählten, tauschten Maxi und ich klangvolle Namen. Maxi erzählte mir von den großen Hotels, in denen sie arbeiten, und ich listete ihr die Sterneköche auf, bei denen ich lernen wollte.

Maxi schien ihren Weg gemacht zu haben. Das Kurhotel Breitenbrunnen war eine der feinsten Adressen der Gegend. Es gehörte zu den alten Höhenhotels, die Ende des Neunzehnten entlang der damals neu erbauten Schwarzwaldhochstraße entstanden waren. Bühler Höhe, Untersmatt, Hundseck, Seibelseckle, Mummelsee, Ruhestein, Breitenbrunnen. Bis in die frühen fünfziger Jahre des letzten Jahrhunderts beherbergten diese Häuser reiche Deutsche, Schweizer, Franzosen und Engländer. Als sich die Deutschen dann trauten, wieder ins Ausland zu fahren, und die Lust nach dem Süden aufkam, mutierte der Schwarzwald zu einem Feriengebiet für Familien und Rentner, und mit diesen einst glanzvollen Hotels ging es bergab. Einige verkamen zu billigen Skihütten, manche verfielen regelrecht, anderen stehen bis heute leer. Einzig die Bühler Höhe und der Breitenbrunnen machen eine Ausnahme.

Ein Brunnen aus Buntsandstein, in einem Buchenhain gelegen, markierte den Beginn von Maxis Herrschaftsbereich. Die Gegend war Quellgebiet, hier entsprangen etliche Bäche und Rinnsale, daher der Name »Breitenbrunnen«. Hinter dem Buchenhain erhob sich das Hotel, ein Fin-de-Siècle-Bau, ebenfalls aus Buntsandstein. Der Stein hatte einen weichen, fast pastellenen Rot-Ton, dessen Zartheit durch die weiß gestrichenen Holzfenster und die breite Glasfront zur Terrasse unterstrichen wurde. Dort stellten die Kellner bereits die weißen Korbmöbel auf und legten blaue Leinendecken auf die Tische. Vogelgezwitscher erfüllte die frische, klare Luft. Durch die Buchen fielen dichte Strahlen der Morgensonne auf Tische und Stühle. Im Augenblick konnte ich mir keinen schöneren Ort vorstellen, um einen Morgenkaffee zu nehmen, als diese Terrasse. Aber das musste warten.

An der Rezeption fragte ich nach Maxi.

»Haben Sie eine Verabredung mit Frau van der Camp?«

»Nein. Sagen Sie Ihr einfach meinen Namen.«

Das Rezeptionsfräulein telefonierte.

»Es kann zehn Minuten dauern, bis die Chefin Zeit hat. Wollen Sie so lange im Tea-Room warten?«

Sie führte mich in einen mit rehbraunen Ledermöbeln und einem großen offenen Kamin ausgestatteten Raum, in dem Gäste bei einem üppigen englischen Frühstück saßen. Ich setzte mich nicht, sondern schlenderte weiter herum. An den Tea-Room schloss sich die Schwarzwaldstube an, der die halbhohen Kirschholzwände eine leicht rustikale Note verliehen. Dahinter das Relais de Provence, ein lavendelfarben gestrichener Raum mit ausladenden Polstermöbeln, bezogen mit typischen Provencestoffen. Des Weiteren eine Bibliothek, in der fünf deutschsprachige und vier internationale Zeitungen auslagen, sowie ein Billardraum und ein Rauchsalon. Das Zentrum der Etage bildete zweifellos der große Speisesaal, dessen breite Glasfront die Terrasse abtrennte und den Blick auf den Buchenhain freigab. Hier konnten gut hundert Personen essen. Die weiß eingedeckten Tische und die Kronleuchter glitzerten im Morgenlicht. Ich warf einen Blick auf die Speisekarte. Hummerconsomé, gebratene Gänsestopfleber mit Apfelmaultaschen, Zander auf Puy-Linsen, Rehfilet mit Kirschsoße, Zwetschgensorbet mit Zimtschaum. Nicht schlecht.

Ich schlenderte zur Rezeption zurück und blätterte die Hausprospekte durch. Très en vogue setzte Maxi auf Wellness. Ich las, wie wohltuend und umfassend Aroma-Therapie, Meeresbrandungsbad mit Meeresalgen und ayurvedische Massagen Körper und Seele verwöhnten.

»Die roten Haare. Unverkennbar!« Maxi trat aus einem der Aufzüge, gefolgt von einem sonnengebräunten, sportgestählten jungen Mann.

»Ich musste überlegen, aber dann ist es mir eingefallen. 1988, Hotelfachschule Baden-Baden. Damals wolltest du unbedingt bei Witzigmann kochen. Hast du es geschafft?«

Um die Hüften war sie auseinander gegangen, aber das kaschierte sie geschickt mit einer gut geschnittenen Leinenhose und einem locker sitzenden Jackett. Über der rechten Schulter lag ein weicher Kaschmirschal. Das halblange Haar trug sie streng aufgesteckt, das Gesicht war tadellos geschminkt. Eine wirklich elegante Erscheinung, bis sie den Mund aufmachte und ihr Pferdegebiss zu sehen war.

»Nein. Aber bei einem seiner Schüler habe ich gearbeitet. Hugo Spielmann.«

»Spielmann? Ist das nicht der, der dieses grauenvolle Ende gefunden hat? – Ja, die Gastronomie ist ein hartes Geschäft, davon können wir alle ein Lied singen.«

»Gratulation zu diesem Haus. Mir scheint, du kommst gut klar in diesem harten Geschäft«, meinte ich.

Bei dem Lächeln, das sie jetzt aufsetzte, vermied sie es, ihre Zähne zu zeigen.

»Zehn Jahre Arbeit, sechzehn Stunden täglich. Eine kaputte Ehe und Krampfadern. Ich finde, es hat sich gelohnt. – Toni kann dich gleich mal ein bisschen herumführen.«

Sie lächelte den jungen Mann an und strich ihm kurz über die Pobacken.

»Ich habe leider keine Zeit«, fuhr sie mit Blick auf die Uhr fort. »Aber erzähl mal, was führt dich hierher?«

»Ich koch zurzeit daheim, in der Linde.«

»Wenn du einen besseren Job brauchst, muss ich dich enttäuschen. Meine Küche ist zurzeit voll besetzt«, sagte sie schnell.

»Nein, nein.«

Jetzt wusste ich wieder, warum ich sie nie richtig leiden konnte.

»Ohne deinen Köchen zu nahe treten zu wollen: Normalerweise koche ich schon in einer anderen Liga. Oder habe ich den Michelinstern an der Tür übersehen?«

»Oh. Da könnte ich dich wahrscheinlich gar nicht bezahlen«, konterte sie und legte kurz ihr Pferdegebiss frei.

Wahrscheinlich war sie jemand, der jeden Hieb parieren konnte.

»Woher weißt du überhaupt, dass ich hier bin?«

»FK Feger hat es mir erzählt.«

»Ach, der blasse Schreiberling vom ›Acher- und Bühler Boten‹!«

»Er hat erzählt, dass die Idee zu dieser Indoor-Skihalle von dir stammt.«

»Großartig, nicht wahr? Wird die Region extrem bereichern. Für so was habe ich ein Gespür. Die Idee stammt nicht ursprünglich von mir, es gibt schließlich schon zwei Indoor-Skihallen in Deutschland. Bottrop und Neuss. Aber hier im Schwarzwald wäre es eine absolute Novität!« Sie kam richtig ins Schwärmen. »Toni hat mich darauf gebracht.« Diesmal kniff sie ihn in die Pobacke. »Er war Profisportler. Abfahrtslauf. Kennt Udo Flattert, der die Hallen in Bottrop und Neuss betreibt. Flattert war begeistert von meiner Idee. Eine Halle, an den Berg geschmiegt, ohne die üblichen Stelzen, wie in flachen Gegenden nötig, zudem in einer traditionellen Wintersportregion. Nächsten Sommer sollen die Bauarbeiten beginnen. Ich hoffe, das verzögert sich nicht allzu sehr. Tja, man muss was tun, um erfolgreich zu sein.«

Ihr erneuter Blick auf die Uhr fiel mit dem Eintreffen eines kleinen Mannes im grünen Lodenmantel zusammen, der ein Paket unter dem Arm trug und ihr kurzatmig entgegeneilte.

»Meine liebe Maxi«, hechelte er. »Bitte vielmals um Entschuldigung für die Verspätung. Aber die Druckerei –«

»Jetzt überschlag dich nicht, Rudolf«, bremste ihn Maxi aus. »Sind die Prospekte fertig?«

»Gerade eben«, schnaufte er und griff in den Karton. »Deshalb bin ich doch so spät.«

Maxi überflog den Prospekt und reichte ihn achtlos an mich weiter. »Über die Diskothek müssen wir noch mal reden. Du weißt, dass ich absolut dagegen bin«, sagte sie zu dem Lodenmantel und wies ihm den Weg zum Fahrstuhl. Kurz zu mir gewandt, sagte sie: »Ich habe jetzt zu tun. Wie gesagt, Toni kann dich noch ein bisschen herumführen. Aber ruf doch mal an, dann verabreden wir uns und reden über alte Zeiten.«

Maxi setzte wieder das zahnfreie Lächeln auf und folgte dem Kurzatmigen in den Aufzug.

»Aber die brauchen wir, um die jungen Leute anzulocken«, antwortete dieser, bevor der Aufzug sich schloss.

Das Hochglanzdruck-Faltblatt zeigte eine fünfzehn Meter breite Piste, die fröhliche Menschen in schicken Schneeanzügen herunterwedelten. Auf der Innenseite verkündeten kleine Fotos, was neben der Piste in der Indoor-Skihalle noch alles geplant war: eine Schwarzwälder Vesperstufe, eine Tiroler Jausenstube, ein Skigeschäft, ein Reisebüro und eine Diskothek.

»Möchten Sie noch was sehen?«, fragte mich Toni höflich.

»Oh, wenn Sie zeigen könnten, wo die Halle hingebaut werden soll, fänd ich das sehr schön!«, meinte ich und lächelte ihm aufmunternd zu.

»Da muss ich mir erst meine Jacke holen«, antwortete er nicht sonderlich begeistert.

Während ich auf ihn wartete, ging ich bei der Rezeptionistin vorbei.

»Es ist mir furchtbar peinlich, aber Frau van der Camp hat mir gerade ihren Gast vorgestellt, und jetzt habe ich schon vergessen, wie er heißt. Können Sie mir da auf die Sprünge helfen?«

»Kennen Sie den nicht?«, fragte die Frau erstaunt. »Das ist Rudolf Morgentaler, der Bürgermeister von Sasbachwalden.«

»Also, kommen Sie«, drängelte Toni, als er zurück war. »Ich habe nicht viel Zeit.«

Er führte mich den kleinen Wanderweg am Hotel vorbei, der in das Markwaldgebiet mündete.

»Sie sind professionell Ski gefahren?«, fragte ich, um ihn etwas zum Plaudern zu bringen.

»Abfahrt, alpin. Ich war für das Olympiateam qualifiziert.«

»Was ist passiert?«

»Komplizierter Bänderriss, in Kombination mit einem Knöchelbruch, der nie mehr richtig verheilt ist.«

Der Weg führte an einer großen, sanften, leicht abschüssigen Wiese vorbei, auf der noch die Tautropfen glitzerten. Dahinter erstreckte sich ein mächtiger Tannenwald.

»Schlimm, wenn die Karriere so plötzlich beendet ist.«

»Ich war fünfundzwanzig. Hab mein Leben lang nichts anderes gemacht als Ski fahren.«

Der Weg führte jetzt dicht in den Wald hinein. Es war noch kühl, feucht und dunkel. Fraglich, ob die Herbstsonne hier noch einmal durchdrang.

»Und? Was haben Sie jetzt für Pläne?«

»Ich hab ein halbes Jahr bei Flatterts Fun-Sport AG in Neuss gearbeitet. Ich weiß, wie der Laden funktioniert, Flattert will mich als Geschäftsführer in der neuen Halle.«

Er packte einen Tannenzapfen und warf ihn tief in den Wald.

»Diese Fun-Sport AG ist einer der Investoren der Halle, nicht wahr?«, fragte ich.

»Der größte«, antwortete er. »Sie wollen achtzig Prozent finanzieren, circa zwanzig Millionen Euro.«

»Oh«, sagte ich überrascht. »Dann müssen die aber sehr davon überzeugt sein, dass die Halle hier ein Erfolg wird.«

»Was glauben Sie denn? Das wird *die* Attraktion des Nordschwarzwaldes!«

Verstohlen betrachtete ich ihn von der Seite. Ein gut gewachsener junger Kerl mit einem weichen Gesicht und einem leicht wehleidigen Zug um den Mund. Was Maxi an ihm fand? War doch mit Sicherheit kein ebenbürtiger Partner für sie. Vielleicht war er gut im Bett? Wenn er den Job als Geschäftsführer bekam, konnte sie mit Toni sehr gut Privates mit Geschäftlichem verbinden. Sicherlich ein Grund mehr, weshalb ihr so viel am Bau der Halle gelegen war.

Er schlug jetzt einen schmalen, steil bergauf führenden Trampelpfad ein. Oben, mitten im Wald, blieb er stehen.

»Hier wird der Beginn der Piste sein. Das Ende der Piste kann man von hier nicht sehen, liegt aber in dieser Richtung.«

Er machte eine vage Handbewegung nach Westen.

Dicht an dicht standen die Fichten da. Schwer, sich mitten in diesem Wald den Beginn einer Skipiste vorzustellen.

»Ist zum Glück Franzosenwald, minderwertiger Wald, sozusagen«, schien er meine Gedanken zu erraten. »Sonst gäbe es Probleme wegen der Rodung.«

»Wie viel Wald muss gefällt werden?«

»Ungefähr fünf Hektar. Das ist nicht nur für die Skihalle, es muss auch noch Fläche für die Parkplätze geschaffen werden!«

Sein Blick schweifte über die Fichtenwipfel.

»Stellen Sie sich vor, dann können Sie hier das ganze Jahr Ski fahren. Ist doch Klasse, die Vorstellung, an einem schwülen Julitag die Skier untern Arm zu klemmen und durch Tiefschnee zu fahren, oder?«

»Ich fahre kein Ski. Ich mache überhaupt keinen Sport.«

Ich kletterte den schmalen Trampelpfad zu dem größeren Weg hinunter.

»Und wieso interessieren Sie sich dann für die Halle?«

Behände hüpfte er hinter mir her.

»Ich finde, das muss man, wenn man hier lebt. Es ist ein großes Projekt, das in der Gegend einiges verändern wird. Es gibt Gründe dafür und dagegen«, erwiderte ich.

»Sind Sie auch einer von diesen Umweltschützern, die die Halle kaputtreden wollen? – Als ob man vom Wald leben könnte! Was nützt der schönste Wald, wenn man keine Arbeit hat?«

Auf dem breiten Weg liefen wir jetzt wieder nebeneinander her.

»Der Mann einer Freundin hat gegen die Halle gekämpft. Er ist umgebracht worden. Bestimmt haben Sie davon gehört.«

»Ja sicher«, sagte er. »Konrad Hils.«

»Kannten Sie ihn?«

»Aus der Zeitung. Stand doch fast jeden Tag was über ihn drin.«

»Persönlich kannten Sie ihn nicht?«

Er blieb stehen und starrte mich misstrauisch an.

»Hey, Sie denken doch nicht, dass Maxi oder ich etwas mit dem Mord zu tun haben?«

»Haben Sie?«

»Natürlich nicht«, sagte er empört. »Als ob man wegen so einer Halle zum Mörder würde!«

Vor uns tauchte jetzt wieder das Hotel auf.

»Ich denke, Sie finden alleine zurück«, sagte er dann und verabschiedete sich schnell.

Ich verzögerte meinen Schritt. Das Hotel sah wunderschön aus. Zehn Jahre Arbeit hatte Maxi investiert und sich jetzt mit der Skihalle ein neues, großes Ziel gesteckt. Wie weit ging ihr Ehrgeiz, wenn sie merkte, dass ihre Pläne durchkreuzt wurden? Wieso hatte sich der Ex-Skifahrer sofort angegriffen gefühlt? Hatte er Konrad gekannt? Man hatte ihm seine Chance genommen. Wie weit würde er gehen, um eine neue Chance zu verteidigen? So beleidigt, wie er sich vom Leben fühlte? – Ich stellte mir vor, wie er sofort zu Maxi lief und ihr brühwarm von unserem Gespräch erzählte.

Auf der Terrasse saßen jetzt die ersten Gäste und genossen die Morgensonne. Ein Kellner verteilte flauschige Wollplaids gegen die Herbstkälte. Maxi stand mit Morgentaler an der kleinen Treppe, die zum Buchenhain führte, und verabschiedete ihn. Morgentaler stieg die Stufen hinunter, drehte sich noch einmal zu ihr um und sagte:

»Nach der Jagd kommen wir wie immer auf einen Schlummertrunk bei dir vorbei, Maxi.«

Immer noch zwitscherten die Vögel. Immer noch war die Luft frisch und klar. Aber ich merkte, dass ich hier keinen Kaffee mehr trinken wollte.

Auf dem Weg zum Auto kam mir Sepp, unser Getränkelieferant, mit einer Karre Bierkästen entgegen.

»So, machsch ä Ausflügl?«, fragte er.

Ich nickte und meinte mit Blick auf seine Bierkästen: »Hier setzt du bestimmt ganz andere Mengen ab als bei uns in der Linde.«

»Sell scho«, brummte der Sepp. »Aber zahle din ihr schneller.«

*

Zum Glück hielt sich der Verkehr auf der Schwarzwaldhochstraße heute in Grenzen! An schönen Herbst- oder Frühlingssonntagen und im Hochsommer herrschte hier manchmal ein Betrieb wie auf dem Kölner Ring zur Rushhour. Dann kamen sie mit ihren Autos von überall her. Zugegeben, die Aussicht von hier oben war phantastisch. Nirgendwo sonst konnte man so viel Schwarzwald, so viel Rheinebene und so viel Vogesen sehen. Bei schönem Herbstwetter genoss ich es, die ruhige, breite Straße entlangzufahren, links die Tannenwälder

95

und rechts den Blick in die Ebene zu haben. Ich fuhr Richtung Achertal, ich wollte noch bei Teresa vorbeischauen.

Auf dem Parkplatz vor dem Mummelsee herrschte allerdings auch an einem normalen Wochentag wie heute reger Betrieb. Wahrscheinlich karrten die Busunternehmer die Rentner auch noch bei Schneeregen zu Kaffee und Kuchen hier hoch, schließlich gilt der Mummelsee als eine der größten Touristenattraktionen des Schwarzwaldes. Der Parkplatz davor ist mittlerweile dreimal so groß wie der See selbst. Ein ebener Wanderweg umrundet den See und endet bei Souvenirständen mit Bollen-Hüten und Kuhglocken. Ein grün verkleideter Wassermann mit Dreizack posiert als Mummelseekönig für die Erinnerungsfotos. Im Café des Hotels werden fünfzehn Zentimeter hohe Schwarzwälder Kirschtorten angeboten.

Nichts ist mehr übrig von dem geheimnisvollen, sagenumwobenen See, den Grimmelshausen im Simplicissimus beschrieben hat. Allenfalls der Farbton des Wassers, ein fast torfiges Schwarz, lässt erahnen, warum die Menschen sich früher vor diesem See gefürchtet haben. »Und als Nächstes wird dann der Mummelsee überdacht und drum herum ein Sandstrand angelegt«, hatte eine Skihallen-Gegnerin in einem Leserbrief geschrieben. Ein folgerichtiger Gedanke bei dieser Art von Tourismus. Ein Naturerlebnis war der Mummelsee schon heute nicht mehr. Kein Ort, an dem man mit dem Auto vorfahren und meterhohe Schwarzwälder Kirschtorten essen kann, ist ein Naturerlebnis.

Eine Viertelstunde später parkte ich den Punto neben Teresas Kastenwagen. Die Haustür stand offen. Die vielen roten Rosen waren verschwunden, überhaupt alle Blumen, auch die Grünpflanzen waren verschwunden. Auf dem Esstisch lag ein Strauß getrockneter Buschwindröschen, deren ursprüngliche Farbe nicht mehr zu erkennen war. Kahl wirkte der große Raum, kahl und kalt. In der Ecke des Sofas kauerte Vladimir und lutschte eines seiner Erdbeerbonbons. Er sah ängstlich auf.

»Wo ist Teresa?«

Sein Kopf deutete auf die Treppe. Ich stieg nach oben.

»Teresa?«

»Im Schlafzimmer!«

Ich öffnete die Tür. Sie stand vor einem großen Bett, in der einen Hand eine Herrenjacke, in der anderen zwei Fotos.

»Was machst du?«

»Schau mal, was ich in Konrads Jacke gefunden habe!«

Sie reichte mir die Fotos. Eines zeigte ein graues Backsteinhaus mit kleinem Erker. Davor ein großer kahler Baum, daneben eine Garage, auf deren Flachdach eine Terrasse angelegt war. Auf der Rückseite stand »Neblon les Perrieux«.

»Ist das Konrads Schrift?«

»Nein.«

»›Neblon les Perrieux‹. Wo ist das?«, fragte ich. »Irgendwo im Elsass?«

»Keine Ahnung.« Teresa zuckte die Schultern. »Ich habe dieses Foto noch nie gesehen. Das Haus kenne ich auch nicht. Ich weiß nicht, warum Konrad es in der Jacke hatte.«

Keine Menschen, keine Autos auf dem Bild. Nichts, was darauf hindeutete, warum man die Fotografie gemacht hatte. Das Haus war nicht schön, im Gegenteil, es wirkte heruntergekommen, möglicherweise stand es leer. Mich erinnerte das Foto an etwas. Aber ich kam nicht dahinter, an was.

Das zweite Bild, eine Nachtaufnahme, zeigte einen Lastwagen. »Spedition Pütz, Köln«, konnte man mit Mühe entziffern. Hinter dem Lkw ein verwischter gelber Streifen, wie von einer Leuchtreklame, und die undeutlichen Schatten hoher, schlanker Bäume. Mehr war nicht zu erkennen.

»Sagt dir auch nichts, oder?«

»Nicht das Geringste.«

Bei dem Einbruch waren Fotos geklaut worden. Fotos, die Konrad von dem Gelände gemacht hatte, auf dem die Skihalle entstehen sollte. Er hatte nichts von einem grauen, französischen Haus oder einer Kölner Lkw-Firma erwähnt.

»Du musst sie Eberle geben. Vielleicht haben die Fotos etwas mit dem Mord zu tun.«

Sie schüttelte kaum merklich den Kopf.

»Ich will mit der Polizei nichts zu tun haben. Ich bin froh um jedes Gespräch, was ich nicht mit Eberle führen muss. Sei so nett, gib du sie ihm, ja?«

Teresa reichte mir die Fotos, faltete die Jacke zusammen und sah sich unschlüssig im Raum um.

»Ich weiß gar nicht, wo ich sie jetzt hinlegen soll. Vladimir hat sie mir gebracht. Sie hing noch in der Schule.«

Ich fühlte mich unwohl in diesem Raum. Schlafzimmer haben immer etwas Intimes. Sie beherbergen die Geheimnisse von Paaren. Gespräche im Dunkeln. Späte Geständnisse. Nebeneinander einschlafen und nebeneinander aufwachen. Lust und Unlust. Guter Sex, schlechter Sex, gar kein Sex. Schlaflosigkeit und Nachtschweiß. Geborgenheit und Einsamkeit.

Dieser Raum barg die Geheimnisse von Teresa und Konrad. Das große Bett. Hatte der gute Sex überwogen? Waren sie sich nah gewesen? Waren sie hier glücklich miteinander gewesen?

Zwei Oberbetten, zwei zerknautschte Kopfkissen.

Teresa bemerkte meinen Blick.

»Das Kissen riecht noch nach ihm«, murmelte sie. »Ich werde es erst wechseln, wenn ich ihn nicht mehr riechen kann.«

Ich nickte. »Kannst du schlafen?«, fragte ich dann.

»Manchmal«, sagte sie immer noch sehr leise. »Ich wünsche mir so sehr, schlafen zu können. Schon zweimal war Konrad im Traum bei mir, ganz nah und lebendig. – Aber es ist furchtbar, dann wach zu werden und zu wissen, dass er tot ist.«

Sie weinte leise, kaum hörbar, fast tränenlos, zitterte aber am ganzen Körper. Es tat weh, sie so zu sehen. Etwas ungeschickt nahm ich sie in die Arme. Im Trösten war ich nicht sehr gut.

»Lass uns nach unten gehen«, schlug ich vor.

Vladimir kauerte immer noch in der Sofaecke. Teresa wischte ihre Tränen weg und schickte den Versuch eines aufmunternden Lächelns in seine Richtung.

»Du kannst noch die restlichen Äpfel auf der unteren Wiese einsammeln«, sagte sie zu ihm. »Körbe stehen vor der Brennküche.«

Der Junge nickte eifrig, zog sich schnell die Schuhe an und stürzte nach draußen.

»Er kommt jeden Tag. Ich weiß gar nicht, was ich mit ihm machen soll!«, seufzte Teresa. »Wie ein Hündchen folgt er mir auf Schritt und Tritt. So wie er es bei Konrad getan hat. Manchmal schicke ich ihn weg, weil ich es einfach nicht mehr ertragen kann.«

»Was ist mit seiner Familie?«

Ich machte mich in Teresas Küche zu schaffen. Ein Tee würde jetzt gut tun. Ich fand ein paar Beutel Schwarztee. Immerhin, das Wasser hier oben war so weich, dass auch solch ein Tee genießbar war.

»Die Familie lebt in einem der Übergangshäuser in Furschenbach.

Ganz beengt, vier Leute auf zwei winzigen Räumen. Vladimir hat noch zwei ältere Brüder. Einer davon sitzt gerade seine zweite Haftstrafe ab. Jetzt wird er nur noch von dem anderen geschlagen. Die Mutter schimpft viel mit ihm. Er ist nicht der Hellste, ›ä Dubbele‹, hat man früher gesagt. Von einem Vater habe ich noch nie etwas gehört.«

Teresa hatte sich an den Tisch gesetzt. Ihre Finger spielten mit den vertrockneten Buschwindröschen. Ich brühte den Tee auf, stellte Kanne und Tassen auf ein Tablett und ging zu ihr. Sie ließ die Blumen los.

»Unser Hochzeitsstrauß«, sagte sie. »Die einzigen Blumen, die ich ihm mit ins Grab gebe.«

Sanft strich sie über die getrockneten Rosenköpfe. Wie mochte sie als Braut ausgesehen haben? Welche Farbe hatten die Röschen gehabt?

»Warum hast du hier alle Blumen und Pflanzen weggeräumt?«, fragte ich.

»Sie sind lebendig. Alles Lebendige tut weh.«

Mich fröstelte. Hier hauste der Tod. Im Schlafzimmer versuchte Teresa, ihn mit Gerüchen und Träumen zu überwinden, aber hier unten war er allgegenwärtig. Alle Heimeligkeit war aus dem schönen Raum verschwunden. Er wirkte kalt und leer. Der große Schreibtisch erinnerte unentwegt an seinen toten Besitzer. In diesem Haus fehlte jemand unwiederbringlich.

»Lass uns draußen Tee trinken. Es ist warm genug.«

Teresa nickte.

»Wenn du Lust auf was Süßes hast«, sagte sie dann, »Hilde hat Linzertorte gebracht. Sie steht in der Brotschublade.«

Ich füllte das Tablett damit auf und folgte ihr nach draußen.

Nah der Hauswand hatten sich Teresa und Konrad eine wunderschöne Sitzecke hergerichtet. Ein schlichter Tisch mit einer Buntsandsteinplatte, eine weinrot gestrichene alte Gartenbank, zwei ebenfalls weinrot gestrichene Eisenstühle. Als Windschutz diente eine Wacholderhecke, davor wuchsen in Terrakotta-Töpfen unterschiedlichster Formen und Größen Astern, Dahlien, Calendula und Zinnien. Auf dem Tisch räkelte sich eine alte Katze in der Sonne. Sie sprang herunter, als ich das Tablett abstellte. Teresa nahm vorsichtig einen Schluck Tee, rührte aber den Kuchen nicht an. Eine Weile redete keine von uns. Die Sonne stand im Zenit, ein paar Zitronenfalter umflatterten die Astern, sanft und gleichmäßig plätscherte der Grimmersbach. Auf der unteren Wiese bückte sich Vladimir nach heruntergefallenen Äpfeln.

»Der Mann in Köln, in den du verliebt warst, der gestorben ist«, begann Teresa vorsichtig. »Was hast du nach seinem Tod gemacht?«

»Nichts«, sagte ich. »Ich habe die Wände in meinem Zimmer angestarrt, wochenlang.«

»Und was hast du gefühlt?«

Eine gefährliche Frage. Eine schmerzhafte Frage.

»Tausend Messer, die mir die Eingeweide zerfleischen.«

Sie nickte. Das Gefühl kannte sie bestimmt.

»Wann hast du dein Zimmer verlassen?«

»Meine Mutter hat sich das Bein gebrochen. Ich musste die Lindenküche übernehmen.«

»Und? Starrst du immer noch Wände an?«

Teresa suchte einen Strohhalm, einen kleinen Halt in ihrem Leid. Sie wollte wissen, wie es weitergeht, wenn der Tod nicht mehr allgegenwärtig ist.

»Nur noch manchmal. Die Arbeit hilft. Sie lenkt ab. Das wirst du auch merken. – Was ist eigentlich mit deinem Blumenladen?«

»Ich habe ihn geschlossen. Nach der Beerdigung will ich wieder aufmachen. Wenn ich mich dann schon unter Menschen traue.«

Achtlos rührte sie einen Löffel Zucker in den Tee und schlürfte ihn dann in winzigen Schlücken.

»Was ist mit den Nächten? Werden die besser?«, fragte sie dann.

»Irgendwann. Es gibt schon Nächte, die ich durchschlafe.«

»Aber die meisten sind beschissen?«

»So ist es.«

»Keine schönen Aussichten.«

Sie lächelte traurig und strich mir mit ihren schrundigen Fingern über die Hand. Schnell griff ich zu der Linzertorte. Teresas Nachbarin hatte sie mit Walnüssen gemacht und eine sehr säuerliche Himbeermarmelade als Füllung verwendet. Der Kuchen war knusprig und mürbe und roch nach Zimt, Nelken und Kirschwasser. Genauso musste eine Linzertorte sein!

Während ich den Kuchen in mich hineinfraß, sah Teresa mich unverwandt an. Dann holte sie tief Luft und fragte. »Wie war die letzte Begegnung mit ihm vor seinem Tod?«

Stopp! Aus! Ganz schwierige Frage. Die Eingeweide zogen sich vor Schmerz zusammen, bleischwer lag der Kuchen im Magen. Bilder aus der Ochsenküche tauchten in mir auf. Bilder, die ich nicht mehr sehen wollte.

»Grauenvoll«, presste ich heraus. »Wir haben uns furchtbar gestritten.«

Teresa wandte jetzt den Blick von mir ab und vergrub ihr Gesicht in den Händen. Langsam wurde ihr Körper von einem rhythmischen Zittern ergriffen, und dann brach ein furchtbares Schluchzen aus ihrem Inneren, das mir fast das Herz zerriss.

»Ich war so wütend auf ihn«, stammelte sie zwischen ihren Schluchzern. »Drei Tage vorher hatte er mir versprochen, mit seinem Auto die Blumen zum Breitenbrunnen zu fahren. An dem Morgen sagte er mir dann, das gehe wahrscheinlich nicht, er habe noch eine wichtige Verabredung, die er nicht verschieben könne.«

Sie schrie und weinte jetzt laut und hemmungslos. Vladimir blickte irritiert von seinen Äpfeln auf. Verschreckt suchten ein paar Hühner das Weite.

»Ich habe ihm gesagt, er soll seine Sachen packen, er soll abhauen. ›Ich will keinen Mann, auf den ich mich nicht verlassen kann, der nie für mich da ist, wenn ich ihn brauche.‹ Verstehst du, das Letzte, was ich zu ihm gesagt habe, war ›Hau ab! Hau ab!‹ Und das hat er dann auch getan. Endgültig.«

Sie warf den Kopf auf die steinerne Tischplatte und trommelte mit den Fäusten darauf. »Hau ab! Hau ab!«, schrie sie in einem fort. Ihr Körper bäumte sich auf und zog sich zusammen. Mal schluchzte sie hysterisch, mal stakkatohart röchelnd. Nichts war mehr ruhig an ihr, jede Faser ihres Körpers bebte. Immer wieder schrie und schluchzte sie und förderte aus ihrem Innersten Heultöne zu Tage, bei denen selbst Wölfe die Flucht ergriffen hätten.

Ich holte ein Glas Wasser und schüttete es ihr ins Gesicht.

»Ein ganz normaler Ehestreit, Teresa«, sagte ich. »Am Abend hättest du dich wieder mit ihm versöhnt. Konrads Mörder hat dir die Chance genommen, das zu tun. Auf ihn solltest du sauer sein, ihm solltest du die Schuld geben, nicht dir!«

Immer noch wurde ihr Körper von einzelnen Schluchzern erschüttert, aber langsam wurde sie ruhiger. Sie rieb sich die Augen, putzte sich die Nase und war wieder ansprechbar.

»Der Mörder hat dir Konrad genommen. Du hattest keine Chance zur Versöhnung, oder um Abschied zu nehmen.«

»Ja, schon«, stimmte sie mir jetzt nur noch leise schluchzend zu. »Aber das mit der Versöhnung stimmt nicht. Unsere Ehe war nicht gut in letzter Zeit, wir haben uns sehr auseinander gelebt. Ich hatte meinen Blumenladen, und Konrad hat sich nur noch für seine Bürgerinitiative interessiert. Morgens einen gemeinsamen Kaffee im Stehen, abends spät einen flüchtigen Kuss auf die Backe. So sah in den letzten Monaten unsere Ehe aus.«

Was sollte ich dazu sagen? Ich war nicht verheiratet, nie verheiratet gewesen.

»Wie kommt die Liebe abhanden? Wieso macht der Alltag sie kaputt? Wieso hat man sich irgendwann nur noch wenig zu sagen? Wieso wird all das schal, wonach man sich in seiner Verliebtheit so sehr sehnt? Das gemeinsame Aufwachen, das tägliche Zusammensein, die regelmäßigen Mahlzeiten. Vielleicht hätte uns ein Kind gerettet. Aber nach der Fehlgeburt vor zwei Jahren wollte ich erst mal warten. Und jetzt werde ich nie mehr mit Konrad ein Kind haben. Nie mehr eine Chance, unsere Liebe neu zu entdecken, zurückzugewinnen …«

Vielleicht ist das das Bitterste. Der Tod setzt allen Träumen ein Ende. Den vertanen und den noch möglichen, den kleinen und den großen, den verrückten und alltäglichen. Rien ne va plus.

Teresa redete und redete. Alles, was sie in den letzten Tagen in ihrem Innersten aufgewühlt hatte, brach aus ihr heraus. Immer wieder sah ich sie und Konrad, wie sie mir bei meinem ersten Besuch in der Legelsau nachgewinkt hatten. Ein zufriedenes Paar, das seinen Platz in der Welt gefunden hatte. – Aber das stimmte wohl nicht.

Mit meinen Lieben war ich nie so weit gekommen. Ja, mit Ecki hatte ich mir all das vorgestellt, was Teresa beschrieben hatte. Mit ihm wollte ich eine gemeinsame Zukunft, ein eigenes Restaurant, Kinder, alt werden, einfach alles. Aber Ecki mochte sich nicht festlegen, er hatte Angst vor Bindungen. Deshalb kochte er jetzt in Bombay, und wir zwei hatten kein gemeinsames Resto in Wien. In seinen Briefen, die Adela mir mitgebracht hatte, erkundigte er sich nach Ereignissen im Goldenen Ochsen, wollte wissen, ob ich die Beziehung zu Spielmann geklärt hatte. Ansonsten beschrieb er Bombay als aufregende Stadt und hoffte, dass ich ihn endlich besuchen würde. »Ich vermiss dich, hab Sehnsucht nach dir«, schrieb er zum Schluss. Was hatte ich davon? Er war nicht da, war Tausende von Kilometern entfernt. Ich wollte ihn bei mir haben, jeden Tag. Aber wenn der Alltag schal wurde, und die Liebe satt und träge, so wie Teresa das beschrieb?

»Die Äpfel. Wohin?«

Vladimir hatte drei Körbe die Wiese hochgeschleppt und stand schwer atmend vor uns.

»Teresa?« Ein älterer Mann kam langsam auf unseren Sitzplatz zu.

»Grüß dich, Franz!«

Teresa schüttelte ihm herzlich die Hand und machte uns bekannt. Der Mann war ihr Nachbar, der Mann von Hilde, die die Linzertorte gebacken hatte.

»Horch«, sagte er. »Ich hab jetzt im ›Sternen‹ Bescheid g'sagt. Sie reserviere uns morge des Näbezimmer. So drissig Persone hän do Platz. Musch halt aufm Gottsacker allene B'scheid gäbe.«

Konrads Beerdigung. Er hatte sich um den Leichenschmaus gekümmert. Auf die Idee hätte ich auch kommen können!

Teresa bedankte sich.

»Nimm doch die Äpfel mit, Franz«, sagte sie und deutete auf Vladimirs Ernte. »Konrad wird sie jetzt nicht mehr brennen können.«

Der Mann nickte betrübt und strich ihr unbeholfen über den Arm.

Teresa hatte wieder Tränen in den Augen.

»Ich hoffe, ich übersteh das morgen«, sagte sie leise zu mir.

»Das wirst du. Und danach wird es besser.«

»Ich würde dir gerne glauben, wirklich, Katharina.«

*

»Beeil dich, Adela, sonst kommen wir zu spät!«, rief ich die Treppe hinauf.

»Bin schon da, bin schon da«, erwiderte sie und holperte die Stufen herunter. »Wenn ich gewusst hätte, dass wir schon wieder auf eine Beerdigung müssen, hätte ich mein schwarzes Kostümchen mitgebracht. Aber so, na ja.«

Sie trug eine graue Hose und eine graue Strickjacke mit großen Knöpfen und einem Fellkragen.

»Ist das dezent genug?«

Sie nestelte an ihrem Kragen und drehte sich einmal vor mir.

»Aber sicher. Perfekt. Und jetzt komm schon.«

103

»Wieder die L87?«, fragte sie, als wir endlich in ihrem Golf saßen. Ich nickte. Mehr war nicht nötig. Wenn Adela einmal eine Strecke gefahren war, kannte sie diese. Zwischen den Kirschbäumen hing ein sanfter Morgennebel. Ein Schwarm Krähen flog in Richtung Bienenbuckel.

»Kommt Eberle auch?«, fragte ich.

»Ja sicher, Pflichtprogramm.«

»Und? Was machen seine Ermittlungen?«

»Er ist ein bisschen lahm, aber gründlich«, sagte sie und trommelte mit den Fingern leicht auf ihr Lenkrad. »Er fängt am Tatort an und kämpft sich dann langsam weiter vor. Du weißt, dass Konrad nicht alleine zum Wolfsbrunnen gefahren ist?«

Ich nickte. Das hatte der Schwabe mir schon im Krankenhaus gesagt.

»Eberle vermutet, dass es nicht der Mörder war, den er bei sich hatte, sondern eine unbekannte dritte Person. Wer das sein könnte? Da stochert er noch im Dunkeln. Die Spitzhacke, mit der Konrad erschlagen wurde, stammt aus dem Steinbruch. In den Geräteschuppen, wo das Werkzeug lagert, ist aber nicht eingebrochen worden.«

»Und was heißt das?«

»Entweder der Täter hatte einen Schlüssel zu dem Schuppen, oder der Schuppen stand offen, oder einer der Steinbrucharbeiter hat eine Spitzhacke liegen lassen. Auch in dem Punkt ist Eberle nicht weiter. Der Steinbruch gehört einer Firma ›Stein & Zement AG‹. Der Geschäftsführer, Jürgen Armbruster, wirkte sehr nervös, als Eberle ihn befragt hat. Hat für die Tatzeit aber ein Alibi. Offensichtlich kannten sich Armbruster und Hils nicht. Also, wo läge das Motiv?«

»Scheint ja eine Plaudertasche zu sein, unser Kommissar, nach dem, was du so alles weißt.«

»Ich bin eben eine vertrauenswürdige Person und kann Leute zum Reden bringen!«

Adela kicherte selbstbewusst. Danach zog ein kleines, sanftes Lächeln über ihr Gesicht. Ein Lächeln, das ich bei ihr noch nie gesehen hatte.

»Hat er noch was erzählt?«, fragte ich.

»Der Einbruch bei Konrad und Teresa. Zwei Nachbarn haben einen Lada Niva gesehen, der um die fragliche Zeit mit einem Affenzahn durch die Legelsau gesaust ist.«

»Der hat mich beim ›Grünen Baum‹ fast umgenietet!«, erzählte ich ihr. »Ich konnte gerade noch auf den Parkplatz ausweichen.«

»Blöderweise hat sich niemand das Kennzeichen gemerkt, du wahrscheinlich auch nicht. Hier im Schwarzwald fahren viele Geländewagen. Also, auch eine sehr vage Spur.«

»Sonst nichts zu dem Einbruch?«

Vor uns tauchten jetzt die Weinberge von Kappelrodeck auf. Zwischen den Rebstöcken klebte der Nebel.

»Die Fotos. Konrad hat erzählt, dass er Kontaktabzüge von den gestohlenen Fotos in der Schule habe. Da waren aber keine. Entweder hat er diese nach dem Einbruch woanders versteckt, oder er hat die Polizei angelogen.«

Und nicht nur die Polizei. Auch Teresa. Ich erinnerte mich an die Situation nach dem Einbruch. Konrad schien genau gewusst zu haben, was die Diebe suchten. Und Teresa hatte gespürt, dass Konrad ihr nicht die Wahrheit sagte.

»Teresa hat zwei andere Fotos in seiner Jacke gefunden. Ein Steinhaus- und ein Lastwagen-Bild. Sehr merkwürdig. Vielleicht waren das die Fotos, die die Diebe gesucht haben.«

»Ein Steinhaus? Lastwagen? Nichts von der Skihalle? Nur Fragen, Fragen, Fragen. Dann ist da noch die Sache mit der Zeitungsnotiz. Konrad hat bei seiner Anzeige darauf bestanden, dass der Bericht über den Diebstahl an die Presse weitergegeben wird. Er wollte, dass die Diebe wissen, dass er die entscheidenden Fotos noch besitzt, vermutet Eberle.«

»Das hast du mir schon mal erzählt«, meinte ich. »Heißt das, dass er wegen der Fotos ermordet wurde?«

»Es ist die einzige heiße Spur. Die Verabredung mit seinem Mörder muss eine sehr kurzfristige gewesen sein. Konrad hatte einen akribisch geführten Terminkalender. Und an seinem Todestag war kein Termin eingetragen.«

»Das hat auch Teresa gesagt. Dass ihm kurzfristig was dazwischengekommen sei. Und mehr hat er noch nicht, dein Kommissar?«

»Nein.«

Adela schüttelte leicht den Kopf und lächelte wieder dieses mir unbekannte Lächeln.

»Weißt du, was er immer sagt? ›No numme nit hudle!‹ Süß, nicht wahr?«

Plötzlich wusste ich, was dieses seltsame Lächeln bedeutete. Adela war verliebt! Das war etwas, was ich erst mal verdauen musste. Adela verliebt!

Die Glocken läuteten bereits zur Totenmesse, als wir in Seebach ankamen. Und plötzlich hatten wir ein Problem, mit dem man auf dem Land nie rechnete. Wir fanden keinen Parkplatz. Überall standen Autos. Entlang der L87, wo sonst nie welche parkten, vor der Kirche, vor dem Rathaus, vor dem Fremdenverkehrsamt, vor der Bäckerei, vor dem Gasthof, vor der Metzgerei. Jede Möglichkeit, ein Auto abzustellen, war genutzt worden. Adela spielte kurz mit dem Gedanken, zwei Wagen zuzuparken und ihr Schild »Hebamme im Einsatz« herunterzuklappen, aber als klar war, dass wir sowieso nicht mehr rechtzeitig zur Messe kommen würden, überredete ich sie, direkt zum Friedhof zu fahren. Auch da waren wir weder die Ersten noch die Einzigen, fanden aber immerhin eine Lücke, um Adelas Schwarzen zu parken. Adela schnaufte, als wir die paar hundert Meter zum Friedhof hinaufstiegen. Steil und abschüssig lag er zwischen den Wiesen und Feldern. Von hier aus sah man hinunter zum Ortskern von Seebach. All die Autos ameisenklein, streichholzgroß Kirche und Häuser.

Eine halbe Stunde später zog der Zug der Trauergemeinde langsam vom Dorf hier hoch. Ganz vorn ging Teresa, bei ihrer Mutter eingehakt. Als ich ihr Gesicht erkennen konnte, sah sie genauso erbärmlich aus wie ihr in der Zwischenzeit völlig zerrupfter, getrockneter Hochzeitsstrauß in ihrer Hand. Dahinter eine Reihe wettergegerbter Gesichter, junge und alte, wahrscheinlich die Nachbarn aus der Legelsau. Günther Träuble, der mit einem anderen Mann einen großen Kranz schleppte, erkannte ich dahinter. »Für Konrad, den Kämpfer für eine menschenwürdige Zukunft«, konnte ich auf den Kranzschleifen lesen.

»Hat er sich mit dem Kranz durchgesetzt«, flüsterte Adela neben mir.

Viele Gesichter, die ich bei der Versammlung der Bürgerinitiative gesehen hatte, folgten. Anna Galli fiel durch einen weinroten, bodenlangen Samtmantel auf. Sie trug einen Strauß Kornblumen. Wo um alles in der Welt hatte sie Mitte Oktober Kornblumen aufgetrieben? Ihr schloss sich eine Gruppe gelangweilt wirkender oder verschämt kichernder Jugendlicher an. Wahrscheinlich Konrads Schüler. Und noch mehr Leute, die ich weder kannte noch zuordnen konnte. Der Zug wollte und wollte kein Ende nehmen. Das Schlusslicht bildete ein Trupp wichtig aussehender, teilweise sehr gut gekleideter Männer, darunter Rudolf Morgentaler, der Bürgermeister von Sasbachwalden.

Es schien, als ob sich keiner, weder Freund noch Feind, die Beerdigung des »Rebellen aus dem Achertal« entgehen lassen wollte.

Nicht zu vergessen die Vertreter der Medien. Ich zählte zwei Fernsehkameras, mehrere Fotografen und einige Rundfunkreporter. FK entdeckte ich erst spät. Er lief irgendwo am Rande her, wie immer eine zusammengerollte Zeitung in der einen und seinen Schreibblock in der anderen Jackentasche. Ich winkte ihm, und er blieb bei mir stehen.

»Wenn du jetzt eine Bombe schmeißen würdest, wär mit einem Schlag die Crème de la Crème der Ortenau weg«, brummelte er. »Sie sind alle da. Der OB von Achern, die Bürgermeister von Sasbachwalden, Kappelrodeck, Ottenhöfen und Seebach, mehrere Ortsvorsteher aus den kleineren Gemeinden, die Rektoren der großen Schulen, nicht zu vergessen der Landrat. Und schau, selbst die hiesigen Unternehmer!«

Er zeigte auf einen mittelgroßen, rotgesichtigen Glatzkopf und einen groß gewachsenen, schlanken Mann, der eine gewisse Müdigkeit ausstrahlte.

»Der Großbrenner Bohnert und der Armbruster von der Stein & Zement AG. Selbst die laufen hinter seinem Sarg her. – Ein echtes Staatsbegräbnis. Nur tote Helden sind gute Helden.«

»Armbruster? Dem gehört doch auch der Steinbruch am Wolfsbrunnen, oder?«

FK nickte und kritzelte noch ein paar Namen auf seinen Block.

»Weißt du was über den?«

»Klar«, sagte FK und blickte zu dem ausgehobenen Grab hinüber, um das sich der Trauerzug in einem breiten Halbkreis aufgestellt hatte. Dort ließen die vier Träger jetzt langsam Konrads Sarg hinunter. Ein kräftiger Windstoß wirbelte trockene Buchenblätter auf.

»Jetzt lass dir doch nicht jeden Satz aus der Nase ziehen, FK«, flüsterte ich.

»Macht sein Geld im Autobahnbau. Hat die Firma von seinem Vater übernommen, so einem Unternehmer von altem Schrot und Korn, gegen den er ziemlich fad wirkt. Der alte Armbruster war übrigens eng mit dem Bohnert befreundet. Dank öffentlicher Aufträge kommt der junge mit seiner Stein & Zement einigermaßen über die Runden, wobei die Firma schon ein paar Mal Spitz auf Knopf stand. 's heißt, dass er lieber Tennis spielt und italienische Opern hört als seine Firma führt.«

»Ziemlich harmlose Laster.«

»Wie man's nimmt.«

»Erde zu Erde, Asche zu Asche«, begann der Priester das Totengebet.

Ein scharfer Wind strich über den baumlosen Friedhof und wirbelte die frisch aufgeschaufelte Erde auf. Die Sonne drang an diesem Morgen nicht durch den wolkenverhangenen Himmel. Mich fröstelte in meinem dünnen Trenchcoat.

FK verschwand genauso schnell, wie er aufgetaucht war.

Die Wolken zogen sich mehr und mehr zusammen und schickten einen kalten Nieselregen zur Erde. Der Wind verstärkte seine Anstrengungen, allen zu zeigen, dass er ein Vorbote des Winters war. Die Grabredner störte das nicht. Das Orchideen-Männlein aus der Bürgerinitiative, der Rektor von Konrads Schule, der Vertreter der Grünen, sie alle redeten endlos lang, obwohl sie der pfeifende Wind immer wieder übertönte. Auf meiner Position konnte ich rein gar nichts verstehen. Nachdem endlich alle Trauergäste am offenen Grab vorbeidefiliert waren, hatte ich Eisfüße und nahm dankbar Teresas Einladung zum Leichenschmaus an.

Im Nebenzimmer des »Sternen« dampfte die feuchte Kleidung der Gäste. Die Kellnerinnen eilten, heißen Kaffee und Schnaps zu verteilen, um die mitgebrachte Kälte zu vertreiben. Das lange Schweigen auf dem Friedhof entlud sich in lebhafter Gesprächigkeit. Mancherorts war schon ein Lachen zu hören.

Außer Teresa und ihrer Mutter kannte ich niemanden. Verwandte und Nachbarn hatte Teresa eingeladen, keine Weggefährten Konrads aus Bürgerinitiative und Schule. Nur Menschen, die ihr wichtig waren. Schnell fand man sich in Grüppchen zusammen. Die Schnapsflasche kreiste, die kalten Nasen tauten auf, die Wangen röteten sich. Ich saß neben Teresa und ihrer Mutter und schlürfte heißen Kaffee. Teresa starrte in das undefinierbare Braun-Grün ihres Pfefferminztees.

Wo war sie mit ihren Gedanken? Bei dem zerschmetterten Körper, auf den die Totengräber gerade anderthalb Meter frische Erde schaufelten? Bei dem frisch verliebten Konrad, der Tag für Tag in ihren Blumenladen kam?

Eine alte Frau kondolierte und reichte ihr ein Kuvert. So würden es nach und nach auch die anderen machen. Kondolieren, einen Umschlag abgeben. Einen Umschlag, der eine Trauerkarte enthielt und etwas Geld. Fünf, zehn, zwanzig Euro. Geld, um die Beerdigungskosten zu decken, Geld, um später eine Messe lesen zu lassen. Das war so üblich hier auf dem Land.

Das Gespräch der Männer am Nebentisch erhitzte sich.

»Wir hätten auf den Konrad hören sollen«, donnerte lautstark ein hakennasiger Mann, der wohl schon einige Schnäpse getrunken hatte, »in der Sache mit der Kleinbrennereigenossenschaft, der Konrad war ein kluger Kopf.«

»Dummes Zeugs«, unterbrach ihn ein rothaariger Lockenkopf auf der anderen Tischseite. »Die Zeiten sind vorbei, wo sich die Kleinen zusammenschließen, um damit den Großen Paroli zu bieten. Weißt du, wie groß der Bohnert heute ist? Der kontrolliert den ganzen badischen Schnapsmarkt, was nützt es uns da, uns als Kleinbrennereigenossenschaft zusammenzutun?«

»Dass der sich überhaupt auf Konrads Beerdigung traut!«, polterte die Hakennase weiter. »Anspucken hätte ich ihn sollen für den Hungerlohn, den er dieses Jahr fürs Kirschwasser bezahlt hat.«

»Gegen so einen können wir Kleine nichts machen. Ich habe gehört, er besitzt schon Mirabellenplantagen in Südfrankreich und Birnenfelder in Südamerika. Wird nimmer lang dauern, und er lässt die Kirschen aus Afrika einfliegen, weil sie dort billiger sind.«

»Das kann er zum Glück nicht«, hielt ein dritter Bauer dagegen, »weil er den Kirsch dann nicht mehr als Schwarzwälder Kirsch verkaufen kann. Das ist nämlich ein geschützter Begriff. Die Kirschen dafür müssen im Schwarzwald wachsen und dürfen nur im Schwarzwald gebrannt werden.«

»Geschützter Begriff!«, höhnte die Hakennase und goss sich einen weiteren Schnaps ein. »Was nützt uns das? Wenn der Bohnert die Preise bestimmen kann?«

»Katharina«, Teresas raue Finger berührten meinen Arm. »Das ist Hilde, meine Nachbarin.«

Lebhafte Augen hatte sie, einen Körper, der ein Leben lang hart gearbeitet hatte, und Hände, genauso rau und schrundig wie die von Teresa. Ich lobte ihre Linzertorte, den Rahmkäse und das Holzofenbrot und fragte sie, ob sie nicht für die Linde Pilze sammeln wolle. Sie schüttelte betrübt den Kopf.

»'s gibt nimmer viel«, sagte sie. »Und nach dem trockenen Sommer 2003 schon gar nicht. 's Klima spielt halt überhaupt verrückt. Und dann trampeln so viel Leute durch den Schwarzwald, die sich nicht auskennen mit Pilzen. Die reißen auch noch die allerkleinsten aus, und dann gibt's im Jahr drauf keine neuen. Schlimmer als der ›Lothar‹ sind die.«

Bei dem Wort »Lothar« stieg sofort Teresas Mutter in das Gespräch ein. Dieser Orkan, der an Weihnachten 2001 aus Frankreich kommend über die Rheinebene den Schwarzwald hochgefegt war, hatte eine Spur der Verwüstung hinterlassen. Den Baumbestand ganzer Bergkuppen hatte »Lothar« abgemäht oder entwurzelt. Dieser Sturm kostete den Schwarzwald so viele Bäume, dass die Holzarbeiter mit Fällen und Sägen nicht nachkamen und die Sägereien aufgrund der angelieferten Holzmassen kollabierten.

Auch Teresa beteiligte sich jetzt an dem Gespräch. Ihr hatte »Lothar« alle jungen Buchen, die sie als Windschutz an der unteren Wiese gepflanzt hatte, genommen.

Am Nebentisch schimpfte die Hakennase immer noch über die Großbrenner. Die jungen Frauen am unteren Ende unseres Tisches tauschten ihren Ärger über die Schulbusse aus. Ein Kind aus der Legelsau aufs Gymnasium zu schicken hieß, ihm täglich einen fast zweistündigen Schulweg zuzumuten. Also, doch besser nur Realschule. Die war in Kappelrodeck und bedeutete nur eine gute Stunde Schulweg.

Es war wie überall beim Leichenschmaus. Der Tod blieb nicht lange Thema. Das Leben mit all seinen Verwicklungen und Ärgernissen bestimmte die Gespräche der Gäste.

»Ein Leute-Ausbeuter ist der Bohnert! Einer von den ganz schlimmen!« Die wütende Stimme der Hakennase übertönte jetzt alle Stimmen im Saal. »Wenn ich nur an diese Sonderabmachung denke.«

»Theo«, zischte der Rothaarige ihm gegenüber drohend. »Wenn du jetzt nicht deine Gosch hältst, dann kannst du was erleben!«

Die Drohung wirkte. Die Hakennase verstummte und genehmigte sich einen weiteren Schnaps. Ich fragte mich, was er mit »Sonderabmachung« meinte, aber das Gespräch kam nicht mehr auf Bohnert zurück.

Ein Blick auf die Uhr zeigte mir, dass ich in einer halben Stunde in der Lindenküche stehen musste.

»Teresa, wenn etwas ist, du weißt, wo du mich findest«, sagte ich zum Abschied und trat vom Nebenzimmer in die Gaststube.

FK schlürfte im Stehen einen Kaffee, steckte schnell seinen Notizblock ein und bedeutete der Kellnerin, dass er zahlen wolle. Auf einer Eckbank hockten Adela und Eberle eng beieinander. Sie bemerkten mich nicht, so sehr waren sie in ihr Gespräch vertieft. In Eberles Augen blitzte ein Feuer, und Adelas Lachen perlte wie Champagnerbläschen. Eine verliebte Hobby-Detektivin und ein verliebter Kommissar. Das konnte ja heiter werden.

»Ich muss in die Linde«, sagte ich.

»Oh, Schätzelchen!« Adela zuckte hoch. »Weißt du, das Gespräch mit Herrn Eberle ist gerade so interessant …«

»Hab ich bemerkt. Aber wir sind nicht in Köln. Ich kann hier nirgendwo in die U-Bahn steigen.«

»Du kannst mit mir fahren«, meldete sich FK. »Ich muss nach Achern in die Redaktion.«

*

FK räumte Hörkassetten, Playmobil-Indianer und Bonbonpapierchen vom Beifahrersitz. Er warf das Zeugs einfach auf die Rückbank, wo sich zwischen zwei Kindersitzen weiteres Spielzeug und noch mehr Müll türmte.

»Ich muss noch auf die ›Schwend‹. Ich hab meiner Frau versprochen, dass ich frische Forellen mitbringe«, sagte er, wurstelte seine Zeitung aus der Jackentasche und schleuderte sie zu dem Müllberg nach hinten. »Zudem habe ich hoch und heilig geschworen, heute Abend pünktlich zu Hause zu sein!«

»Und? Wirst du es schaffen?«

Ich quetschte meinen großen, schweren Körper auf den Beifahrersitz.

»Ich muss noch siebzigtausend Anschläge in den Computer hauen. Seit ich diese Skihalle und den Mord von Hils am Hals habe, kriege ich immer Platz für lange Artikel. Ich schreibe mir die Finger wund.«

Seufzend startete er den Wagen.

»Jetzt mal ehrlich FK, und ohne die Ausgewogenheit für dein Käseblatt: Was hatte die komplette Ortenauer Politprominenz auf Konrads Beerdigung zu suchen?«

»Ich weiß es nicht«, seufzte er erneut.

Der Auspuff seiner Familienschleuder machte einen Lärm wie meiner, kurz bevor er abgefallen war.

»Dann spekulier mal ein bisschen.«

FKs Trägheit konnte einem wirklich auf den Wecker gehen.

»Sollen wir nicht tauschen? Ich koche für dich in der Linde, und du schreibst meine Artikel?«

»Also, wirklich, FK!«

Jetzt war es an mir, zu seufzen.

»Na gut. Ich weiß nicht, wie viel du über diese Skihallen-Geschichte weißt. Denn damit hängt das zusammen. Dieses Projekt spaltet die Bevölkerung, quer durch alle Schichten, quer durch alle Vereine, quer durch die politischen Parteien. Natürlich sieht man ganz klar, dass man im einundzwanzigsten Jahrhundert neue Wege finden muss, um Touristen in den Schwarzwald zu locken. Andererseits geht es um den Umgang mit Natur und natürlichen Ressourcen. Seit der Orkan ›Lothar‹ hier zig Quadratkilometer Land vernichtet hat, die du als Narben überall sehen kannst, egal welches Tal du den Schwarzwald hochfährst, seit man also die Zerstörung von Natur Tag für Tag vor Augen hat, gibt es in diesem Bereich eine erhöhte Sensibilität.«

»Du musst nicht bei Adam und Eva anfangen!«

»Entweder lässt du mich jetzt so erzählen, wie ich will, oder ich sag gar nichts mehr!«, knurrte FK bockig und hielt den Mund.

Wir waren schon in Kappelrodeck angelangt, und FK trieb seine Karre zum »Zuckerberg« hoch. Dort hatte sich irgendein Reicher im Neunzehnten ein Schlösschen in Buntsandstein bauen lassen, heute ein beliebter Ort, um Hochzeiten zu feiern.

»Jetzt mach schon weiter, FK!«

»Auf der politischen Schiene hat sich die Gruppe durchgesetzt, die die wirtschaftlichen Aspekte im Vordergrund sieht. Aber äußerst knapp. So eine Entscheidung ist bei uns sehr ungewöhnlich. Eigentlich sucht man immer den Konsens, aber in dieser Sache sind die Fronten so hart, dass bisher alle Kompromissversuche gescheitert sind. Es gab zum Beispiel den Vorschlag, die Halle in der Rheinebene, in der Nähe einer Autobahnausfahrt anzusiedeln. Rust böte sich an. Da gibt's schon die riesige Kunstlandschaft des Europa-Parks, da würde so eine große Skihalle nicht weiter auffallen. Angeblich wollen das die Investoren nicht. Und Morgentaler will das natürlich auch nicht. Wenn Hils der Frontmann der Hallengegner war, so ist Morgentaler der für die Befürworter. Er hat sich so in das Projekt verrannt, dass jetzt sein politisches Überleben davon abhängt. Aber er weiß genau, wie knapp sein Sieg in der Regionalkonferenz war und dass er jeden weiteren Schritt vorsichtig planen muss.«

FKs Wagen holperte über einen schmalen Kiesweg, und der Auspuff lärmte immer beängstigender. Die Weinberge lagen schon unter uns. Viehweiden erstreckten sich rechts und links, durch die sich der Fautenbach schlängelte, der hier oben auf der Schwend entsprang.

FK ignorierte die Geräusche seines Wagens und fuhr fort: »Und in dieser Situation wird jetzt Konrad Hils ermordet, die Galionsfigur der Hallengegner.«

»Ist doch klar, dass die Leute so Typen wie Morgentaler verdächtigen«, meinte ich.

»Genau. Der Gedanke kommt zumindest jedem. Und deshalb musste Morgentaler auf die Beerdigung. Er musste zeigen, dass er den Tod seines Gegners bedauert, dass er damit nichts zu tut hat, und er musste zeigen, dass er nicht allein steht. Deshalb das Gefolge aus den anderen Bürgermeistern und Ortsvorstehern der Region. Ich vermute, dafür hat er lange telefoniert und mehr als eine Versprechung gemacht. Eine Hand wäscht die andere, so läuft das doch in der Politik. Sonst wären die nicht so zahlreich erschienen.«

»Und der Landrat?«

»Den hat der Morgentaler nicht lange überreden müssen! Die zwei sind schon ewig per du, alte Jagdkameraden. Außerdem kenn ich wirklich keinen, der so mediengeil ist wie der Apfelbök. Der riecht eine Kamera, ein Mikro oder einen Bleistift zehn Meter gegen den Wind, setzt dann sein Strahle-Lächeln auf und schwadroniert ohne Punkt und Komma. Bei dem Medienaufgebot auf Konrads Beerdigung wär der sowieso gekommen.«

113

Neben dem Bach lösten jetzt zwei breite Forellenteiche die Wiesen ab. Vor einem verwahrlosten Bauernhof auf der Bergseite bellte ein angeketteter Hund.

»So wie du das schilderst, passt der Mord gar nicht in das Konzept der Hallenbefürworter.«

»Das ist doch das Verrückte! Die haben schwer an dem Image zu knacken, dass sie nur dem Geld hinterherrennen, und jetzt kommt noch hinzu, dass sie über Leichen gehen. Das ramponiert das Ansehen derart, dass sie die Halle bald vergessen können.«

FK redete sich richtig in Rage. Seine Augen, die ganz oft einen unbestimmten, uninteressierten Eindruck machten, blitzten hell und wach.

»Du würdest ausschließen, dass Morgentaler etwas mit dem Mord an Konrad zu tun hat?«, fragte ich.

»Das Einzige, was ich ausschließe, ist ein Mord aus politischem Kalkül. Nach dem Motto: Man räumt einen Gegner aus dem Feld und kommt dadurch schneller zum Ziel. Morde sind oft irrationale Taten. In Extremsituationen ist wahrscheinlich jeder des Mordes fähig. Also kann man Morgentaler nicht von der Liste der Verdächtigen streichen.«

Das leuchtete ein.

»Noch mal zur Beerdigung: Was treibt so Typen wie Bohnert oder Armbruster dorthin?«

FK lenkte seine Schrottkarre auf einen großen, mit Betonsteinen gepflasterten Innenhof eines Bauernhauses.

»Konrad ist in Armbrusters Steinbruch ermordet worden, und Bohnert kauft hier fast allen Bauern ihren Schnaps ab. Also ist die Beerdigung für beide ein gesellschaftliches Muss.«

»Wie stehen die zwei denn zu der Skihalle?«

FK stieg aus und bedeutete mir, ihm zu folgen.

»Keinen der beiden habe ich je auf einer Veranstaltung für oder gegen die Halle gesehen. Als Unternehmer sind sie nicht von der Halle abhängig, aber natürlich an allem interessiert, was dem wirtschaftlichen Aufschwung der Region dient. Sind übrigens beide auch Jäger.«

FK winkte der Bäuerin zu, die ihm aus dem Haus mit einer Tüte entgegenkam.

»Ich hab se grad usgnumme! Vorär halb' Schtund sin die noch im Fautebächel gschwumme!«

Stolz öffnete sie die Tüte und zeigte fünf prächtige Forellen. Forellen, aufgezogen im Quellwasser des Fautenbach. Das musste unbedingt auf die Speisekarte der Linde!

»Habt ihr auch geräucherte?«, fragte ich die Bäuerin.

»Ganz feine. Mir räuchere nur mit Tanneholz.«

Ich erkundigte mich nach Preisen und Lieferbedingungen und nahm mir vier geräucherte Forellen zum Probieren mit. Sie rochen so gut, dass ich bereits im Auto anfing, die erste zu essen. Der Fisch war zart, nicht zu fett, nicht zu mager und roch ganz sanft nach Tannennadeln.

»In Köln muss man in einer Karnevalsgesellschaft sein, wenn man was werden will. – Und hier Jäger«, knüpfte ich an unser Gespräch an und leckte mir das Fett von den Fingern.

»Du kannst hier nicht neben mir diesen feinen Fisch futtern, ohne mir was abzugeben«, beschwerte sich FK.

Ich zupfte ein Stück von dem Filet ab und schob es ihm in den Mund.

»Jäger. Morgentaler, Apfelbök, Armbruster, Bohnert, alle gehen auf die Jagd«, wiederholte ich.

»Bohnert hat eine große Jagd im Markwald. Dahin lädt er gerne ein. Und nach der Jagd vergnügen sich die Herren auf der Tiroler Hütte«, schmatzte FK. »Ich wette mit dir, dass viele wichtige politische Entscheidungen in dieser Hütte gefällt werden!«

»Und im Anschluss gehen die Herren dann auf einen Schlummertrunk zu Maxi van der Camp in den Breitenbrunnen«, fiel mir das Gespräch zwischen Maxi und Morgentaler wieder ein. Dann suchte ich in meiner Handtasche nach einem Taschentuch, um mir das Fett von den Fingern zu wischen.

»Genau. Die Dame jagt zwar nicht, mischt aber überall mit. – Dennoch, in der Tiroler Hütte, da würde ich zu gerne einmal Mäuschen spielen!«

»Und warum tust du es nicht?«, fragte ich und schob ihm das letzte Stück Fisch in den Mund.

»Ach je«, seufzte er. »Erstens weiß ich nie, wann die Herrschaften zur Jagd gehen. Zweitens bin ich mir nicht sicher, ob ich wirklich wissen will, was da verhackstückt wird. – Das ist wie mit dieser Skihalle. Ich ahne, dass da eine ziemliche Schweinerei im Gang ist, und ich fürchte, dass Konrads Tod damit zusammenhängt. Nur, ich will nicht derjenige sein, der das aufdeckt.«

»Du bist ein feiger Hund, FK.«

Der Glanz verschwand aus seinen Augen.

»Ich lebe hier. Meine Kinder gehen hier in den Kindergarten und zur Schule. Meine Frau singt im Kirchenchor und turnt mit den Landfrauen. Ich habe beim Acher- und Bühler Boten ein gutes Einkommen. Ich will, dass das so bleibt.«

So viel kleinbürgerliche Besitzstandswahrung regte mich auf. Und diese Vorsicht! Nur nicht mal was wagen.

»Du tust gerade so, als sei hier Sizilien. Wir sind im Schwarzwald, hier herrscht nicht die Mafia. Verschweigst du etwas? Weißt du etwas über den Mord an Konrad? Du kannst doch keinen Mörder decken, FK!«

»Ich decke keinen Mörder, verdammt noch mal«, blaffte FK zurück. »Aber ich versuche nicht, ihn zu *ent*decken. Das ist Sache der Polizei. Ich beobachte alles genau und schreibe über den Stand der Ermittlungen, das ist mein Job.«

»Sich bloß nicht einmischen! Bloß nicht Partei ergreifen! Bloß keinen anpinkeln!«, donnerte ich weiter.

»Du willst immer noch mit dem Kopf durch die Wand, genau wie früher.«

Danach herrschte Schweigen zwischen uns. Der Auspuff ratterte weiterhin bedrohlich. Unter uns tauchten die ersten Häuser von Kappelrodeck auf, und rechts und links leuchtete das Laub der Reben burgunderrot. Zwischen den Reben ein schmucker Hof. Davor stieg eine elegante Frau in einen dunkelblauen Mercedes. Die Frau kannte ich. Es war Maxi van der Camp.

»Wenn man vom Teufel spricht«, murmelte FK.

»Weißt du, wem der Hof gehört?«, fragte ich.

»Und ob. Günther Träuble.«

Die zwei passten zusammen wie Feuer und Wasser. Die Karrierefrau und der Umweltschützer.

»Was haben die zwei miteinander zu tun?«

»Vielleicht kauft sie seinen Wein. Er ist ein bekannter Winzer.«

»Träum weiter, FK!«, höhnte ich. »Anna Galli ist davon überzeugt, dass Träuble etwas mit dem Mord zu tun hat. – Vielleicht haben van der Camp und Träuble Konrad gemeinsam um die Ecke gebracht?«

»Du spinnst«, meinte FK und fragte dann misstrauisch: »Woher weißt du das von Anna Galli?«

»Ich habe zufällig ein Gespräch der beiden belauscht. Auf dem Parkplatz der Linde. Nach der letzten Sitzung der Legelsauer.«

»Da ist sie dem Träuble ein paarmal in die Parade gefahren. Sie war ziemlich sauer auf ihn. Was genau hat sie gesagt?«

FK sollte mir nicht erzählen, dass der Fall ihn nicht interessierte. Ich betrachte ihn von der Seite und sah, wie sein Blick wieder wach wurde und er nach weiteren Informationen gierte.

»Sie wisse nicht genau, was für ein Süppchen er in der Bürgerinitiative koche, dass sie aber dahinter komme, und gnade ihm Gott, wenn sie Beweise dafür finde, dass er etwas mit dem Mord zu tun hat! – So in etwa!«

»Eine exzentrische Person, die mal schnell aus der Haut fahren kann. Dennoch, jemanden des Mordes zu beschuldigen, das ist schon starker Tobak!«

Nachdenklich wiegte FK den Kopf hin und her.

»Ich werde sie fragen. Sie kann sehr nett sein. Hat mich mal mitten in der Nacht nach Hause gefahren, als mein Auto verreckt war«, meinte ich.

»Das glaube ich, dass sie dir gefällt. Ihr habt viel Ähnlichkeiten, ihr zwei. Aber lass die Finger davon, Katharina! Das ist Sache der Polizei!«

Die Besorgnis in FKs Stimme war nicht zu überhören.

»Willst du mich hindern, mit Anna Galli oder Maxi zu quatschen oder Günther Träuble Löcher in den Bauch zu fragen? Wenn die nicht mit mir reden wollen, werden sie es mir schon sagen.«

»Du weißt, was ich meine. Warum hängst du dich so in die Sache rein, kannst du mir das mal verraten?«

Gute Frage. Schwierige Frage. So recht wusste ich das selbst nicht.

»Teresa«, sagte ich dann. »Sie fühlt sich schuldig an Konrads Tod. Wenn der Mörder ein Gesicht bekommt, kann sie sich von dieser Schuld befreien. Es sei denn …«

»Es sei denn was?«

Es sei denn, sie müsste entdecken, dass der Mörder jemand ist, den sie ebenfalls liebt. Aber nein. Ihre Geschichte ist eine andere als meine.

»Katharina!« FKs Stimme klang jetzt sehr besorgt. »Ich weiß von der Sache in Köln. Dein Vater hat mir davon erzählt, daraufhin habe ich natürlich den ganzen Pressespiegel dazu gelesen. Du hast verdammtes Glück, dass du noch am Leben bist. Riskiere es nicht schon wieder!«

»Was heißt hier riskieren?« – Diese ewige Vorsicht von FK war schwer zu ertragen. – »Das Arschloch hat mich oben im Steinbruch fast umgebracht. Da riskiere ich doch weniger, wenn ich dazu beitrage, dass der Kerl erwischt wird, als wenn ich nichts tue, oder?«

»Es ist Sache der Polizei«, wiederholte er noch einmal.

Wieder schwiegen wir. FK donnerte mit hundert Sachen über die L87, und der Auspuff dröhnte ohrenbetäubend. Kappelrodeck lag bereits hinter uns, und vor uns tauchten die Kirschbäume auf.

»Apropos Polizei. Hast du was über Eberle herausgefunden?«

»Ja.«

Wieder langes Schweigen. Wahrscheinlich rang FK damit, ob er mir die Information weitergeben wollte oder nicht. Diesmal drängelte ich nicht.

»Man hat ihn strafversetzt«, sagte er dann.

»Und warum?«, fragte ich überrascht.

»Befangenheit im Amt. Er soll eine Affäre mit einer Mordverdächtigen gehabt haben. Das ist die offizielle Version.«

»Und die inoffizielle?«

»Genaueres weiß der Kollege von der Stuttgarter Zeitung noch nicht.«

FK bog von der L87 ab und lenkte sein krachendes Gefährt auf die B3. An der Linde ließ er mich aussteigen.

»Du solltest die Karre reparieren lassen!«

»Mach ich. Wenn du auf dich aufpasst.«

Ich winkte ihm zum Abschied. Er wendete den Wagen, kurbelte dann aber noch mal die Scheibe runter.

»Bevor du etwas Unvorsichtiges unternimmst, ruf mich an. Versprichst du das?«

»Was soll das werden, FK? 'ne Liebeserklärung?«

Er zeigte mir den Vogel und fuhr davon. Nein, ein Paar wären wir zwei nie geworden. Aber es tat gut zu wissen, hier einen Freund zu haben. Auch wenn er ein feiger Hund war.

In der Linde brühte ich einen Kaffee auf, griff mir einen Bierdeckel und kritzelte darauf, was mir im Kopf herumging: wütende Anna, undurchsichtiger Träuble, Maxi und Träuble, Maxi und spät gezahlte

Rechnungen, ehrgeiziger Bürgermeister, Jagd und Politik, mächtiger Schnapsfabrikant, nervöser Steinbruchbesitzer, französisches Steinhaus, Kölner Lastwagen, Einbruch, verschwundene Fotos, eine kaputte Ehe, dritte Person im Steinbruch, strafversetzter Kommissar.

Mehr passte nicht auf den Bierdeckel. Mehr fiel mir aber auch nicht ein. Aber ich war sicher, in diesem Gekritzel auf dem Bierdeckel gab es einen Hinweis auf Konrads Mörder. Nur welchen?

*

Dr. Kälber residierte mit seiner Praxis in einer klassizistischen Villa in der Schillerstraße, nahe der evangelischen Kirche in der Baden-Badener Altstadt. Ein schöner Bau aus dem Neunzehnten, so perfekt und teuer saniert, dass ich sofort an russische Mafiagelder dachte.

Eine Sprechstundenhilfe führte mich in ein großes, helles Wartezimmer mit altem Eichenparkett, üppigen Grünpflanzen und moderner Kunst an den Wänden. Das Zeitschriftensortiment glich dem in anderen Arztpraxen, wurde allerdings durch eine Unzahl Heftchen und Journale über Babys und Schwangere bereichert. Ich musste nicht lange warten, bis aus einem angrenzenden Zimmer eine Gruppe schwatzender Frauen ins Wartezimmer strömte, die alle eines gemeinsam hatten: Sie waren hochschwanger und kamen von Adelas Schwangerschaftskurs. Während die werdenden Mütter nach ihren Jacken griffen und nach draußen drängelten, ging ich in den Raum, aus dem sie alle gekommen waren. Auch dieser hell und licht, mit sonnengelben Matten ausgelegt, dazwischen einige orangefarbene Sitzbälle. Adela thronte auf einem solchen und sprach mit der einzig verbliebenen Schwangeren. Diese war nicht mehr jung, bestimmt schon um die vierzig, ihr dicker Bauch ruhte unter einer teuren beigefarbenen Nicki-Kombination von Donna Karan.

»Sie können sich nicht vorstellen, wie froh ich bin, dass Sie diesen Kurs machen, Frau Mohnlein«, sagte die Nicki-Frau. »Dr. Kälber hat immer gesagt, wenn es überhaupt jemanden gibt, der mir die Angst vor der Geburt nehmen kann, dann Sie, Frau Mohnlein.«

»Sie brauchen sich überhaupt keine Sorgen zu machen, Frau Bohnert.«

Adela tätschelte mal wieder eine Hand und fuhr dann fort: »Dr. Kälber betreut sie medizinisch ausgezeichnet, und bei mir lernen

Sie richtig atmen und überhaupt alles, was sie über eine Geburt wissen müssen. Ich will nicht sagen, dass es dann ein Spaziergang ist. Aber es ist nichts, wovor Sie Angst haben müssen. Ich habe schon eine ganze Reihe von Frauen entbunden, die deutlich älter waren als Sie, und deren Geburten waren nicht schwerer als die von Dreißigjährigen.«

Sie drückte die getätschelte Hand fest und sagte: »Wir sehen uns nächste Woche um die gleiche Zeit!«

Als die Frau gegangen war, rollte Adela den orangefarbenen Ball zu den anderen und tauschte ihren roten Trainingsanzug gegen das lindgrüne Kostümchen.

»Schicke Praxis«, meinte ich.

»Kannst du laut sagen«, nickte Adela und packte Trainingsanzug und Turnschlappen in einen sonnengelben Wandschrank. »Kälber hat es geschafft. Zu dem kommt der komplette Geldadel der Gegend. Da ist das Teuerste gerade gut genug. Der Trupp Frauen, der hier turnt, gibt für eine Babyausstattung so viel aus wie andere für einen Kleinwagen. Ich musste schwer an mich halten, als sie sich gegenseitig die teuren Markennamen von Kinderwagen und Babyhemdchen zugeworfen haben.«

»Die Frau, die gerade noch bei dir war, weißt du, ob sie mit diesem Schnapsfabrikanten Bohnert verwandt ist?«

»Sie ist mit ihm verheiratet. Bekommt ihr erstes Kind mit zweiundvierzig.«

Adela nickte der Sprechstundenhilfe zum Abschied zu und schloss die Tür hinter uns.

»Er muss um einiges älter sein als sie.«

Meine Stimme hallte in dem marmornen Treppenhaus.

»Fünfundzwanzig Jahre, um genau zu sein. Eigentlich hat Kälber mich vor allem ihretwegen kommen lassen. Sie hat eine panische Angst vor der Geburt und heult ihm seit Monaten die Ohren voll. Es wird ein Junge. Der Vater soll schon glänzende Augen haben beim Gedanken an den Stammhalter. Na ja, ich werde sie ein bisschen beruhigen. Die Geburt muss dann Kälber mit ihr durchstehen.«

Wir traten hinaus auf die Straße und bummelten am altehrwürdigen Maxim Cabaret Nightclub vorbei zum Augustaplatz. Dort stellte sich eine russische Sippe für ein Foto in Pose. Auch auf dem Open-air-Schachplatz hinter dem Kongresszentrum sprachen die Spieler russisch miteinander. Es war, wie mein Vater gesagt hatte: In Baden-Baden waren die Russen zurück. Wir ließen das Kongresszentrum links liegen und schlenderten zur Oos. Adela war verrückt danach, alle Sehenswürdigkeiten der Stadt zu sehen, und im Park, auf der anderen Seite des Flüssleins, hatte der in Baden berühmte Architekt Weinbrenner Theater und Kurhaus und der badische Hofarchitekt Hübsch die Trinkhalle im neoklassizistischen Stil erbaut. Ich hatte versprochen, heute mit ihr eine kleine Sightseeing-Tour zu machen.

»Früher warst du doch bestimmt oft hier, oder?«, fragte sie mich.

Selten. Und nur mit meiner Mutter. Im Gegensatz zu meinem Vater, dem diese Stadt zuwider war, liebte meine Mutter Baden-Baden. Immer wenn sie sich ein neues Kostüm oder einen Hut gekauft hatte, fuhr sie mit mir hierher, um in ihrer neuen Garderobe bummeln zu gehen. Die Kolonaden vor dem Kurhaus, die Gönneranlage, der Muschelpavillon sowie die Geschäfte der Lange Straße und Gernsbacher Straße waren Pflichtprogramm. Ich hasste diese Ausflüge, es war mir peinlich, neben einer Frau herzulaufen, die im Frühjahr in Filzhüten mit Federn und im Sommer in Leinenhüten mit Kunstobst durch diese Stadt stolzierte. Höhepunkt der Ausflüge stellte immer der Besuch in einem der vielen Cafés dar. Auch das war eigentlich furchtbar, aber es gab ein Café, das ich liebte, und ich drängte meine Mutter immer, dorthin zu gehen, aber sie mochte es nicht besonders, angeblich weil der Kuchen nicht so gut schmeckte wie in der Confiserie Rumpelmayer. Es war ein Café mit vielen Séparées, in denen zierliche, weiß lackierte Empiretische und passende Stühle mit Brokatbezug standen. Auf jedem Tisch thronte ein altmodisches weißes Telefon. Meist saß nur eine einzelne Dame am Tisch, es gab auch einzelne Herren, aber viel weniger. Und mit diesen Telefonen konnte man sich gegenseitig anrufen. Vor meiner heißen Schokolade sitzend, wartete ich darauf, wer zum Hörer griff und wer abnahm. Ich schloss mit mir selbst Wetten ab. Würde die Zwölf die Drei anrufen? Oder die Vier? Bestimmt die Acht die Sechs! Der Herr mit der Nickelbrille würde die Dame mit den blauen Locken anrufen! Einige der Damen sahen allerdings so aus, als würden sie nie angerufen. Manche erregten so sehr mein Mitgefühl, dass ich sie anrufen wollte, aber meine Mutter klopfte mir, sowie ich nur in die Nähe des Hörers kam, sofort auf die Finger. Es waren wohlhabende, schicke Damen in diesem Café. Sie trugen dicke goldene Armbänder und zarte Hüte. Neben das Tischtelefon hatten sie ihre kleinen Lederhandtaschen gestellt, die dazu passenden Handschuhe lässig darüber geworfen. Manche trugen sogar Schuhe im gleichen Leder wie Tasche und Handschuhe. Neben so viel Chic wirkte meine Mutter mit ihren merkwürdigen Kopfbedeckungen wie ein Bauerntrampel. Uns rief nie jemand an. Aber wir waren die Einzigen in diesem Café, die nicht allein am Tisch saßen. Seit dieser Zeit hatte sich in meinem Kopf das Bild eingenistet, dass Reichtum, Eleganz und Einsamkeit zusammengehören.

»Eberle hat die verschwundenen Fotos gefunden«, sagte Adela.

Wir waren auf einer kleinen, in frischem Weiß gestrichenen Brücke stehen geblieben. Unter uns floss die Oos in ihrem künstlichen Steinbett gemächlich gen Rhein. Eine Entenmama rief schnatternd ihre Fangen spielenden Küken zur Ordnung.

»Konrad hatte die Kontaktabzüge zwischen einem Stapel unkorrigierter Klassenarbeitshefte versteckt. Ein Kollege von ihm hat sie entdeckt«, fuhr Adela eifrig fort.

»Und was war drauf?«

Ein frisch geharkter Weg führte in den Park. Der Rasen war englischer als englisch und unglaublich gepflegt. Wahrscheinlich entfernten die Gärtner sogar jede zufällig herunterfallende Vogelscheiße.

»Bäume. Seltene Pflanzen. Bodenproben. Rinnsale.«

»Wie Konrad gesagt hat! Fotos vom Gelände am Breitenbrunnen, wo die Skihalle entstehen soll. – Ich verstehe einfach nicht, warum diese Fotos für die Diebe interessant waren. Jeder kann da hoch und Bilder machen. Das Gelände ist öffentlich zugänglich.«

»Ein Foto fiel aus dem Rahmen!«

Adela kickte lässig ein paar Kieselsteine auf den perfekten Rasen. Ihre Augen blinkten triumphierend.

»Jetzt sag schon«, drängelte ich.

»Ein Lastwagen der Kölner Spedition Pütz!«

»Das Foto, das Teresa in Konrads Jackentasche gefunden hatte!« Ich pfiff durch die Zähne. »Was hat Konrad mit einer Kölner Spedition zu tun? ›Pütz‹, das ist doch ein alter Kölner Name. Hast du nicht mal eine Pütz entbunden?«

Durch ihre langjährige Arbeit als Hebamme kannte Adela in Köln Gott und die Welt.

»Leider nicht.« Adela schüttelte betrübt den Kopf und kickte weiter Steine auf den Rasen.

»Karin Schiefer-Schmid habe ich entbunden, deren Vater hat eine große Spedition im Rechtsrheinischen, aber keine Pütz …«

Adela hatte ein phänomenales Personengedächtnis. Sie erinnerte sich nicht nur an jede einzelne der über dreitausend Frauen, die sie entbunden hatte, sie wusste auch, wie deren Familienverhältnisse waren und was sie beruflich taten.

»Kannst du diese Karin Schiefer-Dingsbums nicht mal anrufen? Vielleicht kennt deren Vater die Spedition Pütz?«

»Eberle kümmert sich um die Sache. Er hat schon Kontakt mit der Kölner Kripo aufgenommen. Wenn die Spedition illegale Transporte macht, ist sie möglicherweise schon mal polizeilich aufgefallen.«

Ganz selbstverständlich kam dieser Satz über ihre Lippen. Ich traute meinen Ohren nicht. Adela, die mir in Köln mit ihrem abgrundtiefen Misstrauen der Polizei gegenüber auf die Nerven gegangen war und keine Gelegenheit ausgelassen hatte, ihr detektivisches Geschick gegen die Kripo auszuspielen, vertraute plötzlich einem fast wildfremden Polizisten.

»Es hat dich schwer erwischt, was?«, sagte ich und verschandelte meinerseits den feinen Rasen mit zur Seite gekickten Kieselsteinen.

»Was meinst du?«, fragte sie und versuchte, ganz unbeteiligt zu klingen.

»Na, du bist bis über beide Ohren verliebt.«

»Merkt man das?«

Ihr schöner olivfarbener Teint verfärbte sich ins Dunkelrote, und um ihren Mund spielte wieder dieses verklärte Lächeln. Sie sog kräftig die Luft ein, blickte in den blauen Nachmittagshimmel und nickte zwei älteren Damen, die sich auf einer Parkbank sonnten, freundlich zu. Ich kickte weiter Steinchen ins Gras.

»So schnell kann es gehen. Wenn du mir das vor vier Wochen erzählt hättest, hätte ich sofort gesagt, du spinnst«, sagte sie, und das Lächeln blieb in ihrem Gesicht stehen. »Es ist über dreißig Jahre her, seit ich das letzte Mal verliebt war. Ich wusste nicht mehr, wie umwerfend es ist! Plötzlich gibt es jemanden, und du kannst dir nicht mehr vorstellen, ohne ihn zu sein. Jede Trennung, und sei sie noch so kurz, schmerzt. Bei jedem Wiedersehen klopft dir das Herz bis zum Hals. Und das Leben ist so wunderschön! Weißt du, er ist klug und so rücksichtsvoll. Er schenkt mir Gedichte, er sagt mir, wie schön ich bin …«

Es sprudelte aus ihr heraus wie aus allen Frischverliebten. Froh darüber, endlich von diesem neuen Glück erzählen zu können, hörte Adela gar nicht mehr auf zu schwärmen.

»Er ist strafversetzt worden«, sagte ich in dieses Liebesgesäusel hinein.

Adela nickte nur kurz und schwärmte weiter von dem Schwaben.

»Er hat eine Affäre mit einer Mordverdächtigen gehabt!«, kartete ich nach.

»Gönnst du mir den Kuno nicht?«

Adela sah mich mit einer Mischung aus Verletzung und Zorn an.

»Liebe macht blind. Hast du vor gar nicht langer Zeit zu mir gesagt. Hat er dir erzählt, dass er nach Offenburg strafversetzt wurde?«, verteidigte ich mich.

»Nein. Wieso sollte er? Ich habe ihm auch noch nichts von den zwei Totgeburten erzählt, die mir Jahre lang Alpträume bereitet haben. Unangenehme Sachen erzählt man sich nicht am Anfang von Liebesgeschichten, oder? Und mich interessieren auch seine früheren Affären nicht. Jetzt ist er frei für mich, und nur das zählt. Und er ist genauso in mich verliebt wie ich in ihn. Das weiß ich.«

Sie sah mich entschieden an und lief dann mit festem Schritt die Freitreppe zum Kurhaus hinauf, in dem auch das Baden-Badener Spielcasino war. Ich beschloss, meinen Mund zu halten, aber ein wachsames Auge auf Eberle zu haben. Wenn er es nicht ehrlich mit Adela meinte, würde ich ihn zur Schnecke machen. Dabei wusste ich nur zu gut, wie unberechenbar die Liebe sein konnte und wie unmöglich es war, eine Verliebte vor Verletzungen zu bewahren.

Die Pracht des Casinos ließ Adela ihre Verliebtheit für einige Zeit vergessen. Im Foyer betrachtete der Casino-Gründer Jacques Bénezart von einem Ölgemälde aus weiterhin das Geschehen in seinem Haus. In dem kleinen grünen Salon dahinter konnte man an dezenten Kassenhäuschen Geld gegen Jetons tauschen. Durch eine breite, offene Tür traten wir in den großen Wintergarten, ein prunkvoller Raum unter einer Glaskuppel, der aussah, als hätte man seit hundertfünfzig Jahren nichts verändert. Dort spielte man unter bombastischen Kronleuchtern an zwei Tischen Roulette. An den Spieltischen herrschte Gedränge, und die Croupiers brauchten all ihre Konzentration, um den Überblick zu bewahren. »Roulette bis sechs Uhr abends. Alles verloren«, hatte Leo Tolstoi am 14.7.1885 in seinem Tagebuch notiert.

Und Dostojewski hatte hier, nachdem er alles verspielt hatte, den Ehering seiner Frau versetzt.

Ich mochte keinerlei Glücksspiele. Schon als Kind hatte ich in unserer Familie bei Karten- und Gesellschaftsspielen immer verloren, und Adela, die unter normalen Umständen einem Spielchen nicht abgeneigt gewesen wäre, murmelte, wo sie doch jetzt Glück in der Liebe habe, werde ihr die Roulettekugel bestimmt nicht gewogen sein.

So schlenderten wir durch die prachtvollen Räume. An den Wintergarten schloss sich ein roter Salon mit weiteren Tischen an. Insgesamt gab es die Möglichkeit, bestimmt an zwanzig Tischen Roulette zu spielen. Zur Oos hin konnte man sich unter einem Porträt des jungen Leopold von Baden mit Black Jack, Baccara und Poker vergnügen. An der kleinen Bar servierte man Austern und Champagner, aber nur wenige Menschen saßen dort. Die meisten liefen aufgeregt zwischen den Spieltischen hin und her, beobachteten den Lauf der Kugel, rauchten, machten sich eifrig Notizen oder stellten komplizierte Wahrscheinlichkeitsrechnungen an. »Bevor das Spielen für Sie zum Problem wird, haben Sie die Möglichkeit, die evangelische Gesellschaft in Stuttgart kostenlos anzurufen!« stand als Zusatz auf der Hausordnung. – Ob das hier jemals einer tat?

Als wir beim Hinausgehen an der Jeton-Ausgabe vorbeikamen, drehte sich ein junger Mann zu uns um. Er trug ein elegantes Jackett mit Fliege, und es dauerte einen Augenblick, bis ich ihn erkannte. Es war Achim Jäger, der Schnaps-Einkäufer von Bohnert. Ich grüßte ihn mit einem Kopfnicken.

»Lindenwirtin, wollen Sie auch Ihr Glück im Spiel versuchen? Hier. Ich schenke Ihnen ein paar Jetons. Ich kann heute großzügig sein ...«

Ich lehnte dankend ab. Er lud uns stattdessen zu einem Glas Champagner ein.

»Im Sommergarten servieren Sie einen ausgezeichneten Cuvée Nicolas Delamotte.«

Jäger führte uns an einen Tisch, winkte dem Kellner und bestellte. In Spielmanns Goldenem Ochsen kostete eine Flasche ein Vermögen, und hier war sie mit Sicherheit nicht billiger. Jäger musste einiges gewonnen haben. Er winkte ab, als der Kellner die Gläser füllen wollte, tat dies selbst und orderte noch ein paar Gänseleber-Canapés. Der Schnaps-Einkäufer bewegte sich sicher und souverän, wie es nur jemand tat, der öfter in solchen Lokalitäten verkehrte. Wie mein Vater gesagt hatte: Der Mann konnte sich auf vielen Parketts bewegen.

»Was treibt Sie ins Casino, wenn Sie nicht spielen wollen?«, fragte er und prostete uns zu.

Ich erzählte von Adelas Plänen, Baden-Baden zu entdecken.

»Ja, die Stadt hat sich gemausert in den letzten Jahren. Aber leben wollte ich hier nicht, viel zu langweilig. Baden-Baden ist wahrscheinlich das luxuriöseste Altersheim Deutschlands.«

»In welchem spannenden Ort wohnen Sie denn?«, fragte Adela.

»Gut gekontert«, Jäger lächelte gewinnend. »Zurzeit in Achern, was mit Sicherheit auch langweilig ist, mit dem Unterschied, dass dort mehr junge Leute wohnen. Aber ich träume von ganz anderen Orten! Lissabon, Amsterdam, Barcelona, Sankt Petersburg, Prag. Irgendwann werde ich in einer dieser Städte landen. Wissen Sie, da beneide ich Sie um Ihren Beruf, Frau Schweizer!«

Er sah mich direkt an. Wache, intelligente Augen. Honiggelb.

»Wo haben Sie nicht schon überall gekocht? Paris, Wien, Köln.«

»Palermo, Brüssel«, ergänzte Adela und sah begierig auf die Gänseleber-Canapés, die der Kellner auf einem silbernen Tablett auf den Tisch stellte.

»Es sind nicht die Orte, die spannend sind, sondern immer nur die Menschen, denen man begegnet«, erwiderte ich.

»Ach ja?«

Er goss Champagner nach und reichte Adela den silbernen Teller.

»Probieren Sie!«, forderte er mich auf und gab den Teller an mich weiter. »Bin gespannt, was die Sterne-Köchin dazu sagt.«

Die Gänseleber war gut, fast so gut wie die von Fouché, aber die Canapés viel zu trocken.

»Es ist eine Schande, dass man in solchen Häusern nicht mehr Wert aufs Brot legt. Wer sich so viel Arbeit mit einer Pastete macht, sollte auch den Aufwand beim Brot nicht scheuen«, beanstandete ich. »Im Goldenen Ochsen hatten wir einen Koch, der großartige Brötchen nach einem Rezept von Lea Linster backte.«

»Wahrscheinlich sind es solche Kleinigkeiten, die die wahre große Küche ausmachen.«

Er schob den Teller mit den Canapés zur Seite und bat um Erlaubnis, sich eine Monte Christo anzünden zu dürfen.

»Neulich wollte ich noch mal in den Genuss Ihrer Kochkunst

kommen, aber Sie waren nicht da.« Er sah mich kokett-vorwurfsvoll an. »Hab gehört, Sie lagen im Krankenhaus. Hatten Sie einen Unfall?«

»Nichts Tragisches. Zum Glück bin ich schon wieder gut auf den Beinen.«

Er war nett, ganz bestimmt, aber nicht vertraut genug, um ihm mehr zu erzählen.

»Da bin ich aber froh!«, meinte er lächelnd und begnügte sich mit der Antwort.

Adela verputzte mit Appetit die restlichen Canapés. Jäger paffte seine Zigarre.

»Sind Sie Mitglied in der Bürgerinitiative Legelsau?«, fragte ich.

»Gott bewahre! Aber nach dem Tod von Konrad Hils war ich neugierig. Er hat in kurzer Zeit viel auf die Beine gestellt. Ich glaube nicht, dass die Bürgerinitiative ohne ihn erfolgreich weiterarbeiten kann.«

»Glauben Sie, dass die Halle jetzt gebaut wird?«

»Die Chancen, dass ich beim Roulette gewinne, sind größer, als eine politische Entscheidung richtig einzuschätzen.«

Wieder lächelte er. Er verfügte über eine breite Palette von Lächeln. Ein interessanter Mann. Ob er was mit Anna Galli hatte?

»Er ist scharf auf dich«, sagte Adela, als wir eine halbe Stunde später die Treppe des Kurhauses hinunterstiegen.

»Er ist ein Spieler. Er testet seine Wirkung.«

»So einer müsste dir doch gefallen, oder?«

»Vergiss es!«

Niemand konnte zurzeit zu meinem verwundeten Herzen vordringen. Und für eine Affäre fehlte mir die Leichtigkeit.

An der Oos trennten sich unsere Wege. Adelas Baden-Baden-Programm sah noch die russische Kirche und die Trinkhalle vor.

»Kommst du zum Essen?«, fragte ich beim Abschied.

Sie nickte.

»Weißt du, was Kuno wirklich Sorgen macht?«, sagte sie und war wieder bei ihrer neuen Liebe angekommen. »Der Junge, der so viel mit Konrad zusammen war. Er weigert sich, mit Kuno zu reden. Kuno meint, dass er etwas weiß und Angst hat.«

Vladimir. Natürlich! Dass ich da nicht früher drauf gekommen war! Der unbekannte Dritte am Steinbruch. Das könnte Vladimir gewesen sein.

*

Teresa setzte rostrote Dahlien in ein Zinktablett und stellte dieses neben eine Batterie von Calendula und zwei große Schalen Sonnenblumen.

Am Tag nach Konrads Beerdigung hatte sie ihren Laden wieder aufgemacht. Sie zog das Zinktablett ein bisschen nach links, entfernte eine Calendula und rückte die Sonnenblumen ins Zentrum des kleinen Arrangements. Konzentriert bei der Sache, jeder Handgriff saß. Es tat gut, sie wieder arbeiten zu sehen. Das erste Mal nach Konrads Tod hatte sie etwas Farbe im Gesicht.

»Ich muss noch beim Großmarkt anrufen und meine Blumen für morgen bestellen«, rief sie mir aus dem hinteren Teil des Ladens zu. »Dann können wir gehen.«

Ich war auf dem Weg zu dem kleinen Bauernmarkt, der in Achern immer dienstags und samstags auf dem Rathausplatz stattfand.

Am großen Granitbrunnen in der Mitte des Adlerplatzes wusch sich Teresa schnell die Hände. Der Brunnen wurde von einem sitzenden Jüngling aus Stein mit seinem Speer bewacht. Davor versuchten fette Tauben, Krümel von Eiswaffeln und Reste von Wurstwecken zu ergattern, im Schlepptau eine Schar frecher Spatzen. Diese wurden immer wieder von kleinen Kindern aufgescheucht, die mit wackeligen Beinen und dickem Windelhintern über den Platz torkelten, während ihre Mütter die umstehenden Bänke für ein Päuschen nutzten. Später, nach Feierabend, trafen sich hier die älteren Italiener zum Ratschen und Quatschen. In schicken Hosen, mit Goldkettchen an Arm und Hals, locker mit den Autoschlüsseln spielend, unterhielten sie sich auf Badisch mit italienischem Singsang oder auf Italienisch, das schon den schwerfälligen Klang des Alemannischen hatte.

Wir überquerten die B3 und standen jetzt auf dem Rathausplatz.

Die Architekten, die den Acherner Stadtrat in den sechziger Jahren beim Bau ihres Rathauses beraten hatten, sollte man zum Steineklopfen in den Schwarzwald schicken. Ein hässlicher Quader, ein Fremdkörper wie von einem Ufo fallen gelassen, viel zu hoch, viel zu breit, so sah das neue Rathaus aus. Die Neubauten der links davon liegenden Volksbank und der dahinter liegenden Sparkasse passten sich diesem Horrorbau an. Murks blieb Murks, da hatten die Acherner ihrem Spitznamen »Pflasterschisser« alle Ehre gemacht. Auch die beiden kunstvollen Brunnen auf dem Platz konnten da nicht viel wettmachen. Der Bauernmarkt mit seinen kleinen Obst- und Gemüseständen, betreut von gestandenen Bäuerinnen, wirkte zwischen diesen Betonklötzen irgendwie deplatziert.

Ich suchte die Kräuterfrau, von der mir mein Vater erzählt hatte. Sie bot drei Sorten Basilikum, zwei Sorten Thymian, scharfen Knobi-Schnittlauch, frische Perlzwiebeln und so seltene Kräuter wie Ysop und Monarde an. Ich fühlte, schnupperte, schmeckte und wusste, dass ich meine Kräuterlieferantin gefunden hatte. Sie war geschäftstüchtig, wir mussten länger um den Preis feilschen. Ich kaufte die Kräuter, die ich für die nächsten Tage brauchte und diktierte ihr meine Bestellung für nächste Woche.

Teresa war weitergegangen, ich entdeckte sie an einem Weinstand. Der Mann, mit dem sie sprach, war Günther Träuble.

»Du musst den Computer nach geheimen Dateien durchforsten«, redete Träuble leise und schnell auf sie ein. »Konrad muss Unterlagen über diesen liechtensteinischen Trust haben. Er war überzeugt davon, die Halle über die Investoren kippen zu können.«

Träuble sah aus, wie man sich lange Zeit einen Öko vorgestellt hatte. Birkenstock-Schuhe, schlabberige Hose, handgestrickter Schafwollpullover, das dünne Haar zu einem Pferdeschwanz gebunden. Der Spitzbart wippte beim Reden aufgeregt auf und ab.

»Die Polizei hat seinen Schreibtisch und seinen Computer durchsucht. Da war nichts über Liechtenstein dabei«, wehrte Teresa seinen Redeschwall ab.

»Kann Konrad brisante Unterlagen anderswo versteckt haben? Überleg, Teresa, wo könnte er etwas wirklich Wichtiges verbergen? Er muss darüber Unterlagen besitzen, sonst macht alles keinen Sinn. – Weißt du was? Ich komme bei dir vorbei, und wir suchen gemeinsam danach«, setzte Träuble hartnäckig seine leise Attacke fort.

»Warum willst du nach Konrads Unterlagen suchen?«

Teresa wurde jetzt misstrauisch.

»Konrad war einer ganz faulen Sache auf der Spur. Bei der letzten Sitzung, als wir so aneinander gerasselt sind, habe ich gedacht, er spinnt. Aber jetzt, nach seinem Tod, glaube ich das nicht mehr.«

Träuble wirkte extrem unter Druck. Wie besessen versuchte er, sie von seinen Argumenten zu überzeugen. Das machte Teresa noch misstrauischer.

»Sag das doch der Polizei. Dann können die danach suchen.«

»Teresa, bitte!«, flehte Träuble und fasste sie an den Schultern. »Mir steht die Scheiße bis zum Hals. In der BI traut man mir zu, dass ich was mit dem Mord an Konrad zu tun habe. Da kann ich nicht darauf warten, bis so ein lahmer Schwabe den wahren Mörder findet. Da geht's um meinen guten Ruf!«

»Ehrlich gesagt, Günther, habe ich im Augenblick ganz andere Sorgen.«

Teresa befreite sich aus seinem Griff und trat einen Schritt zurück, da sah sie mich.

»Das hat aber gedauert«, seufzte sie.

»Hallo«, sagte ich und trat zu den beiden.

Teresa war erleichtert, mich zu sehen, Träuble weniger. Ich beschloss einen Frontalangriff.

»Wir haben eine gemeinsame Bekannte«, sagte ich zu ihm. »Maxi van der Camp.«

»Das ist keine Bekanntschaft, auf die ich stolz bin«, schnaubte Träuble. »Ohne die hätten wir den ganzen Mist mit der Skihalle nicht.«

Er machte sich überhaupt keine Mühe, seinen Ärger zu verbergen. Ich wusste allerdings nicht, welcher Ärger größer war. Der wegen des unterbrochenen Gesprächs oder der wegen Maxi van der Camp. Aber so leicht wollte ich ihn nicht davonkommen lassen.

»Ich habe sie vorgestern in Kappelrodeck getroffen. Wir haben ein bisschen miteinander geplaudert«, log ich. »Da hat sie mir erzählt, sie komme von Ihnen. So gegen Mittag. Zwei Stunden nach Konrads Beerdigung.«

Ich betrachtete aufmerksam sein Gesicht.

»Bei mir war sie nicht«, knurrte er und strich langsam über seinen Ziegenbart. »Warum sollte ich mich mit der treffen?«

Seine Stimme klang fest und klar. Er verriet mit keiner Miene, dass er log. Was hatte es zu bedeuten, dass er nicht zugeben konnte, dass Maxi bei ihm gewesen war?

Teresa sah jetzt demonstrativ auf die Uhr, und Träuble trat den Rückzug an.

»Ich ruf dich an«, sagte er zu Teresa und schüttelte ihr die Hand. Der Satz klang wie eine Drohung. Mir nickte er kurz und abweisend zu.

»Sie war nicht bei mir«, wiederholte er. »Die lügt, wenn sie den Mund aufmacht!«

Er starrte mich wütend an, bevor er in Richtung Sparkasse davonstürmte.

»Kennst du ihn näher?«, fragte ich Teresa, während wir langsam zur B3 zurückschlenderten.

»Woher kennst du die van der Camp?«, fragte sie zurück.

»Hotelfachschule Baden-Baden«, sagte ich.

»Günther ist ein alter Freund von Konrad. Die beiden haben die Bürgerinitiative gemeinsam gegründet«, beantwortete sie jetzt meine Frage. »Sie waren nicht immer einer Meinung, aber als Team unschlagbar. Ohne Günthers gute Beziehungen zum BUND hätten sie niemals diese Publicity erreicht. Seit ungefähr einem Jahr herrschte Eiszeit zwischen den beiden. Kann sein, Günther war eifersüchtig, weil Konrad immer in der Öffentlichkeit stand. Konrad hat nie darüber gesprochen. Aber natürlich merkt man so was. Günther rief nicht mehr an, Günther kam nicht mehr vorbei. Zu dem Zeitpunkt fing übrigens auch unsere Ehe an zu kriseln …Ich wüsste zu gerne, was da mit Konrad passiert ist.«

Sie zuckte traurig mit den Schultern und stierte die Schaufensterauslagen des Café Glatt an: Mit Champagnertrüffeln gefüllte Schokoladenflaschen, Sonnenblumen und Kakteen aus Marzipan, kleine Schokoladenfässer mit Weintrüffeln.

»Gehen wir rein?«, fragte ich.

Sie nickte.

Hinter der stromlinienförmigen Theke türmten sich Kalorienbomben en masse: Sauerkirschstreusel, Eierlikörsahne, Schokoladenbuttercreme, Schwarzwälder Kirsch, flammende Herzen, Pfirsichtorte, Himbeersahne, Meringen. Ich entschied mich für eine Schwarzwälder, Teresa nahm nur einen Milchkaffee.

»Isst du immer noch nichts?«

Wir platzierten uns an einem der Bistrotischchen im modernen, vorderen Teil des Cafés. Im hinteren Teil konnten alte Kaffeetanten immer noch in den Sechziger-Jahre-Sesseln versinken.

»Süßes mochte ich noch nie besonders.«

Teresa rührte ihren Kaffee.

»Dann nimm doch so ein Blätterteigkörbchen mit Ragoût fin. Früher waren die hier richtig gut.«

»Du bist schon wie meine Mutter«, stöhnte Teresa. »Keine Sorge, ich werde schon nicht verhungern.«

Erst jetzt sah ich, wie schmal sie geworden war. Die Jeans trug sie mit einem Gürtel, sonst wären sie ihr bestimmt von den Hüften gerutscht, und ihr Busen, der nie besonders groß gewesen war, verschwand jetzt völlig in dem weiten T-Shirt.

»Wie geht's dir in der Legelsau?«

»Ach je«, seufzte sie und löffelte sorgfältig den Schaum von ihrem Milchkaffee. Nichts weiter. Sie löffelte noch, als schon längst das letzte Schaumwölkchen verschwunden war.

»Ich mach mir Sorgen um Vladimir«, sagte sie dann. »Weißt du, er ist jeden Tag gekommen, hat mich mit seinen traurigen Hundeaugen angefleht, ihm etwas zu arbeiten zu geben, ihm Konrad zu ersetzen. Aber das kann ich nicht, verdammt noch mal.«

Hastig nahm sie einen Schluck Kaffee und kämpfte die Tränen hinunter.

»Du hast ihn vor die Tür gesetzt?«

»Ja. Und seither habe ich nichts mehr von ihm gehört. Und ich vermisse ihn«, fügte sie leise hinzu. »Er hat oft auf dem Sofa übernachtet. Es hat mich beruhigt, wenn ich nachts nicht schlafen konnte, diesen schnarchenden, dummen Jungen im Haus zu wissen.«

Die Last der Nächte. Da machen sich Verlust und Einsamkeit am meisten breit. Da konnte so ein Ersatzkind ein Trost sein. Aber ich musste etwas ganz anderes über Vladimir wissen.

»Weißt du, ob er an dem Tag, als Konrad ermordet wurde, bei euch war?«

»Keine Ahnung. Du weißt ja, ich habe Konrad an dem Tag telefonisch überhaupt nicht erreicht. Und an dem Abend habe ich auf gar nichts mehr geachtet. Ich weiß nicht mal mehr, wie ich überhaupt nach Hause gekommen bin …Sonst merke ich immer sofort, ob Vladimir da war. Er lutscht doch unentwegt diese Erdbeerbonbons. Nie habe ich ihm beibringen können, die Papierchen in den Müll zu schmeißen. Er hinterlässt immer eine deutliche Spur.«

»Eberle meint, er weiß etwas, hat aber Angst, es zu sagen.«

»Es ist doch völlig klar, dass der Junge Angst vor der Polizei hat!«, erregte sich Teresa und kratzte den letzten Rest Milchkaffee mit dem

Löffel aus ihrer Tasse. »Als er fünf war, haben russische Polizisten in Alma Ata seinen Vater abgeholt. Jetzt schneit die Polizei regelmäßig in Furschenbach vorbei, weil seine beiden Brüder auf die schiefe Bahn geraten sind. Sein ältester Bruder sitzt im Knast. Du kannst dir vorstellen, dass die Polizei in dieser Familie nicht den Ruf als Freund und Helfer hat.«

»Aber wenn er wirklich etwas weiß? Wenn er Konrads Mörder gesehen hat?«

Teresa pustete eine blondierte Strähne aus dem Gesicht und sah mich irritiert an.

»Konrad ist im Steinbruch ermordet worden. Ich glaub nicht, dass Vladimir überhaupt den Ort kennt.«

»Der unbekannte Dritte. Der, der bei Konrad im Wagen war. Das könnte doch Vladimir gewesen sein, oder?«

»Du meinst, Konrad hat ihn mitgenommen?« Sie schüttelte ungläubig den Kopf. »Aber wo war er, als Konrad ermordet wurde?«

»Hat sich versteckt, ist weggelaufen, was weiß ich!«

»Oder hat Vladimir«, fragte Teresa noch ungläubiger, »Konrad ermordet?«

Dieser Gedanke war mir noch gar nicht gekommen.

»Vladimir hat Konrad geliebt. Konrad war sein Halt«, meinte ich.

»Genau deshalb«, flüsterte Teresa. »Konrad hat sich von mir abgewandt, er hat sich von Günther abgewandt. Warum nicht auch von Vladimir?«

Konrad schickt ihn weg. Der Junge verliert seinen letzten Halt und rastet aus, ging mir durch den Kopf. Verzweifelt greift er nach der liegen gelassenen Spitzhacke und tötet Konrad. Nein, auf gar keinen Fall. Der Ort sprach dagegen. Konrad hatte von einer Verabredung am Wolfsbrunnen gesprochen. Mit Vladimir hätte er sich niemals verabredet. Konrads Mörder musste jemand anderes sein.

»Jetzt ergibt alles einen Sinn«, flüsterte Teresa, die ihren eigenen Gedanken nachhing. »Vladimir hat Konrad ermordet, aus verletzter Liebe, aus Verzweiflung …Er legt mir immer diese …« Ihr Gesicht bekam einen angeekelten Ausdruck »vor die Tür. Als Zeichen. Damit ich weiß, dass er es war.«

»Wer legt dir was vor die Tür?«, fragte ich alarmiert.

Wortlos öffnete sie ihren Rucksack und legte etwas auf den Tisch, was in ein blutverschmiertes Küchentuch eingewickelt war.

»Pack aus!«, befahl sie und starrte an mir vorbei auf die Styropor-Eisbecher im Schaufenster.

Sie dreht durch. Es ist zu viel für sie, dachte ich. Dann gab ich mir einen Ruck und öffnete das blutverschmierte Bündel mit zwei schnellen Griffen. Der Anblick der toten Ratte ließ die Schwarzwälder Kirschtorte aus meinem Magen nach oben steigen. Bevor ich auf die breiigen Innereien des zermanschten Viehs kotzte, packte ich das Bündel, raste, ohne nach rechts und links zu sehen, über die B3 auf den Adlerplatz und warf es dort in den nächsten Papierkorb. Dann erbrach ich mich unter einer Platane. Unter den angewiderten Blicken junger Mütter wusch ich mir in dem Granitbrunnen den Mund aus und kehrte dann zu Teresa zurück.

Sie starrte noch immer auf die Styropor-Eisbecher.

»Erschlagen, erschlagen«, murmelte sie, ohne den Blick von den Eisbechern zu wenden. »Erschlagen, wie Konrad, erschlagen, erschlagen.«

Ich bestellte Kamillentee und befahl Teresa, ein Glas Wasser zu trinken.

»Hör zu«, sagte ich dann eindringlich und nahm ihre Hand. »Wie lange geht das schon? Wie lange schon liegen erschlagene Tiere vor deiner Tür?«

»Seit Vladimir weg ist!«

Immer noch sah sie nur die Eisbecher an.

»Mal ein toter Hase, mal eine Blindschleiche, mal ein Rebhuhn. Der Junge will mir damit sagen, dass er Konrad ermordet hat. Ich habe ihn nie damit in Zusammenhang gebracht. Ich bin nie auf die Idee gekommen, dass er Konrad ermordet haben könnte. Jetzt verstehe ich die Botschaft.«

»Hast du Eberle davon erzählt?«, fragte ich.

»Ich rede nicht mit dem. Der quält mich nur mit seinen Fragen.«

Ihr Blick bohrte sich durch die Styropor-Eisbecher hindurch und verlor sich in den Platanen des Adlerplatzes.

»Aber du musst doch jemandem von dieser Schweinerei erzählt haben. Du kannst doch nicht Morgen für Morgen ein totes Tier vor deiner Haustür finden …Hast du sie alle in deinen Rucksack gepackt?«

Verzweifelt versuchte ich, sie zum Reden zu bringen.

»Teresa!«, brüllte ich und hieb mit der Faust auf das Marmortischchen. »Warum schleppst du so ein totes Vieh in deinem Rucksack herum?«

Alle anderen Gäste und die Bedienung starrten uns an, und Teresa fing hemmungslos an zu weinen.

»Kümmern Sie sich um Ihren eigenen Kram«, brüllte ich die glotzenden Gäste an, legte einen Arm um Teresa, griff zum Handy und rief Adela an.

»Teresa hat einen Heulkrampf. Gibt's irgendwas, womit ich sie beruhigen kann?«

»Baldrian«, sagte Adela.

Baldrian! Das hätte ich auch gewusst!

Ich legte einen Zehneuroschein auf den Tisch, packte die schluchzende Teresa, stolperte mit ihr über die B3 auf den Adlerplatz, setzte sie auf eine Bank vor dem Granitbrunnen und raste zur nächsten Apotheke. Dann verpasste ich ihr eine Hand voll Baldriankapseln und wartete, bis sie sich langsam beruhigte.

»Du hast mit niemandem darüber geredet, oder?«

Teresa schüttelte den Kopf.

»Wir müssen Vladimir finden und die Sache klären. So lange solltest du nicht allein in dem Haus wohnen.«

Es war der pure Horror! Als ob Teresa nicht schon genug zu leiden hatte! Ich verstand, dass sie sich an Vladimir festbiss. So gab das Ganze einen verqueren Sinn. Da warf ihr jemand zerschmetterte Tiere vor die Haustür! Was wollte der Täter damit erreichen? Sie bestrafen? Wofür? Ihr Angst machen? Warum? Sie mürbe kochen? Wozu? Wusste Teresa etwas, was dem Täter gefährlich werden konnte?

»Zieh zu deiner Mutter«, schlug ich vor.

»Sie ist bei ihrer Schwester in Mannheim. Kommt morgen zurück. Kannst du noch mal kommen?«, fragte sie vorsichtig.

»Klar«, sagte ich, beruhigt, dass sie sich das selbst wünschte. »Aber es kann spät werden. Ich schau zu, dass ich so schnell wie möglich in der Linde fertig werde.«

Teresa seufzte tief und schnäuzte sich die Nase.

»Ich muss den Laden wieder aufmachen«, sagte sie dann.

Unsicher, ob ich sie überhaupt allein lassen konnte, betrachtete ich sie vorsichtig von der Seite.

»Ich pack das schon«, sagte sie mit einem schiefen Lächeln, als ob sie meine Gedanken erraten hätte.

»Dann bis heute Abend«, sagte ich und fuhr nach Fautenbach zurück.

An die Kreuzworträtselhefte, die ich meiner Mutter mitbringen sollte, dachte ich nicht mehr.

*

Es war kurz vor Mitternacht, als ich meinem unzuverlässigen Punto eine weitere Fahrt den Schwarzwald hoch zumutete.

Ich hatte Carlo dazu verdonnert, die Küche allein sauber zu machen, und ihm im Gegenzug versprochen, demnächst Nachtische auszuprobieren. »Dolce«, hatte er mit verklärtem Blick gemurmelt und sich vor Vorfreude die Hände gerieben. Ein richtig wissbegieriges, aufgewecktes Kerlchen. Unter normalen Umständen hätte ich meine Freude gehabt, mit ihm zu arbeiten.

Die Nacht war kalt und sternenklar. Hinter dem Vogelskopf lugte ein heller Mond hervor und leuchtete mir bis nach Seebach hinein. Aber durch die dichten Tannen der Legelsau drang sein Strahlen nicht, dort war mein Punto die einzige Lichtquelle. Um diese Zeit lagen die Bewohner der Legelsau im Bett.

Als ich den Wagen vor Teresas Haus zum Stehen brachte, lag auch dieses im Dunkeln. Teresas Kastenwagen stand nicht auf seinem Platz. Die Eingangstür war verschlossen. Auf mein Klopfen und Rufen reagierte niemand. Ich lief zurück auf den Hof. Konrads Brennküche lag verlassen da, und auch die alte Stalltür fand ich fest verschlossen.

Teresas Haus war wie viele Schwarzwaldhäuser in den Berg gebaut. Auf der Bergseite besaßen diese Häuser ein großes Tor, durch das man bequem die Heuernte einfahren konnte. So ein Scheunentor musste es auch hier geben. Ich kletterte am Haus entlang den schmalen Gartenweg hoch. Um das große Scheunentor klemmte ein neues, dickes Vorhängeschloss.

Wo steckte sie bloß? Wieso war sie nicht da? Sie wusste doch, dass ich kommen wollte.

Die kühle Luft roch nach harten Mostäpfeln. Hinter der Scheune schien der Mond auf einen schmalen Weg und gar nicht weit weg auf ein weiteres kleines Gehöft, in dem noch Licht brannte. Das musste das Haus von Franz und Hilde Doll sein. Vielleicht war Teresa auf einen Sprung bei den Nachbarn vorbeigegangen? Ich lief zu dem Haus hinüber. Die Nacht war so kalt, dass man schon den Atem sah. Bald würde der erste Frost kommen. Beim Näherkommen sah ich, dass das Licht nicht im Haupthaus, sondern in einem kleinen Nebengebäude brannte. Der intensive Geruch von zergorenen Zwetschgen verriet mir, was Franz Doll zu so später Stunde noch machte: Er brannte Schnaps.

Die Tür zur Brennküche stand offen, und ich sah, wie er Holzscheite in den Ofen unter den Brennkessel schob.

»'n Obed!«, sagte ich.

Er fuhr erschrocken herum, lächelte aber erleichtert, als er mich sah.

»Ist Teresa da?«, fragte ich. »Wir waren verabredet, aber bei ihr ist niemand.«

»Seit der Konrad tot ist, fährt sie oft noch ›ä bissel‹ mit dem Auto rum«, sagte er. »Nachts, wenn sie nicht schlafen kann.«

Er erhob sich ächzend, wischte Holzfasern und Ruß an der blauen Arbeitshose ab und reichte mir seine breite Pranke. Die Latzhose umspannte einen ordentlichen Bauch, auch die Backen waren rund, und auf seiner Nase saß eine altmodische Hornbrille. Sein Alter war schwer zu schätzen. Aber die Pensionsgrenze hatte er lange erreicht.

»Aber sie kommt bestimmt bald wieder.«

»Dann warte ich drüben auf sie«, meinte ich.

Er griff nach einem langen Eisenstock und stach in das Feuer.

»Seit dem Einbruch schließt sie immer das Haus zu, und es ist kalt draußen«, sagte er. »Bleibt hier, wenn Ihr wollt. Dann bin ich nicht allein mit meinem Schnaps, gell?«

»Was brennt Ihr? Zwetschgen?«

Ich trat zu dem Ofen und rieb mir die klammen Finger.

»Zibärtle! Ebbes ganz Feines.«

Zibarten, eine wilde Pflaumenart, die an ruppigen Bäumen mit dornigen Ästen hier oben wächst und von Hand geerntet werden muss. Lange Zeit in Vergessenheit geraten, wird sie seit einigen Jahren wieder vermehrt im Schwarzwald angebaut. Der Schnaps, den man aus diesen Früchten gewinnen kann, gilt als etwas ganz Besonderes.

Franz Doll rührte die Maische kräftig durch und pumpte sie mit der Pumpe in den Brennkessel.

»Ihr seid spät dran mit Brennen. Es ist fast Mitternacht«, meinte ich.

»Angemeldet ist es schon, ich habe nur zu spät angefangen. Ein Zöllner dürft jetzt nicht mehr vorbeikommen, gell?«, antwortete er verschmitzt.

Er prüfte die Temperatur des Wassers, in dem der kupferne Brennkessel badete. Die Maische darf im Kessel auf keinen Fall anbrennen, und das Wasser mildert die Hitze des Feuers. Das Brennverfahren ist einfach: Alkohol verdampft schneller als Wasser, steigt also zuerst auf. In gekühlten Edelstahlrohren verflüssigt er sich dann. – Während dieses Prozesses breitete sich in dem kleinen Raum eine warme, feuchte Luft aus.

»Ja, ja, die Zöllner«, setzte ich das Gespräch fort. »Kommen sie noch oft?«

Er zuckte mit den Schultern und beobachtete aufmerksam den aus dem Kupferkessel aufsteigenden Alkoholdampf.

»Bei mir war schon drei Jahre keiner mehr, aber beim Schnurr Emil kommen sie jedes Mal vorbei.«

Wer die Zöllner beschissen hatte oder von ihnen erwischt wurde, war in der Gegend ein beliebtes Thema. Das Schnapsbrennen hat hier im Mittelbadischen eine lange Tradition, und im Laufe der Zeit hatten die Schwarzwälder Bauern der Obrigkeit eine Reihe von Privilegien abgetrotzt. Gleichzeitig versuchte der Staat aber auch, am Schnaps zu verdienen. Dreihundert Liter reinen Alkohol pro Jahr darf heute noch jeder Bauer mit Brennrecht brennen und braucht dafür deutlich weniger Alkoholsteuer zu bezahlen als professionelle Schnapsbrenner. Natürlich muss jeder Brennvorgang in Stuttgart angemeldet werden, und eventuell kommt dann ein Zöllner aus Oberkirch vorbei, um zu kontrollieren, ob man die angegebene Frucht in angegebener Menge zur angegebenen Zeit brennt. Aber eben nicht immer. Und in den schwer zugänglichen, einsamen Schwarzwaldtälern kommt er noch seltener als in die Orte, die in der Rheinebene liegen. Deshalb kann man hier sehr gut schwarzbrennen. Wenn einen der Nachbar nicht verpfeift.

»Der Konrad hat auch gebrannt, oder?«

In die Kanne unter der Destillieranlage floss jetzt der erste Alkohol. Doll roch daran und verzog die Nase.

»Wir zwei haben so einen kleinen Wettstreit miteinander g'habt«, sagte er und prüfte, ob die Edelstahlrohre kalt genug waren. »Wer von uns zweien das beste Kirschwässerle macht. Ich mit meiner Erfahrung oder er mit seinen Experimenten.«

»Und? Wie ist es ausgegangen?«

Ich zog meinen Anorak aus. Der kleine Raum stand jetzt unter Alkoholnebel und Hitzedampf.

»Haben wir nimmer feststellen können. Er hat diesen Herbst erst einen Kirsch gebrannt, und von dem war er nicht begeistert. Dann ist er …Wer macht nur so ebbes Furchtbares?«

Er rieb sich die beschlagenen Brillengläser, sah mich mit traurigen Augen an und schüttelte bekümmert den Kopf.

Die Kanne war nun zu drei Viertel voll gelaufen. Der alte Mann roch noch einmal an dem Alkohol und goss ihn in eine große Flasche.

»Das ist der Vorlauf, von dem muss man sich trennen, sonst wird der Schnaps zu scharf.«

Schnell stellte er die Kanne zurück und roch wieder. Er war immer noch nicht mit dem Geruch zufrieden, und deshalb wanderte eine weitere halbe Kanne Schnaps in die große Flasche.

»Da darf man nicht sparen. Sonst ist d' Qualität dahin.«

»Ich hab gehört, der Konrad wollte eine Kleinbrennerei-Genossenschaft gründen?«, fragte ich ihn.

»Der Konrad hat viel gewollt«, seufzte Franz Doll und schob weitere Holzstücke in den Ofen. »Blöd war die Idee ja nicht. Wisst Ihr, hier gibt's doch viele Schnapsbrenner. Aber wie soll man den Schnaps verkaufen? Da hat der Konrad halt an so ein Modell gedacht wie bei den Winzern. Gemeinsam vermarkten, Gewinne gerecht verteilen. Aber die Winzergenossenschaften sind in den fünfziger, sechziger Jahren entstanden. Das waren andere Zeiten. Wie soll ich sagen? Da ist's noch nicht um Weltmarkt, Globalzeugs und so was gegangen. Da hat man gern noch einheimische Tröpfle getrunken. Heute wird nur noch getrunken, was günstig ist. Wenn der Aldi kalifornischen Wein im Angebot hat, säuft man den und keinen badischen mehr. Im Sparen sind wir Weltmeister.«

Wieder roch er an dem Schnaps, und diesmal war er zufrieden. Mir war in der Zwischenzeit so warm geworden, dass ich im T-Shirt herumlief.

»Vor fünfzehn, zwanzig Jahren, da hätte man so eine Genossenschaft gründen sollen. Heut ist es zu spät. Der Markt ist aufgeteilt.

139

Der wird von den Großen beherrscht, von so Leut wie dem Bohnert. Eine kleine Genossenschaft könnte gegen diesen Goliath nichts ausrichten.«

Der Schnaps war jetzt durchgelaufen. Auch die letzte Kanne wurde in eine gesonderte Flasche gegossen. Fuselöle, die den Schnaps streng und bitter im Nachhall machen.

»Und so lasst Ihr Euch heut vom Bohnert die Preise diktieren.«

Er zuckte resigniert mit den Schultern und fragte: »Wie spät ham mers?«

Es war schon halb eins. Trotz der späten Stunde entschloss Franz Doll sich, den Zibarten-Schnaps ein zweites Mal zu brennen.

»Was zahlt er denn dieses Jahr fürs Kirschwasser?«

»Dieses Jahr nimmt er überhaupt nur Kirschwasser ab, wenn du ihm im Sommer Schnapskirschen geliefert hast. Ihr wisst, es war ein heißer Sommer, gut für die Früchte, eins a Qualität. Für die Kirschen kriegst du natürlich weniger Geld als für den fertigen Schnaps. Wenn du die Spitzenware also selber brennst, kauft er dir nichts ab.«

Doll spritzte mit dem Wasserschlauch den Brennkessel sauber.

»Klingt nach Erpressung. Wie ist der Preis?«

»Bescheiden. Aber man kann froh sein, dass überhaupt noch jemand unseren Schnaps kauft, bei der Konkurrenz aus Osteuropa.«

Langsam schüttete er den frischen Schnaps in den gereinigten Kessel hinein.

»Macht der Bohnert mit manchen Brennern Sonderkonditionen aus?«

»Was meint Ihr?«, fragte er irritiert und schloss mit fahrigen Bewegungen den Brennkessel.

»Bei Konrads Leichenschmaus im Sternen hat einer davon geredet, einer mit einer Hakennase«, sagte ich.

»Ach, der Theo!«, sagte er und stocherte wieder im Feuer. »Der schwätzt viel Blödsinn, wenn der Tag lang ist. Auf das, was der sagt, muss man nichts geben.«

Wieder machte sich in dem kleinen Raum der Alkoholdampf breit. Mit dem zweiten Brand nehme man dem Schnaps die Schärfe, erklärte mir Doll. Er roch und schnupperte wieder an der Flüssigkeit, die jetzt in die Kanne floss. Ich blickte nach draußen in die Nacht. Teresas Haus lag immer noch im Dunkeln. Warum war sie noch nicht zurück? Wo kurvte sie herum? War ihr etwas zugestoßen?

140

»Ich schau mal nach Teresa«, sagte ich und zog mir Pullover und Jacke über.

Die kalte klare Nachtluft verscheuchte den betäubenden Schnapsdampf aus meinem Kopf. Der Mond verbarg sich nicht mehr hinter einem Berggipfel, sondern hing breit und groß über mir, umgeben von unzähligen Sternen, die der Erde so nah waren wie nirgendwo in der Stadt. Wenn man den Kopf zurückwarf und in die Himmelskuppel sah, dann blinkten, blitzten und zwinkerten sie, dass einem ganz schwindelig wurde vom Sternenglanz. Nur kurz ergriff mich dieses wunderbare Nachtglück, dann trieb mich die Sorge um Teresa dazu, den Blick wieder auf die Erde zu heften.

Das Scheunentor war immer noch verschlossen, und ich kletterte an der Gartenseite langsam zum Vordereingang hinunter. Unterwegs fiel mir auf, dass irgendetwas am Scheunentor gefehlt hatte. Ich kraxelte zurück und betrachtete das verschlossene Tor. Jetzt wusste ich, was fehlte: Das Schloss. Ich fasste die große Schiebetür an, sie ließ sich lautlos öffnen. Gott sei Dank, Teresa war zurückgekommen! In dem alten Heuschober herrschte eine merkwürdige Geruchsmischung aus altem Heu und Benzin. Problemlos fand ich die Tür, die zum Schlafzimmer in der ersten Etage führte. Nirgendwo brannte Licht.

»Teresa!«, rief ich laut und knipste den Lichtschalter an.

Das Schlafzimmer sah aus wie bei meinem letzten Besuch. Konrads Jacke, aus der Teresa die zwei Fotos gefischt hatte, hing sorgfältig über einem Stuhl, Kissen und Plumeau waren aufgeschüttelt und geglättet. Langsam stieg ich die Treppe zum Wohnraum hinunter. Dort, wo bei meinem ersten Besuch die Grünpflanzen gestanden hatten, die Teresa nach Konrads Tod entfernt hatte, hatte sie jetzt Steine drapiert, Steinbruchsteine, aus denen dornige Hagebuttenzweige herausragten. Steine und tote, verkapselte Rosen … Sonst sah der Raum aus, wie ich ihn in Erinnerung hatte. Allerdings standen alle Schubladen von Konrads Schreibtisch offen. Papiere, Stifte, Schulbücher, Flugblätter gegen die Indoor-Skihalle, was anderes boten die Schubladen nicht. Nichts schien durchwühlt, und ob etwas fehlte, konnte ich ch nicht feststellen.

Ratlos stand ich in dem großen Raum. Jemand war hier gewesen, kein Zweifel. Aber wer? Und wozu? Ein Blick aus dem Fenster zeigte mir, dass mein Punto immer noch allein auf dem Hof parkte. Keine Spur von Teresas Auto. Vielleicht hatte sie mir eine Nachricht hinterlassen? Eine Pinnwand gab es nicht, auf dem Küchentisch gammelte eine benutzte Kaffeetasse vor sich hin, einzig am Kühlschrank klemmte unter einer Magnetrose ein Zettel. Darauf stand: »Spülmittel kaufen«.

Ich beschloss, noch einmal zu Franz Doll zurückzukehren, und trat vor die Eingangstür. Die glibberige, weiche Masse unter meinem Schuh bemerkte ich erst beim zweiten Tritt. Angewidert zog ich den Fuß heraus, und der helle Mond schien auf das blassgelbe Zickzackmuster einer zusammengeringelten Kreuzotter. Der Kopf der Schlange war zertrümmert. Ein einzelnes Schlangenauge lag neben dem Hirnbrei.

Ich rannte hoch zur Stalltür, weiter auf dem kleinen Kiesweg, immer auf den Boden achtend, damit ich nicht noch einmal in so etwas Ekeliges trat. Das milchige Licht der Brennküche rückte näher und näher. Außer Atem trat ich wieder in die wohlige Wärme des kleinen Raumes. Franz Doll rieb seine beschlagenen Brillengläser sauber und sah mich nervös an.

»Und? Ist sie zurück?«

Immer noch außer Atem schüttelte ich den Kopf.

»Aber dort drüben«, begann ich und bemerkte irritiert, dass Doll mir mit dem Kopf ein Zeichen machte.

Erst jetzt sah ich, dass jemand in der hinteren Ecke des Raumes an einem Stapel Brennholz lehnte. In Bergschuhen, Kordhosen und Anorak ähnelte er kaum dem Mann im schicken Jackett, den ich gestern im Casino in Baden-Baden getroffen hatte. Was hatte Achim Jäger hier um diese Zeit verloren?

»Na, Lindenwirtin, was treibt Sie so spät in die einsame Legelsau?«

Er kam langsam auf mich zu, und ich hatte das Gefühl, dass er mich mit seinen Blicken auszog.

»Gehört der Wald etwa nachts nur einsamen Jägern?«, fragte ich zurück und schickte ihm einen eisigen Blick, von dem ich hoffte, dass er ausreichte, seine Eier gefrieren zu lassen.

Doll schüttete den fertigen Schnaps in eine große Ballonflasche und verkorkte sie. Nach einem letzten Blick in den Brennofen drängte er sowohl Jäger als auch mich zum Ausgang.

»Mir sin doch ferdig mitnonder Achim, nit wohr?«

Franz Doll schien es jetzt eilig zu haben.

»Simmer, Fronz«, nickte Jäger. »Also, noche mol, vergelt's Gott für alles. Und bis zum nächschte Mol.«

Er schüttelte die kräftige Pranke des alten Bergbauern. In der Tür drehte er sich zu mir um.

»Man sieht sich, Lindenwirtin! – Ich freue mich auf das nächste Essen!«

Er tippte sich kurz an die Stirn und schickte mir zum Abschied ein gewinnendes Lächeln. Was hatte es zu bedeuten, dass mir dieser Mann andauernd über den Weg lief?

»So, jetzt simmer den los. Der hat auch eine Gabe, immer im ungünstigsten Moment aufzutauchen«, meinte Doll ärgerlich und sah mich dann besorgt an. »Also, was ist dort drüben los?«

Ich erzählte von der Kreuzotter vor Teresas Haustür. Er schüttelte immer wieder den Kopf und verschwand, um eine Schaufel zu holen. Die schulterte er und lief damit eilig zu Teresas Haus. Während ich neben Konrads Brennküche wartete, scharte er die Überreste der Schlange zusammen und vergrub sie im Garten.

Dann zeigte ich ihm das offene Scheunentor. Die Schaufel als Waffe vor sich her tragend erkundete er mit mir Teresas Haus. Nichts hatte sich seit meinem Besuch vor einer halben Stunde geändert. Er sagte mir noch einmal, dass Teresa oft nachts wegfahre und ich mir keine Sorgen machen solle. Dabei spürte ich ganz deutlich, wie bekümmert er selbst war.

Ich konnte mich nicht entschließen, allein in diesem einsamen Haus zu bleiben und hier auf Teresa zu warten. Ich schrieb ihr einen großen Zettel, mit der Bitte, mich unbedingt anzurufen, egal wie spät es wäre. Der alte Doll versprach, morgen früh sofort nach ihr zu sehen, und begleitete mich nach draußen.

Der helle Mond und die vielen Sterne tauchten den Hof in ein kaltes Nachtlicht. Ich sah nicht mehr nach oben, sondern machte mich schnell auf den Heimweg.

*

Müde und völlig erschöpft schlurfte ich durch die Küche meiner Mutter. Die sah irgendwie komisch aus. Auf dem Pass türmten sich zwei große Pyramiden aus getrockneten Feigen. Warum hatte Carlo diese Unmengen Feigen aufgebaut? Damit ich auf keinen Fall die

Nachtische vergaß? Was konnte man aus getrockneten Feigen eigentlich machen? Hutzelbrot zu Weihnachten, arabisches Huhn mit Koriander und Mandeln, ein paar Lammgerichte, mehr fiel mir auf Anhieb nicht ein. Vielleicht barg die italienische Küche ungeahnte Feigenrezepte? Auf dem Herd hatte er alle Töpfe stehen lassen. Na, der konnte morgen was erleben! Außerdem roch es komisch. Ich öffnete einen der Töpfe. Ein ekelhafter Geruch von verfaultem Fleisch schlug mir entgegen, und als ich die gelben Zickzacklinien auf den Fleischstücken sah, wusste ich, was da gekocht wurde: Schlangen-Ragoût. Angewidert ließ ich den Deckel fallen, der blechern auf dem Steinboden aufschlug. Wie auf Kommando fingen jetzt alle anderen Kochdeckel an zu vibrieren, hoben sich leicht, und aus den Töpfen krochen Schlangen, Unmengen von Schlangen, Kreuzottern und Ringelnattern, kleine und große, schwach und stark gemusterte, einäugige, zweiäugige, dreiäugige, Schlangen, Schlangen, Schlangen. Manche verknoteten sich, andere glitten zur Erde oder räkelten sich auf dem Fensterbrett. Auch in den Feigenpyramiden regte sich etwas: Ratten fraßen sich aus deren Mitte Löcher nach draußen. Ratten, die nicht nur in wahnwitzigem Tempo den Feigenberg in sich hineinfraßen, nein, sie nagten auch die Küchenmöbel an, selbst das Geschirr verzehrten sie gierig. Immer mehr wurden es, immer mehr, bis die ganze Küche voller Schlangen und Ratten war. Ich schrie laut auf. Da erblickten mich die Viecher und kamen auf mich zu. Die Ratten mit gierigem Schmatzen, die Schlangen züngelnd mit starrem Blick. Und während sie immer näher auf mich zukamen, verschwanden ihre Köpfe, und stattdessen saßen Granitsteine auf ihren widerlichen Körpern.

Ich wachte auf und schlug panisch die Bettdecke zur Seite, aber bis hierher hatte es keine der Schlangen und Ratten geschafft.

Von draußen drang milchiges Morgenlicht in mein Zimmer, und ein altersschwacher Trecker tuckerte die Lindenstraße entlang. Das Handy neben meinem Kopfkissen hatte keinen Pieps von sich gegeben. Bevor ich eingeschlafen war, hatte ich noch ein paarmal bei Teresa angerufen. Ich drückte auf Wahlwiederholung. Wieder ertönte nur das Klingelzeichen. In der Legelsau nahm niemand den Hörer ab.

Ich stand auf, duschte mich und schlüpfte schnell in Jeans und Sweatshirt. Mein Kopf dröhnte. Zu wenig Schlaf, schlechte Träume, der Alkoholdunst von gestern Abend, keine Ahnung, was die Ursache war. Ich polterte nach unten in die Gaststube und brühte mir einen Kaffee auf. Es war schon halb zehn.

Ich musste Eberle anrufen, ihm sagen, dass Teresa verschwunden war, eine andere Möglichkeit gab es jetzt nicht mehr. Sie hatte einen Unfall gehabt oder schlimmer noch, der Kerl, der ihr die grauslichen Viecher vor die Haustür legte, hatte jetzt auch sie erschlagen. Ich kramte Eberles Karte aus meinem Portemonnaie und wählte seine Nummer. Besetzt. Als ich auch beim dritten Versuch das Besetztzeichen hörte, fiel mir eine Nummer ein, die ich noch nicht versucht hatte: Teresas Blumenladen.

»Blumen Hils, Guten Morgen«, meldete sie sich mit klarer Stimme.

»Wo hast du gesteckt? Ich bin fast verreckt vor Sorge!«, brüllte ich in den Hörer.

»Mensch, Katharina, ich hab völlig vergessen, dass du gestern kommen wolltest«, entschuldigte sie sich.

»Wo warst du, verdammt noch mal?«

Ich brüllte immer noch, merkte aber, wie mir langsam die Angst aus den Knochen wich.

»Nach der Arbeit bin ich ganz normal nach Hause gefahren. Ich habe sofort gespürt, dass jemand im Haus war. Eine Schublade von Konrads Schreibtisch stand offen. Sein Fernglas ist verschwunden. Ich wollte gerade zu Franz und Hilde laufen, da rief meine Mutter an. Sie ist einen Tag früher zurückgekommen. Ich hab schnell ein paar Sachen zusammengepackt und bin zu ihr gefahren.«

»Du hast Glück, dass bei Eberle besetzt war. Sonst hätte ich dich mit Polizeiaufgebot suchen lassen.«

»Sorry, Katharina. Ich weiß auch nicht, warum ich es vergessen habe. Ich bin halt ziemlich durcheinander. Unser Gespräch im Café ist mir sehr nachgegangen, du weißt schon, wegen Vladimir, weiß auch nicht, was mich geritten hat, ihn zu verdächtigen. Der Junge hätte Konrad niemals etwas antun können.«

An den hatte ich gestern Nacht überhaupt nicht mehr gedacht.

»Heute Morgen habe ich mit einem Kollegen von Konrad telefoniert«, fuhr sie fort. »Der Junge ist schon seit drei Tagen nicht mehr in der Schule gewesen. Ich mache mir große Sorgen um ihn. Kannst du nicht mal bei seiner Familie vorbeifahren?«, bettelte sie. »Ich habe so ein schlechtes Gewissen, weil ich ihn rausgeschmissen habe, und traue es mir im Moment nicht zu, mit seiner Mutter zu reden.«

Ich dachte an Carlo und die Nachtische und seufzte.

»Wie heißt er denn mit Nachnamen?«, fragte ich.

»Borisov. Vladimir Viktorovich Borisov.«

»Also gut«, sagte ich dann. »Ich rede mit seiner Mutter, und wenn die nicht weiterhelfen kann, ruf ich Eberle an. Man kann die Polizei auf Dauer nicht raushalten. Außerdem, wenn Vladimir etwas über den Mord weiß, ist er möglicherweise in Gefahr.«

»Tausend Dank«, stieß sie erleichtert aus. »Du bist ein Schatz!«

Ich ließ den Kaffee stehen und eilte in die Küche. Carlo hatte ordentlich sauber gemacht, und nirgendwo waren getrocknete Feigen zu sehen. Ich überprüfte die Lieferungen, besah mir den Speiseplan und besprach mit Carlo, was er schon vorbereiten konnte.

»In einer Stunde bin ich zurück«, versprach ich und machte mich auf den Weg.

Zwei abbruchreife Häuser, direkt an der L87 gelegen, dienten der Gemeinde Kappelrodeck als Übergangswohnungen für Asylanten und Aussiedler. Ich parkte den Wagen neben einem dreibeinigen Plastikstuhl und einem ausrangierten Sessel. Daneben hüpften drei kleine Mädchen Seilchen.

»Borisov?«, fragte ich, und sie zeigten auf eine schmale, geflickte, graue Holztür.

Eine Klingel gab es nicht, also klopfte ich kräftig.

Die Tür öffnete sich einen Spalt breit, und der mit einem Tuch mehrfach umwickelte Kopf einer vielleicht fünfzigjährigen Frau lugte vorsichtig dahinter hervor.

»Sdrastwujtje, Borisova«, begrüßte ich sie.

Sie sah mich misstrauisch an und schüttete mich mit einem Schwall Russisch zu.

»Leider kann ich nur ›Guten Tag‹ und ›Auf Wiedersehen‹ auf Russisch«, sagte ich. »Sprechen Sie Deutsch?«

»Was wollen Sie?«, fragte sie noch misstrauischer.

»Ich bin eine Freundin von Konrad und Teresa Hils. Ich möchte mit Vladimir reden.«

Das Misstrauen wich nicht aus ihrem Blick. Die drei Mädchen hatten aufgehört, Seilchen zu hüpfen, und starrten neugierig zu uns herüber. Die Borisova öffnete die Tür etwas weiter und zog mich in einen schmalen, stickigen Flur. Die Tür, die davon abging, steckte in einer dünnen Wand, die wackelte, als Vladimirs Mutter die Tür öffnete. In dem lang gezogenen Wohnraum standen drei Liegen, ein Herd, ein Kühlschrank, ein Tisch und ein überdimensionaler Fernseher, in dem eine Vormittags-Talkshow lief. Einzig der große Samowar auf dem Kühlschrank, eine Ikone an der Wand und ein paar Bücher in kyrillischer Schrift wiesen auf die Herkunft der Borisovs hin. Es roch nach verkochtem Kohl und muffigen Laken. Die Frau holte ein kleines Glas aus dem Hängeschrank über der Spüle, füllte es zu einem Drittel mit Tee, goss diesen mit heißem Wasser aus dem Samowar auf, schob ein Paket Würfelzucker über den Tisch und bedeutete mir, mich zu bedienen. Ich war zu groß und zu breit für diesen Raum und setzte mich auf eine der Liegen. Die bog sich unter mir fast bis zum Boden, die Matratze war komplett durchgelegen. Ich stellte mir vor, dass Vladimir Nacht für Nacht mit seinen beiden gewalttätigen großen Brüdern in diesem Raum verbringen musste.

»Vladimir ist nicht da«, sagte sie. »Schon zwei Nächte ist er nicht nach Hause gekommen. Ich weiß nicht, wo er ist.«

Durch das Misstrauen in ihrem Blick schimmerte jetzt die Sorge um ihren Sohn. Gleichzeitig schielte sie mit einem Auge auf die dünne Tür, als ob sie Angst hätte, jemand könnte hereinkommen. Nervös wischte sie mit einem Tuch über die Stelle am Tisch, auf der das Teeglas gestanden hatte. Hier war nichts schmutzig oder unordentlich. Wahrscheinlich könnte man es sonst in einer so heruntergekommenen Bruchbude überhaupt nicht aushalten. Ich steckte ein Stück Würfelzucker in den Mund und nahm einen Schluck Tee. Sie sah mich erwartungsvoll an.

»Kann er bei einem Freund sein?«, fragte ich.

Sie zuckte unsicher mit den Schultern.

»Hat er persönliche Dinge? Etwas, wo wir vielleicht einen Hinweis finden könnten?«, fragte ich weiter.

Sie nickte und holte flink einen zigfach verschnürten Karton unter einem der Betten hervor. Sie klemmte ihn auf ihren Schoß, und an ihrem Blick sah ich, wie sie abwog. Durfte ich die Geheimnisse ihres Sohnes ansehen oder nicht?

»Vielleicht findet sich ein Hinweis darin, wo wir ihn finden könnten«, half ich nach.

Immer noch war sie nicht sicher, aber dann begann sie sorgfältig die Schnüre abzuwickeln. Der Karton barg ein wildes Sammelsurium persönlicher Erinnerungsstücke: Klebebildchen, Posters von Britney Spears, zwei Pornoheftchen, einen Tischtennisball, einen Gameboy und vieles mehr. Außerdem befanden sich in dieser Kiste Steine, Steine aus Kieselgranit, wie er am Wolfsbrunnen abgebaut wurde.

Plötzlich wurde die Tür aufgerissen und ein gedrungener, etwa achtzehnjähriger Junge stand im Raum. Er fuhr die Borisova auf Russisch an. Sie antwortete schnell und versuchte, Vladimirs Karton unter dem Tisch zu verbergen.

»Lassen Sie meinen kleinen Bruder in Ruhe, ist das klar?«, blaffte er dann mich an.

Ich erhob mich und stellte mich neben ihn. Jetzt musste er zu mir hochgucken. Die wenigstens Männer können eine größere Frau neben sich ertragen, auch Vladimirs Bruder gehörte nicht dazu. Unschlüssig darüber, was zu tun war, raste sein Blick zwischen seiner Mutter und mir hin und her. Laut russisch fluchend, drehte er sich um und stob aus dem Raum. Die dünne Wand wackelte bedrohlich, als er die Tür hinter sich zuknallte.

»Wenn ich etwas herausfinde, melde ich mich«, sagte ich zur Borisova. »Doswidanja.«

»Doswidanja«, flüsterte sie leise hinter mir her.

Schon wieder keuchte mein kleiner Italiener hinter Ottenhöfen den Berg hoch. In Seebach hielt ich kurz bei dem Edeka-Laden an und kaufte Erdbeerbonbons. Ich wusste, wo ich nach Vladimir suchen musste: am Wolfsbrunnen, im Steinbruch.

Über das Förderband ratterten die Wackersteine, Steinsägen zerkleinerten sie, und zwei Bagger brachten sie im Wechsel zu bereitstehenden Lkws. Dicht wie Herbstnebel stand der aufgewirbelte Staub in der Luft, und das Quietschen, Rattern, Rumpeln und Brummen tat in den Ohren weh. Trotz der Maschinen blieb die Arbeit im Steinbruch auch heute noch ein Knochenjob.

»Hallo, Sie da! Verschwinden Sie, das ist kein Wanderweg«, brüllte mich einer der Baggerfahrer an.

»Ich suche jemanden«, schrie ich zurück.

Er hob kurz den Lärmschutz an.

»Einen russischen Jungen. Ungefähr sechzehn Jahre, herunterhängende Arme, braune Hunde-Augen«, erklärte ich ihm.

Er zuckte mit den Schultern, drückte auf die Hupe und legte den

Rückwartsgang ein. Mich ließ er ohne Auskunft in einer Staubwolke zurück.

Durch Bagger und Lkws bewegte ich mich unter viel Geschrei und Gehupe auf den Geräteschuppen zu, in dem auch ein Aufenthaltsraum für die Arbeiter und ein kleines Büro für den Vorarbeiter war.

»Fremde haben hier nichts zu suchen«, pflaumte der Vorarbeiter mich an. »Es ist saugefährlich, hier herumzurennen, bei dem Staub können die Fahrer kaum etwas sehen.«

»Aber ich suche jemanden«, sagte ich und hustete mir den Dreck aus der Lunge.

Wieder sagte ich mein Sprüchlein auf.

»Unmöglich«, sagte der Mann entschieden. »Keiner hält sich freiwillig in dieser Hölle auf. Und wie Sie gerade selbst feststellen können«, fügte er mit einem schrägen Lächeln hinzu, »wir bemerken jeden und werfen ihn dann wieder raus. – Also, kommen Sie!«

Er eilte nach draußen, kommandierte mich in seinen Jeep und fuhr mich zur L87.

»Kommen Sie bloß nicht noch mal in den Steinbruch. Sie können froh sein, dass Sie von keinem Bagger angefahren wurden«, bellte er, nachdem ich ausgestiegen war, und brauste davon.

Im Steinbruch konnte Vladimir nicht sein, das leuchtete mir ein. Er wäre genauso entdeckt und herausbugsiert worden wie ich. Aber irgendwas sagte mir, dass er hier in der Gegend sein musste, und als ich am Straßenrand ein Erdbeerbonbon-Papierchen entdeckte, wusste ich, dass mich mein Gefühl nicht täuschte.

Viele Wanderwege führten hierher und von hier weg, vielleicht gab es einen, der sich oberhalb des Steinbruchs entlangzog. Von dort konnte man bestimmt beobachten, was sich im Steinbruch tat, ohne dabei erwischt zu werden und ohne an dem Staub zu ersticken. Ich fragte in der Gastwirtschaft nach, und die lahme Bedienung, die ich schon von meinem ersten Besuch her kannte, ließ sich gnädig herab, mir den Weg zu zeigen.

Ich stapfte den steilen Wanderweg hoch und schnaufte, als ich oberhalb des Steinbruchs ankam. Der Weg führte nicht direkt an der Bruchkante entlang, ein Gestrüpp aus windschiefen Buchen und Eichen trennte ihn von dem steilen Abhang. Aufmerksam spähte ich in das Dickicht. Dann stieß ich auf das nächste Bonbonpapierchen, und kurz darauf sah ich Vladimir: In einen olivgrünen Parka gehüllt, hockte er auf einem Baumstumpf und beobachte mit einem Fernglas das Treiben im Steinbruch. Schwer aufstampfend und schnaufend ging ich auf ihn zu. Wie ein junges Reh schreckte er hoch, bereit, sofort die Flucht zu ergreifen.

»Bin völlig außer Puste«, stöhnte ich. »Kann ich mich einen Moment zu dir setzen?«

Ich ließ mich auf den Baumstumpf plumpsen, von dem der Junge gerade hochgeschreckt war.

Immer noch unschlüssig, ob er fliehen oder bleiben sollte, stand er sprungbereit vor mir. Das Fernglas hielt er mit beiden Händen fest. Umständlich holte ich aus meiner Jackentasche die Bonbontüte heraus, öffnete sie und steckte mir eines in den Mund.

»Willst du auch eines?«, fragte ich.

Schnell griff er sich ein Bonbon und schob es in die Jackentasche.

»Kannst die ganze Tüte haben, wenn du willst«, sagte ich, ließ sie aber auf meinem Schoß liegen. »Deine Mutter macht sich Sorgen um dich, Teresa auch«, sagte ich dann.

Er zuckte mit den Schultern. Bis jetzt hatte er noch kein Wort gesagt. Aber er war auch nicht abgehauen.

»Ich erzähle dir jetzt eine Geschichte, Vladimir«, fuhr ich fort. »Wenn die Geschichte richtig ist, nickst du, und wenn sie falsch ist, schüttelst du mit dem Kopf. Einverstanden?«

Unschlüssig zuckte er wieder mit den Schultern.

»Konrad war dein Freund, du hast ihn sehr gern gehabt, nicht wahr?«, begann ich.

Heftiges Nicken.

»Er hat dich mitgenommen zu seiner Verabredung hier am Wolfsbrunnen, dir aber gesagt, dass du im Auto auf ihn warten sollst.«

Er schüttelte leicht den Kopf.

»Aber du warst hier, als er ermordet wurde, nicht wahr?«, fragte ich, leicht irritiert, weiter.

»Konrad nicht wollen, ich mich im Auto versteckt«, sagte er leise.

Endlich redete er mit mir! Mir fiel ein Stein vom Herzen.

»Hast du das öfter gemacht?«

»Manchmal! Konrad nie gemerkt.«

Vladimir lächelte stolz.

»Konrad wusste nicht, wie gut du dich verstecken kannst?«

»Ich unsichtbar.«

Jetzt lächelte er ganz breit und griff nach der Bonbontüte auf meinem Schoß.

»Das kann nicht jeder«, bestätigte ich ernsthaft. »Als ihr hierher gefahren seid«, fuhr ich dann vorsichtig fort, »hat Konrad das Auto vor dem Gasthof geparkt und ist ausgestiegen. Was hast du gemacht?«

»Was ich immer mache«, sagte er unbekümmert, wickelte eines der Bonbons aus und schob es in den Mund.

Ich sah ihn fragend an.

»Gewartet«, schmatzte er.

»Als Konrad nicht wiedergekommen ist«, erzählte ich meine Geschichte weiter, »bist du ausgestiegen und hast nach ihm gesucht. Hast du ihn gefunden?«

Er verschluckte das Bonbon und hustete, bis ihm die Tränen in die Augen stiegen.

»War er schon tot?«

Heftiges Nicken.

»Wo lag er?«

»In Mulde. Ich runtersteigen, dich gesehen, mit der kleinen Woll-Frau.«

Kleine Woll-Frau, das musste ich Adela erzählen.

»Du hast Angst bekommen?«

Wieder heftiges Nicken.

»Hast du dich wieder versteckt?«

»Konrads Auto«, nickte er.

»Was ist dann passiert?«, fragte ich. »Versuch, dich genau zu erinnern!«

»Woll-Frau laufen hin und her. Laster hält an. Tatütata, Polizei. Wenn alle verschwunden, schwarzer Lada Niva fährt weg«, erzählte er stockend.

Ein schwarzer Lada Niva! Der Wagen, der in der Legelsau kurz nach dem Einbruch gesehen wurde! Er stand nicht auf dem Parkplatz, als Adela und ich nach Konrad gesucht hatten. Das wäre mir aufgefallen.

»Hast du den Fahrer gesehen?«

Er schüttelte den Kopf.

»Nur Schuhe. Gelbe Bändel«, sagte er.

151

Er nestelte an dem Fernglas, klemmte es sich vor die Augen und suchte damit den Steinbruch ab.

»Du denkst, der schwarze Lada kommt wieder? Du willst den Fahrer erkennen, deshalb hast du dir Konrads Fernglas ausgeliehen, nicht wahr?«, spekulierte ich.

Er nickte heftig und umklammerte das Fernglas.

»Konrad tot. Ich nicht aufgepasst. Ich schuld«, sagte er tonlos und ließ das Fernglas sinken. »Ich keine Arbeit jetzt. Kein Geld für Bonbons.«

Natürlich! Das Geld, das Konrad dem Jungen für seine Hilfe bezahlt hatte, war wahrscheinlich das Einzige, über das der Junge selbst verfügen konnte.

»Du bist nicht schuld. Der Mörder ist schuld an Konrads Tod, niemand anders«, sagte ich so eindringlich wie möglich.

»Du Arbeit für mich?«

Er flehte mich mit seinem Hundeblick an. Ich dachte an meinen Bruder, der jemanden für die Spülküche suchte.

»Vielleicht«, sagte ich. »Aber nur, wenn du jetzt nach Hause gehst. Wir sagen der Polizei wegen des Autos Bescheid. Die sollen Konrads Mörder suchen.«

»Ich dir alles gesagt. Ich nicht reden mit Bullen«, sagte er schnell.

»Ich spreche mit Eberle«, versprach ich. »Aber du musst jetzt nach Hause gehen. Ich kann dich im Auto mitnehmen.«

Ich erhob mich von dem Baumstamm. Mein Hintern war kalt geworden.

»Ich Mofa haben«, wehrte er ab, trottete aber brav neben mir zurück zum Wanderweg.

»Kreuzottern, Vladimir, halten die schon Winterschlaf?«

»Deshalb leicht zu fangen«, nickte er einfältig. »Wenn man weiß, wo. Richtung Hornisgrinde, bei Acherner Skihütte.«

»Du kennst dich gut aus in der Natur«, lobte ich ihn.

Er nickte dankbar.

»Warum hast du die Schlange erschlagen?«

»Wie Konrad. Erschlagen, erschlagen, erschlagen. Ich schuld an Tod.«

Dicke Tränen kullerten aus seinen Hundeaugen. Den Nasenrotz zog er wieder hoch. Hilflos und wütend kickte er große Steine ins Gebüsch.

Der arme Kerl hatte nicht nur einen Freund verloren, er glaubte auch, dass er diesen hätte retten können. Eindringlich versuchte ich ihm klar zu machen, dass er gegen den Mörder keine Chance gehabt hätte und froh sein könne, dass der Mörder ihn nicht gesehen hatte. Woher war ich mir da so sicher? Dass Vladimir den Mörder nicht gesehen hatte, hieß noch lange nicht, dass dies auch umgekehrt der Fall war. Irgendwie gelang es mir, den Jungen zu beruhigen. Als wir bei seinem Mofa ankamen, hatte er aufgehört zu heulen.

»Du hast mir sehr geholfen«, sagte ich und drückte ihm zum Abschied einen Fünfeuroschein in die Hand. »Wenn ich Arbeit für dich habe, melde ich mich bei dir zu Hause, einverstanden?«

Er nickte und startete sein Mofa. Seine Beine hängen lassend, tuckerte er bis zum Wolfsbrunnen langsam neben mir her. Am Sattel baumelte ein Fuchsschwanz und eine rote Fahne.

»Und du bist wirklich oft heimlich in Konrads Auto mitgefahren?«, hakte ich nach. »Weißt du, wen Konrad in letzter Zeit besucht hat?«

»Ziegenbart nicht mehr, aber Pferdefrau in feinem Hotel manchmal, manchmal schwarzen Locken-Engel«, zählte er auf.

Der Ziegenbart war ganz klar Günther Träuble, den hatte Konrad nicht mehr besucht, das passte zu dem, was Teresa erzählt hatte. Dafür Maxi van der Camp, die ja auch Kontakt zu Träuble hatte. Was hatte Maxi mit den beiden Hallen-Gegnern zu tun? Und der Locken-Engel musste Anna Galli sein.

Auf der Rückfahrt nach Fautenbach konnte ich mir keinen Reim auf Konrads Besuche machen. Ich hörte auf, darüber nachzudenken, als ich sah, wie spät es schon war. Carlo stand bereits seit zwei Stunden allein in der Küche. Ich hoffte, dass nicht viele Gäste zum Mittagessen in der Linde saßen, für mehr als zehn konnte er allein nicht kochen.

*

Ihre Stimme hörte ich schon, als ich die Treppen zum Hintereingang hochhetzte. Sie kam nicht aus dem Schlafzimmer im ersten Stock, sondern eindeutig aus der Küche. Ich holte tief Luft und machte die Küchentür auf. Martha stand tatsächlich am Herd. Das Gipsbein leicht nach außen gestellt, den einen Arm auf die Krücke gelehnt, mit dem anderen die Wiener-Schnitzel-Pfanne schwenkend. Carlo drapierte Salzstangen auf Restaurationsbrote und verdrehte die Augen, als er mich sah.

»Nachdem sie im Krankenhaus den Gehgips umhatte, ist sie sofort in die Küche gekommen. Sie ist auf hundertachtzig, weil du so spät bist«, flüsterte Carlo mir zu.

»Mach, dass du noch oben kommst«, sagte ich zu meiner Mutter, »du musst nur einmal ausrutschen, schon hast du den nächsten Bruch.«

»Meinst du, ich stehe freiwillig am Herd?« Dieser Tonfall in ihrer Stimme, wenn sie anfing, mir Vorwürfe zu machen! »Aber was bleibt mir anderes übrig? In der Wirtsstube zwanzig Gäste, die ein Mittagessen wollen, und in der Küche nur ein Lehrling. Er darf überhaupt nicht allein hier am Herd stehen, schon wegen der Berufsgenossenschaft. Aber was macht meine Tochter, die große Köchin? Lässt ihn hier allein und treibt sich in der Gegend herum.«

»Ist ja gut, jeder kann mal zu spät kommen. Jetzt bin ich da und übernehme den Laden.« Ich schlüpfte in meine Kochkleidung und versuchte, ruhig zu bleiben. »Sei so gut, schone dein Bein, leg dich wieder hin.«

»Du kannst einen Hefeteig ansetzen«, fuhr sie in herrischem Ton fort, »heute Abend gibt es Schäufele im Brotteig mit Kartoffelsalat.«

Die Pfanne in der einen Hand, mit der anderen den Krückstock bedienend, humpelte sie zum Pass und verteilte die Schnitzel auf bereitgestellte Teller. Stöhnend schleppte sie danach ihr Gipsbein zur Fritteuse. Es sah nicht so aus, als ob sie die Küche verlassen wollte.

»Mama!« Ich holte noch einmal sehr tief Luft. »Es ist nicht zum Ansehen, wie du durch die Küche humpelst!«

»Die Brühe für das Schäufele«, murmelte sie, ohne auf meinen Einwand zu reagieren. »Carlo, füll mir mal den großen Topf mit Wasser.«

Carlo tat wie geheißen. Ich nahm ihm den Topf ab und knallte ihn vor ihr auf den Herd.

»Schluss jetzt«, fauchte ich sie an. »Entweder du gehst jetzt und lässt mich hier meine Arbeit tun, oder ich gehe!«

»Und wie lange bist du dann da? Zwei Stunden? Drei Stunden? Und beim nächsten Telefonanruf haust du wieder ab?«

Sie wälzte ihre massige Gestalt und das Gipsbein an mir vorbei und holte sich Salz, Zwiebel und Lorbeerblatt für die Brühe.

Ich riss ihr das Salz aus der Hand, drehte sie an der Schulter in Richtung Tür und schrie: »Raus!«

Erna steckte den Kopf durch die Durchreiche. »Sind die Wiener fertig?«

»Stehen parat«, antwortete meine Mutter, drehte sich wieder um und schleppte sich mit schmerzverzerrtem Gesicht zum Pass. »Ketchup und Mayo leg ich dir noch dazu.«

Sie legte die abgepackten Tütchen neben die Fritten, humpelte dann zum Kühlschrank, holte die zwei Schäufele heraus, hinkte damit zum Herd und legte sie neben den Wassertopf. Sie konnte keinen Schritt ohne ihre Krücke machen, ihr Gesicht war rot vor Anstrengung. Ihre Hände zitterten, als sie anfing, mehr oder weniger einhändig, die Zwiebel zu schälen.

Ohnmächtig vor Wut verfolgte ich jeden ihrer Schritte. Stur und uneinsichtig würde sie bis zum Umfallen in dieser Küche bleiben, mich mit Wonne herumkommandieren und mir mein Zu-spät-Kommen vorwerfen.

»Du kannst mich mal!«, sagte ich fassungslos und riss mir die Schürze herunter.

Im Flur stieß ich mit meinem Vater zusammen.

»Wie hältst du es nur mit diesem Monster aus?«, blaffte ich ihn an.

Er sah mich verständnislos an und runzelte die sommersprossige Stirn.

Ich schnappte mir meine Jacke und stürmte nach draußen. Wieder scheuchte ich mein Auto auf die L87, diesmal bog ich allerdings bei Oberachern ab. Es gab nur einen, mit dem ich jetzt reden konnte, meinen Bruder.

Die Ehe meiner Eltern war mir schon lange ein Rätsel. Ich verstand nicht, wie sie es miteinander aushielten. Wie viele Sätze mochten sie pro Tag miteinander wechseln? Zehn? »Hast du schon Getränke bestellt? Wann kommt der Gemüse-Berger? Wie viel Geld ist noch auf dem Konto? Morgen gehe ich zum Frisör. Der Schnaps-Duni ist alt geworden. Die Kachelofenbank muss repariert werden. Ist der Kostenvoranschlag für die Hochzeit vom Büchele fertig? Der Haselnussstrauch bei den Parkplätzen ist zu groß. Hast du schon wieder meine Calciumtabletten vergessen? Warum machst du immer so eine Sauerei, wenn du Walnüsse isst?« Da war nie ein Wie-geht-es-dir. Nie eine zärtliche Berührung. Irgendetwas Persönliches, Freundliches

155

gab es zwischen meinen Eltern nicht. In so einem Gasthof hat jeder seine Aufgabe, und man kann sich sehr gut aus dem Weg gehen. Vielleicht waren die zwei deshalb noch ein Paar. Abends, wenn sie in der Küche Feierabend gemacht hatte, setzte sich Martha mit einem Achtel eisgekühltem Oberkircher Klingelberger neben meinen Vater auf die Kachelbank. Nebeneinander sitzend, nichts sagende Sätze wechselnd, bildeten sie für eine halbe Stunde des Tages so etwas wie eine Einheit. Dann ging Martha ins Bett. Immer früher als mein Vater. Immer schlief sie schon, wenn er ins Bett kam. Seit sie verheiratet waren, teilten sie ein Schlafzimmer. Ein düsterer, lieblos eingerichteter Raum. Zwei einzelne Betten, mit einer Ritze dazwischen. Nie lagen am Morgen die Kissen näher beieinander. Dabei waren sie einst sehr in einander verliebt gewesen. Marthas harte Augen bekamen immer noch einen weichen Glanz, wenn sie davon erzählte, wie Edgar sie beim Rock 'n' Roll mit aller Kraft nach oben gestemmt hatte und sie ihm danach in die Arme gefallen war. Wann hatten Marthas Augen ihren Glanz verloren? Wann war den beiden die Liebe abhanden gekommen? Was bleibt übrig von so einer langen Ehe? Zwei Kinder. Ein Gasthof. Viel Schinderei. Ein totes Schlafzimmer. Eine tägliche halbe Stunde auf der Ofenbank.

Die Waldulmer Weinberge wurden von einer kräftigen Oktobersonne beschienen. Der Pfarrberg war eine der besten Spätburgunderlagen der Ortenau, und wenn die Sonne den Winzern in den nächsten zwei Wochen freundlich gesonnen war, würde es einen guten Jahrgang geben. Drei mit Kies und Schotter beladene Lkws der Firma Ossola kamen mir entgegen. Die große Winzergenossenschaft dominierte die Hauptstraße. Ein Stück weiter, hinter einer Kurve, lag, in einem prächtigen Garten versteckt, die Villa Ossola. Ein düsterer, fremd wirkender Bau mit Säulen aus Schwartenmagengranit, der Macht und Reichtum seines Erbauers erkennen ließ. Der alte Ossola, Nachfahre eines jener Italiener, die zum Steinebrechen in den Schwarzwald gekommen waren, hatte sein Geld mit Steinen gemacht. Wegen seines Jähzorns im Dorf gefürchtet – wenn er wütend war, hatte man ihn durch ganz Waldulm brüllen hören – hatte er nicht viele freundschaftliche Kontakte im Ort. Aber wie man später erfuhr, hatte er der Waldulmer Kirche eine neue Glocke und dem Acherner Krankenhaus die erste Röntgenanlage für achtzigtausend Mark gespendet. »Unter der rauen Schale schlug ein gutes Herz«, sagte der Priester bei seiner Beerdigung.

Keine Ahnung, ob jetzt irgendein Nachfahre von ihm in dem alten Prachtbau wohnte.

Der Gasthof meines Bruders lag am Ende des Dorfes, ein schöner Fachwerkbau mit ochsenblutrot gestrichenen Fensterläden. Ich war nur einmal, bei seiner Hochzeit, hier gewesen.

Die Mittagszeit neigte sich dem Ende zu. Eine Bedienung in feinem Dirndl kassierte bei den letzten Gästen ab, und Sonja packte die verschmutzten, weißen Tischdecken zu einem Bündel zusammen.

»Grüß dich, Schwägerin«, sagte ich zu ihr. »Ist der Bernhard da?«

»In der Küche beim Aufräumen. Geh einfach durch!«

Die war doppelt so groß und besser ausgestattet als die Lindenküche. Hier arbeiteten außer Bernhard noch drei Köche und ein Lehrling. Während die Köche Herd und Spüle schrubbten, schrieb Bernhard am Pass an seiner Einkaufsliste. Er hatte mich noch nicht bemerkt, ich trat von hinten an ihn heran und legte ihm die Hand auf die Schulter.

»Hi, große Schwester!«, er wirbelte herum, umarmte mich kraftvoll und zerzauste mir die Locken, wie er es als Kind schon immer getan hatte. Dann klatschte er in die Hände. »Ich möchte euch Katharina vorstellen. Wenn sie in unserer Brigade stehen würde, hätten wir nicht nur ein Gault-Millau-Mützchen, sondern bestimmt schon einen Michelin-Stern.«

Ich schüttelte Kollegenhände und sehnte mich plötzlich danach, wieder in einer ordentlichen Brigade zu stehen, mich mit einem Saucier zu streiten oder mit einem Poissonier über Soßen zu philosophieren.

»Du bist heute früh fertig in der Linde. Hattet ihr nicht viele Mittagessen?«, fragte Bernhard.

»Rate mal, wer schon wieder in der Lindenküche steht.«

»Nein!«, mein Bruder schüttelte bekümmert den Kopf und zog mich zurück in die Gaststube. »Sie hat doch heute erst den Gehgips bekommen.«

Er schlenderte mit mir in die jetzt leere Gaststube, und ich erzählte ihm die ganze Geschichte. Sonja servierte uns Milchkaffee und ein paar Toasties und ließ uns in Ruhe quatschen. Ich futterte alle Brote auf. Außer einem Erdbeerbonbon hatte ich heute noch nichts gegessen.

»Martha will immer mit dem Kopf durch die Wand. Wenn nicht alle nach ihrer Pfeife tanzen, dann ist die Hölle los«, schloss ich Brot kauend meinen Bericht.

»Oh, nicht nur sie, du bist auch ein Dickkopf«, seufzte Bernhard. »Aber es ist ganz klar, dass ihr zwei nicht zusammen in einer Küche stehen könnt, das gibt Mord und Totschlag. Außerdem muss sie sich schonen, sonst bricht sie sich sofort das nächste Bein. Soll ich mal mit ihr reden?«

»Quatsch!«

Früher hatte Bernhard manchen Streit zwischen mir und unserer Mutter geschlichtet. Ihn brachte ihre diktatorische Art nicht so auf die Palme wie mich. Wenn sie einen ihrer Tobsuchtsanfälle hatte, stellte er sich taub und wartete, bis dieser vorbei war. Wie mein Vater hatte er ein friedliebendes, geduldiges Gemüt.

»Irgendwie werde ich schon wieder mit ihr klarkommen«, meinte ich.

Bernhard klopfte mir beruhigend auf die Schulter. Nicht nur im Wesen, auch im Aussehen hatten wir zwei keinerlei Ähnlichkeit. Er hatte die dürre Statur des Vaters und die aschblonden Haare der Mutter geerbt und war mindestens einen Kopf kleiner als ich. Er zwinkerte mir mit seinen taubengrauen Augen zu, und langsam verrauchte meine Wut.

»Ein Gault-Millau-Mützchen«, wechselte ich das Thema. »Alle Achtung! Zeig mir mal deine Speisekarte.«

Das ließ sich Bernhard nicht zweimal sagen. Stolz zeigte er mir die auf teurem, cremefarbenem Papier handgeschriebene Karte.

»Sonja schreibt die immer. Ich wechsele die Gerichte so alle vier bis acht Wochen«, sagte er.

Spanferkelrücken im Ofen gebraten mit Bühler Maultäschle, gefüllter Ochsenschwanz im Spätburgundersößle, dazu Elsässer Käsekneple, saftig gebratene Bauernentenbrust auf Müller-Thurgau-Kraut, dazu Tobinamburschupfnudeln, Hechtklößchen auf Steinpilzspinat, las ich. Mein Bruder hatte als Koch einen gewaltigen Sprung gemacht, seit er von der Linde hierher gewechselt war.

»Und beim Wein?«, fragte ich.

»Setz ich auf einheimische Tropfen. Ich hab natürlich zwei, drei Waldulmer Spätburgunder im Programm, aber der Kellermeister der Winzergenossenschaft ist ein Konservativer, der baut die Spätburgunder ganz klassisch aus, mit diesem leichten Dörrpflaumen-Aroma, für das die Achertäler Spätburgunder bekannt sind. Dabei gibt es spannende, neue Tendenzen. Die jungen Kellermeister experimentieren mit Barrique-Ausbau, um dem Roten einen französischen Touch zu geben, außerdem versuchen sie, die Fruchtigkeit stärker zu betonen. Die WG Affental hat da bei ihren SLK-Weinen ein paar gelungene Tröpfchen. Also, warum soll ich auf Franzosen oder Spanier setzen? Frische, fruchtige, alkoholarme Weine sind in, Cool-Climate-Weine sind im Kommen, glaub's mir.«

Von Wein hatte mein Bruder immer mehr verstanden als ich. Lange hatte es auf der Kippe gestanden, ob er eine Ausbildung zum Kellermeister oder zum Koch machen wollte. Aber dann hatte der mütterliche Einfluss bei der Berufswahl gesiegt.

Ich blätterte weiter seine Getränkekarte durch.

»Du hast zwei Schnäpse von Anna Galli«, stellte ich erstaunt fest. »Ist sie wirklich so gut?«

»Sie brennt einen spitzenmäßigen Schnaps, als Brennerin ist sie ein ganz großes Talent. Vor allem, weil sie auf seltene Sorten setzt. Quitte, Haferpflaume. Ihren Mispelschnaps musst du mal probieren, ein Gedicht!«, schwärmte Bernhard. »Ich habe ihr letztes Jahr mein Brennrecht verpachtet, hier auf dem Hof lag ja auch eines. So machen wir beide ein gutes Geschäft. – Kennst du sie?«

»Sie hat mich mal nachts nach Hause gefahren und mir dabei unentwegt Edith Piaf vorgespielt. Da hat sie mir erzählt, dass sie Schnaps brennt.«

»Eine der wenigen Frauen, die dies tun. Und wie gesagt, sie ist richtig gut. So wie sie auftritt, ist auch ihr Schnaps: exzentrisch, außergewöhnlich, schwer nachzuahmen.«

»Kennst du sie näher?«, fragte ich.

»Ihr Vater hat bei der Luk in Bühl geschafft und war auch ein guter Brenner. Leider hat er seinem Schnaps selbst am besten zugesprochen. Ist an einer Leberzirrhose gestorben. Ist noch nicht lang her, vielleicht zwei Jahre. Als es ihm so schlecht ging, ist Anna zurückgekommen. Die hat sich davor überall herumgetrieben. Berlin, München, Leipzig, Warschau. Ich bin gespannt, wie lange sie hier bleibt.«

Ich warf einen weiteren Blick auf die Getränkeauswahl.

»Und was macht der Bohnert-Schnaps auf deiner Karte?«

»Ach je«, meinte mein Bruder gedehnt. »Musst wissen, der Bohnert ist Stammgast bei mir. Er hat sich hier in den Weinbergen Richtung Ringelbach eine prächtige Villa bauen lassen, kann also zu Fuß zu mir zum Essen kommen, was er wirklich oft macht. Und Großbrennerei hin, Großbrennerei her, sein Kirschwasser ist gar nicht schlecht. Er hat einen Felsenkeller, ideal, um einen guten Schnaps reifen zu lassen.«

»Apropos Bohnert«, unterbrach ihn Sonja und setzte sich zu uns. »Er gibt mal wieder eine Jagdgesellschaft und will dafür einen Imbiss auf die Tiroler Hütte geliefert haben.«

»Viel Arbeit, wenig Geld. Aber was tut man nicht alles für einen wichtigen Stammgast«, seufzte Bernhard und fragte: »Wann?«

»Donnerstag oder Freitag. Ist ja immer vom Wetter abhängig. Es darf nicht winden und nicht regnen«, sagte Sonja.

»Bei den Kleinbrennern ist er nicht sehr beliebt, der Bohnert«, warf ich ein.

»Das kannst du laut sagen«, seufzte mein Bruder erneut. »Anna hat getobt wie eine Furie, als sie gelesen hat, dass ihr Schnaps bei mir mit dem vom Bohnert angeboten wird. Dabei hat die gar keinen Grund. Die kriegt ihren Schnaps los, ohne ihn an Bohnert verkaufen zu müssen. Hat ihre Kunden in der Gastronomie, ihren Stand auf dem Freiburger Markt. Angeschissen sind die Kleinbrenner, die darauf angewiesen sind, weil ihnen sonst niemand mehr das Zeugs abnimmt. Er sitzt am Drücker und diktiert gnadenlos die Preise. Die Kleinbrenner haben keine Lobby. Hätten sich mal frühzeitig zusammentun sollen. Aber so lange sich das Kirschwasser gut verkauft hat, wollte keiner seinen Arsch dafür lupfen.«

»Und der Bohnert kommt regelmäßig zu dir zum Essen?«, fragte ich nach.

»Gegessen hat der immer gern, das sieht man ihm auch an, so kugelrund, wie er ist. Und seit er mit der Freiburgerin verheiratet ist, hat er die Haute Cuisine entdeckt. Deshalb bin ich mit meinem kleinen Gault-Millau-Mützchen vor der Haustür für ihn ein Idealfall. Wenn ihm was besonders gut schmeckt, ist er so begeistert, dass er zu mir in die Küche kommt und mir die Hand drückt. So gesehen ein angenehmer Gast.«

»Na ja«, warf Sonja ein. »Aber auch ein herrischer. Ruft um sieben an, dass er um acht mit zehn Personen zum Essen kommt. ›Herr Bohnert‹, sag ich, ›ich habe keinen Tisch frei!‹ ›Aber Sonja, das schaffst

160

du schon!‹, sagt er dann und hängt auf. Und ich kann dann anderen Gästen absagen oder einen zusätzlichen Tisch in die Ecke quetschen.«

»Du hast es manchmal wirklich schwer«, tröstete sie Bernhard, nicht ohne einen leichten Spott in der Stimme.

»Und was schwätzt man über den Bohnert im Dorf?«, wollte ich wissen.

»Er ist der größte Arbeitgeber am Ort, da sind die Leut vorsichtig«, erzählte Bernhard. »Die Älteren sagen, er hätt Ähnlichkeit mit dem alten Ossola. Genauso jähzornig, genauso autoritär, aber mit einem guten Kern. Für seine Arbeiter sorgt er, es darf ihm halt keiner widersprechen. Früher hat er sich oft hemdsärmelig mit den Leuten an den Stammtisch gesetzt, aber mit der neuen Frau –«

»Ganz furchtbar ist die«, warf Sonja ein. »Eingebildet, fühlt sich als was Besseres, ist beleidigt, wenn man nicht dauernd um sie herumscharwenzelt. Und seit sie schwanger ist, eine Katastrophe. Ich mache fünf Kreuze, wenn das Kind endlich da ist. Ich meine, dass sie sich das antut. In dem Alter! Geld und die moderne Medizin machen es möglich!«

»Hat der Bohnert überhaupt keine Kinder?«, fragte ich.

»Doch. Zwei Töchter aus erster Ehe. Aber die zählen nicht bei so einem alten Patriarchen. Und jetzt gibt's ja einen Jungen«, ereiferte sich Sonja.

»In der Küche zu stehen ist manchmal einfacher, als den Service zu machen. Wenn ich dich nicht hätte! Ich finde, du bist da ganz großartig«, tröstete sie Bernhard und küsste sie zärtlich.

Die beiden waren noch nicht lange verheiratet.

»Ich gehe jetzt mal wieder in die Höhle des Löwen zurück«, meinte ich dann.

Bernhard brachte mich zum Auto.

»Fast hätte ich es vergessen«, fiel mir beim Einsteigen ein. »Brauchst du immer noch jemanden für die Spülküche?«

»Händeringend! Weißt du wen?«

Ich erzählte ihm von Vladimir. Bernhard hörte aufmerksam zu und überlegte eine Weile.

»Ich versuch es mit ihm«, sagte er dann. »Er wird schon seinen Platz bei uns in der Küche finden. Sag ihm, er soll mich anrufen oder mal vorbeikommen.«

»Denk dran, dass er nicht besonders hell im Kopf ist!«

»Keine Sorge, ich komme schon klar mit dem Jungen.«

Erleichtert fuhr ich nach Fautenbach zurück. Ich hatte mir meinen Ärger von der Seele geredet, und Vladimir würde es gut haben bei meinem Bruder. Besser als bei mir oder bei meiner Mutter. Wir besaßen nicht so viel Geduld und Gutmütigkeit wie er.

*

Die B3 glitzerte im grellen Oktoberlicht, und in der Biker-Kneipe vis-à-vis der Linde herrschte Hochbetrieb. Bestimmt zehn Harleys und fünf BMWs parkten am Straßenrand, und deren Besitzer saßen in ihren schweren Ledermonturen an den Plastiktischen vor der Kneipe und ließen sich bei einem Weizenbier die Sonne auf die Köpfe scheinen. Ich dagegen musste zurück in die düstere Linde und zu dem Ärger, der dort auf mich wartete.

Die Gaststube war leer, sah man von den drei Stammtischbrüdern ab, die wie jeden Tag über ihrem Bier hingen. Mein Vater brütete mit der Zeitung auf der Ofenbank.

»Im Kinzigtal ist schon wieder eine Brennküche abgefackelt worden«, murmelte er. »Das ist schon die dritte in diesem Monat. Man fragt sich wirklich, wer so was macht.«

»Und?«, fragte ich davon unbeeindruckt. »Wo steckt sie?«

»Im Bett«, antwortete Edgar, ohne von der Zeitung aufzusehen. »Sie schläft wie ein Murmeltier. Hat sich völlig überanstrengt.«

»Wieso hast du ihr überhaupt erlaubt, wieder zu arbeiten?«

»Du weißt so gut wie ich, dass man der Mutter nichts verbieten kann.« Jetzt sah er von seiner Zeitung auf. »Die kann es doch kaum erwarten, wieder in der Küche zu stehen. Und als du nicht da warst, konnte man sie sowieso nicht mehr bremsen. – Wo hast du eigentlich gesteckt?«

»Teresa hat mich um einen Gefallen gebeten. Hat etwas länger gedauert als geplant.«

»'s Brenne isch au nimmer des, was es amol wor. Jo, frühger hä mir viel schwarzbrennt«, meldete sich der Schindler Blasi. »Mr hät halt ä Näsel ho miesse, ob dr Zoll kummt oder nit.«

»'s Schwarzbrenne wor doch des Schinste am Brenne. So ä bissl ä Nervekitzel und ä paar Mark an dr Schtür vorbäi«, ergänzte der Weber Gustl.

»Des könne ner lut sage«, segnete der Ehmann Karle wie üblich die Kommentare seiner Zechkumpane ab.

»Wo steckt Carlo?«, fragte ich.

»In der Küche. Von Adela soll ich dir sagen, dass sie heute später kommt. Ihr Doktor Kälber hat sie zum Essen eingeladen.«

»Dann wollen wir mal«, nickte ich und machte mich auf den Weg in die Küche.

Radio Regenbogen spielte das neuste Stück von Seal, und Carlo tanzte dazu. Die Küche blitzte vor Sauberkeit, wahrscheinlich hatte Martha ihre letzten Kraftreserven aufgewandt, um mir zu zeigen, wie eine wirklich saubere Küche auszusehen hat. Der Brotteig stand parat, die zwei Schäufele warteten darauf, eingewickelt zu werden.

»Servus, Carlo«, sagte ich. »Das mit heute Vormittag tut mir Leid. Ich wollte schon viel früher zurück sein.«

Der schlaksige Kerl grinste breit und pustete sich eine Strähne aus dem Gesicht.

»Schon verziehen«, sagte er. »Wenn du endlich Nachtische mit mir machst.«

Ich inspizierte Kühlschrank und Vorratsschränke.

»Sind die Eier frisch?«, fragte ich.

»Heute Vormittag geliefert.«

»Okay. Dann fangen wir mit einem badischen Klassiker an: Biskuit mit Weinschaumsoße. Ein Fruchtkompott dazu wäre nicht schlecht. Pfirsiche …aber die gibt es um diese Zeit nicht mehr frisch«, überlegte ich laut. »Was schlägst du vor?«

»Äpfel? Zwetschgen? Trauben?«

»Trauben. Lass es uns mit Trauben versuchen.«

»Womit soll ich anfangen?«

»Biskuit. Wiener Masse«, sagte ich und schlüpfte in meinen Kochkittel. »Sechs Eier, getrennt aufschlagen, du weißt, wie das geht. Bei der Menge müssten wir mit hundertfünfzig Gramm Butter klarkommen. Das Mehl sieben, und nimm den feinen Zucker.«

Während Carlo die Wiener Masse rührte, kümmerte ich mich um die Schäufele. Das nicht geräucherte, sondern gebeizte Schinkenstück gilt als eine der bekanntesten badischen Spezialitäten. Um dem Fleisch das Salz zu entziehen, köchelt man es in einer ungesalzenen Brühe. Das hatte Martha schon heute Vormittag erledigt. Ich knetete den Brotteig noch einmal durch. Martha hatte ihn mit einem Drittel Roggenmehl gemacht, ich bevorzuge einen reinen Weizenmehlteig des Typs 813, weil ich finde, dass der säuerliche Roggen nicht mit dem Schäufele harmoniert, aber das ist Geschmackssache. Ihr Teig war fest und geschmeidig, ordentlich durchgewalkt legte ich ihn zum Ruhen zur Seite. Als Nächstes cremte ich das Fleischstück mit einer Mischung aus scharfem Senf und frischen Kräutern – grobblättriger Petersilie, Thymian, Majoran – ein. Parallel dazu kochte ich Kartoffeln für den Salat. Badischer Kartoffelsalat wird im Gegensatz zum rheinischen mit Brühe angemacht und lauwarm angerichtet, kann also erst kurz vor dem Servieren zubereitet werden.

»Bist du den Jungs noch mal begegnet, die die Plakate der Skihallengegner abgerissen haben?«, fragte ich Carlo.

»Einmal beim Tanzen in der Illenau«, antwortete er und füllte die Wiener Masse in die eingefettete Gugelhupfform. »Aber seit der Hils ermordet wurde, traut sich keiner mehr, den Mund pro Skihalle aufzumachen, im Gegenteil, die sind jetzt scheißfreundlich zu mir, so als hätte es den Streit wegen der Plakate nie gegeben. – Bei wie viel Grad?«

»Einhundertfünfundsiebzig«, sagte ich, teilte den Brotteig und rollte zwei gleich große Teiglappen, in die ich das Schäufele wickelte. »War das nur eine blöde Idee von den Jungs, oder steckte irgendjemand dahinter?«

»Der Vater vom Marco ist Vorsitzender des Acherner Skiclubs und hat sich laut für die Skihalle stark gemacht. Vielleicht hat der ihm den Floh ins Ohr gesetzt. Aber genau weiß ich es nicht«, sagte Carlo und schob den Kuchen in den Backofen. »Marco und seine Kumpels sind auf alle Fälle begeisterte Snowboard-Fahrer. Die haben sich schon die Halle runterwedeln sehen und waren sauer auf die Ökos, die das verhindern wollten. – Und was jetzt?«

»Die Trauben«, sagte ich. »Abzupfen und kurz in Zuckerwasser aufkochen. Pass auf, dass sie weder Form noch Farbe verlieren!«

Ich schüttete die garen Kartoffeln ab und schob schnell die Schäufele in den zweiten Ofen. Erna kam in die Küche und sah uns ein bisschen bei der Arbeit zu, wurde dann aber rasch von Edgar nach draußen gerufen. Die ersten Gäste trudelten ein, der Abendbetrieb begann. Ich schälte Kartoffeln, schnitt sie in Scheiben, kippte etwas von der kräftigen, gesalzenen Schäufele-Brühe darüber und rührte eine Vinaigrette aus Weißweinessig, Sonnenblumenöl, klein geschnittenen Schalotten, Salz und Pfeffer und hob sie anschließend unter die warmen Kartoffelscheiben. Als Nächstes putzte ich den Feldsalat, der im Badischen so lustige Namen wie »Ritscherle« oder »Sunnewirbele« hat. Nichts passte besser zu Schäufele und Kartoffelsalat als die dunkelgrünen, vitamin- und mineralstoffhaltigen »Mauseöhrchen«.

»Hat die Polizei schon eine heiße Spur?«, fragte Carlo, der mal wieder Wiener Schnitzel panierte.

»Die Fotos sind aufgetaucht, die die Einbrecher in Konrads und Teresas Haus gesucht haben«, antwortete ich und wusch den Dreck aus den kleinen Salatblättern. »Das einzig interessante Foto zeigt zwei Lastwagen einer Kölner Spedition Pütz.«

»Pütz?«, fragte Carlo und warf die Fritteuse an. »Rote Schrift auf gelbem Grund und so ein angedeuteter Kölner Dom als Logo?«

Genauso hatten die Lkws auf dem Foto ausgesehen.

»Woher weißt du das?«, fragte ich elektrisiert.

»Ich bin ganz sicher, dass ich neulich mindestens zwei dieser Laster gesehen habe. Sind mir aufgefallen, weil du doch in Köln gekocht hast. Aber wo?«

Schnell kontrollierte ich die Backöfen. »Dein Biskuit muss raus. Sei vorsichtig! Biskuit neigt dazu, in der Form zu kleben.«

Carlo lockerte mit einem Messer den Biskuit an den Rändern der Kuchenform und stürzte ihn dann auf ein Kuchengitter. Glück gehabt, kein Teil hängen geblieben. Ich schlug derweil Rahm für eine Meerrettichsahne, die ich als Soße zu dem Schäufele reichen wollte.

»In Achern? Am Skater-Platz? Denk scharf nach, dann fällt es dir bestimmt ein, wo du die Laster gesehen hast«, versuchte ich seine Erinnerung anzukurbeln.

»Dreimal Schäufele, zweimal Biskuit«, krähte uns Erna vom Pass aus entgegen.

»Dauert noch zehn Minuten, bis die Schäufele fertig sind«, rief ich zurück. »Los, Carlo, jetzt die Weinschaumsoße!«

Ich ließ ihn Eigelb mit Zucker über dem Wasserbad schaumig rühren, bis das Eigelb fest zu werden begann, erst dann kam der fruchtige Klingelberger dazu.

»Ist ja wie Marsala«, meinte Carlo.

»Ja, aber Marsala ist schwerer, likörartiger, der Klingelberger ist fruchtig und leicht. – So, jetzt schneide ein Stück von dem Biskuit

ab und gib die Soße darüber. Das Traubenkompott daneben an-
richten.«

»Sieht ein bisschen farblos aus«, meinte Carlo, als er fertig war.
»Da muss noch was Rotes dazu. Himbeeren? Preiselbeeren? Oder eine kandierte Frucht?«

»Nein!«, sagte ich bestimmt. »Nur noch zwei Blättchen Zitronen-
melisse. Die zarten Gelb- und Grüntöne sollen wirken, sonst nichts.
Kein Schischi!«

Carlo murrte ein wenig herum. Er hätte ein üppiges Dekor bevorzugt, nicht das strenge, auf das ich bestand. Wenn er irgendwann über
die Pizzerias seines Vaters herrschte, konnte er so viele kandierte
Früchte verwenden, wie er wollte. Aber in dieser Küche bestimmte
ich, wie ein Nachtisch auszusehen hatte.

Den Rest des Abends hielt uns Erna mit Bestellungen auf Trab.
Heute trafen sich nicht nur die Landfrauen in der Linde, sondern
auch noch die Altherren-Fußballer. Letztere waren immer besonders
hungrig.

Zwei Stunden später räumten wir die Küche auf.

»Totaler Blackout«, sagte Carlo, zog seine Kochklamotten aus und
schlüpfte in seine Jacke. »Mir fällt nicht mehr ein, wo ich diese Lkws
gesehen habe.«

»Schlaf mal drüber. Vielleicht weißt du es morgen«, meinte ich leicht
enttäuscht.

»Apropos morgen.« Carlo drehte sich noch mal um. »Welcher
Nachtisch?«

»Parfait? Sorbet? Bayrische Creme?«

»Parfait«, entschied Carlo. »Überleg dir was Gutes.«

Durch das Küchenfenster sah ich, wie er mit seinem Skateboard
den Schulhof überquerte. Ich schlurfte zum Pass zurück, um die Bestellung für den nächsten Tag fertig zu machen. Eine bleierne Müdigkeit machte sich in mir breit.

»Grüeß Gottle. Darf ich reinkommen?«

Eberle streckte den Kopf durch die Küchentür und trat, ohne meine Antwort abzuwarten, ein.

»Adela ist nicht da«, sagte ich. »Die kommt heute später.«

»Weiß ich. I wollt zu Ihnen.«

Neugierig sah sich das kleine Männlein in der Küche um. Er trug
das gleiche Jackett wie bei seinem Besuch im Krankenhaus. Das grau-

blau karierte Hemd darunter hatte schon viel von seiner Farbechtheit verloren.

»Das also ist Ihr Reich«, sagte er.

»Nein«, antwortete ich bestimmt. »Das meiner Mutter.«

»Aber der Nachtisch war von Ihnen?«

»Ich habe die Anweisungen dazu gegeben.«

»Er hat sehr gut geschmeckt. Wisset Se«, meinte Eberle und kam langsam auf den Pass zu. »Eigentlich bin ich überhaupt kein Süßer. Aber Biskuit mit Weinschaum hat meine Mutter früher gemacht. 's hat mich einfach an meine Kindheit erinnert.«

»Ich wusste gar nicht, dass man den Nachtisch im Schwäbischen auch kennt.«

»Ich komm aus Messkirch. Wie Heidegger und Arnold Stadler. Das liegt genau auf der Sprachgrenze. Die Badener halten uns für Schwaben und die Schwaben für Badener.«

»Kein leichtes Schicksal«, meinte ich.

»So ist es.«

Er stand jetzt genau neben mir und sah mich durch seine Brillengläser von unten an. Ihm schien es nichts auszumachen, dass er so viel kleiner war als ich.

»Und?«, fragte ich. »Was machen die Ermittlungen?«

»Deshalb bin ich hier«, seufzte er. »Frau Hils hat mir gesagt, dass Sie mit Vladimir Borisov gesprochen haben.«

Ich erzählte ihm, was ich von Vladimir erfahren hatte.

»Ein schwarzer Lada Niva und gelbe Schnürsenkel« Er schüttelte bekümmert den Kopf. »Ich kann gar nicht sagen, ob es gut oder schlecht ist, dass der Junge nicht mehr gesehen hat … Lada Nivas gibt es hier viele, das ist mir schon aufgefallen, aber natürlich lasse ich mir jetzt eine Liste mit allen in der Ortenau registrierten machen. Mal sehen, vielleicht gibt's ja Überschneidungen mit Personen, die etwas mit der Firma Pütz zu tun haben.«

»Wissen Sie schon, wen die Firma Pütz beliefert?«

Diesmal nickte er, nicht weniger bekümmert.

»Sozusagen die halbe Ortenau: Burda in Offenburg, Berger in Lahr, Lenk in Kappelrodeck, Bohnert in Waldulm, Hukla in Gengenbach, Armbruster in Seebach, Färber in Kehl. Das sind nicht alle, nur die, die ich behalten habe.«

»Armbruster? Dem gehört doch der Steinbruch Wolfsbrunnen?«

»Genau! Und irgendwas stimmt nicht mit dem Mann. Ich hab ihm schon zweimal auf den Zahn gefühlt. Er ist furchtbar unfreundlich und behandelt einen von oben herab, kann aber nicht verbergen, wie nervös er ist. Und ich frag mich, warum. Er hat den Hils persönlich nicht gekannt, verfügt über ein ordentliches Alibi – am fraglichen Abend hat er am Breitenbrunnen Tennis gespielt –, sein Steinbruch ist jedem zugänglich, und die Spedition Pütz beliefert wie gesagt die halbe Ortenau. Jetzt frag ich Sie: Warum ist der Mann trotzdem nervös?«

Wieder seufzte er tief. Ich zuckte mit den Schultern, holte den restlichen Klingelberger aus dem Kühlschrank und goss ihm und mir ein Glas ein. Hinter dem Schulhof erhob sich ein blasser Vollmond und beschien das dunkle Schulgebäude von oben. Über den Hof torkelte der reichlich besoffene Schindler Blasi.

»Der Junge, dieser Vladimir«, begann Eberle, nachdem er einen kräftigen Schluck Wein genommen hatte. »Glaubet Se, der sagt die Wahrheit?«

»Zweifeln Sie daran?«, fragte ich zurück

»Nun ja, bei den Brüdern! Der eine sitzt wegen versuchtem Totschlag im Knast, der andere stand schon dreimal wegen gefährlicher Körperverletzung vor Gericht. Manchmal ziehen sich solche Gewaltmuster durch die Familie.«

»Der Junge ist anders als seine Brüder. Gutmütig, ein wenig zurückgeblieben. Konrad war wie ein Rettungsanker für den Jungen«, gab ich zurück. »Durch ihn kam er aus dieser trostlosen Hütte in Furschenbach heraus. Weg von seinen furchtbaren Brüdern. Warum sollte er seinen Wohltäter umbringen? – Da kann ich mir eigentlich nur einen Grund vorstellen: Dass Konrad ihn fallen ließ oder so was. Und dafür gibt es keinen Hinweis, oder?«

»Nein.« Eberle schüttelte wieder den Kopf. »Hils hat ihn an seinem Todestag aus der Schule mit zu sich nach Hause genommen wie fast jeden Tag. Aber Sie wissen, dass ich diese Möglichkeit im Kopf behalten muss, dass Vladimir der Täter sein kann, auch wenn es recht unwahrscheinlich ist. Zumindest weiß ich jetzt, wo ich den Jungen finden kann, wenn ich mit ihm reden muss, gell.«

Er nahm erneut einen Schluck Wein und starrte mit mir nach draußen auf den mondbeschienenen Schulhof. Der Schindler Blasi pinkelte jetzt schwankend gegen die Fahrradständer.

»Glauben Sie, dass der Mord etwas mit dieser Skihalle zu tun hat?«, fragte ich.

Eberle nahm einen kräftigen Schluck und schlürfte ihn hörbar über die Zunge.

»Hils hat sich durch sein Engagement viele Feinde gemacht. Deshalb nehme ich natürlich seine Gegner genau unter die Lupe. Aber der Einbruch, die Fotos von der Spedition Pütz und dieses merkwürdige graue Haus, das passt alles nicht so recht zusammen. ›No numme nit hudle‹, wie die Schwaben sagen. Aber glaubet Se mir, diese mühselige Puzzelei hat mir schon viele graue Haare beschert.«

Wieder starrten wir eine Zeit lang stumm nach draußen. Der Schindler Blasi hatte es nach etlichen Fehlversuchen endlich geschafft, seinen Hosenstall zu schließen, und wankte jetzt Richtung B3.

»Warum sind Sie strafversetzt worden?«

Schon um Adelas willen musste ich das wissen, aber es interessierte mich auch. Ich war gespannt, wie er auf die Frage reagierte.

»Warum wird man strafversetzt? Was denken Sie?«

Er sah mich nicht an, sondern folgte mit seinen Blicken dem schwankenden Schindler Blasi.

»Offensichtliche Fehler, an denen kein Chef vorbeisehen kann.«

»Das genügt nicht«, sagte er leise und lachte trocken. »Was glaubet Se, wie viel offensichtliche Fehler von Polizisten ich in meiner Laufbahn gesehen habe, ohne dass das Geringste passiert ist?«

»Na ja, aber wenn sie öffentlich werden, ist das Vertuschen nicht mehr so einfach, oder?«, fragte ich und schüttete uns den restlichen Wein ein.

»Das stimmt«, nickte er. »Wenn die Presse oder das Fernsehen daraus einen Fall von Schlamperei oder Korruption machen können, dann rollen Köpfe. Manchmal die falschen, aber es rollen welche.«

»Also stimmt das gar nicht, dass Sie eine Affäre mit einer Verdächtigen in einem Mordfall hatten?«, bohrte ich weiter.

Eberle antwortete nicht. Auf seinen Lippen erschien ein resigniertes Lächeln.

»Es gibt noch einen anderen Grund, weshalb man strafversetzt werden kann«, sagte er und sah mir durch seine Brille hindurch fest in die Augen.

»Welchen?«, fragte ich und hielt seinem Blick stand.

»Sie stechen in ein Wespennest. Und die Wespen, die Sie aufschrecken, haben Macht und Einfluss. – Bevor ich von Stuttgart nach Offenburg versetzt wurde, habe ich den Mörder eines polnischen Bauarbeiters gesucht. Der Mann hatte auf der Großbaustelle Stuttgarter Hauptbahnhof gearbeitet.«

»Da gab's doch einen Bauskandal, in dem ziemlich viele Leute drinhingen«, erinnerte ich mich.

Eberle zuckte mit den Schultern.

»Aber wisset Se, was lustig ist?«, schmunzelte er. »Da versetzt man mich nach Offenburg, weil man denkt, da passiert nichts, und prompt hänge ich schon wieder mitten in einem möglicherweise politischen Mordfall. Und ich löse ihn auf meine Art, so wie ich immer gearbeitet habe. Mir ist das ziemlich egal, wie die in Stuttgart heute Polizeiarbeit machen, ich werde in einem Jahr pensioniert, das ist vielleicht mein letzter Mordfall. Und wisset Se, was mich am meisten freut?«

Er prostete mir mit seinem letzten Schluck Wein zu. »Dass ich Adela kennen gelernt habe.«

Über sein Gesicht ging ein ähnlich verklärter Blick, wie der, den ich bei Adela bemerkt hatte. Dann stellte er abrupt das leere Glas ab, zog sein Jackett zurecht und verabschiedete sich. An der Tür drehte er sich noch mal zu mir um.

»Habet Se mal in den ›Lichten Gedichten‹ gelesen?«

Ich schüttelte den Kopf und versprach, Adela das Buch zu geben.

»Schade«, meinte er. »Für mich ist Robert Gernhard der größte lebende deutsche Dichter. – Vielleicht finde ich in meinem Bücherschrank was, was Ihnen besser gefällt.«

Dann verschwand er endgültig, und ich fragte mich, ob er seinen Verdächtigen auch Gedichte zum Lesen gab.

*

Dem Himmel sei Dank – oder sonst wem –, in dieser Nacht schlief ich tief und fest und wachte seit langem mal wieder erfrischt auf. Draußen kündigte ein blassblauer, noch etwas diesiger Himmel erneut einen sonnenverwöhnten Oktobertag an. Ich zog die rostfarbene Leinenhose und den Kaftan an, den Ecki mir aus Bombay mitgebracht hatte, und registrierte dabei ohne großes Erstaunen, dass ich seit Wochen nicht den mindesten Wert auf Kleidung gelegt hatte. Nach einem kurzen Blick auf Eckis Briefe, die immer noch unbeantwortet auf meinem Schreibtisch lagen, und nachdem ich den Entschluss gefasst hatte, ihm heute Abend endlich zurückzuschreiben, trieb mich die Lust auf einen frisch gepressten Orangensaft nach unten.

Auf der Ofenbank trank mein Vater mit sorgenvoller Miene seinen Morgenkaffee, ihm gegenüber saß Dr. Buchenberger, unser langjähriger Hausarzt.

»Wie gesagt, Herr Schweizer, wir sollten die Meinung eines Experten einholen, wenn Ihre Frau jetzt solche Schmerzen hat«, sagte der Arzt. »Ein alter Studienfreund ist auf Knochenbrüche im Alter spezialisiert, hat lang in der Freiburger Uniklinik gearbeitet und betreibt jetzt eine große Praxis in Littenweiler. Er soll sich das Bein ansehen. Je schneller, desto besser. Ich habe schon mit ihm telefoniert, er hat heute Morgen noch einen Termin frei.«

»Was ist mir ihrem Bein? Kommt es, weil sie gestern schon wieder in der Küche herumgeturnt ist?«, mischte ich mich in das Gespräch ein.

»Oh, die große Katharina«, der Hausarzt drehte sich zu mir um und klopfte mir leicht auf die Wange. »Eines der schönsten Babys, die ich je entbunden habe. Was heißt entbunden? Du warst schon so gut wie da, als ich eintraf! Deine Mutter hat es mit letzter Kraft ins Schlafzimmer geschafft, sonst wärst du in der Küche zwischen zwei Töpfen Hühnerbrühe und drei frisch gebackenen Linzertorten geboren worden. Eigentlich musste ich nur noch die Nabelschnur durchschneiden. Dann hat dein Vater einen großartigen Waldulmer Pfarrberg aufgemacht, und bei einem Schluck Wein und einem Stück frischer Linzertorte haben wir auf deine Geburt angestoßen. – Kein Wunder, dass du Köchin geworden bist.«

Wenn ich in den letzten Jahren von einer Karriere als großer Köchin träumte, hatte ich mir vorgestellt, wie wunderbar die Geschichte von meiner Geburt in meine Köchinnen-Biografie passen würde.

»Kannst du die Mutter nach Freiburg fahren?«, fragte mein Vater.

»Und was ist mit der Küche?«, fragte ich zurück.

»Entweder Bernhard leiht uns noch mal einen seiner Köche, oder ich mache heute Mittag zu«, murmelte er.

Mein Vater hasste Arztbesuche. Und die Vorstellung, mit der meckernden Martha bei einem Arzt zu sitzen, verstärkte seine Abwehr noch.

»Dann ruf Bernhard an«, sagte ich.

Edgar nickte erleichtert und schlurfte zum Telefon. Dr. Buchenberger schrieb mir die Adresse seines Studienfreundes auf.

»Kann sein, dass die Schmerzen etwas mit den gestrigen Eskapaden deiner Mutter zu tun haben«, meinte er im Aufstehen, »dann sind sie morgen, spätestens übermorgen wieder weg. Es kann aber auch sein, dass die Knochen nicht richtig zusammenwachsen. Deshalb der Gang nach Freiburg. – Auf bald, Katharina, ich muss weiter.«

»Bernhard kann keinen Koch entbehren«, sagte mein Vater, als er vom Telefonieren zurückkam. »Der hat heute zusätzlich einen Imbiss für die Jagdgesellschaft vom Bohnert oben auf der Tiroler Hütte auf seinem Plan. Also mach ich heute Mittag zu.«

»Weißt du was?«, schlug ich vor. »Schließ den ganzen Tag, wer weiß, wie lange das mit der Mutter in Freiburg dauert.«

Oben in ihrem Krankenzimmer wartete Martha bereits fertig angezogen auf uns.

»Und? Habt ihr gelost, wer mich fahren muss?«, fragte sie, stemmte sich in ihre Krücken und humpelte uns entgegen.

Wir fuhren mit ihrem alten Benz, dessen Beifahrersitz man so weit zurückstellen konnte, dass das Gipsbein ausgestreckt Platz hatte. Erschöpft vor Schmerzen von der Anstrengung des Einsteigens redete Martha bis Offenburg kein Wort mit mir. Bei Lahr stellte sie das Radio auf SWR 1 und betrachtete mich von der Seite.

»Hast dich ja richtig in Schale geworfen«, kommentierte sie mein Outfit.

»Ich muss nicht neben dir im Wartezimmer sitzen bleiben, oder?«, überging ich ihre Bemerkung. »Ich würde gern ein bisschen durch Freiburg bummeln. Ich war ewig nicht in der Stadt.«

»Nicht, dass du wieder Erkundigungen in diesem Mordfall betreibst!«, giftete sie. »Ich merk doch, wie tief du deine Nase da hineingesteckt hast. Die ganzen Besuche bei Teresa, das Getuschel mit dem Feger vom Acher- und Bühler Boten, das ewige Unterwegssein. Glaub bloß nicht, dass ich das nicht mitbekomme, weil ich da oben im Bett liege. ›Aus Schaden wird man klug‹, sagt man. Aber für dich gilt das nicht. Erst die Morde im Goldenen Ochsen und jetzt hier bei uns. Lass um Gottes willen die Finger davon, Kind!«

»Mama«, sagte ich, mal wieder tief Luft holend. »Ich bin zurückgekommen, weil du dir das Bein gebrochen hast. Bis du wieder fit bist, übernehme ich deinen Job. Aber was ich ansonsten mache, das geht dich nichts an. Ich bin schon ziemlich lange erwachsen und habe es satt, dass du mich immer behandelst, als wäre ich noch ein kleines Kind.«

»So wie du lebst und bei dem, was dir alles passiert, muss man sich doch Sorgen machen«, gab sie sich empört.

»Von mir aus, mach dir so viele Sorgen, wie du willst, aber lass mich damit in Ruh«, blaffte ich zurück.

Ungefragt stellte ich das Radio auf SWR 3 um und drehte die Musik laut auf. Bis Freiburg redeten wir kein Wort miteinander. Ich nahm die Ausfahrt Freiburg-Mitte und fuhr auf dem zweispurigen Zubringer entlang der Dreisam in die Stadt hinein. Littenweiler war leicht zu finden, weil ich mich einfach nur an den Fluss halten musste. Erst als die Schillerstraße in die Schwarzwaldstraße überging, entfernte sich der Weg von der Dreisam. Die Praxis von Buchenbergers Studienfreund lag hinter der Pädagogischen Hochschule, ganz in der Nähe des Valentinswalds. Für den sperrigen Benz gab es sogar einen Parkplatz.

Ich half Martha beim Aussteigen und besorgte ihr einen bequemen Sitz im Wartezimmer. Nachdem ich mich bei der Sprechstundenhilfe erkundigt hatte, wie lange die Untersuchungen dauern würden, verabschiedete ich mich von ihr.

»Hier«, sagte sie und nestelte einen Hunderteuroschein aus ihrem Portemonnaie. »Kauf dir was Schönes. Und sei rechtzeitig wieder zurück, ja?«

Sie drückte mir die Hand und sah mich kurz an. Ihr Blick war nicht hart wie üblich, sondern voll verzweifelter Angst. Wegen der ungeratenen Tochter oder ihres kaputten Beins? Ich fragte sie nicht danach.

Mit der Straßenbahn fuhr ich bis zum Schwabentor. Durch die kleinen gepflasterten Straßen mit den schmalen »Bächle« schlenderte ich langsam zum Münsterplatz. Der Morgendunst war endgültig verflogen, und eine warme Herbstsonne schien auf das Gewirr von Marktständen, die um die Kirche herum aufgebaut waren. Das prächtige aus Buntsandstein gemauerte Münster erhob sich majestätisch aus dem bunten Treiben. Die Freiburger waren stolz auf diesen einzigen, noch im Mittelalter vollendeten gotischen Dombau Deutschlands mit seinem einhundertundsechzig Meter hohen Turm. Den Kopf nach hinten gelehnt, besah ich mir die Wasserspeier, Heiligenfiguren und Kreuzblumen. Anfang der achtziger Jahre wehte auf diesem altehrwürdigen Turm für einen Vormittag lang die schwarz-rote Fahne der Anarchie. Irgendein Verrückter war des Nachts unbemerkt an der Außenfassade nach oben geklettert und hatte dort die Fahne gehisst. Die Freiburger Feuerwehr hielt es für zu gefährlich, einen ihrer Mannen auf dem gleichen Weg nach oben zu schicken, um den Schandfleck vom Münster zu entfernen. So wurde ein Schweizer Rettungshubschrauber bestellt, der so lange über dem Münsterturm kreiste, bis ein erfahrener Bergsteiger sich abgeseilt und die freche Flagge entfernt hatte. Die horrenden Kosten für diese Aktion hätte die Dompfarrei gern auf den nächtlichen Kletterer abgewälzt, aber er wurde nie ermittelt.

Heute wehte keine fremde Fahne auf Freiburgs Wahrzeichen, nur Sonnenstrahlen fielen durch die filigranen Muster der steinernen Turmspitze. Ich kaufte mir bei einem der vielen Wurststände eine »Rote« mit vielen gebratenen Zwiebeln, Senf und einem knusprigen Brötchen und schlenderte über den Markt. Rechts des Münsters boten professionelle Gemüsehändler, Bäcker und Metzger ihre Ware feil, links davon Bauersleute vom nah gelegenen Kaiserstuhl und dem Markgräfler Land. Es war kurz vor zwölf Uhr mittags, das Markttreiben fast zu Ende, und einige der Händler fingen bereits an, die restlichen Waren einzupacken. Zwischen einem Stand mit biologisch angebautem Gemüse und einer Kaiserstühlerin mit prächtigen Herbsträußen entdeckte ich Anna Galli. Ihre bunten Schnapsflaschen präsentierte sie auf einem mit rotem Samt bezogenen Tisch.

»Wie laufen die Geschäfte?«, fragte ich.

Sie sah auf, erstaunt, mich hier zu sehen.

»Sehr gut, sonst würde ich nicht einmal die Woche um fünf Uhr aufstehen und hierher fahren. Freiburg hat die richtige Klientel für meinen Schnaps. Gebildet, solvent, experimentierfreudig. Hier mache ich sogar bei Regen meinen Schnitt. – Und was treibst du hier?«

Ich erzählte von meiner Mutter und fragte sie dann: »Hast du Lust auf einen Kaffee, wenn du fertig bist?«

Anna nickte und schlug eines der zahlreichen Straßencafés vor, die es hier am Münsterplatz gab. Die Zeit, die Anna brauchte, um ihren

Stand abzubauen, nutzte ich für den Besuch in einem Plattenladen. Die letzte CD von meinem Lieblings-Jazzer Charlie Hayden war ausverkauft, und so erstand ich »Only trust your heart« von Diana Krall und schlenderte danach langsam zu unserem Treffpunkt. Ein Großteil der Tische war mit Studenten besetzt, aber auch Banker und Angestellte in Anzug und Kostümchen trafen sich hier zur Mittagspause. Anna war noch nicht da. Ich bestellte einen Milchkaffee und zog meinen Trenchcoat aus. Die Sonne schien mit solcher Kraft, dass mir auch in Kaftan und Leinenhose noch warm war. Kurz darauf sah ich Anna kommen. Sie zog ein kleines Wägelchen hinter sich her, in dem ihre Ware verstaut war. Mit ihrem weiten Rock, der roten Schärpe, den schwarzen Locken und den großen, goldenen Kreolen sah sie wie das Klischee einer Zigeunerin aus.

Mit einem lang gezogenen »Puuuh« ließ sie sich auf den Stuhl neben mir fallen.

»Jetzt bin ich aber froh, Feierabend zu haben.«

Ich fragte, was sie trinken wolle, und erzählte ihr von dem Besuch bei meinem Bruder.

»Bernhard Schweizer ist dein Bruder?« Sie schüttelte ungläubig den Kopf. »Wär ich nie im Leben drauf gekommen. Ihr seht euch überhaupt nicht ähnlich. – So klein ist die Welt.«

»Stell dir vor, wir haben noch einen gemeinsamen Bekannten«, meinte ich. »Konrad Hils. Er war der Mann meiner Schulfreundin Teresa.«

»Ach ja?«, meinte Anna etwas zurückhaltender und förderte aus den Weiten ihres Rocks eine Packung Tabak zu Tage.

Sie drehte sich langsam eine Zigarette und schüttelte heruntergefallene Tabakkrümel aus ihrem Rock. Dann holte sie sich am Nachbartisch Feuer und qualmte, zwischendurch immer einen Schluck Kaffee schlürfend, wortlos vor sich hin.

»Du warst doch mit ihm befreundet, oder?«, fragte ich, irritiert darüber, dass sie nichts mehr weiter sagte.

»Wir haben gemeinsam gegen die Skihalle gekämpft. Ich kann mich noch genau an die erste Sitzung erinnern. Konrad hat furchtbar herumgestottert.«

Den Blick lächelnd in die Vergangenheit gerichtet, zupfte sie gedankenverloren ein paar Tabakkrümel aus dem Mundwinkel.

»Aber Konrad lernte schnell. In nur wenigen Wochen entwickelte er sich zu einem eloquenten Redner. Er war so überzeugt von der Notwendigkeit, die Halle verhindern zu müssen, und mit dieser Überzeugung konnte er Leute anstecken. Dass die Skihalle zu einem erbitterten politischen Zankapfel wurde und wahrscheinlich wirklich nicht gebaut wird, ist ganz wesentlich sein Verdienst.«

»Und was hast du bei der Bürgerinitiative gemacht?«

»In der Werbung würde man sagen, ich habe ihn promotet«, antwortete sie, pustete zwei Tabakkringel aus und sah mich mit offenem Blick an. »Durch meine früheren Jobs wusste ich genau, dass Protest nur Erfolg verspricht, wenn man die Öffentlichkeit auf seine Seite bringt. Dafür muss man eine Identifikationsfigur aufbauen. Konrad hatte alle Vorraussetzungen dafür: bodenständig und weltoffen, Respekt einflößende Gestalt mit gewinnendem Jungen-Lächeln, konnte Dialekt und Hochdeutsch reden, und ganz entscheidend: Er konnte Leute begeistern und dem Gegner Paroli bieten! Als das ›Offenburger Tageblatt‹ ihn das erste Mal den José Bové des Achertals nannte, wusste ich, dass meine Strategie aufgegangen war.«

»Hat Günther Träuble diese Strategie auch unterstützt?«, fragte ich.

»Günther ist ein machtgeiler Wichser.« Ein bitteres Lächeln umspielte Annas Mundwinkel. »Der hat sich in der Bürgerinitiative stark gemacht, um so schnell wie möglich eine Stelle im Landesvorstand des BUND zu bekommen. Solche Typen finde ich zum Kotzen.«

»Glaubst du, er hat etwas mit dem Mord an Konrad zu tun?«

»Günther traue ich alles zu. Aber ich habe keine Beweise. Ich weiß genauso wenig wie der Rest der Welt, mit wem sich Konrad am Wolfsbrunnen getroffen hat.«

»Es gab doch einen Streit zwischen den beiden, kurz bevor Konrad ermordet wurde. Weißt du, um was es da ging?«, fragte ich.

»Und ob! Die komplette Argumentation gegen die Skihalle baute auf ökologischen und umweltpolitischen Gründen auf. Zugegeben, da hat Günther aufgrund seiner Kontakte zum BUND und anderen Umweltorganisationen gute Arbeit geleistet. Konrad hat sich in den letzten Wochen vor seinem Tod intensiv mit der Finanzierung der Halle beschäftigt. Es gibt so eine Mischfinanzierung: Kommune, Landkreis, Fun-Sport AG, eine Gesellschaft, die schon andere Skihallen finanziert, und ein liechtensteinischer Trust. Konrad wollte herausfinden, welche Finanziers hinter dem liechtensteinischen Geld stehen. Er hat Schwarzgeld-Geschäfte vermutet. Günther fand, dies sei Aufgabe der Finanzämter und gegebenenfalls der Polizei. Darum ging es in dem Streit.«

Anna drückte ihre Zigarette aus und nahm einen kräftigen Schluck Kaffee.

»Weißt du, ob Konrad etwas entdeckt hat?«

»Keine Ahnung. Er hat einen alten Kumpel, einen Hacker, auf die Konten der Geldgeber angesetzt. Und er hat furchtbar geheimnisvoll getan. ›Ich sag dir erst was, wenn ich Beweise habe, Anna‹, hat er gesagt. Hätte er doch den Mund aufgemacht, der blöde Hund. Dann wüssten wir jetzt mit ziemlicher Sicherheit, wer sein Mörder ist.«

Fahrig drehte sie ihre nächste Zigarette und schniefte leicht. Auf die Litfasssäule neben dem Café kleisterte ein Plakatkleber eine Schwarzwald-Fotografie, in deren Vordergrund einige Flaschen postiert waren. »Bohnert-Wässerle, das Beste aus unserer badischen Heimat«, konnte man darunter lesen.

»Dass der mit so einer beschissenen Werbung so viel Schnaps verkauft«, knurrte Anna.

»Kennst du eigentlich Achim Jäger?«, fragte ich sie.

Sie sah mich erstaunt an und fragte: »Warum willst du das wissen?«

Ja warum eigentlich? Warum wollte ich das wissen?

»Ich habe den Eindruck, in der Ortenau kennst du Gott und die Welt«, sagte ich.

»Interessierst du dich für ihn?«, fragte Anna weiter. »Vorsicht! Er ist ein Meister der Verführung und bricht dir dann das Herz …«

»Nein, nein«, wiegelte ich ab. »Es ist nur …Ich bin ihm in den letzten Wochen an den unterschiedlichsten Orten begegnet. Er wirkt ein bisschen geheimnisvoll.«

Die Zigarette zwischen den Fingern drehend sah sie mit Spott im Blick zu mir hinüber.

»Dieses Geheimnisvolle, dieses Unabhängige, diese vielen Gesichter«, begann sie. »Es stimmt, Achim kann sich sehr interessant machen. Im Grunde seines Herzens glaubt er an nichts und niemanden. Wusstest du, dass man ihm in der Schule eine große Karriere als Anwalt prophezeit hat? Wie kein anderer konnte er Informationen verdrehen und für seine Zwecke nutzen. Seinen Lehrern hat er immer gesagt, sie sollen ihn mit dieser Anwalts-Scheiße in Ruhe lassen, er werde weder Anwalt noch sonst was, er werde gar nichts. – Hat er auch lange durchgehalten. Hat sich viel in der Welt herumgetrieben, und irgendwann ist er wieder in der Heimat gelandet. Interessanter Mann, wirklich, aber wie gesagt: Pass auf! Er hat ein Herz aus Stein!«

Den Blick jetzt auf den Platz gerichtet, rauchte sie ruhig ihre Zigarette auf, bevor sie sich verabschiedete. Langsam, das Wägelchen hinter sich herziehend, verschwand sie in einer der schmalen Gassen. Nicht nur ich, auch einige Männer am Nebentisch starrten ihr nach. Anna hatte das gewisse Etwas. Bestimmt konnte sie viele Männer in ihren Bann ziehen.

Martha war froh gelaunt, als ich sie beim Arzt abholte. Ihre Knochen heilten gut zusammen, langsam solle sie anfangen, ihr Bein zu belasten, in zwei, drei Wochen könne sie wieder am Herd stehen, lautete die optimistische Prognose von Buchenbergers Studienfreund. Auf der Rückfahrt schwärmte sie von alten Zeiten, von Wanderungen und Weinproben, die sie mit Edgar am Kaiserstuhl gemacht hatte. Ich ließ sie reden und hing meinen Gedanken nach. Wer könnte etwas über die schwer zugänglichen Geldgeber der Skihalle wissen? Sollten über deren Konten etwa auch russische Mafiagelder gewaschen werden? Mir fiel nur einer ein, den ich danach fragen konnte: FK Feger, der hatte sich doch mit dieser Halle beschäftigt wie kein Zweiter.

Es war kurz nach vier, als ich den Benz vor der Linde parkte. Martha und ich hatten es tatsächlich geschafft, die ganze Fahrt nicht zu streiten.

»Prima, dass wir so rechtzeitig wieder da sind«, meinte sie, als ich ihr die Stufen hoch zum Eingang half. »Was steht denn heute Besonderes auf deiner Speisekarte?«

»Gar nichts«, antwortete ich. »Weil die Linde heute geschlossen bleibt.«

»Blödsinn. Edgar ist da. Wir sind zurück. Natürlich wird aufgemacht«, regte sie sich auf.

»Klär das mit deinem Mann«, gab ich zurück. »Ich muss noch was erledigen.«

Bevor sie erneut den Mund aufmachen konnte, ließ ich sie stehen und lief nach draußen. Mein Punto kochte wie ein kleines Backhaus, weil die Sonne den ganzen Tag darauf geschienen hatte. Ich kurbelte die

Scheiben herunter und fuhr nach Achern zu den Redaktionsräumen des Acher- und Bühler Boten. FK saß hinter seinem Schreibtisch, tippte etwas in seinen Computer und knurrte: »Ich habe überhaupt keine Zeit, Katharina.«

»Schade«, antwortete ich. »Ich dachte, du gehst mit mir zur Jagd.«

»Jagd?« Er hörte auf zu tippen und sah mich irritiert an.

»Bohnert gibt heute eine Jagd mit anschließendem Imbiss auf der Tiroler Hütte.«

Für einen Moment leuchteten seine Augen auf, dann wechselte er schnell zu einem unbeteiligten Gesichtsausdruck.

»Sag der Polizei Bescheid, sollen die sich drum kümmern«, murmelte FK und tippte weitere Sätze in seinen Computer ein.

»Familiensonntag der Pfarrei Sankt Stefan«, las ich auf dem Bildschirm. »Trickdieb prellte Kassiererin um hundert Euro«, »Herbstkonzert der ›Harmonie‹« und ähnliche kleine vermischte Nachrichten hämmerte FK in seinen Rechner. Wie konnte er nur Spaß an so langweiligen Sachen haben?

»Hast du nicht erzählt, dass du bei einer solchen Jagd mal Mäuschen spielen willst?«

»Du sollst die Finger von der Sache lassen«, antwortete er und tippte weiter.

»Ich gehe auf alle Fälle zur Tiroler Hütte, auch ohne dich.«

Ich setzte mich breit auf seinen Schreibtisch und wartete.

»Du kannst es dir wenigstens mal angucken. Wenn du nicht willst, brauchst du ja nichts drüber zu schreiben«, meinte ich dann.

»Meine Frau köpft mich, wenn ich schon wieder einen Abend nicht zu Hause bin«, seufzte er und hörte endlich auf zu tippen.

»Kauf ihr bei Teresa einen schönen Blumenstrauß. Ich beteilige mich mit fünfzig Prozent!«

Der Vorschlag gefiel ihm.

»Also los, gehen wir«, drängelte ich.

»So? – Mit den Klamotten willst du auf die Jagd gehen?«

FK betrachtete mich von oben bis unten. Er hatte Recht, in Kaftan und dünner Leinenhose konnte ich auf keinen Fall zur Tiroler Hütte.

Er versprach, mich in einer Stunde in der Linde abzuholen.

*

»Zwischen Hund und Wolf« nennen die Franzosen das Zwielicht, und ein solches herrschte, als wir den schmalen Waldweg durch den Markwald Richtung Tiroler Hütte liefen. Nur noch in der Nähe waren die Umrisse der hohen Tannen scharf zu erkennen, schon ein kleines Stück weiter verschmolzen andere Bäume bereits vollkommen mit der Dämmerung. Niemand begegnete uns, um diese Zeit waren auch die hartnäckigsten Wanderer in ihr Nachtquartier eingekehrt. Es herrschte eine merkwürdige Stille im Wald. Das Vogelgezwitscher des Tages fehlte.

»Kannst du ein bisschen schneller gehen?«, fragte FK. »Wir sollten die Hütte erreichen, bevor es ganz dunkel ist. So gut kenne ich mich hier nicht aus.«

Ich nickte, und schweigend liefen wir forschen Schritts voran. Manchmal knarrten kleine Kieselsteine unter unseren Schuhen, ab und an stolperte einer von uns über ein aus der Erde ragendes Wurzelstück. Zweimal überprüfte FK mit Taschenlampe und Wanderkarte den eingeschlagenen Weg, und eine halbe Stunde später standen wir endlich vor der völlig dunklen Jagdhütte. Ohne FK hätte ich niemals hierher gefunden. Die Fensterläden standen offen, aber so sehr ich auch durch die Fenster ins Innere spähte, ich sah nichts als Finsternis. Die Eingangtür verriegelte ein großes Vorhängeschloss.

»Wir können nicht so nah bei der Hütte bleiben«, entschied FK. »Die Hunde würden uns sofort aufspüren.«

Er zündete ein Streichholz an und prüfte die Windrichtung.

»Schwein gehabt«, meinte er und deutete auf ein kleines Tannen- und Fichtengestrüpp. »Von dort haben wir Weg und Eingangstür im Auge. Dort können wir auf die Jäger warten.«

Er stapfte voran, ich hielt mich dicht hinter ihm. Aus seinem Rucksack holte er eine zusammengefaltete, dünne Isomatte und breitete sie auf Moos und Heidelbeerhecken aus.

»Mach's dir gemütlich«, forderte er mich auf. »Jetzt müssen wir das Gleiche tun wie die Jäger: warten.«

»An was du alles gedacht hast!«, lobte ich ihn, während wir beide versuchten, einen halbwegs bequemen Sitzplatz auf der Matte zu finden.

»Wenn du Kinder hast, die dauernd mit ihren kleinen Ärschen über den Boden robben, dann weißt du, wie nützlich so ein Teil ist«, knurrte er.

»War deine Frau sehr böse?«, fragte ich.

»Reden wir nicht davon«, wiegelte er ab. »Wenn ich es schaffe, mir das Wochenende freizuhalten, wird sie mir verzeihen.«

Es dauerte nicht lange, und wir saßen in völliger Dunkelheit. War mir die Stille auf dem Hinweg merkwürdig vorgekommen, so schreckte mich jetzt eine Vielzahl von Geräuschen. Da war ein Rascheln und Knacken, ein Tapsen und Schnarren, ein Flattern und Schwingen. Der Wald lebte, all seine scheuen Bewohner wagten sich aus ihren Verstecken. Am Himmel strahlte einsam der Abendstern. Ich war so froh, FK neben mir zu wissen.

»Zum Glück ist der Himmel klar«, flüsterte der. »In zwei Stunden kommt der Mond, er ist zu drei Viertel voll. Der wird uns helfen, den Weg zurückzufinden.«

»FK«, flüsterte ich zurück. Es war unmöglich, in dieser Dunkelheit normal zu reden. »Was weißt du über die Finanzierung dieser Skihalle?«

»Warum willst du nun das schon wieder wissen?«, seufzte er leise.

»Konrad Hils hat sich kurz vor seinem Tod damit beschäftigt.«

»Hat sich wahrscheinlich an dem liechtensteinischen Trust festgebissen«, meinte er. »Ist ja bekannt, dass die CDU über einen solchen ihre Spendengelder hin und her geschoben hat. – Still!«, unterbrach er sich und lauschte.

In der Ferne war leise ein Jagdhorn zu hören.

»Die Jagd ist vorbei, hört du?«, wisperte FK. »Jagd aus, die Jagd aus! Das Jagen ist zu Ende! Halali!, bläst der Jäger.«

»Woher weißt du so was?«, wunderte ich mich.

»Na ja, die eine oder andere Jagd habe ich schon mitgemacht. Hier in der Gegend bleibt einem das nicht erspart.«

»Und was passiert jetzt?«, wollte ich wissen.

»Entweder treffen die Jäger sich alle an einem vereinbarten Punkt, oder der Bohnert lässt sie und ihre Beute mit Geländewagen von den Sitzen abholen.«

»Müssen die das Wild nicht zusammentreiben?«

»Quatsch«, meinte FK entrüstet. »Hier im Schwarzwald machst du doch keine Treibjagd, das ist etwas für die Ebene. Bohnert hat zu einer Ansitz-Jagd eingeladen. Jeder Jäger sitzt allein auf einem Hochsitz und wartet darauf, ob ihm ein geeignetes Wild vor die Büchse läuft. Ich weiß nicht, was sie heute gejagt haben, wahrscheinlich Rotwild. Ich wette mit dir, in zehn Minuten sind sie da, dann wissen wir's.«

»So lange kannst du mir noch etwas über die Finanzierung erzählen«, bettelte ich.

»Du bist ein Plagegeist, Katharina«, stöhnte er und schwieg eine Weile. »Eigentlich weiß ich gar nichts. Die liechtensteinischen Trusts haben halt einen ›Hautgoût‹, wie der Wildbret-Liebhaber naserümpfend sagen würde. Von denen weiß man, dass sie ein bewährtes Instrument zur Abwehr von Steuern und Beschlagnahme von nicht ganz koscheren Geldern sind. Also denkt sich jeder seinen Teil, wenn so ein Trust in einem Finanzierungspaket auftaucht.«

»Was könnte Konrad herausgefunden haben?«

»Woher soll ich das wissen? Es ist sehr schwierig, den Finanziers von solchen Fonds auf die Spur zu kommen. Vielleicht ist er per Zufall auf einen gestoßen, aber vielleicht hat er gar nichts herausgefunden und ist wegen etwas ganz anderem umgebracht worden.«

»Du machst es dir einfach, weil du keine heiklen Sachen in Angriff nimmst, FK«, stichelte ich.

»Mir reicht es völlig, mit dir hier im dunklen Wald zu hocken und Bohnerts Jagdgesellschaft auszuspionieren. Wenn wir hier erwischt werden, dann bin ich meinen Job los, das kannst du mir glauben.«

»Wieso das denn? Der Wald gehört allen.«

»Halt den Mund«, fuhr er mich an. »Sie kommen!«

FK hatte den Dieselmotor vor mir gehört. Aus dem Wald tauchten zwei Scheinwerfer auf. Ein Rover holperte über den unebenen Weg und hielt direkt vor der Jagdhütte. Achim Jäger stieg aus, schloss die Hütte auf, erleuchtete sie taghell und begann, Schüsseln mit Salaten, Platten mit Wurst und Käse, Bierkästen, Wein- und Schnapsflaschen in die Hütte zu schleppen.

»Der Imbiss, den mein Bruder gerichtet hat«, flüsterte ich FK zu. »Ich könnt jetzt so hinrennen und mir ein dickes Stück Käse klauen.«

Wortlos reichte mir FK eine Butterbrotdose, in der einige mit Lyoner belegte Wurstwecken lagen. Er hatte wirklich an alles gedacht. Leise kauten wir unsere Brötchen, als kräftiges Motorengeräusch die Jäger ankündigte. Eine Kolonne von vier weiteren Geländewagen fuhr langsam auf die Hütte zu. Als sie parkten, sah ich, dass zwei schwarze Lada Niva dabei waren.

»Du hast einen verdammt guten Riecher«, flüsterte FK aufgeregt, während er sich die Autonummern notierte.

Wildes Gebell erfüllte den stillen Wald, aus jedem der Wagen hüpften mindestens zwei Hunde nach draußen und schnüffelten aufgeregt die Erde ab. Ein schwarzer Labrador hob plötzlich den Kopf, starrte in unsere Richtung und schoss wie ein Blitz auf uns zu. Ich wurde steif vor Schreck und merkte kaum, wie FKs Finger sich in meinen Arm bohrten. Ein scharfer Pfiff brachte das Vieh einen Meter vor unserem Versteck zum Stehen. Jaulend drehte er sich um und trottete zu einem Bären von einem Mann zurück.

»Was hast du gerochen, Hektor?«, fragte der und tätschelte dem Hund den Hals. »Einen Fuchs? Oder ein anderes Raubzeug?«

»Das ist Max Färber«, flüsterte FK und löste seine Finger aus dem Arm. »Du lieber Herr Gesangsverein, das war knapp!«

Auch mir entwich ein tiefer Seufzer der Erleichterung.

»Wer ist Färber?«, fragte ich dann.

»Der Müllkönig der Ortenau. Wenn es einer versteht, aus Scheiße Geld zu machen, dann er.«

Die Jäger holten das erlegte Wild aus dem Kofferraum, die Hunde scharwenzelten aufgeregt um sie herum. Einen Teil der Männer kannte ich bereits. Der glatzköpfige Bohnert bedeutete seinen Gästen, wo das Wild gelegt werden sollte. Der grau melierte Steinbruchbesitzer Armbruster stand unschlüssig zwischen den Wagen. Die kleine Kugel Rudolf Morgentaler unterhielt sich lebhaft mit einem mittelgroßen Schwarzlockigen, der eine moderne Hornbrille trug.

»Apfelbök, der Landrat«, klärte mich FK auf.

Zwei weitere Jagdröcke platzierten ihre Beute in der Reihe und entnahmen den Tieren mit breiten Messern die Eingeweide. Der eine saß für die CDU im Landtag, den anderen kannte FK nicht. In der Tür der Jagdhütte lehnte mit verschränkten Armen Achim Jäger und betrachte das Treiben scheinbar teilnahmslos.

»Rotwild, wie ich gesagt habe«, flüsterte FK. »Ein Kitz, zwei Schmalrehe, ein Perückenbock und ein prächtiger Damhirsch.«

»Heute nichts vor die Büchse gekommen, Jürgen?«, fragte Bohnert Armbruster, der immer noch zwischen den Wagen stand.

»Geäst haben nur zwei prächtige Ricken mit ihren Jungen«, gab der mürrisch zurück und verstaute seinen Drilling im Kofferraum.

Ausgenommen und aufgereiht ruhte jetzt die komplette Jagdbeute am Boden. Die Strecke war gelegt. Die Jäger versammelten sich um das Wild. Färber griff zum umgehängten Jagdhorn und blies hinein.

183

»Das ›Halali‹«, erklärte FK. »Wir grüßen das edle Waidwerk, wir grüßen das edle Waidwerk, wir grüßen das edle Waidwerk mit Horri-do.«

»Was für ein einfallsreicher Text«, spottete ich.

»So. Jetzt gibt's einen Schnaps und ein Vesper!«, dröhnte Bohnert und bat in die Hütte.

Achim Jäger folgte den Männern nicht. Er sammelte das tote Wild ein und verstaute es in seinem Rover. Die Innereien warf er den Hunden zum Fraß vor, die sich gierig darauf stürzten. Das also war sein Job. Er machte die Drecksarbeit für Bohnert. Als er fertig war, folgte er langsam den anderen.

»Mach noch mal ein Streichholz an«, bat ich FK. »Damit wir wissen, von welcher Seite wir uns an die Hütte anschleichen.«

»Du spinnst! Es ist viel zu gefährlich, näher ranzugehen.«

»Keiner weiß, dass wir hier sind, und keiner rechnet damit«, versuchte ich ihn zu beruhigen. »Wir müssen hören, was sie reden. Sonst ist doch die ganze Aktion für die Katz.«

»Du kannst ja gehen. Ich bleibe hier«, knurrte er entschlossen, zündete aber ein Streichholz an. »Linksrum gehen«, entschied er. »Und beeil dich. Solange die Hunde noch fressen.«

»Du bist ein alter Hosenschisser«, schimpfte ich und stolperte durch die Dunkelheit in Richtung Hütte. Ein Weimaraner hob beunruhigt den Kopf, als ich den Hunden nahe kam, und ich erweiterte den Bogen, in dem ich mich der Hütte näherte. Ein Fenster war jetzt geöffnet, und ich hatte einen prima Blick nach drinnen. Die Männer saßen um einen runden Tisch, nur Bohnert mit dem Rücken zu mir. Achim Jäger lehnte wieder in der Tür mit der gleichen unbeteiligten Haltung wie vorhin.

»Auf Max!«, polterte Bohnert und hob sein Schnapsglas. »So einen prächtigen Knieper hat schon lange keiner mehr erlegt.«

»Waidmanns Heil!«

Färber also hatte den Damhirsch erlegt. Die Herren prosteten sich zu. Während die meisten Jäger ganz aufgeräumt wirkten, hatte Armbruster immer noch diesen mürrischen Gesichtsausdruck.

»Nicht immer ist das Glück dem Jäger hold«, meinte der kleine Morgentaler, der neben Armbruster saß.

»Setzt dir die Polizei noch zu?«, fragte ihn Apfelbök.

»Seit ein paar Tagen lässt mich dieser verdammte Schwabe in Ruhe«, grummelte Armbruster. »Was kann ich dafür, dass der Hils in meinem Steinbruch ermordet wurde? Ist doch kein abgesperrtes Gelände, da kann doch jeder hin.«

»Ja, was wollt der Kriminalist von dir wissen?«, fragte Bohnert neugierig.

»Zuerst das Übliche. Ob ich den Hils kenne, ob einer meiner Arbeiter den Hils kennt, ob meine Frau, meine Kinder ihn kennen. Dass er nicht noch gefragt hat, ob mein Dachshund ihn kennt! Als klar war, das keiner von uns den Hils kennt, wollt er wissen, wie ich zu dieser Skihalle stehe.«

»Und? Was hast du gesagt?«, unterbrach ihn Morgentaler und biss herzhaft in eine Landjäger-Wurst.

»Was soll ich gesagt haben?«

So langsam verschwand das Mürrische aus seinem Gesicht. Er genoss es, der Mittelpunkt der Herrenrunde zu sein.

»Als Unternehmer bin ich für alles, was die Region nach vorne bringt. Die Skihalle ist eine einmalige Chance, neue, große Besuchergruppen an den Schwarzwald zu binden. Jeder, der sich dagegenstellt, riskiert den wirtschaftlichen Niedergang der Region.«

»Sehr schön, sehr schön«, begeisterte sich Morgentaler, und auch die anderen nickten zustimmend.

»Aber«, machte Armbruster weiter, »ich hab diesem altersschwachen Kommissar klar gemacht, dass ich persönlich und direkt weder von der Halle abhängig bin noch von ihr profitiere.«

»Na ja, wenn die Straße durch Sasbachwalden verbreitert werden muss, dann vielleicht schon«, meinte der CDU-Abgeordnete.

»Ich habe gedacht, damit liegt die ganze Fragerei hinter mir«, fuhr Armbruster fort, ohne darauf einzugehen. »Da taucht der Schwabe schon wieder auf. Will wissen, was ich mit der Kölner Spedition Pütz zu tun habe.«

»Wieso das?«, brummte Färber und schaufelte eine gewaltige Menge Kartoffelsalat in sich hinein. »Mit dem Pütz schaffen wir doch alle zusammen. Der fährt für dich, für mich, für den Bohnert, für den Lenk in Kappel. Was soll der Pütz mit dem Tod von dem Unruhestifter zu schaffen haben?«

»Glaubst du wirklich, das sagt mir der Eberle? – Das Einzige, was ich weiß, ist Folgendes: Die Polizei hat bei Hils ein Foto gefunden, auf dem ein Laster der Firma Pütz zu sehen ist. Dieses Foto ist deshalb so brisant, weil das Original ein paar Tage vor seiner Ermordung aus seinem Haus geklaut wurde.«

»Was hat der mit dem Foto wollen?«, grummelte Färber.

»Ich weiß es nicht«, betonte Armbruster energisch. »Soll er doch den kleinen Russenjungen fragen, der Hils immer an den Fersen klebte.«

»Russenpack«, schmatzte der Müllkönig und kratzte seinen Teller leer. »Sind doch alle kriminell, die Russkis. Wieso dreht er den nicht durch die Mangel? Wieso sucht er den Mörder nicht bei denen?«

»War der Russki mit dem Hils am Wolfsbrunnen?«, fragte Bohnert.

»So was sagt der Schwabe nicht. Aber die Polizei sucht doch eine dritte Person, die außer Hils und seinem Mörder am Wolfsbrunnen war. Das könnt der Russki gewesen sein …«, meinte Armbruster.

Achim Jäger drehte sich um und ging nach draußen. – Hoffentlich lief er nicht um die Hütte herum.

»Ich habe übrigens mit 'nem Studienkollegen in Stuttgart telefoniert«, wandte sich Apfelbök an Armbruster. »Dieser Eberle hat in einem Mordfall im Zusammenhang mit dem Neubau des Stuttgarter Hauptbahnhofs ermittelt. Der wollt nicht nur den Mord aufklären, sondern auch die komplette Finanzierung des Projekts.«

»Noch einer, der nicht weiß, wo seine Grenzen sind.« Färber schob den leer gegessenen Teller zur Seite.

»Du, Apfelbök«, meldete sich jetzt Bohnert zu Wort. »Was machen wir mit der Skihalle, jetzt, wo der Hils tot ist?«

»Was heißt, was machen wir?« Der Landrat rückte seine Hornbrille zurecht. »Ich mache erst mal gar nichts. Ich bin heilfroh, dass die Regionalkonferenz vor dem Mord an Hils getagt hat. Die Weichen für die Skihalle sind dort in unserem Sinn gestellt worden, und das ist gut. Aber ob wir nach dem Mord die Halle mit diesem Standort auf Landesebene durchbekommen, wage ich zu bezweifeln.«

Jemand packte mich von hinten an die Schulter. Ich zuckte so zusammen, dass ich beinahe gegen die Fensterscheibe knallte.

»Ist es interessant?«, fragte eine mir vertraute Stimme.

»Wenn du unbedingt willst, dass ich schnell einen Herzinfarkt bekomme, dann schleich dich noch mal so heimtückisch an«, zischte ich FK zu, als meine Stimme mir wieder gehorchte.

»Du stellst den Breitenbrunnen infrage?«

Ein Stuhl fiel zu Boden. Der kleine Morgentaler war plötzlich aufgesprungen und starrte Apfelbök wütend an. Ich lauschte wieder gebannt dem Gespräch in der Hütte.

»Entscheidend, lieber Rudolf, ist, dass wir die Halle bauen. Beim Standort müssen wir uns flexibel zeigen, so Leid mir das für dich tut«, antwortete Äpfelbök mit einem süffisant bedauernden Lächeln.

»Es ist mein Projekt«, brüllte der kleine Bürgermeister. »Ich hatte die Idee –«

»– Maxi van der Camp«, unterbrach ihn Apfelbök, das Lächeln leicht ins Spöttische changierend.

»Ich habe es auf die politische Schiene gesetzt, ich habe meinen Kopf dafür hingehalten, ich habe mich mit den ganzen Arschlöchern und Besserwissern herumgeschlagen«, tobte das Männlein weiter. »Ich habe die Finanzierung auf die Beine gestellt, habe zweiundzwanzig Millionen Euro für die Halle aufgetrieben.«

»Nicht ganz, Rudolf, nicht ganz«, unterbrach ihn Färber, der jetzt eine dicke kubanische Zigarre paffte.

Für einen Augenblick verschlug es Rudolf Morgentaler die Sprache. Er japste nach Luft und wedelte mit seinen kurzen Armen hin und her, als verlöre er das Gleichgewicht. Alle Blicke waren auf ihn gerichtet.

»Wenn ihr den Breitenbrunnen cancelt, die Skihalle aus meiner Gemeinde wegzieht«, presste er, noch immer um Fassung bemüht, zwischen den Zähnen hervor, »dann gnade euch Gott.«

»Nichts wird so heiß gegessen, wie's gekocht wird, Rudolf«, dröhnte Bohnert jovial und goss ihm einen neuen Schnaps ein. »Du weißt, dass jeder hier im Raum alles ihm Mögliche tun wird, damit die Skihalle am Breitenbrunnen gebaut wird, nicht wahr, Apfelbök?«

»Ich wollte nur andeuten, dass man eventuell …«, maulte der Landrat.

»Intellektueller Schissdreck«, schnitt ihm Bohnert das Wort ab. »Wir reden nicht über ungelegte Eier, damit sind wir immer gut gefahren, nicht wahr?«

»So ist es, Willi«, stimmte ihm Färber von der anderen Seite des Tisches zu. »Auf die Jagd! Auf den Jagdherrn!«

Er prostete Bohnert zu, und auch die anderen in der Runde hoben ihr Glas.

In der nächsten halben Stunde tauschten sich die Herren in mir unverständlichem Jägerlatein aus. FK schien das nicht sonderlich zu interessieren, er drängte darauf, endlich aufzubrechen, jetzt wo die Herren zum gemütlichen Teil des Abends übergegangen waren. Aber Achim Jäger war noch nicht wieder in der Jagdstube aufgetaucht, und dem wollte ich nicht plötzlich in der Dunkelheit begegnen. So sahen wir den Schnaps trinkenden, über Kimme, Korn und Keiler schwadronierenden Männern noch so lange zu, bis Bohnert zum Aufbruch blies.

»Maxi lädt noch auf einen Schlummertrunk ein«, verkündete Jürgen Armbruster.

»Die clevere Frau van der Camp«, spöttelte Apfelbök. »Immer um gute Kontakte zu Politik und Wirtschaft bemüht.«

»Hat sie sich finanziell ein bisschen erholt?«, fragte Bohnert Armbruster beim Hinausgehen.

»Die Gästezahlen im letzten Jahr waren saumäßig. Sie hat große Probleme, den Kredit für den Schwimmbad-Bau zu finanzieren. Ich würde ihr gern aus der Patsche helfen, aber in den schlechten Zeiten gelingt es mir gerade, die eigene Firma über Wasser zu halten. Kannst du ihr nicht unter die Arme greifen?«, antwortete Armbruster.

»Für deine Maxi gehst du durchs Feuer, was, Jürgen?« Bohnert klopfte ihm kameradschaftlich auf die Schultern. »Ich rede mal mit ihr. Vielleicht lässt sich da was machen …«

»Trinke mer ä Scheidebecherle«, rief der kurzbeinige Morgentaler, jetzt schon wieder besser gelaunt, und stieg in einen der beiden Ladas.

Nachdem die Herren gefahren waren, tauchte Achim Jäger wieder in der Hütte auf. Er räumte Geschirr und Essensreste zusammen und packte alles in den Rover. Die Zeit nutzten wir, um zu unserem ersten Beobachtungsposten zurückzukehren. FK faltete leise die Isomatte zusammen, und ich beobachtete den Eingang. Als er fertig war, stand Jäger mit einer Schnapsflasche unschlüssig vor der Hütte und starrte in die Dunkelheit. Mehrfach nahm er einen kräftigen Schluck und schmetterte dann die Flasche mit Wucht gegen die Tür, sodass sie zersplittert zu Boden ging. »Anna«, brüllte er in die Dunkelheit und trat gegen die Hütte. »Anna!!!!« Dann fuhr er davon, ohne sich um die Scherben zu kümmern, die er hinterlassen hatte.

Nachdem das Motorengeräusch verstummt war, senkte sich eine

große Stille über den Wald. Am Himmel schimmerte jetzt ein zitronengelber Dreiviertelmond, und zu dem einsamen Abendstern hatten sich einige Dutzend weitere Sterne hinzugesellt. Die Himmelslichter beschienen den Wanderweg und führten uns sicher zu FKs Wagen zurück.

*

»Sie machen mich noch zu einem ganz Süßen!«, neckte Eberle mich und schob sich genussvoll den nächsten Löffel »Kirschwasserbömble« in den Mund.

Auf Carlos Lehrplan hatte heute Parfait, Gefrorenes auf Eier-Basis, gestanden. Die aufgeschlagene Eier-Sahne-Masse parfümierten wir mit Kirschwasser, hoben kleine Schokostücke darunter, füllten das Ganze in Timbale-Förmchen und stellten es für vier Stunden in den Gefrierer. Dazu gab's eine Soße aus pürierten Sauerkirschen.

Eberle verzehrte das einzige übrig gebliebene Eistürmchen. Sehr zu meiner Überraschung hatte er sich heute in einem unserer Fremdenzimmer einquartiert.

»Wisset Se, dann muss ich nicht jeden Tag von Offenburg hierher fahren, außerdem bin ich dadurch näher bei Adela.«

Die saß neben ihm, vertieft in einen Gedichtband »Herz über Kopf«, den Eberle ihr geliehen hatte. »Komm, beiß dich fest, ich halte nichts vom Nippen«, las sie mit leuchtenden Augen und schmiegte sich enger an den kleinen Schwaben.

In den letzten Tagen hatte ich sie kaum gesehen. Dr. Kälber hatte sie mehr als erwartet mit Beschlag belegt, und ansonsten hatte sie jede freie Minute mit ihrem Kuno verbracht. Verliebte! Sie vergaßen die Welt, die Freunde, einfach alles. Nicht mal der Mord an Konrad interessierte Adela zurzeit. Daran konnte man merken, wie sehr es sie erwischt hatte.

Die Uhr ging auf Mitternacht zu. Carlo war vor einer halben Stunde zur Disco in die Illenau gerollt, Martha mit ihrem Gehgips ins Bett gehumpelt, und Edgar hockte auf einen letzten Schwatz bei den Stammtischbrüdern. Eigentlich hatte ich heute Abend endlich Eckis Briefe beantworten wollen, saß aber immer noch mit Adela und Eberle hier am Kachelofen.

Schon seit einiger Zeit dachte ich über Eberle nach, und es ärgerte mich, dass ich den kleinen Kommissar nicht einschätzen konnte. Adela, mit dem verklärten Blick einer Verliebten, konnte ich als Hilfe komplett vergessen. Eberle war ein Einzelgänger, so viel stand fest. Nie sah man ihn mit einem Kollegen. Er tauchte plötzlich auf und verschwand wieder. Scheinbar offenherzig streute er sein Wissen über den Stand der Ermittlungen aus. Aber wie viel Wissen verheimlichte er? Was für eine Strategie verfolgte er mit seinen Ermittlungen? Hatte er eine Hitliste von Verdächtigen, oder fischte er noch im Trüben? Musste er das Netz um den Mörder nur noch zuziehen, oder war er noch meilenweit von einem Ermittlungserfolg entfernt? – Wie er so dasaß, genussvoll einen Stümpflesbacher Trollinger schlotzte und Adela von Sonetten vorschwärmte, hätte man ihn für einen passionierten Deutschlehrer halten können.

Letztendlich fragte ich mich, ob er ein eigenbrötlerischer Trottel war, den man aufs Altenteil in die badische Provinz abgeschoben hatte, oder ein hartnäckiger Wadenbeißer, der sich nicht in die Karten blicken ließ. Wie ich das herausfinden sollte, wusste ich noch nicht, stattdessen fragte ich ihn: »Wissen Sie etwas über die Finanzierung der Skihalle?«

»Ich finde, ihr solltet euch duzen«, schlug Adela vor. »Jetzt, wo Kuno und ich ...« Sie schenkte dem Schwaben ein hinreißendes Lächeln und klappte ihr Buch zu.

»Von mir aus gern«, meinte Eberle und lächelte ebenfalls.

Er war vielleicht ein Trottel, aber keineswegs unsympathisch, deshalb sagte ich: »Weißt du etwas über die Finanzierung der Skihalle?«

»Warum willst du das wissen?«

Seine Augen waren jetzt ganz wach.

»Konrad Hils hat sich kurz vor seinem Tod damit beschäftigt, es könnte ein Motiv für die Tat sein. Träuble hat davon beim letzten Treffen der Legelsauer erzählt, und gestern habe ich es noch von anderer Seite gehört.«

»Von anderer Seite, soso. Machst du mir Konkurrenz?«

Ein spöttisches Lächeln huschte über sein Gesicht. Er schob den Trollinger zur Seite und schwieg eine Weile.

»Kuno, weißt du etwas darüber?«, hakte Adela nach.

»Geld ist oft ein Motiv für Mord«, begann er. »Natürlich habe ich mir von Morgentaler den Finanzierungsplan vorlegen lassen. Hauptfinanzier ist die Firma ›Fun-Sport‹, die ähnliche Hallen in Holland und im Ruhrgebiet betreibt. Im Vergleich zu der Summe, die ›Fun-Sport‹ aufbringen will, sind die zwei Millionen aus einem liechtensteinischen Trust Peanuts. Aber bei dem besteht die Möglichkeit der Geldwäsche. Wenn Konrad herausgefunden hat, wer darüber sein Geld reinwäscht, könnte das sehr wohl das Motiv für den Mord sein.«

»Haben Sie, äh …hast du herausgefunden, welche Geldgeber dahinter stecken?«, fragte ich aufgeregt.

»Die Abteilung Wirtschaftskriminalität kann ich erst um Amtshilfe bitten, wenn ich einen konkreten Verdacht habe, und den habe ich noch nicht«, erklärte Eberle und schüttelte bedauernd den Kopf. »Hast du einen?«

»Oh, ich finde, man sollte die komplette wirtschaftliche und politische Mischpoke des Achertals unter die Lupe nehmen«, schlug ich vor.

»Wieso? Glaubst du an eine Verschwörung?«, fragte der Schwabe spöttisch.

»Was heißt hier Verschwörung?«, entgegnete ich. »Gängige Praxis. Denk an den Müllskandal in Köln. Der Rat der Stadt Köln hat dem Bau einer von Anfang an überdimensionierten Müllverbrennungsanlage zugestimmt. Vertreter von SPD und CDU haben dafür Schmiergelder in Millionenhöhe kassiert, die die Steuerzahler jetzt mit erhöhten Müllgebühren finanzieren. – Eine ähnliche Schweinerei könnte hier mit der Skihalle laufen.«

»Wie? Wer steckt dahinter? Ohne konkrete Anhaltspunkte kann ich nichts tun.« Eberle trommelte mit den Fingern auf die Tischplatte. »Und selbst dann wird es noch sehr schwierig sein. Schwarzgeldgeschäfte sind so raffiniert und fintenreich, da haben sich die Kollegen von der Wirtschaftskriminalität schon manches Mal die Zähne ausgebissen. Besser, ich kann Konrads Mörder mit etwas anderem überführen.«

»Ist 'ne Nummer zu groß, was?«

Doch kein Wadenbeißer, dachte ich. Vielleicht kein Trottel, aber ein Feigling, genau wie FK. Keiner der beiden sollte mir erzählen, dass sie nicht auf informellem Wege etwas über die Hintermänner der Finanzierung erfahren könnten.

»Alle Ermittlungen, in die Leute mit Macht und Einfluss verwickelt sind, fordern höchste Vorsicht«, antwortete Eberle langsam. »Da müssen nicht nur die Beweise hundert Prozent wasserdicht sein, da muss ich zusätzlich aufpassen, dass mir aus meiner eigenen Behörde keiner Knüppel zwischen die Beine wirft. Ich bin alt und müde. Viel vorsichtiger als früher.«

»Aber Kuno würde niemals den Kopf in den Sand stecken, nicht wahr?« Adela strich ihm sanft über das straßenkötergraue Haar.

»Ist es nicht wunderbar, in meinem Alter noch jemanden zu finden, der so an einen glaubt?«, schwärmte Eberle und küsste ihr zart die Hand.

Adela glückste wie ein Teenager. Verliebte können so albern sein!

»Und wie geht es jetzt weiter? Was machst du als Nächstes, um Konrads Mörder zu finden?«, fragte ich, genervt von dem Geturtel.

»Da gibt es etwas, was ich dir zeigen wollte«, sagte Eberle, jetzt wieder auf mich konzentriert, und kramte ein kleines Büchlein aus seiner Jackentasche, das er mir reichte.

Konrads Terminkalender. Merkwürdig, die Verabredungen eines Toten in Händen zu halten. Teresas Mann hatte pedantisch Buch geführt. Kaum ein Tag, an dem nichts notiert war. Kein Wunder, dass Teresa sich vernachlässigt fühlte. Meist hatte er Kürzel verwendet. Manche konnte ich sofort zuordnen, die anderen hatte Eberle entschlüsselt.

»Er hat sich zweimal mit Maxi van der Camp getroffen. Interessant«, stellte ich fest.

Eberle schlug in seinem eselsohrigen Notizblock nach.

»Frau van der Camp sagt, beide Treffen seien auf Konrads Wunsch zustande gekommen«, resümierte er. »Beim ersten Treffen sei es ganz allgemein um die Skihalle gegangen und beim zweiten um Kirschwasser.«

»Kirschwasser?« Jetzt verstand ich gar nichts mehr.

»Sie ist Mitglied einer Kommission, die der gehobenen Gastronomie hochkarätige Brände empfiehlt. Hils wollte sein Kirschwasser von dieser Kommission bewerten lassen.«

Ich rümpfte die Nase. Maxi war zuzutrauen, dass sie Eberle einen gewaltigen Bären aufgebunden hatte.

»Sie ist in finanziellen Schwierigkeiten«, sagte ich. »Im letzten Jahr sind viele Gäste weggeblieben, und sie kann den teuren Kredit für Schwimmbad und Wellness-Bereich nicht mehr zahlen. Mit der Aussicht auf den baldigen Bau der Skihalle könnte sie ihre Kreditgeber hinhalten.«

»Das kann ich überprüfen«, murmelte Eberle und machte sich eifrig Notizen.

»Außerdem gibt es eine Verbindung zu Jürgen Armbruster, dem Besitzer des Steinbruchs am Wolfsbrunnen«, fuhr ich fort. »Entweder die zwei hatten oder haben etwas miteinander.«

»Alle Achtung«, sagte Eberle und sah von seinem Block auf. »Möchtest du meine Assistentin werden?«

»Kuno!«, sagte Adela tadelnd. »Wann schminkt ihr Männer euch endlich diesen Assistentinnen-Quatsch ab? Entweder man arbeitet partnerschaftlich und gleichberechtigt zusammen oder gar nicht. So läuft das heute.«

Zumindest ihre feministischen Grundwerte hatte Adela in ihrer Verliebtheit noch nicht verloren.

»Sollte ein Scherz sein«, entschuldigte sich der Schwabe. »Vielleicht knackst du noch eine Nuss, Katharina«, wandte er sich mir hoffnungsfroh zu. »Es gibt in dem Terminkalender ein Kürzel, das wir nicht entziffern konnten: ›lmda‹. – Weißt du, was das heißen könnte?«

»Lmda.« Ich hatte keine Ahnung.

»Es sind vier Buchstaben, ansonsten verwendet er nur Kürzel mit zwei Buchstaben, oft Abkürzungen von Namen. Bei ›lmda‹ gibt es keine Regelmäßigkeit von Terminen, manchmal taucht das Kürzel zweimal die Woche auf, manchmal drei Wochen gar nicht«, erklärte Eberle seine Nachforschungen. »Ich habe mir auch Konrads Kalender aus früheren Jahren vorgenommen, um festzustellen, ab wann das Kürzel auftaucht. Das erste Mal notierte Konrad es vor ungefähr einem Jahr, circa acht Wochen nach Gründung der Bürgerinitiative. Nahe liegend, dass das Zeichen etwas mit der BI zu tun hat. Aber von allen Legelsauern, die ich befragt habe, konnte keiner etwas damit anfangen. Genauso wenig wie mit dem zweiten Foto, dem Bild von diesem Steinhaus.«

»Lass mich da arbeiten«, sagte Adela plötzlich.

Eberle und ich starrten sie verständnislos an.

»Lmda«, sagte Adela. »Lass mich da arbeiten.«

»Und was soll das heißen?«, fragte ich, immer noch nicht klüger.

»Vielleicht waren das die Zeiten, wo er in Ruhe arbeiten wollte.«

»Warum nicht ›Lass mich dich ansehen‹?«, schlug ich vor.

»So ähnliche Sätze habe ich auch durchprobiert«, seufzte Eberle. »Ohne Ergebnis.«

»Apropos Ergebnis«, fiel mir ein. »Weißt du schon, wer hier in der Gegend einen Lada Niva fährt?«

»Ein gebräuchliches Auto, wie ich vermutet habe«, antwortete Eberle.

»Bisschen genauer geht es nicht?«, wollte ich wissen.

»Günther Trauble fährt so einen, im Fuhrpark von Stein & Zement steht einer, genauso wie im Fuhrpark von Bohnert, und Frau van der Camp besitzt auch einen.«

»Rudolf Morgentaler fährt keinen?«

Eberle schüttelte den Kopf.

»Aber das engt doch den Kreis der Verdächtigen auf ein überschaubares Häuflein ein, oder?«, fragte ich.

»Möglicherweise«, antwortete Eberle vorsichtig. »Wobei die Fahrzeuge von Armbruster und Bohnert einem größeren Personenkreis zugänglich sind. In beiden Autos steckt so gut wie immer der Schlüssel, und in beiden Firmen sind die Besitzer diejenigen, die diesen Wagen am wenigsten benutzen.«

»Ich bin überzeugt davon, dass Günther Träuble Konrad ermordet hat«, verkündete Adela plötzlich in altbekannter Frische. »Das ist ein Machtmensch. Die Rolle des ewigen Zweiten liegt ihm nicht. Wenn Konrad die Halle über die Finanzierung gekippt hätte, wäre er weg vom Fenster gewesen. Und jetzt ist er Vorsitzender. Er hat kein Alibi für die Tatzeit, fährt einen Lada Niva und hat ein Motiv!«

»Ein bisschen dünn, deine Argumentation«, meinte ich.

»Das finde ich leider auch«, seufzte Eberle und küsste ihr erneut die Hand. »Machtmensch ist mir zu hoch gegriffen. Träuble ist ein überzeugter Umweltschützer, der alle Möglichkeiten ausnutzt, um seine Position durchzusetzen, deswegen wird man nicht zum Mörder. Zudem führt er einen gut gehenden Weinbaubetrieb. – Um jemanden zu ermorden, muss man sich existentiell bedroht fühlen. – Das sehe ich bei Träuble nicht.«

Es war zum Verzweifeln. Welchen Faden wir auch aufgriffen, er verzweigte sich und endete in einer Sackgasse. Keinen von den Namen, die ich hier an diesem Tisch vor ein paar Tagen auf einen Bierdeckel geschrieben hatte, konnte ich streichen. Und auch Eberle, der über ganz andere Möglichkeiten der Recherche verfügte, schien keinen Schritt weiter zu sein.

Warum verstrickte ich mich so in diesen Mordfall? Natürlich konnte ich mir Gründe dafür nennen. Die Freundschaft zu Teresa oder der Vorfall am Wolfsbrunnen. Aber wenn ich ehrlich war, so gab es eigentlich nur einen Grund. Solange ich mich damit beschäftigte, brauchte ich nicht über mich selbst nachzudenken. Nicht über die Scherben der jüngsten Vergangenheit und nicht darüber, wie mein Leben weitergehen sollte. – Eine bleierne Müdigkeit ergriff von mir Besitz, und der Weg nach oben in mein Zimmer schien unüberwindbar lang. Ich verabschiedete mich von den beiden und schleppte mich langsam die Treppe hoch.

Auch heute würden Eckis Briefe nicht beantwortet werden.

*

Der Fluss floss träge dahin. Sonnenstrahlen spiegelten sich im Wasser, so grell, dass es wehtat hineinzusehen. Nichts blendet so wie Oktoberlicht.

Ich saß am Ufer und kämmte mir das Haar. In der Ferne tauchte ein Boot auf. Im blendenden Licht war nicht zu erkennen, wer es steuerte. Ich bürstete weiter meine Locken. Das Boot näherte sich. Ich erkannte Ecki. Er trug das geringelte Sommer-T-Shirt, das ich so liebte. Immer heftiger bürstete ich das Haar. Zu Anfang merkte ich nicht, wie mir Haare ausfielen. Erst als ein dickes Büschel in der Bürste hing. Da war es zu spät. Schon hatte ich eine halbe Glatze, schnell kein einziges Haar mehr auf dem Kopf. Eckis Boot kam immer näher. So nackt und kahl sollte er mich nicht sehen. Ich versteckte mich hinter einem Holunderbusch. Eckis Boot glitt vorbei. Als es nur noch ein winziger Punkt am Horizont war, fing ich an zu brüllen: »Ecki!«, schrie ich. »Ecki! Ecki!« Wasser und Licht verschlangen ihn.

Meine eigene Stimme weckte mich. Wahrscheinlich hatte ich wirklich »Ecki, Ecki« gebrüllt. Denn um zwei Uhr morgens war draußen nur das monotone Plätschern des Fautenbachs zu hören. Eine halbe Stunde versuchte ich vergeblich, wieder einzuschlafen, dann schälte ich mich aus dem Bett und setzte mich an den Schreibtisch. Eckis Briefe blickten mir drohend entgegen.

»Lieber Ecki«, schrieb ich. »Ich habe schwere Zeiten hinter mir. Spielmann ist tot. Ich habe mich in ihm getäuscht. Das ist bitter. Jetzt koche ich in der Linde, aber nicht für lange. Weiß nicht, was ich machen soll ...«

Was für ein Schwachsinn! Ich knüllte das Papier zusammen. Im Nachtradio vom SWR 3 sang Billie Holiday »For the one I love, will coming back to me ...« Wollte ich, dass Ecki zu mir zurückkam? Und liebte ich ihn? Schwierige Fragen ohne spontane Antworten. – Wie sehr beneidete ich Adela und Kuno um dieses erste Glück der Verliebtheit. Wo alles aufregend und neu, aber nicht kompliziert ist. Liebe konnte so kompliziert und schwierig sein. – Drei weitere Briefversuche landeten im Papierkorb und machten mich hellwach. Weiter schlafen konnte ich auf gar keinen Fall. Kurz entschlossen zog ich mich an, stieg leise die Treppe hinunter, griff mir meine Jacke und trat nach draußen.

Feuchte, kühle Nachtluft umfing mich, durch den wolkenverhangenen Himmel strahlte heute kein Dreiviertelmond. Am Bach schlug ich den Weg ins Unterdorf ein.

Ecki war fassungslos gewesen, als ich ihm erzählte, dass Spielmann mir einen Heiratsantrag gemacht hatte. »Geh, Kati, der Chef! Jetzt bist aber weit gekommen mit deinem Ehrgeiz. Wie alt ist der denn?«, hatte er gespottet. »Hat der's Fünferl noch als Zehner oder schon gar's Sechserl?« Er war nicht ausgerastet vor Eifersucht, hatte nicht herumgetobt, mir keine Vorwürfe gemacht, nichts dergleichen. Nein, er servierte mir ein Angebot. Gerer, bei dem wir beide in Wien gearbeitet hatten, wollte, dass wir beide nächstes Frühjahr ein zweites Resto für ihn aufbauen. Nicht, dass Ecki sich mit Herzblut für dieses Angebot stark gemacht hätte. »Das ist toll, ich will das mit dir machen, lass den bescheuerten Spielmann sausen und komm mit mir nach Wien«, so etwas in der Art ist Ecki nicht über die Lippen gekommen, nein, nur »Einerseits, andererseits. Ich geh zurück nach Bombay, du klärst deine Sachen in Köln und dann seh ma ...«

Ich hasste dieses »Seh ma!«.

Ecki ließ sich gern treiben, wollte sich nie festlegen. Er hatte keinen Lebensplan. Bevor die Morde im Goldenen Ochsen und Spielmanns Tod mich erschütterten, hatte ich ganz genau gewusst, was ich vom Leben wollte. Ein eigenes Resto, einen Mann, der das mit mir betreibt, zwei Kinder, mindestens einen Stern im Michelin und fünf Kochmützen im Gault Millau, ein Kochbuch schreiben, eine Kochsendung im Fernsehen. Nicht wenig, zugegeben, aber Abstriche konnte man immer machen. Man musste seine Ziele hoch hängen, sonst wurde nichts draus.

Der gellende Pfiff eines durch die Nacht brausenden Intercitys durchschnitt die Stille und meine Gedanken. Schnell huschte ich durch die dunkle Bahnunterführung. Auf der anderen Seite lief ich weiter am Bach entlang, an dessen Ufer sich die Silhouetten knorriger alter Birnbäume abzeichneten. Aus den Häusern rechts und links des Ufers drang nicht mal ein Schnarchen. Das leise Plätschern des Baches war das einzige Geräusch.

In Wien, in der Phase der ersten Verliebtheit, hatte ich fest daran geglaubt, dass Ecki der Mann war, mit dem sich all diese Ziele verwirklichen ließen. Ich hatte mich getäuscht. Vielleicht hatte ich mich deshalb in Spielmann verliebt? Spielmann verstand es, mich bei meinem Ehrgeiz zu packen, er gaukelte mir vor, dass ich mit ihm alles erreichen konnte, was ich mir beruflich erträumt hatte. Spielmann! Der Herzmuskel verkrampfte sich, wenn ich nur an den Namen dachte! Nie konnte ich sein offenes Große-Jungen-Gesicht mit den frechen Stachelhaaren vor mir sehen, ohne dass sich sofort die mehlbestäubte, grotesk verzerrte Fratze des toten Spielmann darüber legte.

Zwei Jahre Sydney, zwei Jahre New York, zwei Jahre Paris, immer unterwegs, nirgends zu Hause sein, keine Kinder, vielleicht in späten Jahren ein gepachtetes Resto. So sähe ein Leben mit Ecki aus. Wollte ich so leben? Liebte ich Ecki? Das war die entscheidende Frage. Liebte ich ihn so sehr, dass ich für diese Liebe bereit war, einen Teil meiner Lebenspläne aufzugeben?

In einer rechtwinkligen Kurve führte die Straße vom Bach weg. Genau an dieser Stelle hatte das niedrige, längst abgerissene Fachwerkhaus meiner Urgroßmutter gestanden. Mein Vater wollte mir ihren Namen, Genoveva, geben, aber meine Mutter hatte auf Katharina bestanden. Eine der wenigen Entscheidungen meiner Eltern, bei der ich glücklich war, dass meine Mutter sich durchgesetzt hatte. Hinter Genovevas nicht mehr vorhandenem Haus erstreckte sich ein Erdbeerfeld, das in das kleine Fautenbacher Industriegebiet überging. Dahinter tauchte das McDonald's-Schild an der Autobahnausfahrt auf. Das große »M« verhieß zumindest einen heißen Kaffee, und den konnte ich jetzt gut gebrauchen.

Ich sollte aufhören, über die Liebe nachzudenken. Zurzeit liebte ich nicht mal mich selbst, wie konnte ich da entscheiden, ob ich Ecki liebte? Kann man Liebe überhaupt entscheiden? Bleibt man sich treu, wenn man seine Träume aufgibt? Was für schwierige Fragen! Ich mochte handfeste Ziele, klare Herausforderungen, die Liebe war so irrational.

Eine Viertelstunde später betrat ich die Fastfood-Filiale. Lange Zeit war unsere Gegend von der Invasion der Hamburger verschont geblieben. Aber der Vormarsch von Fritten und BigMacs schien unaufhaltsam. Als vor ein paar Jahren das Imperium an der Autobahnauffahrt zuschlug und einen Außenposten im ländlichen Gebiet aufbaute, stand kein José Bové auf, um diesen wieder niederzureißen. Stattdessen freute sich die Jugend. Endlich gab es einen Ort, wo man rund um die Uhr hingehen konnte.

Morgens um drei war der Laden allerdings fast menschenleer. Ein zu dick geratener junger Mann ließ Frittenfett aus und servierte mir mürrisch ohne die übliche aufgesetzte Freundlichkeit einen Kaffee. Außer mir saßen nur noch zwei kräftige Kerle herum, die einen billigen Aktenkoffer zwischen sich postiert hatten. Der eine sah aus wie Rambo und der andere wie Conan, der Barbar. Ein Duo, dem ich nachts nicht im Dunkeln begegnen wollte.

»Mach vöran, Jung, ich will noh Huss«, drängelte Rambo in breitestem Kölsch.

»Mir han noch Zick zum Schwaade, bis mi Handy klingelt«, gab Conan zurück.

Im ersten Moment freute ich mich, Kölsch zu hören. Dann erinnerte es mich an den toten Saucier aus dem Goldenen Ochsen. Köln würde für mich immer eine Stadt der Katastrophen bleiben.

Kurz darauf klingelte Conans Handy.

»Joot, mir kumme«, meinte Conan nur, kippte sich den letzten Schluck Kaffee in den Rachen, knüllte den Pappbecher zusammen und ließ ihn auf dem Tisch liegen. Rambo packte den Koffer, und die beiden Männer stapften zum Ausgang. Gedankenverloren blickte ich ihnen nach. Ihr Lkw stand nebenan auf dem Parkplatz.

Ich merkte, wie mein Adrenalinspiegel stieg. Rote Schrift auf gelbem Grund. »Spedition Pütz« stach mir ins Auge, dahinter die Silhouetten schmaler Pappeln. Jetzt wusste ich, wo das Foto in Konrads Jackentasche aufgenommen worden war. Genau hier. Die dunklen Schatten im Hintergrund des Bildes waren eindeutig die Pappeln zwischen Parkplatz und Achersee.

Ich sah, wie Conan den Lkw startete, aber er bog nicht auf die L87 Richtung Autobahnauffahrt, sondern rollte langsam Richtung Achersee. Ich ließ meinen Kaffee stehen und folgte dem Laster. Er nahm den schmalen Weg, der zum Campingplatz führte, und parkte zwischen den Bäumen. Rambo und Conan sprangen aus dem Fahrerhäuschen. Ich duckte mich hinter einer Weißdornhecke. Die beiden stiefelten nach hinten, sperrten die Lastertüren auf und begannen, etwas einzuladen. Die nach außen gekippten Türen verstellten mir die Sicht, ich musste näher ran. Dabei stolperte ich über eine leere Dose und flog der Länge nach hin.

Ich wollte nur noch unsichtbar sein.

»Du, do is einer«, hörte ich Rambo sagen.

»Dat is e Kning«, antwortete Conan. »Jetz maach dich nit beklopp, du Jeck im Rään.«

Auf allen vieren, mit den Händen das Terrain nach Dosen und anderem Krachzeugs abtastend, robbte ich mich langsam zur Rückseite des Lasters. Erst jetzt konnte ich etwas erkennen. Die zwei Kerle verluden Kisten. Kisten, die jemand neben dem Eingang des Campingplatzes für sie bereitgestellt hatte, Kisten, die alle ein Totenkopf-Emblem und ein Schriftzug »Vorsicht Gift« zierte. Conan lud allein auf, Rambo konnte ich nicht sehen. Wahrscheinlich nahm er die Ware im Wageninneren an.

Ich durchsuchte leise meine Jackentaschen. Natürlich hatte ich kein Handy mit, keine Möglichkeit, Eberle anzurufen, damit er die Kerle in flagranti ertappte.

»Vun wäje, beklopp!« Rambo tauchte mit einer riesigen Taschenlampe neben Conan auf. »Do is einer, wes de merke, dat ich Rääch han.«

Er knipste die Lampe an und begann, das Dickicht auszuleuchten. Mir war gleichzeitig heiß und kalt, aber mein Gehirn arbeitete fieberhaft. Wenn ich wartete, bis er den Lichtstrahl auf mich richtete, hatte ich verloren. Ich schnellte hoch und lief Richtung Campingplatz.

»Bliev beim Laster und pass up dä Koffer op!«, hörte ich Rambo hinter mir schreien. »Dä schnapp ich mir!«

Ich hatte vielleicht zwanzig Sekunden Vorsprung und sauste ziellos durch winterfest verriegelte Wohnwagen-Reihen. Ich rüttelte an mehreren Türen, keine ließ sich öffnen, um mir Unterschlupf zu gewähren. Nach Luft ringend pausierte ich hinter einer dreifenstrigen

»Seeschwalbe«. Rambos Taschenlampe blinkte in bedrohlicher Nähe. Auf dem großen Gelände schienen wir zwei die einzigen Menschen zu sein.

»Ich krieje dich, du Sackjeseech«, drohte er laut.

Nur keinen Mucks, nur nicht bewegen, beschwor ich mich selbst und versuchte, meinen Atem unter Kontrolle zu bekommen. Rambos Lampe war jetzt höchstens drei Meter von mir entfernt. Langsam ging ich in die Knie und griff mir einen Stein, der ein Rad des Wohnwagens sicherte. Es musste mir gelingen, zum See zu laufen. Den See kannte ich wie meine Westentasche. Alle Sommer meiner Kindheit hatte ich hier verbracht. Schwimmen gelernt, Indianer gespielt, das erste Gyros gegessen, den ersten Kuss bekommen. Auf der linken, zur Autobahn gewandten Seite führte ein schmaler Weg durch dichtes Schilf, von dem es viele versteckte Verzweigungen zum See gab. Gute Möglichkeiten, sich zu verbergen. Aber wo in dieser gottverdammten Dunkelheit lag der See? Rambos Schuhe knirschten in unmittelbarer Nähe. Er stank nach Frittenfett und billigem After-Shave. Ich betete, dass er meine Angst nicht roch. Hinter mir schepperte ein Lkw mit hoher Geschwindigkeit über die Autobahn. Nach rechts musste ich laufen, die Autobahn verlief parallel zum See. Noch hielt Rambo die Lampe von mir weg, aber wenn er sich jetzt drehte, hatte er mich im Visier. Ich warf den Stein voller Wucht nach links. Rambo reagierte sofort. Er lief von mir weg, ich zwang mich einen Moment zu warten und hastete dann durch weitere Wohnwagenreihen Richtung See. Ich drehte mich nicht um, hörte nicht, was hinter mir los war, konzentrierte mich darauf, in der Dunkelheit den schmalen Weg im Schilf zu erspähen. Ich fand ihn, und die Dunkelheit verschluckte mich. Wie spät mochte es sein? Halb vier? Vier? Noch mindestens drei Stunden, bis es hell wurde. So lange wollte ich auf gar keinen Fall im Schilf ausharren. Mit den Händen bahnte ich mir einen Weg durch die scharfstieligen Sumpfpflanzen. Im Sommer quakten hier Frösche, suhlten sich Ringelnattern in der Sonne und schwirrten Unmengen von »Schnaken«, wie die Mücken im Badischen heißen, durch die Luft. Ein Stück weiter vorn jagten sich in der Badesaison die Jugendlichen im Wasser, tauchten sich gegenseitig unter und versuchten sich unter Wasser in ersten ungelenken Umarmungen. Ein paar Meter weiter, versteckt im Ufergebüsch, knutschten frische Liebespaare. Aber im Oktober, mitten in der Nacht, war hier natürlich keine Menschenseele. Zumindest vor dem Viehzeugs hatte ich Ruhe, das war aber auch der einzige Vorteil der kühlen Herbstnacht. Der Boden schmatzte sumpfig, und die Schuhe sogen sich schnell mit kalter Nässe voll, schwer klebten sie an meinen Füßen. Das Schilf wollte kein Ende nehmen. Ich müsste längst am Zaun sein, der den See von der L87 trennte, aber vor mir lag immer noch dichtes Schilf. Plötzlich hatte ich Angst, im Kreis oder, schlimmer noch, zurückzugehen und Rambo in die Arme zu laufen. Der nächste Wagen, der über die Autobahn wischte, beruhigte mich. Die Richtung stimmte. Ich stapfte weiter. Unmöglich, dass hier so viel Schilf stehen sollte! Endlich hatte ich den Dschungel hinter mir und traute mich stehen zu bleiben. Ich lauschte. Motorenlärm in der Ferne, sonst nichts. Rambo war mir nicht gefolgt. Wahrscheinlich wartete er mit Conan am Eingang des Campingplatzes. Da konnten sie lange warten! Die zwei wussten nichts von meinem Heimvorteil. Links vor mir leuchtete wieder das große »M«. Ich kletterte über den Zaun und überquerte die L87, die nassen Schuhe quietschen auf der Betondecke. Nur noch herumtorkelnd und völlig erschöpft, trat ich den Heimweg an. Meine Hände brannten wie Feuer. Im Licht der Straßenlaterne konnte ich sehen, dass die scharfen Schilfstängel mir die linke Hand zerschnitten hatten.

Als ich die Linde erreichte, schlug die Kirchturmuhr sechsmal. Immer noch war es dunkel, aber auf der B3 fuhren bereits die ersten Berufstätigen zur Arbeit. Ich stieg nach oben und klopfte heftig an Eberles Zimmertür. Niemand antwortete, aber die Tür von Adelas Zimmer wurde einen Spalt breit geöffnet, und ihr verschlafenes Gesicht lugte heraus.

»Wie siehst du denn aus?«, murmelte sie.

»Sag Eberle, dass ich ihn sofort sprechen muss.«

Zwei Minuten später stand Eberle in einem altmodischen grünblau gestreiften Schlafanzug und gelb-schwarzen Hauspuschen vor mir und verschwand sofort wieder, um seine Brille zu suchen. Als er sie endlich gefunden hatte, erzählte ich ihm, was passiert war.

»Wie ist die Autonummer?«, fragte der Schwabe und schaltete sein Handy ein.

Ich sah den gelb-roten Lkw vor mir, ich konnte genau beschreiben, wo der Schriftzug »Spedition Pütz«, wo der stilisierte Dom angebracht war, aber das Autokennzeichen, nada, nichts, nicht eine einzige Ziffer, nicht eine einzige Zahl.

Eberle ließ enttäuscht das Handy sinken.

»Die Spedition hat ungefähr hundert Lkws im Einsatz«, seufzte er. »Aber bestimmt nicht alle sind gerade zwischen Achern und Köln unterwegs.«

»Mal sehen, was sich machen lässt«, nuschelte er und schlurfte in Adelas Zimmer zurück.

Ein alter Mann, der seinen Schlaf brauchte. Mit Sicherheit kein Wadenbeißer.

*

Obwohl Adela die Wunden dick mit Heilsalbe bestrichen und die Hand bandagiert hatte, marterten mich die kleinen Schnitte bei der kleinsten Bewegung. Ich kochte hundserbärmlich. Carlo nahm mir alle schweren Arbeiten ab, schuftete wie ein Brunnenputzer und versprühte zudem gute Laune.

»Komm doch nachher mit mir in die ›Illenau‹«, schlug er mir beim Herdschrubben vor. »Das bringt dich auf andere Gedanken.«

»Für Teenie-Discos bin ich zu alt«, entgegnete ich, froh, dass dieser Arbeitstag ein Ende nahm.

»Von wegen Teenie-Disco! Disco ist eh nur zweimal die Woche«, erklärte mir Carlo. »Ansonsten ist die Illenau so eine Art Kulturzentrum. Heute Abend, zum Beispiel, gibt es französische Chansons. Auf so was stehst du doch.«

»Ich steh nicht auf französische Chansons, ich steh auf Jazz«, klärte ich ihn auf.

»Ist doch irgendwie ähnlich«, meinte Carlo salopp. »Beides ziemlich altmodisch.«

»Du hast keine Ahnung«, stöhnte ich.

»Komm doch trotzdem mit«, ließ Carlo nicht locker. »Ich habe meinen Kumpels schon so viel von dir erzählt. Die wollen dich kennen lernen.«

»Schaulaufen oder was?«

»Hey«, erwiderte Carlo verletzt. »Du weißt, wie gerne ich mit dir arbeite, wie stolz ich darauf bin ...«

»Sorry, Carlo, aber ich fühle mich heute wie ausgekotzt«, beschwichtigte ich ihn. »Ein anderes Mal vielleicht. Komm, ich spendiere dir noch eine Cola, bevor du gehst.«

Wir wechselten in die Gaststube. Ich zapfte Carlo eine Cola und machte mir ein Tannezäpfle auf. Auf der Ofenbank saß Martha, das Gipsbein hochgelegt. Sie winkte uns sofort zu sich her.

»So, habt ihr's geschafft?«, fing sie an. »Setzt euch her. Nichts tut so gut, wie auf der warmen Ofenbank zu sitzen, nachdem man stundenlang in der Küche gestanden hat.«

Carlo drehte die Augen nach oben und schniefte. Es war ihm unangenehm, sich zu Martha zu setzen, da ging es ihm nicht anders als mir. Ihre Augen hatten das ganze Treiben in der Wirtschaft im Blick. Keiner der Gäste kam oder ging, ohne ihr die Hand zu reichen oder ihr zuzunicken. Die Zeit der Abgeschiedenheit im ersten Stock war vorbei. Martha regierte wieder in ihrem alten Herrschaftsbereich.

»In zwei Wochen kommt der Gips ab«, fuhr sie fort. »Danach kann ich bald wieder in der Küche stehen. Wie in alten Zeiten, was Carlo?«

Der nickte ohne Begeisterung.

Jetzt krallte sich ihr Blick an mir fest.

»Was ist mit deiner Hand passiert?«

»Kleiner Unfall«, antwortete ich einsilbig.

»Willst du deine Mutter für blöd verkaufen?«, zischte sie mir leise zu. »Glaubst du, ich weiß nicht, dass du dich gestern Nacht wieder herumgetrieben hast? Es war nicht zu überhören, wie du in der Früh an die Tür von diesem Kommissar gepoltert hast. Dieses gebrochene Bein ist nichts gegen die Nerven, die du mich kostest. Wenn ich einen Herzinfarkt kriege, dann nur wegen dir!«

»Entschuldigung, Mama«, unterbrach ich sie. »Aber Carlo und ich müssen gehen.«

»Was soll das denn schon wieder?«, ärgerte sie sich. »Ihr seid doch fertig in der Küche.«

»Wir gehen zu einem französischen Chanson-Abend.«

Carlo sah mich erstaunt an, und meine Mutter fragte: »Hä?«

»Jacques Brel, Léo Ferré, Edith Piaf, Georges Moustaki, Charles Aznavour, Juliette Gréco, Serge Reggiani. – Französische Chansons. In der Illenau.«

Carlo war schon aufgestanden und schob den Stuhl zurück.

»Gute Nacht, Frau Schweizer«, nuschelte er hastig.

»Ade, Carlo«, antwortete sie und hob den Kopf. »Kauf dir mal ein paar ordentliche Hosen. Die Dinger, die du anhast, sind immer viel zu weit.«

»Schlaf gut«, verabschiedete ich mich ebenfalls.

»Illenau!« Noch einmal hielt Martha mich mit ihren Blicken fest. »Da trifft sich der Abschaum der Gegend, da wird mit Drogen gehandelt. Ich werde kein Auge zutun, bis du zurück bist. Du bringst mich noch ins Grab.«

Schnell holte ich meine Jacke und folgte Carlo nach draußen. Die kühle Nachtluft tat gut, Martha erstickte mich mit ihren ewigen Vorwürfen. Nur weg von hier. Plötzlich hatte ein Abend in der Disco etwas Verlockendes.

»Du kennst dich ja doch aus«, meinte Carlo, als er sein Skateboard im Kofferraum des Punto verstaute.

»Womit?«, fragte ich irritiert.

»Französischen Chansons.«

»Quatsch. Ein paar Namen, ein paar Titel, mehr nicht«, meinte ich und startete den Wagen.

»Du, Carlo«, fiel mir ein, als wir an der Abzweigung Richtung Achersee vorbeifuhren. »Ist dir eingefallen, wo du diesen Lkw der Firma Pütz gesehen hast?«

Carlo wirkte ertappt, wahrscheinlich hatte er keinen weiteren Gedanken an diesen Laster verschwendet.

»Kann es sein, dass du ihn auf dem Parkplatz am Achersee gesehen hast?«

»Bingo!« Carlo schnippte mit den Fingern. »Es war nach einem Discobesuch. Mein Kumpel Fred und ich hatten tierischen Hunger, so sind wir auf einen BigMac zu McDonald's. Da stand der Laster auf dem Parkplatz. Weißt du, warum er mir aufgefallen ist? – Er ist rückwärts Richtung Achersee gerollt.«

»Weißt du noch, wann das war?«

»Muss so einen Monat her sein. Fred hatte seinen freien Tag. Den kann ich nach dem genauen Datum fragen.«

Wir fuhren durch Achern, nahmen am Ortsende die Abfahrt Richtung Sasbachwalden und bogen dann rechts Richtung Illenau ab.

Im Dunkeln konnte man von dem gewaltigen Baukomplex wenig sehen. Bis zur Machtübernahme der Nazis war die Illenau eine der größten Irrenanstalten in Baden. Bereits 1842 wurden hier dreihundert Patienten betreut, drei Ärzte, zwei Priester, achtundzwanzig Wärter, drei Oberaufseher, fünfundzwanzig Wärterinnen und zwei Oberaufseherinnen arbeiteten unter dem Gründer der Anstalt, Dr. Christian Roller. Roller muss eine beeindruckende Persönlichkeit gewesen sein, der seine Patienten einfühlsam und human behandelte. Mit der Humanität war es unter den Nazis vorbei. Die Patienten wurden gequält und für medizinische Experimente missbraucht, bevor man sie, gemäß dem nationalsozialistischen Euthanasieprogramm, ermordete. Nach den Faschisten übernahmen die Franzosen als Besatzungsmacht die Illenau. Als diese vor ein paar Jahren abzogen, wusste die Stadt Achern nicht, was sie mit dieser Stadt in der Stadt machen sollte. Investoren wurden gesucht, aber nicht gefunden. Teilweise konnte man die Häuser verkaufen, teilweise stehen sie bis heute leer. Eines dieser leer stehenden Gebäude hat die Stadt Achern bis zum Verkauf einer Kulturinitiative zur Verfügung gestellt. Diese nannte den Veranstaltungsort passenderweise »Psychiatrie«. Davor stellte ich den Wagen ab.

Carlo löste uns bei einer schielenden Rothaarigen zwei Eintrittskarten und führte mich in einen großen Raum, in dem ein buntes Sammelsurium von Stühlen vor einer kleinen Bühne stand, auf der ein einsames Mikrophon auf seinen Einsatz wartete. Ich staunte nicht schlecht, als wenig später Anna Galli ans Mikrophon trat. Sie sang nur Piaf, und wie ihr großes Idol war sie in schlichtem Schwarz gekleidet. Ihre Stimme hatte natürlich nicht die klare Kraft und das ungeheure Volumen der Piaf, und Anna verzichtete auch völlig darauf, die pathetischen Gesten, die die kleine Pariserin bei ihren Auftritten pflegte, nachzuahmen. Sie startete mit »Padam …padam«, gab bald Piafs größten Hit »Non, je ne regrette rien« zum Besten, machte weiter mit »Marie trottoir« und »Les amants d'un jour«. Mit ihrer brüchigen, fast heiseren Stimme gab sie den Chansons eine ganz eigene Note. Sie beendete ihr Konzert mit »Les mots d'amour«, das sie auch als Zugabe brachte. – Dieses Lied sang sie mit einer solchen Inbrunst und Leidenschaft, dass sich auf meinen Armen eine Gänsehaut bildete.

Eine Viertelstunde später saß Anna mit einem giftgrünen Cocktail an der improvisierten Bar des Saales. Als sie mich entdeckte, prostete sie mir zu.

»Glückwunsch«, sagte ich. »Vielleicht hat der Spatz von Paris dir vom Himmel aus zugehört und aus der Ferne applaudiert.«

»Schöne Vorstellung«, nickte Anna. »Ich fühle mich Edith sehr verwandt. Ihre Lieder, ihre leidenschaftliche Auffassung von Liebe …«

»Ist ›Les mots d'amours‹ deshalb dein Lieblingslied?«, fragte ich und schlenderte zu ihr an die Theke.

»Mein Credo!«, bestätigte Anna und nippte an ihrem Giftzeugs. »Darin schwört sie ihrem Liebsten, dass sie niemanden so geliebt hat wie ihn und an Liebe sterben wird, wenn er sie verlässt.«

»Melodramatisch«, spöttelte ich. »Die eine große Liebe und dann finito.«

»Nein«, erwiderte Anna energisch. »So meint sie es nicht. Sie meint, dass man jede Liebe seines Lebens so leben muss, als sei sie die größte. Mit der gleichen Leidenschaft, der gleichen Unbedingtheit, mit der gleichen Bereitschaft zum Verlust. Jedes Mal, wenn sie eine neue Liebe lebt, weiß sie, dass auch diese schmerzvoll enden wird. Für Augenblicke der Liebe ist sie bereit, alles zu geben: Leib, Seele, Haus, Hof, Herd, einfach alles. Ihr ganzes Leben lang ist sie nie vorsichtig geworden, wie das die meisten Menschen werden, wenn sie in der Liebe enttäuscht wurden. Sie hat sich immer wieder mit offenem Herzen hingegeben.«

»Ich finde diese Vorsicht nicht schlecht«, hielt ich dagegen.

»Ach ja?« Anna runzelte die Stirn, nahm einen Schluck von ihrem Cocktail und sah mich mitleidig an. »Da enttäuschst du mich aber, die meisten Menschen machen das so. Mit jeder verlorenen Liebe verhärten sie mehr. Sie schützen sich gegen die Schmerzen der Liebe und verzichten damit auf die Intensität von Liebe. Liebe und Leid gehören zusammen. Wenn ich das eine will, muss ich das andere in Kauf nehmen.«

Hoffnungslos romantisch, ohne Sinn für Realität fand ich Annas Vorstellung von Liebe.

»Man kann doch die Liebe nicht auf Augenblicke des Glücks reduzieren«, sagte ich. »Was ist mit Vertrauen, Nähe, füreinander da sein, eine Familie gründen, etwas miteinander aufbauen, gemeinsam alt werden?«

»Und das soll Liebe sein?«, spottete Anna. »Für mich ist das schlicht Arterhaltung.«

»Du spinnst ja. So wie du Liebe schilderst, kann die nie von langer Dauer sein. Entweder liebst du gerade wahnsinnig, oder du leidest unter dem Verlust einer Liebe, oder du suchst eine neue Liebe. Genau wie ein Junkie. Entweder ich habe Stoff, oder ich leide unter dem Entzug von Stoff, oder ich suche neuen Stoff.«

»Genau!«, bestätigte Anna. »Alles andere ist kleinbürgerliche Kacke.«

»Und in was für einer Phase bist du gerade?«

»Ich habe mal wieder ein Messer in der Brust. Es zerfleischt mir die Eingeweide.«

In ihren Augen schimmerte ein wenig Feuchtigkeit. Vielleicht hatte sie beim Konzert das letzte Lied deshalb so inbrünstig singen können. Für wen hatte sie dieses Lied gesungen? Für Achim Jäger?

»Und du?«, fragte Anna, die Feuchtigkeit aus den Augen wischend. »Wie sieht es bei dir mit der Liebe aus?«

»Es gab zwei«, antwortete ich zögernd. »Der eine kocht in Bombay, und der andere ist tot.«

»Oh«, sagte Anna und vergaß, an ihrem Cocktail zu nippen. »Auch ein Messer in der Brust!«

»Kann sein. Aber im Gegensatz zu dir versuche ich zu verhindern, ein weiteres Mal verletzt zu werden. Außerdem gibt es noch andere wichtige Dinge im Leben. Arbeit, zum Beispiel. Oder die Suche nach Konrads Mörder.«

»Mach dir doch nichts vor«, sagte sie mit traurigem Lächeln. »Kein Gefühl bestimmt uns so wie die Liebe. Arbeit, und sei sie noch so gut, ist nur ein schwacher Ersatz dafür. Einen Mörder suchen schon gar nicht. Du«, sie tippte mir mit ihrem Cocktail sanft an die Brust, »brauchst diese anderen Dinge, weil dir eine Verletzung die Eingeweide zerfrisst und du nicht weißt, wie du mit deinem Schmerz umgehen sollst.«

Stand mir die Spielmann-Katastrophe ins Gesicht geschrieben, oder landete Anna einen Zufallstreffer? Ich fühlte mich ertappt und merkte, wie mein Kopf zu glühen begann.

»Du musst ein Ventil dafür finden! Mir hilft die Piaf und das Singen.«

Ich wusste, dass Anna Recht hatte. Ich musste endlich meine Wunden lecken und Frieden mit Spielmann schließen. Erst dann würde ich frei sein für Neues. Vielleicht für Ecki. Vielleicht für eine neue Liebe. Ich spürte, dass ich jetzt auf gar keinen Fall weiterreden wollte, dass ich jetzt allein sein musste.

Anna sah mich mit großen Augen an.

»Brüll, schrei, zerreiß dir das Hemd, prügele dich, aber lass es raus«, sagte sie eindringlich.

»Ich muss jetzt gehen«, sagte ich und merkte, dass ich kurz vor dem Heulen war.

Ich kämpfte die Tränen nieder, indem ich an meine Nachforschungen zu Konrads Tod dachte. Das Gespräch mit Eberle gestern, da war etwas gewesen, was ich Anna fragen wollte.

»Anna«, fragte ich. »Konrad hat in seinem Terminkalender Kürzel verwendet. Eines lautete ›lmda‹. Weißt du, wen oder was er damit gemeint hat?«

Ihre Augen flackerten kurz, so als ob ihr was zu den Buchstaben einfiele, aber dann schüttelte sie mit melancholischem Lächeln den Kopf.

Den kurzen Weg nach Hause liefen mir die Tränen, und in der Linde vergrub ich mich tief in mein Bett. Ich schloss die Augen und sah mich in einer lauen Sommernacht mit Spielmann in einem Biergarten sitzen, das Herz voller Glück. Ich sah uns beide lachend in der Küche oder heftig diskutierend auf Spielmanns Balkon, und dann sah ich dieses furchtbare, bittere Ende in der Ochsenküche. Ich schluchzte und weinte und weinte und schluchzte, bis ich vor Erschöpfung einschlief. Es war die erste Nacht, in der der Schlaf schwarz und bilderlos war und ich nicht die grauenvolle Totenfratze von Spielmann sehen musste.

*

»Die Spedition Pütz hatte gestern keinen Laster in Achern im Einsatz«, erzählte Eberle beim Frühstück am nächsten Morgen.

Er bröckelte Brotstückchen in seinen Kaffee und fischte sie anschließend mit dem Löffel heraus. Neben ihm räkelte sich Adela auf der Ofenbank. Ihre Augen strahlten, und sie sah so glücklich aus, wie ich sie noch nie gesehen hatte. Sie plauderte völlig entspannt mit Martha, die hier mit ihrem Gipsbein wahrscheinlich schon vor Stunden Position bezogen hatte. Derweil wurstelte Edgar hinter dem Tresen herum.

»Was heißt, sie hatten keinen Laster in Achern im Einsatz?«, fragte ich. »Ich habe doch einen gesehen.«

208

»Verschiedenes«, antwortete Eberle und tunkte ein weiteres Brot-stückchen ein. »Erstens: Die Fahrer des Lkws arbeiten auf eigene Kap-pe, sprich: ›Koiner weiß ebbes‹.«

»Wirklich zu blöd, dass ich mir die Nummer nicht gemerkt habe«, ärgerte ich mich.

Eberle seufzte leicht, bevor er fort fuhr: »Zweitens: Die Firmenlei-tung weiß sehr wohl von den Gifttransporten. Die sind aber illegal, deshalb verschleiert sie in ihren Büchern solche Transporte. Und drit-tens: Die Kölner Kollegen haben schlampig gearbeitet.«

»Viertens«, mischte sich jetzt Adela ein. »Eine Kombination von drei und vier.«

»Mehr hast du nicht herausfinden können?«, fragte ich enttäuscht.

»Josef Pütz ist ein seriöser Geschäftsmann, der polizeilich noch nie aufgefallen ist. In den letzten Jahren stand seine Firma zweimal kurz vor dem Bankrott. Das ist nichts Besonderes, sondern trifft bei der aktuellen Wirtschaftslage viele mittelständische Betriebe. Inner-halb von Deutschland macht er vor allem Transporte in den süddeut-schen Raum, im europäischen Ausland fährt er Russland und Polen an. Soweit die Informationen aus Köln.«

»Da haben die Kölner aber nicht besonders viel herausgefunden«, meinte Adela.

»Übrigens, schöne Grüße vom Kollegen Fischer.« Eberle schob die sauber leer gelöffelte Tasse zur Seite und lächelte Adela an.

»Was sagt er?«, fragte Adela nach.

»Er ist sehr froh, dass ihr beiden euch jetzt in meine Ermittlungen einmischt und nicht in seine.«

Adela kicherte. Sie hatte Fischer nie leiden können.

»Was haben die Kölner Kollegen eigentlich gemacht?«, wollte ich wissen.

»Fahrtenbücher der eingesetzten Lkws eingesehen und festgestellt, was die Laster geladen hatten. Pütz macht übrigens sehr wohl Gift-mülltransporte. Ausschließlich auf seiner Ostschiene«, las der kleine Schwabe aus seinem eselsohrigen Heft vor.

»Hochgiftiger Wohlstandsmüll, den in Westeuropa keiner haben will, wird nach Sibirien gefahren«, meinte Adela.

»So weit fahren sie nicht. Nur bis in die Ukraine.«

»Und was bringen sie zurück?«, wollte ich wissen.

Eberle blätterte in seinem Heft.

»Rohmaterial für die Metall verarbeitende Industrie. Alles legal und in Ordnung.«

»Und wie geht es jetzt weiter?«, fragte ich ungeduldig. »Es kann doch nicht sein, dass jede Spur im Sand verläuft.«

»Da kannst sehen, was Polizeiarbeit für eine Sisyphusarbeit ist.« Eberle blätterte erneut in seinem Heft. »In der fraglichen Nacht waren genau sechs Lkws von Pütz im Süddeutschen unterwegs. Ich schicke die Kölner Kollegen noch mal hin, damit sie anhand deiner Personenbeschreibung die Fahrer der Laster überprüfen. Falls es eine Übereinstimmung gibt, fahre ich nach Köln.«

»Und wie lange kann das dauern?«

Eberle wiegte bedenklich den Kopf hin und her.

»Das läuft unter Amtshilfe …Bei uns sind das immer die Sachen, die warten müssen. Ist in Köln wahrscheinlich nicht anders, hängt davon ab, was die Kollegen sonst zu tun haben.«

»Da muss man sich ja nicht wundern, dass so viele Morde nicht aufgeklärt werden«, schaltete sich Martha ein.

Eberle nickte bekümmert, aber ohne die Absicht, sich dazu zu äußern. Er stopfte seinen Block zurück in die Jackentasche, und nach einem Blick auf die Uhr verabschiedete er sich. Von der Eingangstür schickte er Adela ein letztes sehnsüchtiges Lächeln. Das Telefon hinter dem Tresen klingelte, und mein Vater nahm den Hörer ab. Adela stapelte die Kaffeetassen. Die Eingangstür wurde aufgerissen, und der Schindler Blasi brachte einen Schwall frische Herbstluft herein. Edgar zapfte ihm ein Bier und kam dann zu uns herüber.

»Der Bohnert will heute Abend mit sechs Personen zum Essen kommen«, murmelte er. »Wollt wissen, ob du noch hier kochst.«

Marthas Augen begannen zu glänzen. Nichts war ihr willkommener als Prominenz im Hause.

»Da musst du heute aber was ganz Besonderes kochen«, befahl sie mir. »Und Edgar«, wandte sie sich an meinen Vater, »wir können die Tischtücher nehmen. Dann sieht die Linde gleich viel vornehmer aus.«

Wenn Bohnert kam, war plötzlich alles möglich. Da war meine Kochkunst, über die Martha so gern meckerte, plötzlich wunderbar.

»Nichts da«, unterbrach ich sie. »Ich mache ein kleines Tagesmenü, so wie öfter in den letzten Wochen. Ansonsten gibt es Schnitzel und Fritten und Wurstsalat, wie immer. Keine weißen Tischtücher!

Keine Stoffservietten! – Der Bohnert ist ein Gast wie jeder anderer. Keine Sonderbehandlung.«

»Da sieht man mal wieder, dass du von Gästebetreuung keine Ahnung hast«, eiferte sich Martha. »Der Bohnert ist einer der wichtigsten Männer in der ganzen Gegend. So einen muss man auch besonders behandeln.«

»Wenn du die weißen Tischtücher auflegst, dann mache ich nur Fritten«, drohte ich.

Zähneknirschend gab Martha klein bei. Endlich ging in diesem jahrelangen Zweikampf mal ein Punkt an mich. Nach meinem kleinen Sieg verschwand ich zufrieden in der Küche und überlegte, was ich kochen wollte.

Schlicht und exquisit, bodenständig und schwerelos, einfach in den Zutaten und groß in der Wirkung sollte mein heutiges Menü sein. Durch meinen Kopf ratterten die Gerichte meiner badischen Kindheit: Bohnensalat mit Apfelküchle, Sauerbraten mit Nudeln, Kartoffelsuppe mit Zwetschgenkuchen, süßsaure Nierle, Schupfnudeln mit Sauerkraut, Spätzle mit Linsen und Landjägern, gekochtes Rindfleisch mit Meerrettichsoße, Griespfludden mit Dörrobst, Erbsenpüree mit Schweinebraten, Brotsuppe, Grünkernsuppe, Riebelesuppe, Schlachtplatte mit Griebenschmalz, Quittenkuchen, Linzertorte. Ich kombinierte wild, verwarf wieder und kam schließlich zu folgendem Ergebnis: Als Vorspeise weißer Bohnensalat mit einem Apfel-Majoran-Flammkuchen, als Hauptgang süßsaure Nierle mit Lauchrisotto, als Käse einen marinierten Munster und als Nachtisch Quittentörtchen. Die Innereien als Hauptgang waren riskant, kurz erwog ich als Alternative einen Sauerbraten von der Entenbrust mit glasierten Kastanien, verwarf das aber, da der Jörger-Metzger frische Kalbsnieren, aber keine Entenbrüste vorrätig hatte.

Nach der Mittagspause schneite Carlo wie immer pünktlich um fünf in die Küche. Als Erstes ließ ich ihn den Hefeteig für den Flammkuchen ansetzen, während ich den Teig für die Quittentörtchen knetete. Ich arbeitete viel Butter unter, damit er schön knusprig wurde, und aromatisierte mit Zitronenschale. Die harten Quitten schnitt ich in gleichmäßige Schnitze und pochierte sie in Zuckerwasser, bis sie diesen wunderbaren rostroten Farbton annahmen und bissfest waren. Zum Ende der Garzeit gab ich etwas Zitronensaft zu, um die feste Süße der Frucht mit etwas säuerlicher Frische aufzupeppen.

»Was hast du Anna Galli gestern erzählt?«, fragte Carlo, die Hände klebrig vom noch zu weichen Teig. »Die hat Rotz und Wasser geheult, nachdem du gegangen warst.«

»Keine Ahnung«, meinte ich. »Das kann nichts mit mir zu tun haben.«

Ich wusste genau, warum ich gestern Nacht Rotz und Wasser geheult hatte. Aber warum Anna? Sie hatte mich an meiner wunden Stelle berührt, aber ich sie doch nicht. Mit Herzblut hatte sie vertreten, leidenschaftlich und kompromisslos zu lieben. War das ein Grund zum Heulen?

Ich schüttete die Quitten in ein Sieb, fing den Saft auf und stellte beides zum Kühlen ans offene Fenster.

Auf dem Schulhof spielte ein Trupp Grundschüler mit viel Lärm eine Runde Fußball. Sie stoben auseinander, als ein Laster rückwärts auf den Schulhof bog und der Hausmeister diesen neben den Haupteingang dirigierte. Neugierig sahen sie zu, wie Fahrer und Hausmeister neue Kinderpulte ausluden.

»Heute Morgen habe ich mit Fred telefoniert«, sagte Carlo, der das Treiben ebenfalls beobachtete. »Wir haben den Laster am Mittwoch, dem fünfundzwanzigsten September, gesehen. Fred hatte an dem Tag frei. Deshalb weiß er es so genau.«

»Vorgestern war auch Mittwoch«, erwiderte ich und holte den strengen Munsterkäse aus dem Kühlschrank. »Mittwoch, der dreiundzwanzigste Oktober. Vielleicht laden sie den Giftmüll immer am letzten Mittwoch des Monats auf?«

»Um das zu überprüfen, musst du noch fast einen ganzen Monat warten«, meinte Carlo und wässerte die Kalbsnierchen in einer Mischung aus Wasser und Milch. »Irgendwie stinken die immer nach Pisse«, meinte er, von seiner Arbeit wenig begeistert.

»Nichts gegen meinen Munster«, setzte ich dagegen.

Der Rotschimmelkäse aus dem elsässischen Munstertal entfaltete bei Zimmertemperatur sein äußerst dominantes Aroma. Klassisch aß man ihn mit Kümmel und Brot, ich marinierte ihn in Crème fraîche und Frühlingszwiebeln. Als Nächstes setzte ich die weißen Bohnen mit zwei Knoblauchzehen und einem Stängel Rosmarin auf.

»Eberle könnte auf alle Fälle prüfen lassen, welche Laster am letzten Mittwoch eines Monats im Badischen unterwegs sind«, fiel mir ein.

»Na ja«, meinte Carlo und fing an, die Nierchen auszunehmen, »zwei Termine sind ein bisschen wenig für eine Reihe. Zumindest in der Mathematik.«

In der Durchreiche tauchte Ernas rundes Gesicht auf. Carlo und ich drehten unsere Motoren auf und arbeiteten auf Hochtouren.

So gegen acht verkündete Erna aufgeregt: »Bohnert ist da. Sechsmal das Menü, einmal ohne Nierle. Was hast du stattdessen?«

Bestimmt die zickige Gattin, die keine Innereien mochte.

»Was auf der Karte steht«, sagte ich zu Erna und befahl Carlo, den Flammkuchen in den heißen Ofen zu schieben. »Schnitzel natur ist die einzige Änderung, die ich anbieten kann.«

Der Flammkuchen sah toll aus. Wir hatten ihn mit Schmand bestrichen, mit zarten Apfelringen und hauchdünnem geräuchertem Speck belegt und mit frischem Majoran bestreut. Schnell rieb ich über den gut durchgezogenen Bohnensalat etwas frischen Meerrettich, und Carlo zupfte den Feldsalat zurecht, den wir als Farbtupfer dazu reichen wollten.

»Den Flammkuchen setze ich als ›badische Pizza‹ auf unsere Speisekarte«, verkündete Carlo, als er ihn zehn Minuten später aus dem Ofen zog.

In Gedanken hörte ich Signor Balsamo wieder über die Experimentierfreudigkeit seines Sohnes schimpfen, hatte aber keine Zeit, mir das länger auszumalen. Die Bestellungen kamen Schlag auf Schlag, und bis der letzte Nachtisch draußen war, hatte wir alle Hände voll zu tun. Beim Aufräumen tauchte Ernas Gesicht noch mal in der Durchreiche auf.

»Bohnert fragt, ob du auf ein Glas Wein an seinen Tisch kommst.«

»In zehn Minuten«, sagte ich.

»Du kannst ruhig gehen«, meinte Carlo.

»Nichts da. Die zehn Minuten Zeit wird er haben, wenn er mich kennen lernen will.«

Natürlich hatte meine Mutter Bohnert an den schönen Tisch mit den zwei Fenstern platziert. Wahrscheinlich hatte sie noch nie so unter ihrem Gipsbein gelitten wie heute, wo es ihr die Möglichkeit versperrte, um Bohnert herumzuschwänzeln. Sie saß mit hochgelegtem Bein auf der Ofenbank und hatte von dort den Tisch fest im Visier.

Mit hochrotem Kopf, glänzender Glatze und offenem Hemdkragen thronte Bohnert am Kopfende. Rechts neben ihm, in einen teuren Kaschmirschal gehüllt, die schwangere Gattin, die gelangweilt an dem Strohblumengesteck herumzupfte und ihren Tischnachbarn, Achim Jäger, ignorierte. Bohnert gegenüber hockte ein hagerer Mittvierziger mit Rollkragenpullover und Segelohren. Weiter ging's mit einer mir ebenfalls unbekannten Blondine um die fünfzig, und Bohnerts linker Nachbar war Jürgen Armbruster. Als Bohnert mich sah, winkte er mich sofort zu sich.

»Wissen Sie, wie lange ich schon keine Nierle mehr gegessen habe? Und meine Frau«, er strich ihr mit seiner groben Pranke über die sorgfältig manikürte Hand, »die eigentlich überhaupt keine Innereien isst, hat die ganze Portion verdrückt.«

Also war nicht sie es gewesen, die die Nieren nicht gewollt hatte. Schwangere seien in ihrem Geschmack überhaupt nicht berechenbar, behauptete Adela immer. Wer hatte dann die Nieren verweigert? Die Blondine, die jetzt meine Quittentörtchen lobte?

»Setzen Sie sich doch zu uns«, forderte mich Bohnert auf.

Sofort erhob sich Achim Jäger und holte mir einen Stuhl vom Nachbartisch, den er zwischen Bohnert und Armbruster schob.

»Achim sagt, Sie trinken gern ein Bier?«, fragte er dann.

Da hatte er mir einmal ein Tannezäpfle spendiert, und schon trank ich gern Bier.

»Eigentlich trinke ich alles.«

»Dann trinken Sie ein Glas Waldulmer Pfarrberg mit uns?«

Ein 1994er Kabinett. So ziemlich der teuerste Rotwein, den mein Vater im Angebot hatte.

Die Selbstverständlichkeit, mit der die Blondine einen Fussel vom grauen Jackett von Jürgen Armbruster zupfte, bewies eindeutig, dass sie seine Frau war. Den Mann mit dem Rollkragenpullover stellte mir Bohnert als Vorsitzenden des badischen Kleinbrennereiverbandes vor.

»Hat er Ihnen schon kräftig eingeheizt?«, fragte ich. »Die Kleinbrenner sind nicht besonders gut auf Sie zu sprechen.«

»Direkt und klar, wie Ihr Essen. Das gefällt mir«, dröhnte Bohnert lachend und betrachtete mich neugierig. Es fehlte nicht viel, und er hätte mir auf die Schenkel geklopft.

»Ohne den Herrn Bohnert würden viele Kleinbrenner an ihrem Schnaps schon gar nichts mehr verdienen«, warf der Rollkragen artig ein. »Und wenn jetzt das Branntweinmonopol fällt, erst recht.«

Es war offensichtlich, dass sich Frau Bohnert nicht um das Branntweinmonopol scherte. Sie beugte sich über den Tisch und erzählte Armbrusters Frau von einem ganz süßen Himmelbett, das sie ihrem Baby kaufen wolle. Diese fing sofort an, von ihren eigenen Kindern zu sprechen, und die beiden vertieften sich in den Mikrokosmos von Kinderkriegen und Kinderhaben. Armbruster hörte und sprach gar nichts, schüttete sich stattdessen ein neues Glas Rotwein ein, bereits das zweite, seit ich am Tisch saß. Er war mit Abstand der bestaussehende Mann der Runde. Durchtrainierter Körper, grau meliertes Haar, römisches Gesicht. Aber er machte nichts aus seinen körperlichen Vorteilen. Seine Ausstrahlung tendierte gegen null, er strömte etwas Unzufriedenes aus. Ganz im Gegensatz zu Achim Jäger, dessen honiggelbe Augen dem Geschehen am Tisch interessiert folgten. Armbruster war Bauunternehmer, dachte ich, als mein Blick zu dem Schönling zurückkehrte, bestimmt fiel in seinem Betrieb auch Sondermüll an. Ließ er das giftige Zeugs illegal von der Spedition Pütz entsorgen? War Konrad nicht wegen der Skihalle umgebracht worden, sondern weil er den illegalen Geschäften Armbrusters, der jetzt hastig das frisch gefüllte Glas leerte, auf die Schliche gekommen war? Trank er so viel, weil er in der Klemme saß? Für die Tatzeit hatte er ein Alibi, das hatte Eberle überprüft. Er hatte am Breitenbrunnen Tennis gespielt. Hatte Maxi ihm das Alibi gegeben? Steckten die zwei im doppelten Sinn unter einer Decke? Oder was verband ihn mit Maxi? Wenn Kuno Eberle nur ein bisschen schneller arbeiten würde!

»Hast du Feuer?«

Armbruster schreckte aus seiner Dumpfheit hoch und reichte Achim Jäger sein Feuerzeug, der sich damit eine Brissago anzündete und sich dann lässig in seinem Stuhl zurücklehnte. Seine Augen taxierten die Tischrunde aus der Distanz. Ich war mir sicher, dass nichts, was hier gesprochen wurde, seinen Ohren entging. Was hatte er hier in dieser Runde zu suchen? Er kaufte für Bohnert den Schnaps der Kleinbrenner auf. Nach der Jagd fuhr er den Müll der Jagdgesellschaft weg. Er war ein Angestellter, ein Bediensteter. Verhielt sich aber nicht so. Saß mit den Herrschaften am Tisch. Zu gern hätte ich gewusst, was im Kopf von diesem Mann vorging! Als sich unsere Blicke trafen, glitt ein leichtes, spöttisches Lächeln über seine Lippen.

»Systematisch hat man uns in den letzten Jahren den Boden unter den Füßen weggezogen«, klagte der Rollkragenpullover einsam. »Mit der Änderung des Lebensmittelgesetzes durften wir kein Kirschwasser mehr an die Süßwarenindustrie liefern. Seit kein Abfindungsschnaps mehr ins Ausland verkauft werden darf, ist der ganze Schweizer Markt zusammengebrochen, und wenn jetzt noch das Branntweinmonopol fällt, können wir nicht mal mehr Industriealkohol loswerden.«

»Ja, dann könnt ihr wirklich nur noch an mich verkaufen«, nickte Bohnert selbstgefällig. »Und ich habe euch euren Schnaps noch immer abgenommen, oder?«

»Na ja, der Preis ist manchmal nicht so, wie wir es gern haben würden«, warf der Rollkragen vorsichtig ein.

»Ich muss auch rechnen«, meinte Bohnert ungerührt. »Die Konkurrenz schläft nicht. Apropos Schnaps«, wandte er sich mir wieder zu. »Ich plane ein Kochbuch, in dem in allen Rezepten Schnaps vorkommen soll. Na, wollen Sie ein, zwei Rezepte beisteuern?«

Ich versprach, darüber nachzudenken.

»Und noch was«, fuhr er fort und wandte sich kurz seiner Frau zu. »Moni, wann kommen die Wikinger?«

»Am zweiten November«, antwortete sie, ohne dass der gelangweilte Ausdruck auf ihrem Gesicht, den sie schon den ganzen Abend hatte, wich.

»Also: Am zweiten November geben wir in unserem Haus einen kleinen Empfang für interessierte Kunden aus der skandinavischen Spirituosenbranche. Wir erwarten so zwanzig, fünfundzwanzig Personen. Für die soll es ein exquisites Buffet geben. Zusammenstellung überlasse ich Ihnen, über den Preis werden wir uns bestimmt verständigen. Na, was halten Sie davon?«

Über so ein Angebot freute sich jede Köchin, und ich sagte sofort zu.

»Frau Mohnlein!«

Mit einem Schlag wich alle Langeweile aus dem Gesicht von Monika Bohnert. Sie sprang von ihrem Sitz auf, soweit man bei einer Frau mit einem so dicken Bauch noch von Springen reden konnte, und ging auf Adela zu, die gerade mit Eberle hereingekommen war.

Natürlich starrte jetzt die komplette Tischrunde zur Tür, und nicht nur ich, auch Achim Jäger beobachtete, wie blass Jürgen Armbruster wurde. Monika Bohnert schnappte sich Adela und zerrte sie sofort zu ihrem Mann. Eberle stand einen Moment unschlüssig in der Mitte der Gaststube, kam dann aber schnell zu unserem Tisch.

»Grüeß Gottle«, sagte er freundlich. »Hat's g'schmeckt? Sie kocht eins a, die Katharina, gell? – Wo Sie schon gerade hier sind, meine Herren«, wandte er sich an Bohnert und Armbruster. »Nur eine Frage. Hat einer von Ihnen Mittwochnacht etwas über die Spedition Pütz transportieren lassen?«

»Das ist der Schwabe«, zischte Armbruster Bohnert zu, ohne dass Farbe in sein Gesicht zurückkam. »Unverschämtheit, hier aufzutauchen, findest du nicht?«

Aber Bohnert hatte sich bereits für eine andere Strategie entschlossen.

»Immer im Einsatz, der Herr Kommissar, selbst kurz vor Mitternacht!« Er musterte Eberle gönnerhaft. »Bei so viel Engagement werden Sie den Mord sicherlich schnell aufklären. Was Ihre Frage betrifft«, er fingerte aus seiner Hemdtasche eine Visitenkarte und kritzelte eine Nummer darauf, »mein Betrieb ist zu groß, als dass ich aus dem Kopf wissen könnte, wann bei uns welche Spedition tätig ist. Rufen Sie meinen Buchhalter an.«

Er hielt ihm das Kärtchen hin, so wie man einem Kellner das Trinkgeld reicht. Großzügig, gelangweilt. Eberle steckte es ungelesen in die Jackentasche und wandte sich an Armbruster.

»Pütz transportiert für uns nur Buntsandstein«, nuschelte der, schwer angeschlagen vom Wein und der Angst, die an ihm nagte. »Da geht erst morgen wieder eine Lieferung raus.«

»Und wie ist der Name von Ihrem Buchhalter?«, fragte Eberle und zückte sein Notizbuch.

Armbruster starrte Eberle feindselig an und hickste.

»Frau Ott«, sagte seine Frau, »und jetzt lassen Sie meinen Mann in Ruhe. Wir können nichts dafür, dass der Mord auf unserem Gelände passiert ist. Suchen Sie den Mörder anderswo.«

Ungerührt notierte sich Eberle Namen und Telefonnummer.

»Wird morgen überprüft. Dann kann ich Sie auch noch ein paar andere Dinge fragen«, wandte er sich an Armbruster, dessen Feindseligkeit ignorierend.

Der Unternehmer konnte sich kaum noch auf dem Stuhl halten.

»Jürgen, wir gehen«, entschied die Gattin und schnellte von ihrem Stuhl hoch.

Mit Mühe erhob sich Armbruster und schwankte am Arm seiner Frau nach draußen.

Bohnert und Jäger wechselten einen schnellen, vielsagenden Blick.

»Bis später«, sagte Eberle dann mit einen sehnsüchtigen Blick zu Adela.

Er stopfte sein Notizbuch in die Tasche, holte sich hinter der Theke seinen Zimmerschlüssel und stapfte davon.

Armbruster war die Schwachstelle der Tischrunde. Das war offensichtlich. Was wusste er? Was machte ihm Angst? Wollte Eberle ihn mit seinem Auftritt einschüchtern? Mal sehen, ob er ihn zum Sprechen brachte.

*

Es gibt nichts Grauenvolleres, als von einem bimmelnden Handy-Ton geweckt zu werden. Noch bevor ich die On-Taste drückte, bedauerte ich, das Teil wieder in meinen Besitz genommen zu haben, jetzt, wo meine Mutter es nicht mehr brauchte.

»Katharina?«, fragte FK.

»Mhm«, murmelte ich schlaftrunken.

»Irgendwelche Idioten haben heute Nacht oben am Breitenbrunnen angefangen, Bäume zu fällen. Ich fahre hoch und schau mir das an. Willst du mit?«

»Auf dem Gelände, auf dem die Skihalle entstehen soll?«, fragte ich etwas wacher.

»So ist es. Also: Willst du mit? Ja oder nein?«

»Gib mir fünf Minuten!«

Ein hartnäckiger Nieselregen hüllte die Gegend in einen grauen Schleier, als sich FKs Familienkutsche die Serpentinenkurven hinter Sasbachwalden hochkämpfte.

»Woher weißt du das von den Bäumen?«, fragte ich.

»Der Förster hat mich angerufen.«

Am Breitenbrunnen stellte FK seine Kiste neben drei holländischen Nobelkarossen ab. Er zog sich einen gelben Friesennerz an und hängte seine Kameratasche um. Wortlos warf er mir ein Regencape zu. Wir nahmen den gleichen Weg wie neulich, als wir Bohnerts Jagdgesellschaft belauscht hatten. Ohne Probleme fanden wir den schmalen, steilen Trampelpfad, der zu dem Gelände führte, auf dem die Halle gebaut werden sollte. Vor uns lag ein dichter Fichtenwald, den der Nieselregen noch undurchdringlicher machte, als er schon war. Es dauerte, bis wir die frisch geschlagene Bresche fanden. Sauber mit der Motorsäge abgeholzt, markierten die gekippten Fichten eine Schneise im Terrain der geplanten Skihalle. FK turnte mit seiner Kamera über die gefällten Bäume und knipste ein paar Fotos.

»Für den Artikel werde ich wieder Prügel beziehen, egal wie ich ihn schreibe«, seufzte er.

»Wer macht so etwas?«, fragte ich.

»Als Erstes fallen mir militante Skihallenbefürworter ein, die den Bau der Halle auf diese Weise vorantreiben wollen.«

»Aber wir sind hier nicht im brasilianischen Regenwald, wo man mit solchen Aktionen Tatsachen schaffen kann!«

FK schüttelte den Kopf und fuhr fort: »Andererseits kann diese Baumfällerei auf keinen Fall von den offiziellen Befürwortern der Halle initiiert worden sein. Die setzen auf die politische Schiene und haben jetzt in der Regionalkonferenz einen ersten Sieg errungen. Warum sollten sie so einen Schwachsinn machen?«

»Aber wer dann?«

»Denken wir mal in die andere Richtung«, machte FK weiter. »Militante Skihallengegner haben die Bäume gefällt. Damit heizen sie die Stimmung in der Bevölkerung gegen die Halle weiter an, was ihnen mit Sicherheit gelingen wird. Ich sehe jetzt schon die Berge von Leserbriefen vor mir, wenn das hier bekannt wird.«

»Hallengegner, die sich den Naturschutz dick auf die Fahnen geschrieben haben, fällen so mir nichts dir nichts ein paar Bäume. Das passt doch auch nicht«, hielt ich dagegen. »Vielleicht ist es ein Akt von Vandalismus. Gar nicht von der einen oder anderen Seite in die Wege geleitet. Jemand hat sich einen üblen Scherz erlaubt.«

»Das glaubst du doch wohl selber nicht, oder?«, fragte FK mitleidig und turnte weiter zwischen den gefällten Bäumen umher, den Blick suchend auf den Boden gerichtet.

Ich tat es ihm gleich, aber die Baumfäller hatten keinerlei Spuren hinterlassen.

»Scheiß Skihalle!«, schrie FK plötzlich. »Ich habe dieses Thema so satt, es hängt mir zum Hals raus. Keinen Satz mehr will ich dazu schreiben müssen.«

Wie ein einsamer Wolf stand er auf einem der gefällten Bäume, den Blick gen Himmel gerichtet. Aber von dort kam nur Regen, der sein gelbes Ölzeugs glänzen ließ.

»Komm runter«, rief ich ihm zu. »Ich lade dich zu einem Milchkaffee im Breitenbrunnen ein.«

»Später«, antwortete FK und kletterte von seinem Baumstamm. »Ich muss noch mit dem Förster reden. Vielleicht kann er was über die verwendete Motorsäge sagen.«

»Okay«, meinte ich. »Dann warte ich auf dich im Breitenbrunnen.«

Triefend vor Nässe betrat ich das Foyer von Maxis Hotel. Ich schälte mich aus Regencape und Anorak und ging in den Tea-Room. Dort frühstückten drei mittelalte Paare. Nicht viele Gäste für so ein großes Hotel. Das Kaminfeuer loderte, ich setze mich in den tiefen Ledersessel daneben, rieb mir die Hände warm und bestellte einen Milchkaffee. Es dauerte nicht lange, und Maxi wehte herein. In fließendem Niederländisch plauderte sie mit den Gästen. Heute trug sie eine perfekt geschnittene rostbraune Wollhose und einen roten Mohairmantel. Als sie mich entdeckte, stutzte sie kurz und kam mit ihrem Geschäftslächeln auf mich zu.

»Schön, dass dir mein Hotel so gut gefällt«, meinte sie. »Was treibt dich bei dem Wetter hoch in die Berge?«

»Ich bin mit Feger vom Acher- und Bühler Boten hier«, antwortete ich. »Wegen der gefällten Bäume.«

»Gefällte Bäume?«, echote sie.

»Auf dem geplanten Skihallengelände.«

»Gefällte Bäume auf dem Skihallengelände?« Maxi schien noch nichts davon gehört zu haben.

»Kann ich dich einen Augenblick sprechen?«

Wir wandten beide den Kopf zur Tür.

Jürgen Armbruster sah aus, als hätte er die ganze Nacht kein Auge zugetan. Schwarze Augenringe, die Haare zerzaust, das Jackett zerknittert, umklammerte seine rechte Hand eine Zigarette, an der er hektisch zog. Maxi schien überrascht, ihn zu sehen.

»Ich habe im Moment noch zu tun«, sagte sie dann zu mir. »Aber komm doch so in fünf Minuten in mein Büro, dann trinken wir einen Kaffee zusammen.«

Maxi wechselte noch ein paar Sätze mit den Holländern und ging dann langsam auf den nervös wartenden Armbruster zu. Der redete sofort auf sie ein, aber mit einem eisigen Blick brachte Maxi ihn zum Schweigen. Die beiden verschwanden aus meinem Blickfeld.

Ich trank meinen Milchkaffee aus, bezahlte und fragte an der Rezeption nach Maxis Büro. Dort wollte ich gerade klopfen, als ich von drinnen Maxis Stimme hörte.

»Ich weiß wirklich nicht, warum du dich so gehen lässt, Jürgen«, sagte sie mit schneidender Stimme. »Du hast doch nichts zu verbergen, oder? Du transportierst Steine mit der Spedition Pütz. Was soll er da bei dir finden?«

»Schon klar, das weiß ich ja auch, aber …«, jammerte Armbruster.

»Und mit dem Mord hast du nichts zu tun. Du warst zur fraglichen Zeit hier, hast mit Färber Tennis gespielt, hast hinterher unten in der Schwarzwaldstube ein Bier getrunken, was mindestens vier Leute bezeugen können«, redete Maxi auf ihn ein. »Also, beruhige dich, nimm's locker. Der Schwabe folgt nur deinem Angstschweiß. Sonst hat er nichts gegen dich in der Hand.«

»Maxi, du weißt genau, wovor ich Angst habe«, wimmerte er.

»Natürlich weiß ich das, Jürgen.« In Maxis Stimme wurde immer mehr Ungeduld spürbar. »Aber das hat nichts mit dem Mord zu tun.«

»Und wenn die Sache auffliegt?«

Maxis Stimme wurde so leise, dass ich nichts mehr verstehen konnte.

»Enstspann dich, Jürgen«, sagte sie dann wieder lauter. »Spiel 'ne Runde Tennis, leg dich in den Whirlpool«, schlug sie ihm mit gewollter Aufmunterung vor.

»Du weißt, was mich entspannen könnte«, flehte Armbruster mit Schmelz in der Stimme.

»Herrgott, Jürgen, jetzt fang nicht mit alten Zeiten an!«

Die Tür wurde so plötzlich aufgerissen, dass ich nicht mal mehr unbeteiligt gucken konnte. Maxi bleckte mit ihrem Pferdegebiss, als sie mich sah.

»Wartest du schon lange?«, fragte sie.

»Nicht der Rede wert«, nuschelte ich.

»Moment noch, ich bin gleich zurück«, sagte sie dann und machte Armbruster ein Zeichen.

Sie eilte Richtung Ausgang, und Armbruster, der ihr wie ein Dackel folgte, sah mich zunächst überrascht und dann panisch an. An der Eingangstür redete er wieder auf Maxi ein, wobei er sich immer nach mir umdrehte. Maxi kam schnell zurück.

»Kaffee?« Mit einer einladenden Geste bat sie in ihr Büro und wies mir einen Platz an dem kleinen Kirschholztisch unter dem Fenster zu.

»Lieber einen Orangensaft.«

Maxi bestellte per Telefon, und bevor sie sich zu mir an den Tisch setzte, entfernte sie angewidert den Aschenbecher mit Armbrusters Zigarettenresten von ihrem Schreibtisch.

»Was für Bäume werden wo gefällt?«, wollte sie ohne Vorgeplänkel wissen.

Ich erzählte von den gefällten Bäumen und den Spekulationen, die FK und ich darüber angestellt hatten. Maxi schüttelte immer wieder und sichtlich ärgerlich den Kopf.

»Seit anderthalb Jahren kämpfe ich für diese Skihalle«, sagte sie dann. »Nach der positiven Entscheidung der Regionalkonferenz habe ich gedacht, das schwerste Stück Arbeit liegt hinter uns. Aber stattdessen eine Katastrophe nach der anderen. Zuerst wird der Hils ermordet, und jetzt das.«

Es klopfte, und eine junge Serviererin stellte Tee und Saft vor uns auf den Tisch.

»Was interessiert dich eigentlich an dieser Skihallensache?«, fragte sie nach einem hastigen Schluck Tee. »Toni hat erzählt, dass du dich ganz komisch nach Konrad Hils erkundigt hast.«

»Kannst du dich an Teresa, eine alte Freundin von mir, erinnern?«, fragte ich zurück.

»Teresa? So eine schmale Blonde?«

»Genau. Konrad Hils war ihr Mann.«

»Ohla«, Maxi schluckte. Eine Weile starrte sie aus dem Fenster in den immer noch fallenden Regen. »Und jetzt erweist du Teresa einen Freundschaftsdienst, indem du auf eigene Faust herauszufinden suchst, wer ihren Mann ermordet hat?«

»Ich habe Konrads Leiche am Wolfsbrunnen gefunden. Bin dabei fast selbst umgebracht worden. Ich will wissen, wer der Dreckskerl ist. – Der schwäbische Kommissar ist lahm und altersschwach.«

»Warst du nicht schon in Köln in diesen Mordfall verwickelt?«, fragte sie mit einem Blick auf die Uhr. »Sorry, aber ich muss dringend den Wellnessbereich kontrollieren. Komm doch schnell mit!« Sie griff nach einem großen Schlüsselbund auf ihrem Schreibtisch. »Eine Köchin als Detektivin, das ist mal was Neues.«

Energisch schritt sie den Flur entlang, Richtung Wellnesstrakt. Ich folgte ihr.

»Vor seinem Tod hast du dich zweimal mit Konrad getroffen«, begann ich. »Kannst du mir sagen, weswegen?«

Maxi öffnete die Tür zum Schwimmbad. Strenger Chlorgeruch schlug uns entgegen. In dem türkisblauen Rechteck kraulte ein einzelner alter Mann. An der großen Fensterfront rannen unentwegt Regentropfen hinunter. Maxi grüßte, ging weiter zu den Umkleideräumen und prüfte Anzahl und Anordnung der weißen Frotteetücher.

»Wieso?«, fragte sie. »Das hatte nichts mit seinem Tod zu tun.« Gekonnt korrigierte sie die schlampig gestapelten Handtücher.

»Maxi, die Spatzen pfeifen es von den Dächern. Du steckst knietief in der Scheiße. Mit deinem Umbau hast du dich hoch verschuldet, du hast nicht genügend Gäste. Wenn die Skihalle nicht schnell gebaut wird, kannst du deine Kredite nicht mehr bezahlen und deinen schönen Laden dichtmachen.«

Ohne zu antworten, eilte sie in den Saunabereich, prüfte die Temperatur im Dampfbad und schritt dann in den mit Korbsesseln ausgestatteten noch menschenleeren Ruheraum, an dessen Fensterfront sich das gleiche Bild wie im Schwimmbad bot. Regen, nichts als Regen. Maxi starrte in die graue, konturlose Landschaft.

»Konrad Hils war ein ziemlicher Kotzbrocken, aber mit seinem Tod habe ich nichts zu tun«, sagte sie, ohne sich umzudrehen. »Ich habe ihm angeboten, mich auf Befürworterseite für eine größtmögliche Umweltverträglichkeit einzusetzen, wenn die Bürgerinitiative im Bewertungsverfahren auf Klagen verzichtet. Natürlich hätten wir es so aussehen lassen, als ob Hils uns all diese Kompromisse abgetrotzt hätte.«

»Und?«

»Er war ein Sturkopf, der meinte, die Halle ohne Zugeständnisse kippen zu können.«

Sie starrte immer noch in den Nieselregen.

»Bei unserem zweiten Treffen ging es um Schnaps. Ich weiß nicht, ob du weißt, was für ein ehrgeiziger Brenner er war. Schon zweimal hat er versucht, seinen Kirsch bei der ›Eifel Premium Selektion‹ einzureichen. Man hat ihn aber nicht genommen. Zufällig bin ich gut bekannt mit dem Vorsitzenden der Prüfungskommission. Ich habe Hils zugesagt, dass sein Kirsch bei der nächsten Auswahl dabei ist. Hab' ihm sogar ein Fass vorzügliche Wildkirschmaische zukommen lassen. Kurz darauf hat man ihn umgebracht. – Hat alles nichts genutzt.«

Sie seufzte leicht, immer noch den Regen betrachtend.

»Hattest du bei Günther Träuble mehr Erfolg?«

»Günther Träuble ist wesentlich vernünftiger als Konrad Hils. Ich bin sehr froh, dass er jetzt Vorsitzender der Bürgerinitiative ist. Mit dem Mann werden wir reden können.«

»Und was hast du ihm dafür geboten? Einen Sitz im BUND, weil du da zufälligerweise auch einen kennst?«

»Du denkst wirklich, ich gehe über Leichen, was?«, platzte es aus ihr heraus. »Natürlich kann ich mit harten Bandagen kämpfen, aber Mord, nie im Leben.«

Sie drehte sich um und eilte durch Sauna, Umkleide und Schwimmbad zurück.

»Wenn du nichts mit seinem Tod zu tun hast, dann hilf mir, seinen Mörder zu finden, Maxi«, sagte ich und hielt mit ihr Schritt. »Konrad hat sich kurz vor seinem Tod mit der Finanzierung der Halle beschäftigt. Darüber weißt du doch sicher Bescheid. Weißt du, ob auch Geld von hiesigen Geldgebern geplant ist?«

»Natürlich. Die Gemeinde Sasbachwalden beteiligt sich.«

Wir waren jetzt wieder im Foyer angelangt. Die Rezeptionistin reichte ihr eine Kladde.

»Und darüber hinaus?«

»Nicht dass ich wüsste«, murmelte sie und beugte sich über ihre Listen.

Maxi wusste, wie die Halle finanziert werden sollte, da war ich mir ganz sicher.

»Du weißt also nicht, welche Geldgeber sich hinter diesem liechtensteinischen Trust verbergen?«

Sie sah ganz kurz von ihrer Kladde auf. »Keiner weiß das.«

»Wo hast du gesteckt?«, hörte ich FKs Stimme vom Eingang her rufen. »Ich suche schon eine Viertelstunde nach dir.«

Maxi sah zu FK und dann zu mir.

»Wenn ich nur ein Wort von dem, was ich dir erzählt habe, in der Zeitung lese, dann wirst du deines Lebens nicht mehr froh, das schwöre ich dir!«, flüsterte sie.

»Und wenn ich herausfinde, dass du mir etwas über die Finanzierung verheimlichst, dann kriegst du ein Problem«, flüsterte ich zurück.

»Die Sache hat nichts mit dem Mord zu tun.« Maxi starrte mich fest und energisch an. Sie war nur wenig kleiner als ich.

»Und warum hat er sich kurz vor seinem Tod damit beschäftigt?«, fragte ich und erwiderte ihren Blick.

»Er war ein arrogantes, selbstgefälliges Arschloch. Er hat jede Möglichkeit genutzt, seinen Gegnern eins reinzuwürgen. Aber bei der Finanzierung hat er nichts Illegales entdeckt, weil es dabei nichts Illegales gibt. Er ist aus einem anderen Grund umgebracht worden, glaube mir«, beschwor sie mich eindringlich.

»Katharina!« FKs Stimme klang jetzt sehr ärgerlich.

»Wiedersehen«, sagte ich zu Maxi.

»Wiedersehen.« Noch einmal bleckte sie mit ihrem Pferdegebiss. Dann entschwand sie im Büro.

Ich holte meine Jacke und folgte FK in den Regen.

»Dachte, du wolltest mich zu einem Kaffee einladen«, knurrte er immer noch ärgerlich und lenkte seine Karre Richtung Schwarzwaldhochstraße.

»Sorry, FK, aber ich habe noch ein paar sehr interessante Sachen von Maxi erfahren.«

»Erzähl mir nichts, Katharina!«, fuhr er mir erregt über den Mund. »Diese Skihalle und der Mord an Konrad kosten mich den letzten Nerv. Je weniger ich darüber weiß, desto besser.«

FK stierte stumm durch die Windschutzscheibe. Die Scheibenwischer kämpften gegen die Regenmassen. Auf dem riesenhaften Parkplatz vor dem Mummelsee parkte kein einziger Touristenbus.

»Was hat dein Gespräch mit dem Förster gebracht?«, fragte ich, um ihn wieder zum Reden zu bringen.

»Waldarbeiter haben gestern Abend ein paar Jugendliche durch den Markwald gehen sehen. Kann sein, dass die es waren. Die Täter haben normale Elektrosägen benutzt. Das war kein alter Wald, die Bäume alle unter zehn Jahre, leicht zu fällen. Vielleicht doch ein Akt von Vandalismus«, murrte er unzufrieden.

»Oder sie haben im Auftrag von jemandem gehandelt«, meinte ich.

»Ist mir scheißegal, interessiert mich nicht die Bohne«, keifte FK böse.

Weiß der Henker, was für eine Laus ihm über die Leber gelaufen war. Schweigend kurvten wir die Serpentinen Richtung Seebach hinunter. Trotz des Regens fuhr er ziemlich schnell und musste scharf bremsen, als beim Wolfsbrunnen ein Lkw vom Steinbruch auf die L87 einbog.

Ich traute meinen Augen nicht, als ich durch die Wasserschlieren das Firmenschild des Lasters entzifferte. Vor uns fuhr ein Laster der Firma Pütz. Bis nach Kappelrodeck hatten wir keine andere Möglichkeit, als hinter dem Brummi herzufahren. Aber als die Straße hinter Kappelrodeck breiter wurde, setzte FK zum Überholen an.

»FK«, flehte ich. »Du weißt, dass Konrad ein Foto von einem solchen Laster in der Tasche hatte. Irgendwas ist faul mit der Spedition Pütz. Lass uns dem Lkw hinterherfahren! Wenn er am Achersee wieder eine heimliche Ladung aufnimmt, können wir sie diesmal auf frischer Tat ertappen.«

Ohne zu antworten, setzte FK den Blinker und überholte.

»Es sind zehn Minuten mehr, FK, wenn wir dem Wagen bis zur Autobahnauffahrt folgen. Wenn er auf die Autobahn fährt, kehren wir sofort wieder um.«

FK drückte aufs Gas. War er wütend auf mich oder sich oder was?

»Verdammt, FK, was ist bloß los mit dir?«

»Mich kotzt diese Scheiße so an«, knurrte er. »Ich will endlich abends mal wieder pünktlich zu Hause sein! Ich will in Ruhe mit meinen Kindern spielen, meine Frau mal wieder zum Essen ausführen. Ich will wieder Artikel über Landfrauen-Abende und Versammlungen von Winzergenossenschaften schreiben. Ich will nicht mehr jeden Artikel mit der Chefredaktion abstimmen müssen! Ruhe! Frieden!«, brüllte er, dass mir die Ohren wehtaten.

»Das verstehe ich vollkommen«, meinte ich und strich ihm beschwichtigend über den Arm. »Aber wenn wir herausfinden, wer Konrad umgebracht hat, dann hast du wenigstens einen Stolperstein aus den Füßen, nicht wahr?«

Zumindest ging er jetzt vom Gas und fuhr nur noch achtzig.

»Was hältst du von einem viergängigen Menü für dich und deine Frau, wenn du diesen Umweg machst?«

Jetzt drehte er mir den Kopf zu und grinste leicht.

»Viergängig? Mit Getränken?«

Ich nickte. Durch den Seitenspiegel sah ich den gelben Pütz-Lkw hinter uns größer werden. Kurze Zeit später überholte er FKs Familienschleuder und spritzte die Frontscheibe zu. Wir folgten ihm aus sicherer Entfernung. Ohne noch einmal anzuhalten, bog er hinter dem Achersee auf die Autobahn Richtung Karlsruhe. FK wendete den Wagen bei McDonald's.

»Könnten wir noch ganz kurz zum Campingplatz fahren, damit ich dir die Stelle zeige, wo die Kerle das Giftzeugs auf den Laster gepackt haben?«, fragte ich vorsichtig.

Ein wütendes Knurren war die Antwort.

»Zu Speisen und Getränken noch ein großer Blumenstrauß für deine Frau?«, erweiterte ich mein Angebot.

»Du bist die schlimmste Nervensäge, die ich kenne«, schimpfte FK, lenkte den Wagen aber brav in Richtung Campingplatz.

Ich zeigte ihm die Stelle, wo Rambo und Conan die Giftfässer aufgeladen hatten. Falls die zwei Spuren hinterlassen hatten, so hatte der Regen diese längst weggewischt. Jetzt bei Tage merkte ich, wie nah das alte Seehotel bei der Ladestelle lag. Hinter ein paar Büschen konnte man den Eingang sehen. Ich stieg aus und schob die Kapuze auf den Kopf. FK folgte mir widerwillig.

Nach einer kurzen Glanzzeit in den siebziger Jahren, in der viele Holländer auf dem Weg in den Süden hier übernachtet hatten und einheimische mittelalte Paare samstags zum Tanztee kamen, war das Seehotel immer mehr heruntergekommen und hatte schließlich dichtgemacht. Einige Zeit benutzte es die Stadt Achern als Asylantenheim, und nun stand es leer. Eingeschlagene Fensterscheiben, teilweise mit Holzbalken zugehämmert, hießen einen nicht gerade willkommen, aber es war kein Problem, ins Innere zu dringen. Von dem ehemaligen Restaurant war einzig ein zerrissener Teppich übrig geblieben. In den Fremdenzimmern im ersten und zweiten Stock standen noch ein paar trostlose Stockbetten, sicherlich Überbleibsel aus der Zeit als Asylantenheim. Das ganze Gebäude stank nach Schimmel, Taubenkacke und verlorenen Hoffnungen.

»Können wir jetzt endlich abhauen?«, drängelte FK ärgerlich.

»Nur noch einen Blick in den Keller«, bat ich.

Und da machten wir dann tatsächlich eine Entdeckung. War das ganze versiffte und verrottete Haus jedem, der wollte, zugänglich, so versperrte eine ziemlich neue Stahltür den Weg zu den Kellerräumen. Wenn das nicht ein ideales Versteck für illegale Ware war!

*

Die Stadt Achern hatte den Keller des Seehotels an einen Obstgroßhändler aus Renchen vermietet, so viel fand FK im Laufe des Tages heraus, den Händler selbst erreichte er aber nicht. Natürlich gab ich die Informationen an Eberle weiter, der alles fleißig in seinem Heft notierte, »sehr interessant« murmelte und mit »no numme nit hudle« schloss. Diese schwäbische Bedächtigkeit machte mich wahnsinnig! Am Nachmittag rief Teresa an. Sie ertrug die Einsamkeit in der Legelsau nicht länger und hatte sich entschlossen, zu ihrer Mutter zu ziehen.

»Kannst du mir beim Packen helfen?«, fragte sie, und ich versprach, nach der Arbeit zu kommen.

So fuhr ich mal wieder das Achertal hoch. Der Regen hatte aufgehört. Über dem Bienenbuckel stand ein fahler Vollmond, glasklar und kalt. Ein heftiger Wind pfiff durch die Wälder und brachte eisige Luft mit. Als ich in der Legelsau aus dem Auto stieg, bedeckte bereits eine dünne Eisschicht zwei kleine Pfützen vor Teresas Haus. Der Frost kündigte den nahen Winter an. Bald würde es das erste Mal schneien.

Ich klopfte und trat in die warme Stube. Teresa saß auf dem Sofa, vor sich drei offene Kartons.

»Und? Wo soll ich anpacken?«, fragte ich.

Ungeschickt krabbelte sie hinter den Kartons vor. Ein Fotoalbum fiel auf den Boden. Sie hob das Album auf, öffnete es vorsichtig, und Tränen stiegen in ihre Augen. Sie reichte es mir.

»Schau nur, unsere Hochzeitsfotos.«

In einem schlichten, schmal geschnittenen weißen Kleid, die Arme in ellbogenlange Satinhandschuhe gehüllt, blickte Teresa strahlend in die Kamera. Konrad neben ihr, noch ohne Seehundschnauzer und mit offenerem Gesicht, erwiderte dieses Strahlen.

»Zu sagen, das sei der glücklichste Tag des Lebens, ist albern«, sagte sie und betrachtete das Bild voller Wehmut. »So eine Hochzeit ist viel zu sehr von Erwartungen überfrachtet. Aber das Jahr, in dem wir geheiratet haben, war das glücklichste meines Lebens, ganz bestimmt. Nie habe ich mich so eins gefühlt mit Konrad! Du kennst doch bestimmt dieses Bild der zwei auseinander gerissenen Kugelhälften, die durch den Raum schweben und versuchen, sich wiederzufinden. In diesem Jahr wusste ich, dass Konrad der andere Teil von mir ist. Der Einzige, der zu mir passt, der Einzige, mit dem ich leben kann.«

»Das strahlt ihr beide auf dem Foto auch aus«, meinte ich.

»Warum geht das vorbei, Katharina? Warum verliert man sich wieder, wenn man so miteinander verschmolzen war?«

»Keine Ahnung«, meinte ich und zuckte mit den Schultern. »Vielleicht stimmt dein Bild mit den zwei Kugelhälften nicht. Vielleicht sind wir alle einsame Asteroiden, die nur bei der zufälligen Berührung mit einem anderen kurz aufglühen.«

Teresa sah mich ungläubig an.

»Quatsch«, beruhigte ich sie. »Bewahr dir dieses Hochzeitsbild für deine Erinnerungen. Er hat dich geliebt, und du hast ihn geliebt.«

»Aber am Ende war das nicht mehr so«, flüsterte Teresa.

»Alltag ist die größte Herausforderung für die Liebe. Nicht ungewöhnlich, dass sie einem da schon mal verloren geht«, klugscheißerte ich. »Bestimmt hättet ihr wieder zueinander gefunden.«

»Es ist Monate her, dass wir miteinander geschlafen haben«, quälte sich Teresa weiter. »So etwas hat es früher nie gegeben.«

»Soviel ich weiß, kommt das in den besten Beziehungen vor«, meinte ich. »Danach folgen wieder bessere Zeiten.«

»Vielleicht.« Teresa zuckte traurig mit den Schultern. »Mit Konrad werde ich es nicht mehr erleben können.«

In mir stieg eine unglaubliche Wut auf den Mörder hoch! Er hatte den beiden die Möglichkeit genommen, sich wieder zu versöhnen. Er hatte nicht nur Konrad getötet, sondern auch den gemeinsamen Lebensweg von Konrad und Teresa beendet. Endgültig. Für immer.

Teresa klappte das Buch zu und legte es behutsam zu den anderen Alben in einen Karton.

»Soll ich schon was raustragen oder einpacken?«, fragte ich, froh darüber, das quälende Gespräch beenden zu können.

»Du kannst die Kisten in mein Auto packen«, schlug sie vor. »Oben im Schlafzimmer stehen auch noch welche.«

Als ich Teresas Wagen bis unter die Decke voll geladen hatte, war es ein Uhr nachts.

»Das war's wohl«, sagte sie und sah sich um.

Eine Zimmerlinde mit zartgrünen, saftigen Blättern, die nicht in Teresas Auto gepasst hatte, war das einzig Lebendige in dem großen Raum. Der wirkte ansonsten noch toter als bei meinem letzten Besuch. Es war gut, dass Teresa dem Haus erst mal den Rücken kehrte.

»Danke übrigens, dass du dich um Vladimir gekümmert hast.«

Sie sah mich mit einem winzigen Lächeln an. Ihr Gesicht schien noch schmaler geworden, und die Augen lagen in tiefen Höhlen. Nichts mehr von dem strahlenden Blick auf dem Hochzeitsfoto. Der kesse Kurzhaarschnitt hatte seinen Pep verloren. Die Trauer zeichnete jede Pore ihres Gesichtes.

»Wie geht's ihm?«

»Er arbeitet dreimal in der Woche bei Bernhard in der Spülküche. Bernhard sagt, die Teller sind sauber, ansonsten frisst er wie ein Scheunendrescher.«

»Das stimmt, Hunger hat er immer«, bestätigte Teresa und starrte auf Konrads Schreibtisch.

Der sah aus, als hätte sie ihn nach dessen Tod nie mehr angerührt.

»Hat sich Günther Träuble bei dir gemeldet?«, fiel mir ein.

»Ja. Er wollte in Konrads Unterlagen nach Hinweisen zur Finanzierung der Halle suchen. Ich hab's ihm nicht erlaubt. Die Polizei hat nach Konrads Tod dessen Schreibtisch und die ganze Wohnung auf den Kopf gestellt. Wenn die nichts gefunden haben, warum sollte Günther etwas finden?«

Sie starrte weiter auf den Schreibtisch. Mit ihren hängenden Schultern wirkte sie entsetzlich müde.

»Fahren wir«, schlug ich vor.

Teresa nickte und ließ einen letzten Blick über den Raum schweifen, der so lange ihr Zuhause gewesen war.

»Die Zimmerlinde«, seufzte sie. »Die wollte ich Hilde zur Pflege geben und hab's vergessen.«

»Fahr du jetzt mal«, schlug ich vor. »Ich erledige das für dich!«

Mit der Zimmerlinde unter dem Arm marschierte ich wenig später den kleinen Weg hinter dem Scheunentor in Richtung Nachbarhof. Unter meinen Füßen knirschte der gefrorene Boden. Wie bei meinem ersten Besuch brannte in der Brennküche noch Licht, und durch die offene Tür war auch der Hof erhellt. Ich sah die rundliche Gestalt von Doll aus der Tür treten, ihm folgten zwei jüngere Männer, die mehrere große Ballonflaschen in ein Auto luden, sich per Handschlag verabschiedeten und in die kalte Nacht fuhren. Eine Zeit lang blieb der alte Bauer auf dem Hof stehen und sah ihnen nach.

»'n Obend«, sagte ich laut, damit er mich kommen hörte, aber er schreckte trotzdem zusammen.

Ich stellte die Zimmerlinde vor ihm auf den Boden.

»Teresa wollte die bei euch in Pflege geben.«

»D' Frau isch noch auf«, meinte er und deutete mit dem Kopf zu dem erleuchteten Küchenfenster.

Ich packte den Blumentopf und klopfte an die Küchentür. Von drinnen schlug mir wohlige Wärme entgegen, und ich sah, wie sich Hilde Doll hinter der Eckbank erhob und o-beinig auf mich zukam.

Die Küche wurde von einem alten Holzherd beheizt, wie ich ihn noch von meiner Großmutter kannte: mehrere Kochplatten mit herausnehmbaren Ringen zwecks Temperaturregelung, an der Seite das Wasserschiffchen. Paul Bocuse schwört heute noch auf solche Herde, für ihn gibt es nichts Besseres zum Kochen. Hilde Doll fand das aber zu umständlich, denn sie besaß daneben noch einen Gasherd. Spüle, Kühlschrank, Wandschrank, Eckbank und Tisch komplettierten die Kücheneinrichtung, und ich war mir sicher, dass hier jedes Einrichtungsteil mindestens vierzig Jahre auf dem Buckel hatte. Auf dem Tisch türmten sich Berge von Apfelschalen, und der große Topf daneben war halb mit Apfelschnitzen gefüllt. Neben der Spüle entdeckte ich drei Salatsiebe, in denen frisch gemachter Rahmkäse abtropfte.

»Möchscht ä Stückl?«, duzte mich Hilde selbstverständlich und nahm mir die Blume ab. »Der Franz wird auch noch Hunger haben.«

Sie wackelte zum Tisch zurück und kehrte die Apfelschalen in einen Eimer. Aus dem Wandschrank holte sie zwei oft benutzte Holzbrettchen und kam mit dem Käse und einem frischen Holzofenbrot an den Tisch zurück.

»Backen tut Ihr auch noch selber?«, fragte ich.

Sie nickte und zeigte mir den in den Kamin eingebauten Holzofen, den ich noch nicht bemerkt hatte. Wahrscheinlich konnte sie auch Hühner rupfen und Schweine schlachten. Sie gehörte zu der Generation von Frauen, die die harten Kriegsjahre ohne Männer überlebt hatten. Frauen, die aus allem Essbaren etwas machen konnten.

Mit einem kräftigen Stoß kalter Nachtluft und einem Krug Most kam Franz Doll in die Küche. Er wusch sich im Küchenwaschbecken die Hände und klemmte dann seinen Kugelbauch zwischen Tisch und Eckbank. Wortlos schnitt Hilde zwei dicke Scheiben Brot ab und legte sie uns auf die Brettchen. Genauso wortlos goss Franz uns Most ein. Hilde packte in den Korb voller Schrumpeläpfel, schälte und zerteilte einen nach dem anderen, um ihn dann in den großen Topf zu werfen. Schweigend verzehrten Franz und ich das späte Nachtmahl.

Ich dachte über die Männer nach und den Schnaps, den sie mitgenommen hatten. Warum geschah das mitten in der Nacht?

»Was habt Ihr heut gebrannt?«, fragte ich.

»Kirsch«, antwortete er einsilbig.

»Und die zwei Männer haben den frisch gebrannten Schnaps direkt mitgenommen?«, fragte ich weiter.

»Hm«, murmelte er unverständlich.

Die Augen auf sein Brettchen gesenkt, griff er zum Mostkrug und schüttete sich wieder ein. Hilde stockte beim Apfelschälen und warf ihm einen besorgten Blick zu.

»Darf ich mal einen probieren vom Eurem Kirsch?«, wechselte ich das Thema.

Franz nickte und stemmte sich hoch. Er kam mit einer unetikettierten Literflasche und drei Schnapsgläschen zurück. Hilde schüttelte den Kopf, Franz goss zwei Gläser voll und schob mir eines hin. Der Brand roch vollfruchtig, war beim Trinken mild, angenehm, fast lieblich. Erst im Nachklang entfaltete sich der Geschmack der Kirsche, und der blieb in Gaumen und Rachen haften.

»Wunderbar«, schwärmte ich. »Das ist das beste Kirschwasser, das ich je getrunken habe.«

»Die Wildkirschmaische war noch vom Konrad«, erklärte der Franz. »Wildkirschen sind das Feinste vom Feinen. Klein, schwarz, süß, hervorragendes Obstgut.«

»Und so ein leckeres Kirschwasser verkauft Ihr an den Bohnert?«, fragte ich.

»Nein, nein, das saufen wir selbst«, meinte der Alte und schüttete uns beiden nach.

»Was verkauft Ihr dann?«

»Rossler, Obstler, Zwetschg, Kirsch, mittelmäßige Ware«, zählte er jetzt wieder einsilbig auf.

»Und den Schnaps lässt der Bohnert mitten in der Nacht abholen?«, kam ich auf die beiden Männer und die Ballonflaschen zurück.

Franz Doll schob sein Vesperbrettchen zur Seite und blickte Hilde an. Die beiden verständigten sich ohne Worte. In ihren Blicken lag tiefes Vertrauen. Ein langes Leben in der Einöde hatten die zwei miteinander geteilt und waren sich nicht fremd geworden, hatten sich nicht verschlossen. War das Liebe? Im Alter sich so offen mit so viel Vertrauen anblicken zu können?

»Entschuldigung«, sagte ich. »Das geht mich alles gar nichts an.«

»Erzähl's ihr, Franz«, sagte Hilde plötzlich und legte ihre verrunzelte Hand auf seinen Unterarm. »Seit der Konrad tot ist, denken wir darüber nach, ob der Mord etwas damit zu tun hat.«

»Du weißt, was passiert, wenn das rauskommt«, brummte er, immer noch einsilbig.

»Franz, bitte. Sie ist nicht von der Polizei.«

Hilde legte ihre zweite Hand auf seinen Arm. Franz sah sie lange zweifelnd an.

Wo lag das Geheimnis? Gab der Doll schwarzgebrannten Schnaps an Bohnert weiter? Was konnte Konrads Tod damit zu tun haben?

Franz sah immer noch Hilde an. Die nickte ihm aufmunternd zu.

»Der Konrad ist genauso dahinter gekommen wie du«, sagte der Franz dann und goss uns noch einen ein. »Eines Nachts hat er spät Licht bei uns gesehen. Und weil er dachte, wir seien beim Kirchenchorausflug, ist er nachsehen gegangen. Da haben die gerade den Schnaps verladen. Nur im Gegensatz zu dir wusste Konrad sofort, was das bedeutete.«

»Dann ist doch was dran an diesem Sonderabkommen vom Bohnert?«, fragte ich und rutschte unruhig auf der Eckbank hin und her.

»Das Sonderabkommen!« Franz fiel es schwer, das Wort auszusprechen, und er verstummte wieder.

»Habt Ihr schwarzgebrannten Schnaps an den Bohnert verkauft?«, fragte ich.

»Der Schnaps kommt vom Bohnert, ein billiger osteuropäischer Fusel«, begann Franz langsam. »Den lässt er durch unsere Brennöfen laufen, weil die unverplombt sind. Seine eigenen Brennanlagen kann er dafür nicht benutzen, die sind vom Zoll kontrolliert. Da kann er keinen Viertelliter illegal brennen.«

»Aber warum lässt er den fertigen Schnaps noch mal durch Eure Brennanlage laufen?«

»In dem zweiten Brennvorgang wird der Schnaps aromatisiert, das heißt mit einem Fruchtbukett Himbeere, Brombeere, Kirsche versehen. Anschließend verkauft er ihn als hochwertiges Schwarzwälder Obstwasser.«

Wie viel mochte er für einen Liter osteuropäischen Schnaps zahlen? Einen Euro? Zwei Euro? Verkaufen zumindest konnte er den Schnaps für das Zehnfache. Kein schlechtes Geschäft und komplett an der Steuer vorbei.

»Aber warum macht Ihr da mit?«, fragte ich ungläubig.

»Ganz einfach. Wenn du nicht mitmachst, nimmt er dir deinen Schnaps nicht mehr ab.«

Der Franz nahm noch einen kräftigen Schluck Kirsch.

»Alles, womit man im Schwarzwald ein bisschen Geld verdienen konnte, ist weniger geworden«, sagte Hilde. »Schau dir an, was für Preise für die Milch bezahlt werden! Verdienen kann man das beim besten Willen nicht nennen. Und dann der Fremdenverkehr. Die Leute kommen nicht mehr in den Schwarzwald. – Das Geld, das man im Jahr mit dem Schnaps verdienen kann, brauchen wir dringend. Du siehst ja, wir leben wirklich bescheiden, aber Strom, Wasser, Telefon, so was müssen wir auch bezahlen. Und so wie uns geht es vielen.«

»Und wie oft müsst Ihr Eure Anlagen zur Verfügung stellen?«, fragte ich, immer noch darum bemüht, zu verstehen, was die zwei mir erzählten.

»Zwei-, dreimal im Jahr«, sagte der Franz. »Man weiß nie genau, wann. Ein kleiner Anruf kurz vorher, und dann kommen sie eine Nacht, das ist alles.«

»Und wer macht mit?«

»Jeden, der seinen Schnaps an Bohnert verkauft, kann's treffen. Irgendwann taucht der Jäger auf, und du bist dabei«, erklärte der Franz.

»Und wenn du dich weigerst oder aussteigen willst?«

»Lest Zeitung! Es passiert oft, dass eine Brennküche abgefackelt wird oder ein halber Hof.«

Franz zuckte resigniert mit den Schultern.

»Keiner sagt was«, meinte Hilde. »Geld und Angst halten alle am Schweigen.«

»Und der Konrad?«, fragte ich vorsichtig.

»Hat überlegt, damit an die Öffentlichkeit zu gehen«, brummte der Franz. »Hat es dann aber sein gelassen, die Sache mit der Skihalle war ihm wichtiger.«

»Und das war auch gut so«, ergänzte Hilde. »Sonst hätte er die ganzen Kleinbrenner der Gegend gegen sich aufgebracht.«

Und den mächtigen Bohnert, dachte ich, der bestimmt kein zu unterschätzender Gegner war.

»Bevor es keinen Beweis gibt, dass die Sache doch etwas mit Konrads Tod zu tun hat, sagst du zu keinem Menschen etwas. Versprichst du uns das?«, fragte Hilde, und sie und Franz sahen mich ernst und erwartungsvoll an.

»'s tut ja eigentlich keinem weh«, meinte der Franz noch.

Ich versprach, erst mal für mich zu behalten, was sie mir erzählt hatten, und verabschiedete mich. Draußen, in der herbstlichen Kälte, lag der Geruch von Schnee in der Luft, und der Boden duftete weihnachtlich nach Tanne. Ich wunderte mich, dass ich nicht besoffen war, bei der Anzahl Schnäpse, die ich getrunken hatte. Aber was Franz und Hilde erzählten, hatte mich komplett ernüchtert.

Da nutzte ein mächtiger Schnapsfabrikant ungeniert die Brennöfen der Kleinbauern, um illegal Schnaps brennen zu lassen. Und die machten mit, um weiter an ihrem eigenen Schnaps zu verdienen. Keiner wusste vom anderen, wie tief er in das System Bohnert verstrickt war. Keiner wusste, wie weit verzweigt über Hunderte von Schwarzwaldtälern sich Bohnerts Netzwerk erstreckte. Ein perfides System, das mir irgendwie bekannt vorkam: Genauso arbeitete die Mafia.

Es begann zu schneien, bevor ich mein Auto erreichte. Dichte weiße Flocken, die sofort auf den Tannen liegen blieben. Automatisch streckte ich die Zunge raus, wartete bis die erste Flocke sich darauf niederließ. Der erste Schnee ist immer ein Wunder, und in einem einsamen Schwarzwaldtal ein besonderes. Aber ab diesem Jahr würde der erste Schnee immer einen brennenden Beigeschmack haben, den von Bohnerts schwarzgebranntem Schnaps.

*

Natürlich blieb der Schnee nicht liegen. Schon in Kappelrodeck ging er halb in Regen über, und in Fautenbach regnete es Bindfäden. Das war auch noch am nächsten Mittag der Fall, als ich mit einem Brummschädel in der Lindenküche mit meiner Arbeit begann.

Im Gehgips machte Martha beängstigende Fortschritte. Immer häufiger verließ sie die Kachelofenbank, humpelte durch die Gaststube, steckte neugierig den Kopf in die Küche. Heute trieb sie sich schon über eine halbe Stunde in der Küche herum, und es gelang mir nur mit Mühe, sie zu verscheuchen. Carlo unterstützte mich dabei mit lauter Rap-Musik aus dem CD-Player, die auf mich und meinen Brummschädel allerdings auch keine erbauende Wirkung hatte.

Spät abends, Carlo war bereits gegangen, grübelte ich über Besonderheiten im Speiseplan der nächsten Tage und das Schnapsimperium von Bohnert nach, als ein müder Eberle in die Küche schlich. Er fragte nach etwas Essbarem, da er den ganzen Tag nichts gegessen habe. Ich schnippelte etwas frisches Gemüse in die Reste einer kräftigen Hühnerbrühe, füllte die heiße Suppe in eine große Tasse und schob sie ihm über den Pass. Eberle setzte sich auf den Pass, da es in der Küche keinen Stuhl gab und er zu erschöpft war, um weiter zu stehen. Die kurzen Beine baumelten verloren in der Luft, und die Augen fielen ihm fast zu. Als er gierig die heiße Suppe in sich hineinschlürfte, kehrten einige seiner Lebensgeister zurück.

»Ist Adela schon ins Bett gegangen?«, fragte er und löffelte weiter die Suppe.

»Vor einer halben Stunde«, sagte ich. »Was war los? Wo hast du den ganzen Tag gesteckt?«, wollte ich wissen, nachdem sein erster Hunger gestillt war.

»Armbruster ist verschwunden«, sagte er und bröckelte Brotbrocken in die Suppe. »Seit gestern Morgen unauffindbar.«

Der nervöse Steinbruchbesitzer! Hatte sich also nicht im Whirlpool oder beim Tennis entspannt, so wie Maxi es ihm empfohlen hatte. Aber was hatte er stattdessen gemacht?

»Da habe ich ihn so lange weich gekocht, und jetzt taucht der Mistkerl unter«, schimpfte Eberle leise vor sich hin.

»Glaubst du, dass er Konrad ermordet hat?«

»Nein«, Eberle schüttelte den Kopf und fischte die vollgesogenen Brotbrocken aus der Suppe. »Sein Alibi ist hieb- und stichfest.«

Er hatte mit Färber Tennis gespielt, Färber ging auch mit ihm zur Jagd. Hilft man sich da nicht unter Freunden?, dachte ich.

»Nicht nur Färber bestätigt das, auch ein paar ganz unbeteiligte Gäste vom Breitenbrunnen«, erläuterte Eberle, als hätte er meine Gedanken erraten. »Aber er weiß etwas über den Mord, sonst wäre er nicht so nervös. Auch dass er jetzt plötzlich verschwindet, spricht dafür. Wir haben einen Hinweis bekommen, dass er über diesen liechtensteinischen Trust an der Finanzierung der Skihalle beteiligt ist. Ich habe heute sein Büro auseinander genommen und seine privaten Unterlagen. Ergebnislos. Nun ja, Krumme von der Abteilung Wirtschaftskriminalität hat mich gewarnt. Hat gemeint, dass es fast unmöglich sei, die Herkunft liechtensteinischen Geldes zu enttarnen.«

Er schob die leere Suppentasse zur Seite und starrte aus dem Fenster. Auf dem Schulhof regte sich zu dieser späten Stunde gar nichts, einzig eine streunende Katze strich um den Fahrradständer.

Ein bisschen wirr kam mir das vor, was er erzählte. Eberle stocherte also mal da und dort herum und hoffte, auf ein Wespennest zu stoßen.

»Aber in einem Mordfall muss es doch möglich sein, über die Bank an Informationen zu kommen«, meinte ich und setzte mich zu ihm auf den Pass.

»Eben nicht«, seufzte Eberle. »Weißt du, wie so ein liechtensteinischer Trust funktioniert?«

Ich hatte, ehrlich gesagt, keine Ahnung.

»Eigentlich brauchst du nur zwei Dinge«, erklärte mir Eberle. »Einen Koffer voller Geld und den Namen eines liechtensteinischen Treuhänders oder Finanzintermediärs, wenn du es schick ausdrückst, oder eines Strohmanns, was so einer de facto ist. Du investierst dreißigtausend Franken in die Gründung einer Stiftung und in ein bisschen Handgeld für den Herrn Treuhänder. Wie das Treugut verwaltet wird und wohin es fließt, wird in einer nirgendwo offiziell festgehaltenen Absprache zwischen Treugeber und Treuhänder geregelt. Hast du dem Treuhänder dein Geldköfferchen übergeben, beginnt er, das Geld zwischen verschiedenen liechtensteinischen und anderen Banken hin und her zu schieben. Geld aus Drogenhandel oder Prostitution muss länger gewaschen werden als welches aus Steuerhinterziehungen. Und binnen kürzester Zeit kannst du nicht mehr nachvollziehen, woher das Geld kommt. Aber als Treugeber kannst du sehr wohl bestimmen, wohin das Geld geht. So einfach ist schmutziges Geld zu waschen. Die Macht des Geldes, ungebrochen und kraftvoller denn je.«

Er lachte kurz und verächtlich. Um die müden Augen bohrten sich tiefe Falten in sein Gesicht, und die schmalen Schultern hingen schlaff herunter. Das abgetragene Jackett sprenkelten nicht weggewischte Brosamen. Ein alter, erschöpfter Mann. Mir wurde klar, dass diese Erschöpfung nicht nur von einem langen Arbeitstag herrührte, sondern von den Grenzen, die die Macht des Geldes, der Politik oder der Verwaltungsapparate ihm immer wieder gesetzt hatte. Gegen wie viele solcher Mauern war er im Laufe seines Berufslebens gelaufen? Wievielmal hatte er klein beigegeben müssen?

»Aber es muss doch juristische Möglichkeiten geben, dagegen vorzugehen«, meinte ich.

Eberle holte mal wieder seinen Block aus der Jackentasche und faltete einen fotokopierten Zeitungsartikel auseinander.

»Weißt du, was der Untersuchungsrichter Renaud van Ruymbeke über den Kampf gegen die weltweite Geldwäsche sagt?«

Ich zuckte mit den Schultern. Woher sollte ich das wissen?

»Das Geld umrundet in wenigen Minuten einmal die Erde, sagt er. Ein Richter dagegen braucht Jahre, um ein organisiertes Terrornetz auszuheben. Er muss ja erst einmal wissen, wo er zu suchen anfangen soll. Die Konten, die Firmen, alles anonym. Und selbst wenn er einen Hinweis hätte, wäre ihm noch nicht geholfen. Mitten in Europa, in Luxemburg, Liechtenstein oder der Schweiz, kann die Übermittlung von Informationen, die ein Untersuchungsrichter dort gesammelt hat, über Monate blockiert werden. Über Monate blockiert! Stell dir das vor! Selbst bei Kapitalverbrechen wie Mord, Drogenhandel und Prostitution! Und hier geht es um eine kleine Skihalle, um lächerliche zwei bis drei Millionen Euro. Glaub mir, wegen so etwas lupfen die nicht mal den Hintern!«

Eberle wirkte noch älter und grauer als sonst. In dem Moment merkte ich, dass ich diesen kleinen, alten Schwaben, der es nicht aufgegeben hatte, gegen Mauern zu laufen, mochte.

»Aber wie ist Konrad dann dahinter gekommen?«, fragte ich.

»Wenn er überhaupt dahinter gekommen ist!«

»Er hatte eine Spur, Kuno. Das weißt du genauso gut wie ich.«

»Einer der wenigen Schwachpunkte in diesem System ist die Geldübergabe«, murmelte Eberle.

»Du meinst, Konrad hat gesehen, wie ein Geldkoffer den Besitzer wechselte?«

Eberle zuckte mit den Schultern.

»Die beiden Fahrer der Spedition Pütz hatten einen Koffer bei sich«, fiel mir ein. »Vielleicht findet die Geldübergabe regelmäßig bei McDonald's am Achersee statt?« Ich war jetzt richtig aufgeregt. »Die beiden Fahrer, du musst unbedingt die beiden Fahrer finden!«

»Die Kölner Kollegen haben auf meine Bitte hin mit allen Fahrern gesprochen. Kein Paar passt auf deine Personenbeschreibung. – Die Firma ist sauber!«

Eberle starrte weiter nach draußen. Die streunende Katze hatte den Fahrradständer längst verlassen.

»Aber die müssen irgendwo sein! Fahr selbst hin! Wer weiß, wie schlampig die Kölner gearbeitet haben.«

»Ich kann nicht einfach in Köln auftauchen und im Revier der Kollegen fischen. Ich brauche einen triftigen Grund, um weiter tätig zu werden, und den gibt es im Augenblick nicht.«

»Na, besten Dank«, meinte ich eingeschnappt. »Da werden giftige Fässer illegal von einem Lkw verladen, dessen Foto ein Ermordeter bei sich trug, und das reicht dir für den Augenblick nicht?«

»Ich konzentriere mich auf Armbruster. Er ist das schwächste Glied der Kette«, gab Eberle ruhig zurück. »Außerdem darf ich auch andere Verdachtsschienen nicht außer Acht lassen. Konrads Frau, zum Beispiel, die Ehe war nicht gut.«

Ich glaubte, nicht recht zu hören! Das konnte Eberle doch nicht im Ernst glauben. Teresa, die mich voller Sorge gebeten hatte, nach Konrad zu suchen, weil sie Angst um ihn hatte, sollte ihn ermordet haben?

»Einsam bist du, sehr alleine, aus der Wanduhr tropft die Zeit, einsam bist du, sehr alleine, doch am schlimmsten ist die Einsamkeit zu zweit, schreibt schon Erich Kästner. – Du weißt nicht, wie viele Morde aus verletzter Liebe begangen werden. Vielleicht wollte Konrad sie verlassen?«

Eberle sah mich fragend an. Ich hätte ihm am liebsten eine geknallt.

»Armbruster ist verschwunden«, sagte ich eisig. »Wie willst du dich auf ihn konzentrieren, wenn du ihn nicht mal hast?«

»Er wird schnell wieder auftauchen, da bin ich ganz sicher«, meinte er und rutschte langsam vom Pass herunter. »Danke für das Essen«, sagte er dann und schlurfte, ohne mich noch einmal anzublicken, davon.

Doch nur ein müder, alter Mann, der nichts mehr auf die Reihe kriegt, dachte ich und räumte das schmutzige Geschirr in die Spülmaschine. Traut sich nicht, nach Köln zu fahren, weil er Ärger mit den dortigen Kollegen bekommen könnte. Ich könnte fahren. So schwer würde es schon nicht sein, die beiden Fahrer zu finden. Der Gedanke, dass Eberle Teresa noch nicht von seiner Verdächtigenliste gestrichen hatte, war mir unerträglich.

Vor dem Schlafengehen starrten mich wieder die beiden Briefe von Ecki an. Statt sie zu beantworten, legte ich mir endlich die CD von Diana Krall ein, die ich in Freiburg gekauft hatte. »Never trust the stars«, sang sie mit dieser starken samtrauchigen Stimme. »Never trust the moon«, und auch seinen Träumen sollte man nicht trauen, sie zerplatzen zu schnell. »Only trust your heart«, empfahl sie.

»Only trust your heart!« Wenn das so einfach wäre!

*

Den grauen Regentagen folgte ein blendend blauer Himmel mit strahlender Sonne. Martha traute sich mit ihrem Gehgips zum ersten Mal nach draußen. Sie humpelte hinüber zu dem kleinen Elektroladen und schaffte es sogar, die befahrene B3 zu überqueren, um ein Schwätzchen mit der Bäckereiverkäuferin zu halten. Mein Vater und ich standen in der Eingangstür der Linde und beobachteten sie.

»Bald ist sie wieder die Alte«, seufzte er.

Seine Miene war undurchdringlich, ich konnte nicht erkennen, ob ihn diese Aussicht freute oder nicht.

»Ist doch schön für dich, Katharina«, sagte er zu mir. »Kannst wieder irgendwo in der großen, weiten Welt kochen gehen. Bleiben wirst du doch nicht, oder?«

Natürlich wünschte er sich genau wie Martha, dass ich die Linde übernähme. Aber ihm Gegensatz zu ihr würde er niemals drängen. Und er würde mir verzeihen, wenn ich mich dagegen entschiede. Darauf hoffte ich. Schließlich hatte er immer viel zu gut verstanden, was mich in die Welt hinauszog.

»Lass sie erst mal gesund werden«, meinte ich und lehnte meinen Kopf an seine Schultern.

Unbeholfen legte er den Arm um mich. Martha blickte irritiert zu uns herüber. Gesten der Zärtlichkeit wurden in unserer Familie nicht gepflegt. Sie humpelte zurück. Edgar wartete auf sie. Ich ging schnell hinein und nutzte die Zeit, bis die zwei auftauchten, um FK anzurufen.

Seit ich aus der Legelsau zurück war, plagte mich die Geschichte, die Franz und Hilde mir erzählt hatten. Ich musste prüfen, ob sie wirklich stimmte, ob Bohnert wirklich die Chuzpe besaß, sich ein Heer von illegalen Brennereien zu halten. Wenn das so war, kursierten darüber Gerüchte, und die mussten FK zu Ohren gekommen sein. Er wusste alles, was in der nördlichen Ortenau vor sich ging, unvorstellbar, dass ihm darüber nichts bekannt war.

FK hatte an diesem Vormittag im Renchtal zu tun und war nicht gerade wild darauf, sich mit mir zu treffen. Wir verabredeten uns in Ulm bei Oberkirch, im Braustüble.

Ich fuhr den Bach entlang durch das Oberdorf und nahm am Rückstaubecken einen der schmalen Wirtschaftswege durch die Kirschbaumhügel Richtung Mösbach. Die starken Temperaturschwankungen der letzten Tage trieben die Verfärbung der schmalen Kirschbaumblätter schnell voran. Das kräftige Gelb, in dem sie letzte Woche noch geleuchtet hatten, war einem schrumpeligen Braun gewichen. Manche der Bäume waren schon halb kahl geweht, und die gedrungenen schwarzen Stämme ließen die Bäume schwerfällig wirken. Dabei ist nichts so leicht und schwebend wie Kirschbäume im Frühling, wenn die Hügel hier ein einziges weißes Blütenmeer sind und die Luft flirrt vom Summen der Bienen und dem pudrigen Duft der Kirschblüten!

Zehn Minuten später saß ich in einem der schönsten Biergärten der Gegend und wartete auf FK. Rechts und links neben mir sprach man am späten Vormittag bereits dem Ulmer Export oder Pils zu, aber mir war es zu früh für Alkohol. Ich bestellte eine ordinäre Apfelschorle und beobachtete eine Schulkasse, die auf dem gegenüberliegenden Sportplatz Toreschießen übte.

»Also, Nervensäge, was willst du heute wissen?«, begrüßte mich FK und stellte seine Kameratasche auf dem hölzernen Tisch ab.

Der Kies knirschte, als er sich den Gartenstuhl neben mir zurechtschob. Er trug ein T-Shirt in einem kräftigen Rostrot und darüber eine Jeansjacke, eine Kombination, die ihn weniger langweilig wirken ließ als die Jacketts, die er sonst trug. Auch einen Besuch beim Frisör hatte er hinter sich. Kurz und widerspenstig standen ihm die dunkelblonden Haare zu Berge, was ihm eine nie gekannte Wildheit gab.

»Du siehst richtig gut aus heute«, merkte ich bewundernd an. »Hast du eine Verjüngungskur gemacht?«

FK wurde rot wie früher in der Schule, wenn ich ihm etwas Nettes gesagt hatte. Dann meinte er: »Du willst mir bloß Honig um den Bart schmieren, damit ich wieder irgendwas für dich rausfinde.«

»Du kannst einfach keine Komplimente annehmen«, erwiderte ich. »Oder habe ich etwa deine alte Frisur und deine Jacketts gelobt?«

»Was willst du?«, seufzte er und bestellte sich einen Kaffee.

Die Sonne stand im Zenit. Kraftvoll brach sie durch die rot gefärbten Kastanien des Biergartens und malte wirre Schattenmuster auf den Tisch.

»Armbruster ist verschwunden«, sagte ich.

FK sah erstaunt auf.

»Den haben wir vorgestern doch noch am Breitenbrunnen gesehen«, sagte er.

»Und seither weiß niemand, wo er ist. Eberle vermutet, dass Geld von ihm in diesem liechtensteinischen Trust zur Finanzierung der Skihalle steckt, hat aber keinerlei Beweise dafür gefunden.«

»Illegale Gifttransporte, illegales Geld, Waschanlage Liechtenstein, sauber zurück in die Region«, kombinierte FK. »Wenn das stimmt und Konrad es herausgefunden hat, hätte Armbruster ein echtes Motiv für einen Mord gehabt.« Er schüttelte den Kopf und wühlte sich das zerzauste Haar.

»Hast du eine Ahnung, wo er stecken könnte?«, fragte ich.

»Wieso ich?«

»Du weißt doch sonst alles. Und der Typ ist doch Jäger. Meinst du, der würde sich irgendwo im Wald in einer Hütte verstecken?«

»Unmöglich«, sagte FK nach kurzem Nachdenken und bedankte sich bei der Bedienung, die ihm seinen Kaffee hinstellte. »Armbruster ist kein Jäger, der geht nur mit auf die Jagd. Sein Vater, der Anton, war ein begeisterter Jäger, wahrscheinlich hat der dem Jürgen das ›grüne Abitur‹ genauso eingeprügelt, wie er ihn gezwungen hat, die Firma zu übernehmen. Weißt du, er ist so der typischer Vertreter eines schwachen Sohnes, der es nie geschafft hat, aus dem Schatten des Vaters zu treten. Schwächlich, unzufrieden, ohne Ausstrahlung, ohne Biss.

Glaub mir, in dieser Jagdrunde wird er nur geduldet, qua Erbrecht, sozusagen. Denn Bohnert und der alte Armbruster, die konnten sehr gut miteinander, Bohnert bezeichnet ihn gern als seinen Ziehvater und gibt unumwunden zu, dass Anton Armbruster ihm beim Aufbau seiner Firma sehr geholfen hat. Und ich bin mir sicher«, FK stockte und rührte löffelweise Zucker in seinen Kaffee, »dass der Anton seinem Sohn den Willi Bohnert immer als Vorbild vor die Nase gehalten hat. Und wie gesagt, ein Jäger ist das keiner. Der trifft nicht einmal ein Rehkitz aus nächster Nähe. Er soll allerdings vorzüglich Tennis spielen.«

»Und was sagt uns das?«

»Keine Ahnung.« FK schlürfte seinen überzuckerten Kaffee und sah mich an. »Du siehst auch nicht schlecht aus mit deinen roten Locken. Und ich wette, seit wir hier sitzen, hast du schon mindestens zehn neue Sommersprossen bekommen.«

Ich grinste und dachte an die alten Zeiten. Als ich in den schüchternen kleinen FK verliebt war und ihm auf dem Schulhof sehnsüchtige Blicke nachgeworfen hatte.

»So wie du den Typ beschreibst, passt dieses Giftmüllgeschäft nicht zu ihm«, meinte ich. »Wenn er saftlos ist, hat er auch keine kriminelle Energie.«

»Interessante These«, erwiderte FK. »Aber er könnte auch in das Geschäft hineingeschliddert sein, ein anderer hat ihn hineingezogen, das würde gut passen. – Ich hoffe nur, dass der Kerl sich wirklich irgendwo versteckt und nicht …«

Der Gedanke, dass er tot sein könnte, war mir noch gar nicht gekommen, aber nicht von der Hand zu weisen.

»Mal den Teufel nicht an die Wand«, sagte ich. »Eine Leiche im Achertal reicht.«

»Wo sind sie geblieben, die friedlichen Zeiten?«, murmelte FK.

»Was weißt du über Bohnert?«, fragte ich dann.

»Bohnert, interessante Gestalt. Zu seinem sechzigsten Geburtstag musste ich auf Befehl von oben ein Porträt über ihn schreiben, war sogar in seiner Nobelvilla …«

»Da komme ich demnächst auch hin«, unterbrach ich ihn. »Ich soll für ihn kochen.«

»Also, Bohnert«, FK lehnte sich weit in seinem Stuhl zurück, verschränkte die Arme im Nacken und blinzelte in die Sonne.

243

»Er kommt aus bescheidenen Verhältnissen, sein Vater hatte einen Schnapsladen mit drei Arbeitern, und die Familie konnte so lala von den Einkünften leben«, begann er seine Informationen aus dem Gedächtnis abzurufen. »Bohnert hat die Firma systematisch ausgebaut. In neue Brennöfen und Abfüllanlagen investiert, immer größere Mengen produziert. Als es Anfang der achtziger Jahre immer schwieriger wurde, mit Schnaps Geld zu verdienen, fing er an, kleinere Brennereien, denen es wirtschaftlich schlecht ging, aufzukaufen, und expandierte weiter. Er setzte auf Masse, nicht auf Klasse. Wegen der Öffnung des Ostens Anfang der neunziger Jahre musste er sich etwas Neues überlegen. So billig wie dort konnte er seinen Schnaps nicht herstellen. Also baut er seither auf ›klasse Masse‹, versehen mit dem Schwarzwald-Label, setzt geschickt den guten Ruf des Schwarzwälder Obstwassers ein. Und macht damit richtig gut Geld, das kann ich dir sagen.«

FK nahm seinen letzten Schluck Kaffee, bevor er fortfuhr: »Bohnert hat aber nicht nur unternehmerischen Biss, er beherrscht auch die Spielregeln, die zu Macht und Einfluss führen. Selbstverständlich ist er Mitglied der CDU, er ist Vorsitzender der mittelbadischen Industrie- und Handelskammer, im Vorstand des Deutschen Jagdschutzverbandes, er unterstützt großzügig zwei karitative Stiftungen, und die Gemeinde Waldulm konnte ihren neuen Kindergarten nur bauen, weil Bohnert den Bau zu fünfzig Prozent finanziert hat.«

»Du schreibst hier keinen Artikel, FK! Wo sind seine Schattenseiten?«

»Er wird schnell jähzornig. Alle seine Angestellten und Arbeiter haben Angst vor seinen Wutausbrüchen. Ansonsten ist er ein Chef alten Stils. Ein richtiger Patriarch. Er bestimmt alles, kümmert sich aber auch um alles. Jobs in seiner Fabrik sind sehr begehrt. Im Gegensatz zu anderen größeren Betrieben der Gegend gab's bei ihm seit Jahren keine Entlassungen.«

»Das meine ich nicht. Weißt du nichts über illegale Geschäfte oder so was?«

»Verheiratet ist er seit zehn Jahren in zweiter Ehe mit der Tochter eines Freiburger Sparkassendirektors. Die hat ihm in dieser Zeit gesellschaftlichen Schliff beigebracht«, fuhr FK fort, ohne auf mich einzugehen. »Monika schleppt Willi ins Theater nach Karlsruhe, in die Konzerthalle in Baden-Baden und zu den Kammerkonzerten in die

Alte Kirche von Fautenbach. Sie isst mit ihm in den feinsten Restaurants. Bohnert macht das alles mit, und gut essen tut er wirklich gerne, Kultur, na ja! Und manchmal genießt er sehr, den Bauern raushängen zu lassen, und dann ist Monika beleidigt.«

»Keine glückliche Ehe?«

»Glück ist in dieser Ehe nicht das Entscheidende. Monika hat einen reichen Mann bekommen und Willi eine Frau, die sich perfekt in bürgerlichen Kreisen bewegen kann und ihm da sicherlich die eine oder andere Tür aufgestoßen hat. Und jetzt kommt ja auch noch der Stammhalter, und beide sind's zufrieden.«

Er nahm seine Arme herunter.

»FK«, versuchte ich es zum dritten Mal. »Du weißt wirklich nichts über irgendwelche krummen Dinger, die er gedreht hat?«

»Du willst doch etwas Spezielles hören, Katharina. Also?« Er sah mich misstrauisch an.

»Hast du schon mal etwas von einem Sonderabkommen gehört, das Bohnert mit Kleinbrennern trifft?«, fragte ich.

FK pfiff durch die Zähne und sagte erst mal gar nichts.

»Es gibt das Gerücht, dass er schwarzgebrannten Schnaps aufkauft«, sagte FK gedehnt. »Aber der Zoll hat ihm noch nie etwas nachweisen können. Deshalb bin ich davon ausgegangen, dass der eine oder andere schlecht bezahlte Kleinbrenner dem Bohnert eins auswischen wollte.«

»Kannst du dir vorstellen, dass Bohnert große Mengen illegalen Schnaps herstellen lässt?«

»Unmöglich«, meinte FK sofort. »Schon von der Logistik her nicht denkbar. Wo soll er diesen Schnaps absetzen? Er müsste nicht nur illegal Schnaps herstellen, er müsste auch noch einen illegalen Markt aufbauen.«

So weit hatte ich noch nicht gedacht. Es war nicht so einfach, große Mengen von illegalem Schnaps zu vertreiben. Ich war mir sicher, dass Hilde und Franz mir dazu nichts sagen konnten. Und jetzt, so bei Licht betrachtet, kam mir die Idee auch ein bisschen spinnert vor.

»Ganz zu schweigen von einer illegalen Abfüllanlage, die er dafür bräuchte«, ergänzte FK.

»Im Keller vom Seehotel?«, schlug ich vor.

FK zog wieder scharf die Luft ein. »Glaube ich nicht. Und wenn, wird es sich nicht so schnell klären lassen. Der Obstgroßhändler ist

nämlich vorgestern zu einem dreiwöchigen Urlaub nach Ibiza aufge-
brochen«, meinte er.

»Ein Obstgroßhändler fährt in Urlaub, obwohl die Apfelernte
noch nicht abgeschlossen ist? Merkwürdig oder?«

»Ich hab's dir schon mal gesagt, Katharina. Verrenn dich nicht.«
FK winkte der Bedienung und zückte sein Portemonnaie.

»Du willst dich nicht näher damit beschäftigen, weil du Angst
hast, eine Riesenschweinerei aufzudecken«, erwiderte ich.

»Vielleicht«, sagte FK und sah mich an. »Ich will hier im Gegensatz
zu dir noch den Rest meines Lebens verbringen.«

Er zahlte und packte eine Fototasche. Ich zahlte auch und stand
mit ihm auf.

»Ich werde nicht mehr lange in der Linde sein«, sagte ich zum Abschied. »Meine Mutter ist fast wieder auf den Beinen. Du musst also
bald mit deiner Frau zum Essen kommen.«

»Mach ich«, sagte er und rutschte in seine Familienkutsche.

Mit weit geöffneten Fenstern fuhr ich zurück. Nach dem enttäu-
schenden Gespräch mit FK sah ich nur noch zwei Möglichkeiten,
Konrads Mörder auf die Spur zu kommen: herauszufinden, was im
Keller des Seehotels gelagert war, und Fahrer und Ladung des Kölner
Lasters aufzutreiben.

Ein Blick auf die Uhr ließ mich zusammenzucken. Es war schon
kurz nach zwölf, ich sollte längst in der Lindenküche stehen.

*

Ihre Stimme hörte ich schon im Flur, und als ich die Tür zur Küche
aufmachte, stand Martha in Kochmontur am Herd und brutzelte mit
hochrotem Gesicht Wiener Schnitzel. Carlo schnitt Lyonerstreifen
für den Wurstsalat.

»Sorry«, sagte ich und griff nach meinem Kochkittel. »Mama, du
kannst gehen, ich übernehme.«

Mit wuchtigen Gabelstichen löcherte Martha die Schnitzel. Ich
war mir sicher, dass ihr rotes Gesicht nicht von der Hitze der Pfanne
rührte, sondern von ihrer Wut auf mich. Mein Zu-spät-Kommen bestätigte ihr ein weiteres Mal das Bild von der missratenen Tochter.

»Wo hast du dich mit FK herumgetrieben?«, legte sie auch sofort

246

los. »Der Mann ist verheiratet, hat zwei Kinder, das macht keinen guten Eindruck, wenn du mit ihm durch die Gegend ziehst.«

Keine Ahnung, woher sie wusste, dass ich mit FK unterwegs war. War auch egal, sie konnte mir nicht mehr vorschreiben, was ich zu tun und zu lassen hatte, und dennoch ließ ich mich von ihr immer noch wie ein Teenager abkanzeln.Ich merkte, wie Wut in mir aufstieg.

Martha stocherte weiter in den Schnitzeln herum, und Carlo sah aus, als hätte er sich am liebsten nach draußen verdrückt.

»Und wenn du jetzt nicht sofort aus der Küche verschwindest, dann verschwinde ich«, drohte ich ihr.

»Meinst du, ich stehe hier freiwillig?«, keifte sie weiter. »Du kommst und gehst, wie es dir passt. Draußen in der Gaststube sitzen Leute, die was essen wollen. Wir leben davon. Ich frage mich, wie es deine Chefköche mit dir ausgehalten haben. Oder machst du so was nur hier, in der Küche deiner Mutter?«

»Du kannst mich mal«, fluchte ich und warf ihr meinen Kochkittel vor die Füße, bevor ich nach draußen stürmte.

Es reichte mir endgültig. Martha legte es nur immer und immer wieder darauf an, mich klein zu machen. Seit Jahren ging das schon so, nichts wurde jemals besser. Sollten sich Edgar und Bernhard mit ihr herumschlagen, ich hatte die Nase gestrichen voll. Ich packte meinen Kulturbeutel, warf ein paar Klamotten in die Reisetasche, steckte Eckis Briefe und Diana Krall ein und verließ die Linde ohne ein Wort des Abschieds.

Auf dem Parkplatz traf ich Adela, die von ihrem Schwangerschaftskurs zurückkam.

»Wo willst du hin?«, fragte sie mit Blick auf meine Reisetasche.

»Erst mal weg, nur weg«, sagte ich. »Ich denk, ich fahre nach Köln, schau mal in der Kasemattenstraße nach dem Rechten. Kannst Martha sagen, von mir aus kann sie im Liegen kochen, ich werde sie nicht mehr vertreten.«

»Da hat's aber schwer gekracht«, meinte Adela seufzend und umarmte mich. »Gieß die Blumen in der Küche, ja?«

Mein Umgang mit Martha kam mir wie eine Endlosschleife vor. Es gab kein Vor und kein Zurück, nur ein gnadenloses Aufeinandereindreschen, bei dem ich regelmäßig verlor.

Beim alten Lang an der B3 tankte ich in den Punto voll, und zehn Minuten später fuhr ich die A5 in Richtung Karlsruhe. Die Sonne war weit nach Westen gewandert und strahlte den Schwarzwald zu meiner Rechten an. Die rot schimmernden Laubwälder verbreiteten einen kupfernen Glanz, der sich langsam in dem schwarzen Tannenwald darüber verlor. Die mächtigen Windräder auf der Hornisgrinde drehten sich gemächlich im Wind.

Abstand war das Einzige, was mich zumindest zeitweise aus dieser Endlosschleife befreit hatte. Je weiter ich von zu Hause weg war, desto besser ging es mir. Aber immer wieder gelang es Martha, mich zurückzuziehen. Vielleicht war ich deshalb so versessen darauf, sesshaft zu werden, eine eigene Familie, ein eigenes Resto zu haben, damit sie endlich nicht mehr so viel Macht über mich hatte. Gemeinsam mit Ecki war der Umgang mit ihr viel leichter gewesen. Einmal hatte Ecki ihr in seiner unnachahmlichen Wiener Art damit gedroht, sie mit dem Telefonkabel zu erwürgen, wenn sie nicht aufhören würde, uns mit ihren permanenten Anrufen zu terrorisieren. Das hatte tatsächlich geholfen!

Ecki, ach Ecki! Zum ersten Mal seit langer Zeit spürte ich so etwas wie Sehnsucht nach ihm.

Radio SWR 3 meldete keinen Stau zwischen Heidelberg und Darmstadt, und so entschloss ich mich in Bruchsal, die Frankfurter Strecke nach Köln zu nehmen.

Das letzte Mal hatte Ecki mich vor zweieinhalb Monaten in Köln besucht. Wir zwei hatten einen Ausflug mit einem Rheindampfer gemacht. Ich sah uns auf diesem Schiff den Fluss entlangtuckern, Ecki in seinem geringelten T-Shirt an der Reling stehend und den Tag genießend. Das war Ecki. Er liebte den Augenblick. Wie's weiterging, entschied bei ihm in der Regel der Zufall.

Rechts in der Ferne tauchte das Heidelberger Schloss auf. Eberle würde dazu bestimmt ein Gedicht einfallen. Der kleine Schwabe wäre vielleicht wirklich besser Deutschlehrer geworden. Als Polizist brachte er nicht besonders viel auf die Reihe. Er hätte nach Köln fahren müssen, um die Spedition Pütz unter die Lupe zu nehmen. Das würde ich jetzt an seiner Stelle tun.

Aber der Hauptgrund, aus dem ich nach Köln fuhr, war ein anderer. Ich musste mich entscheiden. Die Tage in der Lindenküche waren gezählt, was sollte danach kommen? Wollte ich mit Ecki zurück nach

Wien? Schwierig zu beantworten, da noch offen war, ob Ecki überhaupt nach Wien zurückwollte. Wollte ich mit Ecki überhaupt irgendwohin? Wo wollte ich hin?

Während der ganzen Fahrt durch den Taunus dachte ich ohne Ergebnis darüber nach. Im Siegtal ging eine blutrote Sonne unter. Im Königsforst wurde der Verkehr dichter. Am Heumarer Dreieck stand ich im Stau. Ich war zurück in Köln!

Stockend bewegte ich mich auf die Ausfahrt »Messe« zu und schlängelte mich dort in den Strom der Autos ein, die in Richtung Zoobrücke fuhren. Rechts tauchte das henkelumspannte Rund der Kölnarena auf, und auf der anderen Rheinseite schimmerten die beiden Domtürme mattgrau im untergehenden Sonnenlicht. Ich nahm die neue Autobahnabfahrt »Kölnarena«, fuhr am noch einsam in der alten Industriebrache der Chemischen Fabrik Kalk gelegenen neuen Polizeipräsidium vorbei und parkte zehn Minuten später den Wagen in der Kasemattenstraße in Deutz.

Auf dem kleinen Spielplatz des Von-Sandt-Platzes spielte eine Gruppe Zehnjähriger mit viel Gekreische Fangen, und auf den Bänken dahinter führten drei türkische Männer ein angeregtes Gespräch. Jetzt, nachdem die Sonne untergegangen war, kroch frische, kühle Herbstluft durch die Straßen. Ich traute mich noch nicht in die Wohnung und trieb mich weiter im Viertel herum, studierte die Speisekarte des in sozialistischem Rot gehaltenen »HoteLux«, hatte aber keinen Appetit auf »Feierabend auf der Kolchose«, schlenderte die Kasemattenstraße Richtung Siegesstraße hinunter und nahm dort ein erstes Kölsch bei Lommerzheim. Im Stehen natürlich, denn die Kneipe war voll wie immer. Mit unbeweglicher Miene zapfte Lommi seine Bierkränze ein ums andere Mal voll, und ich fragte mich zum x-ten Mal, was die kontaktfreudigen, viel und schnell sprechenden Kölner an diesem stummen, verschlossenen Mann gefressen hatten, außer dass sein Kölsch eines der besten war, was man in der Stadt bekommen konnte. Ich blieb nicht lange und wanderte durch die Duppelstraße zur Deutzer Freiheit. Dort räumten die Geschäftsleute auf der Straße ausgestellte Waren nach drinnen, und ich holte mir beim Metzger zwei Frikadellen, bevor die Geschäfte schlossen. Dann trat ich den Heimweg an.

Das Treppenhaus in der Kasemattenstraße roch vertraut nach einer Mischung aus Putzmittel und Raumspray, und in Adelas Hausflur begrüßten mich Fotos von vielen glücklichen Schwangeren, die Adela im Laufe ihrer Hebammenzeit entbunden hatte. Das altmodische, orangefarbene Telefon stand stumm und wartend auf dem kleinen Tischchen. Ich öffnete die Balkontür in der Küche, aber die Luft war zu kühl, um die Frikadellen draußen zu verspeisen. Am Küchentisch sah ich die Post durch, die ich aus dem Briefkasten mit nach oben genommen hatte. Werbezeugs und eine Telefonrechnung. Was hatte ich erwartet? Stumm futterte ich die Frikadellen, und mir fiel auf, wie lange ich nicht mehr allein gegessen hatte.

Erst dann ging ich in mein Zimmer.

Wenn man wie ich oft Ort und Arbeitsstelle wechselt, richtet man sich nirgendwo für ein, zwei Jahre eine komplette Wohnung ein. Entweder mietet man ein Appartement oder kriecht in einer Wohngemeinschaft unter. So war ich, als ich nach Köln kam, bei Adela gelandet. Adela vermietete dieses Zimmer an Nachtarbeiter, und mir hatte es sofort gefallen. Der hohe, helle Raum passte zu den wenigen Möbeln, die ich besaß. Alles in diesem Zimmer war weiß, die Wände, die Möbel, auch mein wunderschöner Bettüberwurf. Weiß ist meine Lieblingsfarbe. Weiß schafft Klarheit, macht den Kopf frei. Bei Weiß können die Gedanken fließen, stoßen auf keine farblichen Grenzen.

Jetzt wirkte das große Zimmer kalt. Die Glasvase auf dem Schreibtisch ohne eine weiße Lilie. Spielmann hatte mir oft welche geschickt. Das große Bett erinnerte an wenige Liebesnächte mit ihm. Nach seinem Tod hatte ich in diesem Zimmer gesessen und die Wände angestarrt. Spielmann, alles in diesem Zimmer brachte die Zeit mit ihm zurück.

Ich griff mir Jacke, Geld und Schlüssel und eilte über die Hohenzollernbrücke in die Altstadt. Es war jetzt dunkel und der mächtige Dom von künstlichem Licht angestrahlt. Auf dem Roncalliplatz geriet ich in eine Gruppe schnatternder Japaner, die wahrscheinlich gerade den Chinesen über dem McDonald's an der Trankgasse ansteuerten. Ziellos streunte ich durch die Gassen, vermied es allerdings, in die Nähe des Willi-Ostermann-Platzes zu kommen, wo sich der Goldene Ochse befand. Was für ein Schild hing dort jetzt in der Tür? Wegen Todesfall geschlossen? Oder hatte das Resto schon einen neuen Besitzer?

In Wien, in Paris, anfangs auch in Köln hatte ich das vitale, dreckige, extreme Großstadt-Nachtleben geliebt und in vielen Stromergängen erkundet. Jetzt kam ich mir nur verloren vor, und das Gegröle der Touristengruppen, die immer wieder meinen Weg kreuzten, die Stimmungsmusik, die aus den Kneipen auf die Straße drang, die schnoddrig-frechen Köbesse in den Brauhäusern, die verlorenen Gestalten, die sich jede Nacht herumtreiben müssen, all das kotzte mich an. Bei einem Kölsch im Früh rückte mir in dieser Stimmung ein angesoffener Mittvierziger mit glänzender Halbglatze auf die Pelle und versuchte, mit seinen Speckfingern in meinen Haaren zu wühlen. Ich schüttete ihm mein restliches Kölsch ins Gesicht und ging zurück auf die andere Rheinseite. Beim Überqueren der Hohenzollernbrücke zog vom Wasser ein leichter Herbstnebel nach oben und verbarg all den Dreck, den der Rhein zur Nordsee schleppte.

Als ich den Schlüssel in die Wohnungstür steckte, hörte ich drinnen das Telefon klingeln. Ich nahm den orangefarbenen Hörer ab.

»Kati!«, sagte eine vertraute Stimme. »Was machst du für Sachen? Hast den Spielmann schon geheiratet oder warum meldest du dich nicht bei mir?«

Die Leitung rauschte etwas, und die Worte kamen von weit her, aber es war unverkennbar Ecki.

»Ecki«, sagte ich. »Mensch, Ecki«, und merkte, wie sehr ich mich freute, seine Stimme zu hören.

»Wie geht's in Köln? Hat die Polizei den Mörder aus dem Goldenen Ochsen endlich gefunden?«

Wie viel war in den zwei Monaten passiert, seit ich das letzte Mal mit Ecki gesprochen hatte!

»Der Mörder ist gefasst«, sagte ich, »und Spielmann ist tot.«

Dann erzählte ich ihm, was nach seiner Rückkehr nach Bombay passiert war und warum ich mich nicht bei ihm gemeldet hatte. Es fiel schwer, ihm einzugestehen, wie sehr ich mich in Spielmann getäuscht hatte, und es war bitter, ihm Spielmanns Ende zu schildern. Aber Ecki ließ mir alle Zeit dafür, die ich brauchte, obwohl das seine Telefonrechnung ins Astronomische hochschraubte. Als ich zu Ende erzählt hatte, drang von Indien her ein schwerer Seufzer durch die Leitung.

»Meine Herrn, Kati, da hast du aber für deinen Ehrgeiz bitter bezahlen müssen«, sagte er dann. »Wer weiß, wofür das Ganze gut ist?«

Für diese Bemerkung hätte ich ihn schon wieder würgen können.

»Ich habe mir richtig Sorgen gemacht um dich, war, ehrlich gesagt, auch ein bisschen eifersüchtig, hab schon gedacht, ich hätte dich an den alten Hallodri verloren«, kam dann durch die Leitung. »Denkst du noch manchmal an unsere Zeit in Wien?«

Wie sollte ich nicht? Immer wieder blitzte eine Erinnerung an schöne Tage mit ihm an der Donau oder in der Wachau auf. Aber diese Erinnerungen waren getrübt durch Eckis Weggang nach Bombay und durch alles, was danach passierte.

»Manchmal denke ich über Gerers Vorschlag nach. Dass wir beide in Wien ein Resto für ihn betreiben«, meldete ich nach Bombay.

»Und?«

»Ist nicht genau das, was ich wollte, wäre aber für die nächste Zeit vielleicht nicht schlecht«, sagte ich zu meinem eigenen Erstaunen. So weit hatte ich auf dem Weg nach Köln gar nicht gedacht. »Und du?«

»Ist noch weit weg. Bin noch ein halbes Jahr in Bombay …«

Typisch Ecki. Sich bloß nicht festlegen.

»Magst mich nicht doch noch hier besuchen kommen?«, fragte er dann.

Das Ticket dafür hatte er mir schon vor sechs Wochen geschickt.

»Ich überleg's mir«, antwortete ich.

Zwischen Köln und Bombay rauschte die Telefonverbindung. Die unausgesprochenen Gedanken in unserer beider Köpfe ließen sich nicht übertragen.

»Wie ist das Wetter bei euch?«, wechselte Ecki zu einem leichten Thema.

»Es ist Herbst. Im Schwarzwald fiel schon der erste Schnee.«

»Schau zu, dass du Marthas Klauen entkommst«, sagte er zum Schluss. »Und denk dran, Kati, ›On y va bien s'amuser, mes enfants.‹«

Jetzt kam noch so etwas wie ein Luftkuss durch die Leitung geflogen, und dann war sie tot.

»On y va bien s'amuser, mes enfants«, das hatte Ecki in unserer Zeit als frisch Verliebte immer gesagt. Es war ein Zitat aus einem verrückten, französischen Film, »Themroc«, aus den siebziger Jahren, den er über alles liebte. Einmal hatte er mich in ein kleines Wiener Programmkino geschleppt, damit ich mir den Film auch ansehe. Eine verworrene Geschichte um einen Mann, der sich letztendlich in seinem Haus einmauert. »On y va bien s'amuser, mes enfants.« Für Ecki hieß das immer: Trotz aller Verrücktheiten, die passieren, wir werden es gut haben miteinander.

Na ja, erst mal hat es nicht geklappt mit dem Gut-Haben-miteinander, aber wer weiß?

Mit diesem fast tröstlichen Gedanken am Ende eines beschissenen Tages legte ich mich ins Bett und schlief erstaunlich schnell ein. Sehr tief konnte der Schlaf aber nicht gewesen sein, denn ich hörte sofort, wie ein Schlüssel in der Wohnungstür gedreht wurde. Für einen Augenblick geriet ich in Panik, aber als das Flurlicht angeknipst wurde und ich den vertrauten Duft von Veilchenparfüm roch, wusste ich, dass Adela nach Hause gekommen war.

»Du hast mir einen schönen Schrecken eingejagt«, begrüßte ich sie. »Was machst du hier?«

»Ich konnte dich doch in der ersten Nacht hier nicht allein lassen«, meinte sie und legte ihre Schlüssel auf das Telefontischchen. »Außerdem habe ich eine klasse Idee, wie wir an die zwei Lkw-Fahrer herankommen.«

*

Der Geschenkkorb, den Mariella gepackt hatte, war prächtig. Das Beste, was ihr Büdchen auf der Justinianstraße bot, hatte sie in den mit Gold besprühten Korb gesteckt. Cognac, Sekt, Kölsch, Ölsardinen, Panettone, sogar Zigarren und Zigaretten. Kitschige rosa Schleifen und künstliche Efeuranken zierten den Henkel.

Zufrieden verstaute Adela das Präsent im Kofferraum. Wir fuhren damit über die Mülheimer Brücke auf die linke Rheinseite. Die Spedition Pütz hatte ihren Sitz in Longerich, Adela nahm den Weg über die Boltensternstraße. Sie fuhr zielsicher, brauchte nie einen Stadtplan. Als freiberufliche Hebamme hatte sie Frauen aus allen Stadtteilen entbunden und kannte Köln wie ihre Westentasche. Vom Militärring bog sie in die Longericher Straße ab.

»In der Gegend habe ich mindestens zehn Kinder zur Welt gebracht«, sagte sie und fuhr langsam an den properen, in den fünfziger und sechziger Jahren erbauten Einfamilienhäuschen entlang. »Damals hat die Stadt das Bauland gezielt an kinderreiche Familien verkauft. In den sechziger, siebziger Jahren hat es hier nur so gewimmelt von Pänz.«

Auch heute spielten Jugendliche auf der Straße Korbball, und kleine Mädchen jagten sich mit Inlinern hinterher. Mit der Gürtelbahn nahm die Familienidylle ein jähes Ende. Entlang der Etzelstraße, die parallel zur Bahnlinie verlief, wucherte eine wilde Ansammlung von kleineren Betrieben. Die meisten handelten mit Schrott. Autos, Reifen, Kühlschränke. Überall kläfften gefährlich aussehende Köter. Keine Menschenseele war zu sehen. Die Geschäfte schienen nicht besonders gut zu gehen. Es war eine von den Gegenden, in die nicht mal ich mich nachts allein getraut hätte. Die leuchtend gelben Lkws mit der roten Schrift stachen aus der Ansammlung von Müll heraus und zeigten uns schnell, wo die Spedition Pütz beheimatet war. Vielleicht fünfzehn Lkws, eine Lagerhalle und ein trostloser, grauer Flachbau, mehr gab es auf deren Gelände nicht.

Adela parkte ihren kleinen Schwarzen vor dem Flachbau. Neben dem Geschenkkorb hatte sie einen Gehstock eingepackt, den nahm sie jetzt und tat so, als hätte sie ein steifes Bein. Mit dem Stock humpelte sie langsam auf den Flachbau zu, ich trottete mit dem Geschenkkorb hinter ihr her.

»Guten Tag«, sagte sie, nachdem sie die Tür aufgerissen hatte, zu einer platinblonden Dürren, die hinter ihrem Schreibtisch aufschreckte und uns blöd anglotzte. »Sie können sich nicht vorstellen, wie froh ich bin, Ihre Spedition gefunden zu haben, junge Frau!«

Adela schnaufte hörbar und stützte sich auf ihren Stock. »Darf ich mich setzen, und hätten Sie vielleicht ein Glas Wasser für mich?«

Ohne eine Antwort abzuwarten, pflanzte sie sich auf den einzigen Besucherstuhl und nickte der Blondine aufmunternd zu. Die eilte stumm zum Waschbecken, füllte ein Glas mit Wasser und stellte es vor Adela auf. Die blau angemalten Fingernägel waren dreimal so lang wie meine, und um den Hals trug sie mehrere Kettchen mit goldenen Clowns.

»Hät einer jewonne?«, fragte sie mit einer Stimme, so blechern wie eine leere Erbsendose und warf einen interessierten Blick auf den Geschenkkorb.

»Vor sechs Tagen, junge Frau«, erzählte Adela und stützte sich auf ihren Stock, »bin ich nachts um drei auf der A5 zwischen Karlsruhe und Bruchsal liegen geblieben. Geplatzter Reifen. Der ADAC kam und kam nicht. Ich auf der Rückreise von Italien, müssen Sie wissen, war müde und erschöpft. Völlig verzweifelt winkte ich vorbeifahrenden Wagen zu, keiner nahm Notiz von mir. Bis nicht der ADAC, sondern ein anderer gelber Engel anhielt, nämlich einer Ihrer Lastwagen.

Die zwei Herren waren so freundlich, mir den Reifen zu wechseln. Jetzt wollte ich den beiden persönlich dafür danken und ihnen eine Kleinigkeit überreichen.«

Sie deutete auf den Geschenkkorb, den ich immer noch im Arm hielt. Ich nutzte die Gelegenheit, ihn auf einer freien Ecke des Schreibtisches abzusetzen, und rieb mir die lahmen Arme.

»Meine Nichte«, erklärte Adela der Blondine. »Sie hilft mir. Wegen meiner Behinderung kann ich nichts tragen.«

Die Blondine nickte nachlässig und prüfte neugierig den Inhalt des Geschenkkorbes. Der schien ihr zu gefallen.

»Könnten Sie nachschauen, ob die Fahrer hier sind?«, fragte Adela und strahlte die Frau mit Unschuldsmiene an.

»Wie soll ich dat maache? Bei uns arbeide övver hundert Fahrer.«

Mit ihren langen blauen Fingernägeln drehte sie die goldenen Clowns an ihrem Hals hin und her.

»Oh, Sie können doch bestimmt feststellen, welche Ihrer Fahrer in der Nacht vom dreiundzwanzigsten auf den vierundzwanzigsten Oktober auf der A5 unterwegs waren, nicht wahr?«, fuhr Adela im Plauderton fort. »Die beiden Herren waren sehr kräftig gebaut, hatten gut durchtrainierte Körper. Der eine hatte leicht vorstehende braune Hundeaugen, und der andere ähnelte diesem frisch gewählten kalifornischen Senator.«

Die Blonde starrte Adela verständnislos an.

»Schwarzenegger«, erklärte ich.

Jetzt hellte sich ihr Gesicht auf.

»Dat könnten Küpper un Steiner jewese sin«, meinte sie und warf ihren Rechner an. »Ens lure, ob die in dä Nach ungerwegs wore …«

Unter dem Routenplan fand sie nichts in ihrem Rechner.

»Nee«, sagte sie und schüttelte den Kopf. »In der Naach sin Schmitz und Klaaßen op dr A5 jewäse. Dr Klaaßen is ene kleene Dicke un dr Schmitz ene richtige Bär.«

»Wie merkwürdig!«, meinte Adela. »Ich versichere Ihnen, es war einer Ihrer Lkws, und die Fahrer sahen so aus, wie ich sie beschrieben habe. Könnte es sein, dass die vier eine Fahrt getauscht haben?«

»Eintlich nit«, meinte die Blondine jetzt sehr vorsichtig.

»Sind Küpper und Steiner zufällig hier?«, fragte Adela erwartungsfroh. »Ich könnte doch sofort sagen, ob die beiden meine gelben Engel sind.«

255

»Nee«, wieder schüttelte sie das Platinblond. »Ävver die zwei fahre hück Nohmittag en Tour noh Zytomyr en dr Ukraine.«

»Wissen Sie was?«, meinte Adela und hievte sich aus dem Stuhl. »Dann komme ich heute Nachmittag wieder. Den Geschenkkorb lasse ich hier. Ich glaube nicht, dass es meine gelben Engel stört, wenn Sie sich ein oder zwei Teile daraus nehmen. Wo sie doch so freundlich zu uns waren …«

Ohne unseren Weggang abzuwarten, packte sich die Blondine den Korb, und ihre blauen Krallen begannen gierig darin zu wühlen. Adela humpelte gekonnt zum Auto zurück.

»Nicht schlecht, deine Nummer mit dem Hinkebein«, meinte ich.

»Nicht wahr?«, meinte Adela strahlend. »So eine Behinderung senkt sofort das Misstrauen deines Gegenübers. Hat doch klasse funktioniert.«

»Vorausgesetzt, Küpper und Steiner sind die zwei Typen, die ich gesehen habe«, bremste ich ihren Optimismus.

Adela rollte das Dach ihres Cabrios herunter und kaufte in der Johannes-Rings-Straße zwei Döner für uns. Sie schlug vor, die Zeit bis zum Nachmittag im nahen Grüngürtel zu vertrödeln, der an diesem sonnigen Herbsttag von Hundebesitzern, Joggern und Müttern mit kleinen Kindern bevölkert wurde. Wir zwei setzten uns auf eine Bank, blickten auf eine weite Wiese und drei gelb gefärbte Birken und mampften unsere Döner.

Adela war völlig überzeugt davon, dass Küpper und Steiner die beiden Typen waren, die ich am Achersee gesehen hatte, aber was half uns das? Sie hatten eine Fuhre gemacht, die nicht in den Büchern auftauchte, mehr wussten wir nicht. Was wurde in den Giftkisten transportiert? Wohin wurden sie gebracht? Ich konnte mir nicht vorstellen, dass Rambo und Conan uns das freiwillig erzählen würden. Einer plötzlichen Eingebung folgend griff ich zum Handy und wählte die Nummer der Spedition Pütz.

»Guede Dag«, meldete ich mich in breitestem Alemannisch. »Mit unserer Lieferung am dreiäzwanzigschte isch ebbs schief gloffe. Mir hän zwanzig große Kischte g'liefert, hätte aber kleine liefere solle. Het sich der Kunde noch nit beschwert?«

»Rufen Se aus dem Schwarzwald an?«, schepperte die blecherne Stimme der Platinblonden durch den Hörer. »Moment, ich verbinde.«

»Ja?«, fragte Sekunden später eine kühle Männerstimme.

Ich gab meiner Stimme einen subversiven Unterton, als ich wieder im Dialekt mein Sprüchlein wiederholte.

»Die Ware ist wie immer zu ›Gege‹, keine Beschwerden«, sagte die Stimme schnell.

»Sie könne ja sage, dass mir's bim nächschte Mol ausgliche«, fuhr ich auf Badisch fort.

»Haben wir schon mal telefoniert?«, fragte die Stimme jetzt misstrauisch. »Wer sind Sie?«

Sofort unterbrach ich die Verbindung.

»Auch nicht schlecht«, meinte Adela anerkennend und versuchte vergeblich, einen Döner-Fettfleck aus ihrer Hose zu reiben. »Jetzt müssen wir nur noch rausfinden, wer oder was ›Gege‹ ist.«

Aber zuerst fuhren wir zur Etzelstraße zurück. Adela humpelte mit ihrem Stock zum Büro der Blonden, ich wartete im Wagen. Etwa fünfzehn Minuten später sah ich Rambo und Conan von der Lagerhalle kommend den Flachbau betreten.

Küpper und Steiner. Bingo.

Mit Papieren unterm Arm verließen sie den Flachbau einige Minuten später wieder und steuerten einen Laster neben der Lagerhalle an. Rambo klemmte sich hinter das Lenkrad, Conan auf den Beifahrersitz.

Jetzt kam Adela eilig, fast das Humpeln vergessend, aus dem Büro.

»Das waren die zwei, nicht wahr?«, fragte sie mich aufgeregt.

Ich nickte: »Was machen wir nun?«

»Wir fahren hinter ihnen her«, beschloss Adela.

»In die Ukraine?«, fragte ich ungläubig.

»Wenn's sein muss.«

Aber so weit kamen wir nicht. Als Adela den Motor starten wollte, wurden wie auf Kommando unsere beiden Autotüren aufgerissen. Um meinen Oberarm schraubte sich eine kräftige Faust, und ich sah, dass auch Adela nach draußen gezerrt wurde. Kaum hatte der Typ mich aus dem Wagen, drehte er mir den rechten Arm nach hinten und klemmte mein Gesicht in seinen Arm. Ich roch das billige Aftershave von Rambo und bekam kaum noch Luft. Hilflos versuchte ich, mit meinem freien Arm nach unten auszuschlagen, aber ich traf nur Luft, und Rambos Arm legte sich noch enger um meinen Hals. So schleifte er mich über den Schotterweg. Aus dem Augenwinkel sah ich, dass sich Conan Adela auf den Rücken geladen hatte und sie wie eine umgedrehte Schildkröte hilflos mit den Beinen strampelte. Er erreichte zuerst den Laster und warf die kleine Adela unsanft ins Wageninnere, dann riss er mir die Beine vom Boden und half Rambo, mich in den Wagen zu stemmen. Bevor ich mich aufgerappelt hatte, war die Tür zugeschlagen, und kurze Zeit später wurde der Motor gestartet.

Hier drinnen herrschte vollkommene Dunkelheit. Von irgendwo hörte ich Adela leise stöhnen.

»Wo bist du?«, fragte ich und tastete den Boden ab. »Bist du verletzt?«

»Mein Rücken«, stöhnte Adela. »Der Scheißkerl hat mich voll auf den Rücken geworfen.«

Nachdem ich mehrfach Holz und kaltes Eisen angefasst hatte, fand ich Adela. Der Laster beschleunigte jetzt sein Tempo, und wir zwei wurden auf dem harten Boden unsanft kreuz und quer über die Ladefläche geschleift.

»Hast du was gebrochen?«, fragte ich.

»Woher soll ich das wissen?«, stöhnte sie weiter. »Fahr mal vorsichtig meine Wirbelsäule ab!«

Ich tat wie geheißen, Adela musste an keiner Stelle aufschreien und versuchte, sich danach langsam aufzusetzen.

Rücken an Rücken gelang es uns, auf dieser vibrierenden, schlenkernden Ladefläche uns etwas Halt zu geben. Keine sagte etwas. Vor ein paar Monaten hatten wir schon mal eine Nacht unfreiwillig in einem dunklen Auto verbracht und waren dank Ecki wieder heil herausgekommen. Aber wer sollte uns diesmal befreien?

»Wenn ich mich heute Abend nicht bei Kuno melde, wird er Himmel und Hölle in Bewegung setzen, um uns zu finden«, sagte sie, als ob sie meine Gedanken erraten hätte.

Aber wer weiß, was die beiden Mistkerle bis dahin mit uns gemacht hatten? Schreckensbilder aller Art tauchten vor mir auf: Die zwei könnten uns vergewaltigen, totprügeln, lebendig begraben, erschießen, erstechen, in ein ukrainisches Bordell stecken, aus dem fahrenden Auto werfen.

Noch einmal beschleunigte der Laster sein Tempo. Die Geschwindigkeit, mit der wir durchgerüttelt wurden, konnte der Laster nur auf der Autobahn fahren. Aber in welche Richtung? Wohin ging die

Fahrt? In die Ukraine? Fuhren wir etwa gemeinsam mit einer Ladung hochgiftigen Mülls? Wie lange würde die Luft in diesem geschlossenen Raum reichen? Unruhig rückte ich hin und her.

»Brauchst keine Angst zu haben, Schätzelchen«, hörte ich Adela sagen. »Bis jetzt sind wir aus jeder brenzligen Situation mit heiler Haut rausgekommen, das wird auch diesmal so sein.«

Damit sprach sie nicht nur mir, sondern auch sich selbst Mut zu.

»Lass uns nachsehen, ob wir etwas finden, womit wir uns verteidigen können«, schlug ich vor.

»Ich fürchte, dabei kann ich dir keine große Hilfe sein«, stöhnte Adela.

So krabbelte ich orientierungslos über die Ladefläche und befühlte alles, was sich mir als Widerstand bot. Holzkisten, die mit Seilen gut festgezurrt waren, damit sie nicht nach rechts oder links schwanken konnten, außerdem schwere Eisenstangen, die ich nicht hochheben konnte. Und plötzlich bekam ich etwas glattes, kaltes Metallenes in die Hände. Klein und handlich, an einer Seite eine Verbreiterung, an der länglichen Fläche ein kleiner Schalter, den ich vorsichtig bediente. Ein Lichtstrahl erhellte den stockdunklen Raum. Ich hatte Rambos Taschenlampe gefunden!

Ich krabbelte zurück zu Adela. Wir leuchteten uns gegenseitig ab. Bis auf ein paar blaue Flecke war unser Äußeres unverändert. Jetzt besah ich mir die Ladung genauer. Rechts und links von uns stapelten sich Holzkisten bis unter die Decke, die eines gemeinsam hatten: Auf allen stand »Vorsicht Gift!« Unter den Holzkisten verliefen jeweils zwei schmale Eisenstangen. Keine Ahnung, wofür die gebraucht wurden. Bei jedem Holpern klirrten die Kisten leise.

»Mach eine von den Kisten auf«, schlug Adela vor.

»Bist du bekloppt?«

»Das Holz schützt den Inhalt vor dem Zerbrechen. Du hörst doch, dass Glas drin ist oder? Glas ist immer verschlossen, also nicht gefährlich. Wenn wir nur das Holz abmachen, passiert nichts«, erklärte mir Adela. »Dann wissen wir endlich, was transportiert wird. Also, hol so eine Kiste!«

Adela leuchtete, und mit viel Mühe gelang es mir, das festgezurrte Seil zu lockern und aus der obersten Reihe eine Kiste zu lösen. Sie war verdammt schwer und fest zugenagelt. Mit Hilfe unserer Schlüssel und einer kleinen Nagelfeile von Adela versuchten wir die oberen

Bretter abzumachen. Aber außer wunden Fingerkuppen erzielten wir keine Ergebnisse.

Da wir nicht wussten, wie lange die Taschenlampe noch leuchten würde, machten wir sie aus und saßen wieder in dieser vollkommenen Dunkelheit. Adela stöhnte bei jeder Unebenheit, über die der Laster fuhr, auf, und ich hing meinen Gedanken nach. Ich wollte nicht sterben. So beschissen das Leben in den letzten zwei Monaten auch gewesen war, es sollte nicht zu Ende sein.

Plötzlich drosselte der Laster sein Tempo und fuhr mehrere scharfe Kurven. Besorgt knipste Adela die Lampe wieder an.

»Oh Scheiße«, meinte sie, als der Lichtstrahl die oberste Reihe der Holzkisten traf.

Eine der Kisten hatte sich gelockert und hing schon halb in der Luft. Bei der nächsten Kurve würde sie herunterfallen. Ich sprang auf, um sie in die Reihe zurückzuschieben, aber der Laster fuhr weiter Kurven und immer wenn ich die Kiste zurückdrücken wollte, wurde ich zur anderen Seite geworfen.

Jetzt bremste der Laster scharf, die Kiste ging zu Boden. Hilfe suchend klammerte ich mich an Adela, fest davon überzeugt, jetzt von hochgiftigen Dämpfen umgebracht zu werden. Ein strenger, scharfer Geruch füllte den Laster, ein Geruch, den ich kannte, ein Geruch, der mir in den letzten Wochen mehrfach in die Nase gestiegen war.

Kirschwasser.

In den Kisten wurde kein Gift, sondern Schnaps transportiert, Schnaps, den man nicht deklarieren wollte, illegal hergestellter Schnaps. Jetzt wussten wir, was am Achersee heimlich verladen wurde.

Es blieb keine Zeit, weiter darüber nachzudenken, denn der Laster holperte über sehr unebenes Gelände und stoppte plötzlich.

Ich klammerte mich fester an Adela und hatte nur noch Angst. Es gab nichts, womit wir gegen die beiden Kerle eine Chance hatten.

Die Tür wurde aufgerissen und frische Nachtluft fuhr in den Laster. Drohend stand Conan vor dem Laster.

»Erus hee«, brüllte er. »Ävver janz flöck!«

Ich half Adela hoch, und vorsichtig kletterten wir aus dem Laster.

Conan packte mich bei den Haaren und riss meinen Kopf nach hinten.

»Häs Jlöck, dat ich nit op decke Ärsch stonn«, zischte er gehässig.

260

Er ließ meine Haare los und trat mir von hinten in die Kniekehlen, sodass ich zusammenknickte. Dann schloss er mit Karacho die Türen und stieg auf der Beifahrerseite wieder ein.

»Et nächste Mol schmieße mir üch in Russland erus«, brüllte er zum Abschied.

Langsam rollte der Laster davon und ließ uns auf einem weiten Feld zurück. Über uns schien eine kleine Mondsichel und der Abendstern, mehr Licht war, wohin wir auch blickten, nicht zu entdecken. Man hatte uns im Niemandsland ausgesetzt.

*

Keine Ahnung, wie lange der Heulkrampf dauerte, der mich danach schüttelte. Als er vorbei war, sah ich in Adelas ebenfalls tränenverschmiertes Gesicht, und wir beide fielen uns in die Arme.

»Hab dir doch gesagt, uns passiert nichts, Schätzelchen«, meinte Adela, tätschelte mal wieder meine Hand und sah sich um. »Wir sollten nach Süden gehen. Süden ist immer gut.«

»Und wo ist Süden?«, fragte ich, den Mond, den Abendstern und das weite Feld betrachtend.

»Da!«, sagte sie und deutete mit der Hand irgendwohin.

»Hast du nicht eine bessere Idee?«, fragte ich, nachdem wir zehn Minuten über ein frisch gepflügtes Feld gestolpert waren und uns lehmiger Boden zentnerschwer unter den Schuhen klebte.

»Dass ich das vergessen habe! Die Taschenlampe!«, rief Adela und zog sie aus ihrer Jacke. »Wir suchen die Spuren des Lasters«, schlug sie dann vor, »und folgen ihnen, so finden wir die nächste Straße.«

Das klang vernünftiger, als nach Süden zu gehen.

Die Straße fanden wir schnell, aber bis uns das erste Auto begegnete, mussten wir zwei Stunden marschieren. Zu dem Zeitpunkt hinkte Adela wirklich, und ich hatte Blasen an den Füßen. Zum Glück hielt der Wagen an, und eine resolut wirkende Mittvierzigerin ließ uns einsteigen. Wir erfuhren, dass wir in Brandenburg gelandet waren, und die Frau brachte uns nicht nur bis zum Bahnhof nach Königswusterhausen, sondern lieh uns auch noch Geld für zwei Fahrkarten nach Köln. Wir hatten Glück und erwischten in Berlin den letzten Nachtzug. Am frühen Morgen fuhren wir durch die langsam erwachenden rechtsrheinischen Vororte auf den Kölner Hauptbahnhof zu. Um halb sieben schloss uns Adela die Tür in der Kasematten-straße auf, und keine fünf Minuten später sank ich todmüde in mein weißes Bett.

Stunden später weckte mich der Duft von frischem Kaffee. Ich tapste in die Küche und sah Adela über das Telefonbuch gebeugt am Küchentisch sitzend, einen Kaffee schlürfend.

»Jetzt, wo wir wissen, dass es sich um Schnaps handelt, dürfte es nicht so schwierig sein, herauszufinden, wer oder was ›Gege‹ ist«, meinte sie.

»Und du meinst, das Telefonbuch gibt uns darüber Auskunft?«, fragte ich und schüttete mir eine Tasse Kaffee ein.

»Warum nicht? Die Spedition Pütz haben wir auch so gefunden.«

Sie setzte ihre Lesebrille auf und fuhr mit dem Zeigefinger die Namen ab. Das Klingeln des Telefons unterbrach ihre Sucherei.

»Das ist Kuno!« Adela sprang auf, und sofort war wieder dieser Glanz in ihren Augen. »Der wollte überprüfen, ob gegen Küpper und Steiner etwas vorliegt.«

Sie schwebte regelrecht in den Flur.

»Katharina«, rief sie dann schnell. »Es ist deine Mutter.«

»Ist nicht wahr«, meinte ich und verdrehte die Augen.

»Du bist wirklich nicht bei Trost, so einfach abzuhauen«, schimpfte Martha mich aus. »Weißt du, wer schon dreimal hier angerufen hat? Frau Bohnert, wegen des Buffets. Was soll ich ihr denn sagen?«

Das Buffet für die Skandinavier! Das hatte ich in dem Durcheinander ganz vergessen.

»Gar nichts, da kümmere ich mich selbst drum«, antwortete ich.

»Das ist morgen Abend, ich weiß nicht, wann du dich darum kümmern willst, wo du jetzt in Köln hockst«, meckerte sie weiter.

Ich hielt den Hörer vom Ohr weg.

»Bernhard wollte dich auch noch sprechen, der Russenjunge ist verschwunden«, sagte sie zum Schluss.

»Hallo, große Schwester«, meldete sich Bernhard, als ich seine Handynummer gewählt hatte, »Vladimir ist nicht zur Arbeit gekommen, und gerade war seine Mutter bei mir, die ihn verzweifelt sucht. Sie hat Angst, dass ihm etwas zugestoßen ist.«

Wo trieb sich der Junge herum? Fuhr er wieder mit seinem Mofa durch die Gegend und versuchte, Konrads Mörder zu finden? Versteckte er sich irgendwo im Wald? Oder hatte Konrads Mörder aus Angst, Vladimir könnte ihn erkannt haben, jetzt auch ihn umgebracht?

»Tu mir einen Gefallen, Bernhard«, sagte ich. »Fahr hoch zum Wolfsbrunnen, nimm den Weg, der oberhalb des Steinbruchs entlangführt. Dort habe ich Vladimir das letzte Mal gefunden. Heute Abend bin ich zurück, dann melde ich mich bei dir.«

Bei Bohnert würde ich erst anrufen, wenn ich ein paar Ideen für das Buffet hatte, aber zurück in den Schwarzwald musste ich auf alle Fälle. Ich startete am späten Nachmittag und nahm die Rheinuferstraße, um aus der Stadt herauszukommen. Ich drückte aufs Gas, und eine gute Stunde später hatte ich Koblenz schon hinter mir gelassen.

Wenn dem Jungen nur nichts zugestoßen war! Mir war immer noch nicht ganz klar, was Konrad für ein gefährliches, letztendlich tödliches Spiel betrieben hatte, aber ich konnte mir nicht vorstellen, dass der Junge etwas damit zu tun hatte. Sein Pech war, dass er mit Konrad am Wolfsbrunnen gewesen war.

Konrad war genau wie ich hinter Bohnerts illegale Schnapsgeschäfte gekommen. Durch seinen Nachbarn Franz Doll hatte er erfahren, wie Bohnert die Kleinbrenner benutzte, um große Mengen schwarzzubrennen. Keine Ahnung, wie Konrad von der Spedition Pütz erfahren hatte, aber das Foto bewies, dass er wusste, wer Bohnerts Schnaps transportierte. Möglicherweise wusste Konrad auch, wo der Schnaps abgefüllt und wohin er verkauft wurde. Aber Konrad war mit diesem Wissen nicht an die Öffentlichkeit gegangen. Konrad, der als José Bové des Achertals um Macht und Einfluss der Medien wusste und recht geschickt damit umgehen konnte, hatte seine Kontakte nicht genutzt, um Bohnert an den Karren zu pissen. Warum?

Als ich kurz vor Hockenheim den Rhein überquerte, dämmerte es bereits. Es war kurz vor halb sieben. Vor mir näherten sich rote Autorücklichter dicht an dicht der Abzweigung zur A5, um dann auf der Höhe Raststätte Hockenheim stehen zu bleiben. Es folgte eine mühselige halbe Stunde Stop-and-go.

Ich griff zum Handy und rief Teresa in ihrem Blumenladen an. Vielleicht hatte sich Vladimir bei ihr gemeldet.

»Du hast Glück«, sagte sie. »Ich war fast aus der Tür.«

»Geht's dir besser?«

»Ich habe so viel zu tun, dass ich tagsüber überhaupt nicht an Konrad denke, und abends lädt meine Mutter alte Freunde ein, um mich anzulenken. Aber die Nächte sind immer noch Horror.«

Wem sagte sie das! Das Gefühl kannte ich nur zu gut.

»Irgendwann wird's besser«, sagte ich so optimistisch wie möglich.

»Irgendwann«, bestätigte Teresa ohne rechten Glauben.

»Hat sich Vladimir mal bei dir gemeldet?«, wollte ich wissen.

»Kein einziges Mal«, sagte sie. »Dafür habe ich einen merkwürdigen Anruf von Dirk Rube bekommen.«

»Wer ist das?«

»Ein ehemaliger Schüler von Konrad, ein Computerfreak, der in Hamburg lebt. Der war eine Zeit lang genauso oft bei uns wie Vladimir. Wollte wissen, ob Konrad mit den Informationen, die er ihm zu dem liechtensteinischen Trust gemailt hat, weitergekommen ist. Er wusste nichts von Konrads Tod. Das Gespräch war ganz schnell zu Ende. Geschockt hat er den Hörer aufgelegt.«

»Hast du darauf hin Konrads Mails durchgesehen?«, fragte ich wie elektrisiert.

»Seit er tot ist, habe ich den Computer nicht angerührt und werde es auch nicht tun«, antwortete sie traurig-trotzig.

»Und Rubes Telefonnummer?«

»Nicht notiert.«

Genauso trotzig. Zu sehr damit beschäftigt, mit Konrads Verlust klar zu kommen, weigerte sie sich, mit seinen Dingen oder seinen Angelegenheiten in Berührung zu kommen. Selbst wenn sie der Aufklärung seines Todes dienen könnten. Aber sie durfte nicht die Suche nach Konrads Mörder blockieren. Das ging nicht bei all ihrem Schmerz. Vielleicht hatte dieser Rube endlich einen konkreten Hinweis zu den Treugebern des liechtensteinischen Trusts gefunden.

»Ich melde mich morgen bei dir«, sagte ich zum Abschied und legte das Handy weg.

Südlich von Bruchsal war wieder ein zügiges Weiterfahren möglich.

Irgendwas sagte mir, dass ich mich mit dieser Schnapsgeschichte verrannt hatte. Wahrscheinlich hatte sie überhaupt nichts mit Konrads Tod zu tun. Franz Doll hatte erzählt, Konrad habe sein Interesse an Bohnerts Geschäften fallen lassen, um sich auf die Skihalle zu konzentrieren, und nirgendwo deutete sich eine Verbindung zwischen Bohnert und der Skihalle an. Kurz vor seinem Tod hatte Konrad sich mit der Finanzierung der Skihalle beschäftigt, mit liechtensteinischen Trusts, nicht mit Schnaps. Ich musste so schnell wie möglich mit diesem Rube sprechen und Konrads Mails lesen.

Es fing an zu regnen, als ich in Achern von der Autobahn abbog. Wieder lockte das große »M« mit vierundzwanzig Stunden Kaffee, aber ich fuhr sofort weiter nach Waldulm.

In Bernhards Küche herrschte Hochbetrieb. Mein Bruder dekorierte mit letzten Handgriffen kleine Blätterteigpastetchen mit Munsterkäse, sein Sous-Chef briet Zanderscheiben an, und die beiden anderen Köche formten Polenta-Halbmonde.

»Am Wolfsbrunnen war er nicht, und hier ist er nicht wieder aufgetaucht«, war das Erste, was mein Bruder sagte, als er mich sah. Dabei legte er zwei frische Weinblätter unter die Pastete.

»Hat er sich in den letzten Tagen auffällig oder merkwürdig benommen?«, fragte ich, wie man halt so fragt, wenn man nicht weiterweiß. »Hat jemand Fremdes mit ihm gesprochen? Jemand außer deinen Leuten?«

»Keine Ahnung. Hier in die Küche kommen keine Fremden, das weißt du doch selbst. Außer den Stammgästen, die manchmal reinschauen, um sich bei der Brigade für das Essen zu bedanken.«

»Anna Galli hat gestern mit ihm gesprochen, als sie ihren Schnaps geliefert hat«, fiel dem Sous-Chef ein.

»Stimmt«, erinnerte sich Bernhard. »Anna hat eine Zeit lang mit ihm geredet, sah so aus, als kenne sie ihn.«

»Na dann«, meinte ich, »fahr ich mal weiter und lass euch in Ruhe arbeiten. Falls der Junge auftauchen sollte, rufst du mich sofort an!«

Mein Bruder versprach es, ich klaute mir ein Stück Munsterkäse und etwas Baguette und fuhr nach Kappelrodeck.

»Les mots d'amour« schallte mir wieder auf der Straße entgegen. Anna schien überrascht, mich zu sehen, bat mich aber freundlich herein. Ich hatte sie wohl bei der Arbeit unterbrochen. Auf dem alten Eichenschreibtisch stand ein offener Aquarellkasten, auf dem Tisch verstreut lagen kleine Bildchen von verschiedenen Früchten.

»Entwirfst du Etiketten für deinen Schnaps?«, fragte ich.

»Ja«, antwortete sie und betrachtete mich vom Türrahmen aus mit verschränkten Armen. Die schwarzen Locken hatte sie hochgesteckt und trug eine farbenverschmierte Latzhose. »Aber deshalb bist du nicht gekommen, oder?«

Im Hintergrund sang immer noch die Piaf. Unschlüssig stand ich neben dem Schreibtisch. Der Raum, üppig ausgestattet mit Ölgemälden, Putten, Diwan und Bärenfell strahlte eine Heimeligkeit und Wärme aus, in der ich mich wohl fühlte, obwohl ich selbst ein Zimmer niemals so eingerichtet hätte.

»Vladimir Borisov ist verschwunden«, sagte ich und konnte mich nicht entschließen, mich zu setzen. »Er hat bei meinem Bruder in der Spülküche gearbeitet. Bernhard sagt, du hast gestern mit ihm gesprochen?«

»Verschwunden? Was heißt das?«, fragte sie besorgt.

»Weder zu Hause noch bei der Arbeit. Unauffindbar. Du musst wissen, dass er am Wolfsbrunnen war, als Konrad ermordet wurde.«

»Hat er Konrads Mörder gesehen?«

Anna löste sich jetzt aus dem Türrahmen und kam näher auf mich zu.

»Zumindest seine Schuhe und sein Auto.«

»Wie schrecklich!«, sagte sie und griff nach der Wasserflasche auf dem Schreibtisch. »Der arme Junge!«

»Woher kennst du ihn?«, fragte ich und bat auch um einen Schluck Wasser.

»Jeder, der mit Konrad zu tun hatte, kannte Vladimir«, sagte Anna und reichte mir die Flasche, nachdem sie mit der Hand über die Öffnung gerieben hatte. »Tagsüber war er Konrads ständiger Begleiter. Mir hat er beim Mispelnsammeln geholfen. Mispeln ergeben einen vorzüglichen Schnaps, musst du wissen, aber sie haben einen Nachteil. Sie wachsen nur wild, man kann sie nicht kultivieren. Ich weiß nicht, wie oft ich durchs Achertal gekurvt bin, um Mispelbäume zu finden! Heute weiß ich, wo die Bäume stehen, hab mit allen Bauern gesprochen und darf die Früchte ernten. Letztes Jahr hat Vladimir mir dabei geholfen. Jetzt ist es wieder so weit! Der erste Frost hat die harten Früchte weich gemacht, die ideale Zeit zum Einmaischen. Gestern habe ich Vladimir gefragt, ob er mir wieder helfen will. Er hat ja gesagt.«

»Habt ihr sonst noch über was gesprochen?«, wollte ich wissen, bevor ich die Wasserflasche ansetzte.

»Natürlich habe ich ihn gefragt, wie es ihm geht, und mich mit ihm gefreut, dass er jetzt eine Arbeit bei deinem Bruder gefunden hat. Hab mich auch gefreut, ihn wiederzusehen, vor Konrads Tod hatte ich ihn schließlich öfter mal gesehen.«

Sie seufzte und erbat sich die Wasserflasche zurück.

»Du hast dich oft mit Konrad getroffen?«

»Ja sicher«, sagte sie fast abwiegelnd. »Ich hab dir doch erzählt, wie eng wir in der Bürgerinitiative zusammengearbeitet haben. Wir haben so gut wie jeden seiner Presse- und Öffentlichkeitstermine abgesprochen.«

»Du tauchst überhaupt nicht in seinem Terminkalender auf«, fiel mir ein.

»Ich mache keine Termine«, sagte Anna knapp. »Wir haben telefoniert und uns spontan verabredet.«

Ich nickte nachdenklich und ging etwas näher auf Annas Schreibtisch zu. Wie beim ersten Mal betrachtete ich die vielen Bilder dahinter, und wieder fiel mir das kleine Aquarell mit dem Steinhaus und der kahlen Linde auf, unter dem »Glück« stand. Und plötzlich wusste ich, warum mir das Foto mit dem grauen Steinhaus, das Konrad in der Jackentasche gehabt hatte, so bekannt vorgekommen war. Annas Aquarell und das Foto hatten das gleiche Motiv. Ich drehte mich um und fragte: »Was ist Neblon les Perrieux?«

Anna starrte mich mit einer Mischung aus Schreck und Verwunderung an. Dann sackten ihre Schultern zusammen, sie schob mich vom Schreibtisch weg und nahm vorsichtig das Aquarell von der Wand.

»Woher weißt du davon?«, fragte sie dann.

»Konrad hatte ein Foto von diesem Haus in der Tasche. Darunter stand dieser französische Name. Was ist das? Ein Ort?«

»Ein Traum«, flüsterte Anna und starrte durch mich hindurch.

Ich wusste nicht, was ich sagen sollte, und Anna war sehr weit weg.

»Manchmal ist Glück untrennbar mit einem Ort verbunden«, sagte Anna wie zu sich selbst. »Du erinnerst dich an Ritzen in einer Mauer, an Farbnuancen einer Tür, an den Geruch der Luft. Alles ist fotografisch genau in dein Inneres eingebrannt. ›Neblon les Perrieux‹ ist so ein Ort. Konrad und ich waren dort …›Neblon les Perrieux‹ ist einer der Orte, an denen man sterben will, weil man denkt, dass man nirgendwo einem größeren Glück begegnen kann.«

Plötzlich bekam Annas Vorstellung von Liebe einen üblen Beigeschmack.

»Du hattest ein Verhältnis mit Konrad?«, fragte ich ziemlich schroff.

»Verhältnis! Was für ein furchtbares Wort«, sagte Anna und sah mich mit einem fast mitleidigen Lächeln an.

»Du palaverst mit mir stundenlang über die Liebe, aber Konrad erwähnst du mit keinem Wort. Wie lang? Weshalb?«, fuhr ich sie an und merkte, wie schwer es mir fiel, das gerade Gehörte zu verdauen.

»Warum hätte ich dir davon erzählen sollen? Damit du oder dieser Eberle mich auf die Liste der Mordverdächtigen setzen könnt?«, gab Anna zurück und hängte mit einem Griff das Aquarell wieder an die Wand. »Damit ihr euch in dem Klischee ›eifersüchtige Geliebte bringt ihren Geliebten um, weil der sich nicht von der Ehefrau trennen wollte‹ bestätigt fühlt? Glaub mir, so war es nicht.«

»Aber du hast Teresa den Mann weggenommen!«, schrie ich.

»Unsinn!«, schrie sie zurück. »Glaubst du wirklich, dass das geht? Bei der Liebe kann man nicht wegnehmen oder festhalten, Liebe ist nicht planbar, sie geschieht, und entweder lässt man sich auf sie ein, oder man lässt es bleiben.«

»Wer wusste davon?«, fragte ich jetzt wieder ruhiger.

»Eigentlich niemand«, antwortete Anna.

»Eigentlich?«

»Achim Jäger hat uns mal zusammen gesehen.«

»Was ist mit Teresa?«

»Wo denkst du hin?«

Immer noch durcheinander, schüttelte ich den Kopf und sagte: »Und ich dachte, du hättest etwas mit Achim Jäger.«

»Das war vorher. Ganz kurz. Wir waren wie Feuer und Wasser. Es war schnell zu Ende.«

Bei ihr vielleicht, dachte ich, aber nicht bei Achim Jäger. Ich sah ihn vor mir, wie er an der Waldhütte die Flasche zerschlug und »Anna, Anna« brüllte.

»Das mit Konrad war ganz anders«, flüsterte Anna.

Ich starrte auf eines der Ölgemälde. Die Mummelseenixen tanzten auf dem dunklen See. Einer von ihnen war die Liebe zu einem Menschen zum Verhängnis geworden. Für immer blieb sie in dem schwarzen Wasser gefangen, durfte nie mehr des Nachts mit den anderen tanzen. Es gab vielerlei Schattenseiten der Liebe. Und von der zerstörerischen Kraft der Liebe konnte ich auch ein Liedchen singen.

»›Les mots d'amour‹ war unser Lieblingslied«, fuhr Anna leise fort, und in ihren Augen sah ich einen feuchten Schimmer.

»Muss ziemlich anstrengend sein, so zu leben«, meinte ich zum Abschied.

Sie wischte die Tränen weg und lächelte traurig.

Langsam stieg ich die Treppen hinunter und streifte an den Kirschlorbeerhecken entlang zurück zu meinem Auto. Jetzt wusste ich, was das Kürzel ›lmda‹ bedeutete! Schon möglich, dass Anna keine Termine machte, aber Konrad hatte sich jedes ihrer Treffen mit »Les mots d'amour« notiert.

Ohne jegliche Konzentration lenkte ich den Wagen auf die L87 und merkte erst in Furschenbach, dass ich in die falsche Richtung fuhr. Ich drehte bei den Übergangshäusern und dachte an die Borisova, die in diesem nach Kohl und Jungmännerschweiß stinkenden Schlauch-Zimmer angstvoll auf ihren jüngsten Sohn wartete. So viel Elend und Durcheinander! Ich sehnte mich nach einer Küche und einem Speiseplan, der all meine Energien forderte.

Ein Martinshorn riss mich aus meinen Gedanken, und kaum hatte ich den Punto zur Seite gefahren, sauste ein Streifenwagen an mir vorbei. Wie ich schnell merkte, war er nicht der Einzige, der zu der späten Stunde unterwegs war, denn an der Acher, kurz vor dem Kappelrodecker Schwimmbad, parkten bereits ein weiterer und ein Krankenwagen. Die Scheinwerfer der Polizeiwagen leuchteten eine scharfe Kurve und die Brücke über die Acher an. In dieser Kurve lag ein demoliertes Moped, an dessen Sattel ein Fuchsschwanz und eine schlaffe rote Fahne hingen.

Ich fuhr, so schnell ich konnte, auf die Polizeiwagen zu. Ein gedrungener Streifenbeamter brachte mich mit drohender Gebärde zum Stehen.

»Machen Sie, dass Sie hier wegkommen«, schimpfte er und stampfte mit seinen kurzen Beinen auf. »Wir können hier keine Gaffer gebrauchen!«

Ich sprang sofort aus dem Wagen.

»Was ist mit dem Jungen?«, schrie ich. »Ist ihm etwas passiert?«

»Kennen Sie ihn?«, fragte der Polizist jetzt weniger streng.

»Vladimir Borisov. Er arbeitet bei meinem Bruder in Waldulm und lebt in Furschenbach in einem der Übergangshäuser. Was ist mit ihm?«

Er musste mir nichts sagen, denn in diesem Augenblick sah ich, wie zwei Sanitäter mit Vladimir in den Armen aus der Acher stiegen. Dessen Kopf baumelte unnatürlich weit nach hinten, es sah aus, als ob er nur noch an einem seidenen Faden hing. Keiner musste mir erklären, was das bedeutete.

»Zu schnell in die Kurve gefahren«, sagte einer der Sanitäter, nachdem er und sein Kollege den toten Körper auf eine Bahre gelegt hatten. »Über den Lenker in die Acher gedonnert und hat sich dabei das Genick gebrochen.«

»Hey«, rief ein anderer Streifenpolizist dem Kurzbeinigen, der immer noch vor mir stand, zu. »Hier sind ganz frische Autospuren.«

»Hören Sie«, sagte ich mit dem Rest von klarem Verstand, den ich nach dem Schock noch hatte. »Der Junge war Zeuge im Mordfall Konrad Hils. Rufen Sie Kuno Eberle von der Mordkommission an.«

Eberle kam mit der Spurensicherung. Er besah sich die Leiche, das Moped, den Fundort, die Autospuren und besprach sich dabei mit seinen Kollegen. Ich sah ihn seine Arbeit tun und war unfähig, mich von der Stelle zu rühren. Ich merkte nicht, dass es wieder anfing zu regnen, mir einer der Sanitäter eine Decke umhängte, einen Becher heißen Tee in die Hand drückte. Ich kam mir vor wie in einem Traum, in den ich hineingeraten war und aus dem ich nicht wieder herauskam. Unwirklich und verschwommen hetzten fremde Menschen um mich herum, und ich wusste nicht, was ich mit ihnen zu tun hatte.

»Katharina?«

Eberle stand jetzt vor mir.

»Danke, dass du uns hast rufen lassen«, sagte er und drückte mir die Hand. »Die Reifenspuren sind von einem Geländewagen. Es sieht aus, als wäre der dem Moped gefolgt. Noch heute Nacht werde ich die Reifenprofile der verdächtigen Ladas überprüfen lassen.«

»Der Junge war siebzehn«, hörte ich mich sagen und merkte erst jetzt, dass ich am ganzen Körper zitterte. »Du wusstest doch, dass er in Gefahr war. Warum hast du ihn nicht beschützt?«

»Ach, Katharina«, seufzte der kleine Schwabe und sah mal wieder alt und müde aus. »Es tut mir so Leid, dass du ihn finden musstest.«

Ich hörte mich trocken lachen und sagen: »Es sollte dir eher Leid tun, dass du Konrads Mörder noch nicht gefunden hast. Dann wäre das wahrscheinlich nicht passiert.«

»Wahrscheinlich«, stimmte er mir zu, ohne sich zu rechtfertigen. »Du solltest nach Hause gehen«, sagte er dann leise, aber bestimmt. »Burgert kann dich fahren«, er deutete auf den gedrungenen Streifenpolizisten. »Ich bringe den Punto zurück. Wir reden morgen weiter.«

Ich nickte. Wenn ich noch weiter hier herumstand, würde ich vor Erschöpfung und Trauer einfach umfallen. Ich übergab Eberle den Autoschlüssel und ließ mich von Burgert nach Hause fahren. In der Linde war niemand mehr auf, aber an meiner Zimmertür hing ein großer Zettel mit der Handschrift meiner Mutter: »Dringend! Frau Bohnert hat schon wieder angerufen.«

Ich riss den Zettel ab und knüllte ihn zusammen. Mit letzter Kraft schälte ich mich aus den nassen Klamotten und wankte zur Dusche. Ich kam mir unglaublich dreckig vor und wusste dabei genau, dass das Wasser mich nicht rein waschen konnte. Den unnatürlich hin und her baumelnden Kopf von Vladimir konnte ich nicht aus meinem Gedächtnis spülen. Er verfolgte mich, als ich mich trocken rubbelte und als ich ins Bett stieg. Und er war da, als ich die Augen schloss und irgendwann einschlief.

*

Der Duft von frischer, scharfer Minze und undeutliche Worte waren das Erste, was ich wieder wahrnahm. Verschwommen sah ich Adela vor mir, die mir eine Tasse dampfenden Tee unter die Nase hielt.

»Na also«, sagte sie, als ich endlich die Augen richtig aufschlug.

»Seit wann bist du da?«, fragte ich, erleichtert darüber, dass meine Stimme wieder ihren vertrauten Klang hatte.

»Seit gestern Abend spät«, sagte sie. »Bin sofort gefahren, nachdem ich bei ›Getränke Gerber‹ war. Volltreffer übrigens.«

Sie schüttelte mein Kissen auf, reichte mir den Tee und zauberte unter dem Bett ein Tablett mit Frühstücksleckereien hervor. Frische Trauben, Cornflakes, Buttertoast und Nusszopf.

»Gibt es keinen Kaffee?«, fragte ich nach drei Schluck Tee.

»Kein Problem!«

Nach dem Pfefferminztee schmeckte der erste Schluck fürchterlich, der zweite schon besser und der dritte dann, wie Kaffee schmecken muss.

»Wo ist Eberle?«, wollte ich wissen und konnte mich immer noch nicht entscheiden, ob ich überhaupt etwas essen wollte.

»Auf dem Weg zu Vladimirs Mutter«, antwortete Adela zögernd und sah mich besorgt an.

Ich nickte unbestimmt. Das war ein Gang, um den ich ihn nicht beneidete. Nicht einmal in Gedanken wollte ich mir vorstellen, wie die Borisova auf den Tod ihres Jüngsten reagierte.

»Getränke Gerber war ein Volltreffer?«, fragte ich, um mich abzulenken, und griff jetzt doch zu einem Stück Nusszopf. »Stand der Laden tatsächlich im Telefonbuch?«

»Nein«, sagte Adela. »Dahinter gekommen bin ich wirklich durch Zufall. Weißt du, durch wen? Mariella vom Büdchen auf der Justianstraße. Die habe ich gefragt, wo sie ihre Getränke einkauft, und sie sagte, bei ›Gege‹, wie die meisten Büdchenbesitzer. Als Privatperson kriegst du da gar nix, ohne Mariellas Händlerausweis wäre ich überhaupt nicht reingekommen«, erzählte Adela weiter. »Du weißt, in Köln gibt es Büdchen wie Sand am Meer, und Büdchenbesitzer sind gezwungen, so preisgünstig wie möglich einzukaufen, um überhaupt ein bisschen was zu verdienen. Was Alkoholika betrifft, toppt ›Gege‹ Aldi, Lidl und Konsorten um Längen. Rotwein, Weißwein, der Liter für einen Euro, Cognac für vier Euro zwanzig. Und, Achtung, jetzt kommt's, Schwarzwälder Obstwasser im Sonderangebot. Kirschwasser für fünf Euro dreißig, Himbeergeist für sechs Euro, Zwetschge, Mirabelle für vier, Flachmänner für eins fünfzig. Preise, auf die die Büdchenbesitzer locker hundert Prozent draufschlagen können und den Schnaps trotzdem noch billig verkaufen.«

»Hast du dir die Etiketten angesehen?«, wollte ich wissen.

»Ich habe sogar ein Sortiment Obstwasser gekauft. Auf den Etiketten natürlich keine Erzeugernamen, nur ›Schwarzwälder Kirschwasser‹, ›Schwarzwälder Himbeergeist‹ und so weiter. Na, was sagst du?«

»Sieht so aus, als hättest du das letzte Glied der Kette gefunden«, meinte ich. »Wahrscheinlich gibt es noch andere Getränkegroßhändler, die so beliefert werden. Der Schnaps wird als Sonderangebotsposten verscherbelt und verschwindet dann in Tausenden von Büdchen. Clever ausgedacht!«

»Nicht wahr?«, bestätigte Adela. »Aber der Verkauf ist nicht das letzte Glied in der Kette.«

»Was denn?«

»Das Geld. Wie kommt das Geld zurück?«

Ich aß den Nusszopf auf, schüttelte die Krümel aus dem Bett und dachte nach.

»Es gibt nur eine Möglichkeit«, meinte ich dann. »Ware gegen Bares. Am Achersee wird nicht nur Schnaps verladen, da wechselt auch Geld den Besitzer. Rambo und Conan sind die Geldboten.«

Adela nickte und fragte: »Und wer nimmt das Geld an? Und was passiert damit?«

Wenn Konrad das herausgefunden hatte, konnte dieses Schnapsgeschäft tödlich für ihn gewesen sein. Wenn, wenn, wenn! Ich wollte endlich die entscheidenden Teile für dieses Puzzle finden, bevor der Mörder ein weiteres Mal zuschlug.

Ich schob das Frühstückstablett zur Seite und stieg aus dem Bett.

»Weiß Eberle schon Näheres über den Geländewagen?«, fragte ich, als ich mir die Socken anzog.

»So was dauert«, meinte Adela und verdrehte die Augen. »Du weißt schon: ›No numme nit hudle!‹«

Ich schlüpfte in Jeans und Bluse, machte Katzenwäsche und ging nach unten. In der Gaststube saß Edgar auf der Ofenbank und las Zeitung. Martha sortierte Rechnungen, das Gipsbein schön hochgelegt. Als sie mich sah, verdunkelte sich ihr Blick. Ich grüßte beide nur kurz und griff nach meiner Jacke.

»Frau Bohnert«, rief mir meine Mutter hinterher. »Wegen dem Essen. Sie hat schon wieder angerufen!«

»Gib ihr meine Handynummer.«

Ich ließ sie weitermeckern, stieg in den Punto und fuhr nach Achern. Vor Teresas Blumenladen standen heute Metalleimer voller Löwenmäulchen und Herbstastern. Als ich eintrat, zupfte sie gerade welke Einzelstücke aus einem Strauß roter Rosen.

»Teresa«, begann ich ohne Vorrede. »Ich muss unbedingt an Konrads Computer, um nachzusehen, was für eine Mail dieser Rube ihm geschickt hat.«

Sie knickte die welken Stiele zusammen und sah mich abwehrend an.

»Meinst du, nur weil wir zwei befreundet sind, lasse ich dich in Konrads Sachen wühlen?«, fragte sie trotzig.

273

»Nicht deshalb«, sagte ich und nahm ihr die welken Stiele ab. »Sondern weil es auch in deinem Interesse ist, dass Konrads Mörder gefunden wird.«

»Wieso?«, schrie sie und riss sich los. »Macht das Konrad wieder lebendig?«

»Nein. Aber es verhindert vielleicht, dass weitere Menschen sterben. Heute Nacht hat sich Vladimir bei einem Unfall das Genick gebrochen ...Möglicherweise war es kein Unfall.«

Sie wischte sich zwei Tränen aus dem Gesicht und kämpfte um Fassung.

»Sag, dass das nicht wahr ist«, stotterte sie.

Ich sagte nichts. Ebenfalls stumm nestelte Teresa einen Schlüssel von ihrem Bund und reichte ihn mir.

»Danke, Teresa«, seufzte ich erleichtert. »Weißt du sein Kennwort?«

»Legelsau«, sagte sie, und ihr Blick irrte ziellos über den Rosenstrauß.

Eine halbe Stunde später parkte ich vor Teresas Hof, und kurz darauf saß ich an Konrads Schreibtisch.

In seinem Briefkasten lagen die Mails, die Konrad in den letzten zwei Monaten vor seinem Tod erhalten hatte. Keine war von Dirk Rube, auch bei den gelöschten Objekten fand ich keinen Hinweis. Als Nächstes sah ich mir den Postausgang an, und unter dem dreizehnten September fand ich Konrads Anfrage.

»Hi, Alter«, schrieb er. »Kannst du deine begnadeten Hackerfinger mal über folgende Kombinationen kreisen lassen? Bankbewegungen im Allgemeinen, liechtensteinischer Trust im Besonderen. Jürgen Armbruster, Erwin Brunner, Maxi van der Camp, Max Färber, Norbert Apfelbök, Rudolf Morgentaler, Willi Bohnert. – Mach, so schnell du kannst, *absolute high speed*, du weißt, du schuldest mir noch einen Gefallen. Greetings from the Black Forest.«

Bis auf Maxi alles Teilnehmer von Bohnerts Jagdrunde. Das war es also! Konrad hatte den Verdacht, dass Wirtschafts- und Politgrößen der Ortenau Geld in die geplante Skihalle stecken wollten. Aber warum taten sie das nicht öffentlich? Es hatte nichts Ehrenrühriges, solch ein Projekt zu unterstützen. Es gab nur eine Erklärung dafür. Das Geld, das in den Bau der Halle fließen sollte, war nicht sauber.

Geld aus Steuerhinterziehungen, Geld aus illegalen Geschäften, Geld aus Bestechungen. Geld, das über einen liechtensteinischen Trust gewaschen wurde und über die Skihalle in die Region zurückfließen sollte. Wenn er Recht hatte, und einer oder mehrere der von ihm Verdächtigten hingen in der Sache drin, war das ein Skandal. Ein Skandal, der einem Politiker das Genick brechen, einen Unternehmer diskreditieren konnte. Da ging es um Überleben oder Untergang. Wer von Konrads Verdächtigen hatte sich so bedroht gefühlt, dass er ihn umgebracht hatte?

Ich druckte die Mail aus und steckte sie ein. Wo war die Antwort von Dirk Rube geblieben? Hatte Konrad sie gelöscht? Hatten die Einbrecher sie gelöscht? Warum hatte Eberle nie etwas von dieser Mail erzählt? Seine Leute mussten sie entdeckt haben, als sie Konrads Sachen durchsuchten.

Über die Auskunft versuchte ich, die Telefonnummer von Dirk Rube in Hamburg zu erfragen. Er war nicht gemeldet. Also schickte ich eine Mail und bat ihn, mich anzurufen. Dringend.

Dann rief ich Teresa an.

»Ich glaube, Konrad war einem richtigen Skandal auf der Spur«, sagte ich und las ihr die Mail vor.

»Glaub's nicht«, sagte Teresa müde. »Konrad liebte Verschwörungstheorien. Schau dir mal seine Krimis an: Philip Kerr, Robert Harris und wie sie alle heißen. Ich habe dir doch gesagt, wie abgedreht der im letzten halben Jahr war. Der hat sich in etwas hineingesteigert. Ich glaube, dass er dafür keinerlei Beweise hatte.«

»Jemand hat ihn umgebracht, Teresa!«

»Nicht deswegen, ganz bestimmt nicht!«

Wie immer! Warum, wieso und vom wem Konrad umgebracht worden war, darüber konnte man mit Teresa nicht reden, da machte sie einfach die Schotten dicht. Als ob sie nicht wahrhaben wollte, dass er wirklich tot war! Mir blieb keine Zeit, über dieses irritierende Verhalten nachzudenken, weil mein Handy, kaum dass ich das Gespräch mit Teresa beendet hatte, klingelte. Kurz hoffte ich auf eine schnelle Reaktion von Dirk Rube, stattdessen dröhnte mir eine pampige Frauenstimme ins Ohr.

»Na, dass Sie mal erreichbar sind, grenzt schon an ein Wunder, bei den vielen Versuchen, die ich unternommen habe, um Sie zu sprechen. Und wenn's nach mir ginge, wären Sie auch schon längst aus dem Rennen. Mit Leuten, die so unzuverlässig sind, fackle ich nicht lange rum. Aber mein Mann hat nun mal einen Narren an ihnen gefressen. Also, was gibt's heute Abend zu essen?«

Ich brauchte einen Moment, um umzuschalten. Das Buffet bei Bohnert für die skandinavischen Spirituosenhändler, immer wieder hatte ich es in die hinterste Ecke meines Kopfes verdrängt, was falsch war, wie ich gerade merkte. Denn auch Bohnert stand auf Konrads Verdächtigenliste. Die Gelegenheit, so nah an ihn herumzukommen wie bei dem geplanten Buffet, würde sich so schnell nicht wieder bieten. So versuchte ich, die aufgebrachte Gattin zu beruhigen, und versprach, sofort vorbeizukommen.

Eilig nahm ich die Kurven zurück ins Tal und erreichte eine Viertelstunde später Waldulm. Bohnerts Villa lag allein oberhalb der Weinberge in Richtung Ringelbach. An dieser Stelle eine Baugenehmigung zu bekommen musste ihn ein Vermögen gekostet haben. Kein Nachbar weit und breit, und ein phantastischer Blick über Weinberge und die roten Dächer des Dorfes auf den Pfarrberg. Wer die Mixtur von bayrisch-rustikalem und römisch-griechischem Stil mochte, dem konnte das protzige Anwesen gefallen. Auf mein Klingeln öffnete sich das schmiedeeiserne Eingangstor automatisch, und ich schritt die Stufen zu der breiten Eingangstür hoch, die hinter einem dorischen Säulengang lag. Die Hausherrin erwartete mich persönlich.

Seit ich Monika Bohnert das letzte Mal gesehen hatte, war ihr Bauch noch dicker geworden. Sie sah immer noch schwer beleidigt aus. Ich setzte mein freundlichstes Lächeln auf und entschuldigte mich nochmals wortreich. Unwirsch bat sie mich herein. Im hellen Foyer führten zwei ausladende Treppen nach oben. Frau Bohnert ging voran ins Speisezimmer. Durch vier Doppeltüren konnte man die prächtige Aussicht ins Tal genießen.

»Ich möchte das Foyer und diesen Raum für den Empfang nehmen«, ratterte sie los. »Den großen Esszimmertisch stellen wir ins Foyer, darauf bauen Sie das Buffet auf. Ausschließlich Fingerfood, wenn ich bitten darf. Denken Sie an fettreiche Speisen, es wird viel Schnaps verkostet werden.«

Ich nickte bestätigend, erkundigte mich nach Geschirr und Tischwäsche und ließ mir die Küche zeigen, die neben dem Speisezimmer lag. Gleichzeitig fragte ich mich, wo Bohnert möglicherweise Unterlagen über sein illegales Schnapsgeschäft oder seine Beteiligung an einem liechtensteinischen Trust aufbewahren würde. Ich machte Frau Bohnert den Vorschlag, ein paar Räucherfischspezialitäten als Gruß für die nordischen Gäste ins Buffet zu nehmen, was ihr gefiel, da sie in der Schwangerschaft eine Schwäche für Räucherfisch entwickelt hatte. Als ich ihr versicherte, dass das Buffet pünktlich um acht wie besprochen aufgebaut sein würde, wurde sie langsam etwas gnädiger. Belangloses plaudernd brachte sie mich zur Tür und hielt dabei mit einer Hand ihren dicken Bauch fest. Sie schnaufte schwer.

»Wann ist es denn so weit?«, fragte ich.

»Ausgerechnet ist es für den 10.11., also noch acht Tage.«

»Dann kann es ja jeden Tag losgehen, nicht wahr? Bestimmt steht Ihr Köfferchen fürs Krankenhaus schon bereit?«, erkundigte ich mich.

»Köfferchen steht bereit, und seit gestern ist auch endlich das Kinderzimmer fertig«, erklärte sie und fragte in einem Anflug von Großzügigkeit: »Wollen Sie es mal sehen?«

»Ja, gern«, meinte ich eifrig. Das war eine unerwartete Chance, noch etwas mehr von diesem Haus gezeigt zu bekommen.

»Wissen Sie«, keuchte sie, als sie vor mir die Treppe hochstieg, »der Rohbau des Hauses stand schon, als mein Mann und ich uns kennen lernten, da konnte ich leider nichts mehr ändern. Umso gründlicher habe ich dann die Inneneinrichtung gestaltet.«

In der ersten Etage präsentierte sie mir nicht nur das himmelblau gestrichene Kinderzimmer, sondern machte eine kleine Hausführung. Es gab ein Jagdzimmer, in dem Geweihe an den Wänden hingen und ausgestopfte Tiere in Vitrinen standen. Ein Zugeständnis an ihren Mann, wie sie sagte, sie mochte weder dieses Zimmer noch seine Leidenschaft für die Jagd. Dafür entsprach der grüne Salon mit kuscheligen Sofas eher ihrem Geschmack. Daneben lagen zwei mit modernsten Rechnern ausgestattete Büros. Das kleinere war das ihres Mannes, in dem größeren arbeitete sie. Sie merkte, dass mich das überraschte, und lächelte herablassend.

»In unserer Ehe bin ich die Bank. Mein Mann versteht davon nichts. Bankgeschäfte und Geldanlagen sind mein Bereich. Glauben Sie mir, ohne mich hätten wir nur halb so viel.«

Das überraschte mich nochmals. Und während ich im Keller Fitnessräume, Pool und Sauna gezeigt bekam, dachte ich darüber nach, ob Monika Bohnert der heimliche Kopf der liechtensteinischen Geld-

277

anlage war oder ob ihr Mann es genoss, Geld hinter ihrem Rücken zu machen. Was den Mord an Konrad betraf, brachte mich das nicht weiter.

Zurück in der Linde, bereitete ich mit Carlo das Buffet vor. Wir schufteten ohne Pause, und als wir so gegen sieben Marthas Benz mit den vorbereiteten Platten für Bohnert beluden, kehrte Eberle zurück und wartete mit einer überraschenden Neuigkeit auf. Er hatte Maxi van der Camp verhaftet.

»Maxi?«, fragte ich ungläubig.

Gut, sie war ehrgeizig und auf ihren Vorteil bedacht, aber eine Mörderin?

»Die Spurensicherung hat an ihrem Lada Erdreste vom Uferschlamm der Acher gefunden«, erklärte Eberle. »Außerdem klebten in einer Delle des linken Kotflügels Farbreste von Vladimirs Moped. Ihr Wagen hat Vladimir in den Tod getrieben, ganz eindeutig.«

»Und was sagt sie dazu?«, fragte ich, nachdem ich hektisch die letzten Platten im Wagen verstaut hatte. Ich müsste schon seit einer halben Stunde bei Bohnert das Buffet aufbauen.

»Behauptet, dass sie den Lada nicht gefahren habe und den ganzen Abend in ihrer Wohnung gewesen sei. Ansonsten hält sie den Mund und verlangt einen Anwalt«, antwortete Eberle.

»Und was ist mit Konrad? Hat Maxi auch Konrad ermordet?«

»Vermutlich.«

Ich konnte es einfach nicht glauben.

»Was ist mit Küpper und Steiner, den beiden Lkw-Fahrern?«, fragte ich. »Wie hängen die in der Sache drin?«

»Das weiß ich noch nicht«, antwortete Eberle, »abgesehen von drei Anzeigen wegen Körperverletzung, die schon ein paar Jahre zurückliegen, hat sich offiziell keiner der beiden etwas zuschulden kommen lassen.«

»Konrad hat einen ehemaligen Schüler, Dirk Rube, einen Hacker, um Hilfe gebeten, hast du mit dem gesprochen?«, fragte ich weiter und schloss den Kofferraum.

»Rube erhärtet den Verdacht gegen Frau van der Camp«, meinte Eberle, ohne sich an meiner Hektik zu stören. »Er hat herausgefunden, dass sie Apfelbök kurz vor der Regionalkonferenz eine großzügige Spende zukommen ließ.«

»Sie hat ihn geschmiert, damit er den Bau der Skihalle voran-treibt?«, fragte ich noch ungläubiger. »Wann hat Rube Konrad diese Information geschickt?«

»Zwei Tage vor seinem Tod.«

Wahrlich, das sah nicht gut aus für Maxi!

Jetzt klemmte ich mich endgültig in Marthas Wagen, wo Carlo schon auf mich wartete. Zwei Tage vor seinem Tod, dachte ich, während ich den schwerfälligen Benz auf die L87 lenkte. Dann wusste Konrad schon davon, als er sein Interview zur Entscheidung der Regionalkonferenz gegeben hatte. Wenn er darüber in dem Interview gesprochen hätte, wäre die Skihalle nie mehr gebaut worden und Maxi mit ihrem Höhenhotel ruiniert gewesen.

Warum hatte er diesen Trumpf nicht ausgespielt?

Ich dachte an die Namensliste, die Konrad Dirk Rube gemailt hatte, und es dämmerte mir, dass Maxi nicht das Ende der Fahnenstange war.

Als ich den Wagen zwanzig Minuten später auf dem Anwesen der Bohnerts parkte, war ich mir ziemlich sicher, dass Maxi weder Konrad noch Vladimir umgebracht hatte.

*

Wikinger-Gestalten mit roten Backen und blonden Schnurrbärten gab es nur wenige unter Bohnerts skandinavischen Gästen, die meisten waren bunte, geckenhafte Vertretertypen, wie man sie in jeder mitteleuropäischen Firma findet. Die Herren, auch einige Damen, bevölkerten Foyer und Esszimmer und kippten die Schnäpse in einem Tempo, das ich nur von russischen Wodkatrinkern kannte. Auch dem Buffet sprachen die Gäste gut zu. Die kleinen, mit Forellenmousse und Ketakaviar gefüllten Gläschen verschwanden, kaum dass ich sie hingestellt hatte, das Gleiche passierte mit geräuchertem Stör in getrockneten Zwetschgen. Ich brachte Carlo die leeren Platten zum Nachfüllen in die Küche und offerierte in der Zwischenzeit Pumpernickel-Dreiecke mit Räucheraal, Apfel und Meerrettich sowie fünf Variationen von Schwarzwälder Schinken, Miniflammkuchen, Spieß-chen mit in Petersilienpesto gewälzten Rahmkäsestückchen, pflaumengroße Brötchen mit Schäufele und süßsauer eingekochten Sauerkirschen und viele andere Leckereien, die ich mit Carlo den Tag über vorbereitet hatte.

Raumfüllend beherrschte Bohnert den Abend. Immer wieder griff er selbst zu einem seiner Brände, goss seinen Gästen ein, plauderte, lachte, klopfte Schultern, schüttelte Hände oder brachte einen Toast auf einen der Gäste aus. Nichts in diesen Räumen entging seiner Aufmerksamkeit. Er brachte das Kunststück fertig, sich scheinbar ausschließlich einem einzigen Gast zu widmen und gleichzeitig alle anderen im Blick zu haben. Ein souveräner Herrscher in seinem kleinen Königreich. Zudem liebevoll besorgt um seine hochschwangere Frau, die ihre Königinnenrolle gleichfalls mit Bravour ausfüllte. Es war offensichtlich, dass den Skandinaviern die Atmosphäre behagte und die badischen Destillate schmeckten. Wenn sie jetzt entsprechende Mengen davon kauften, würde das Schnapskönigreich Bohnert gut verdienen.

Als kurz vor Mitternacht das Interesse am Buffet geringer wurde, stellte ich Carlo dahinter und ging meinerseits in die Küche. Ich hatte entdeckt, dass an der Außenwand hinter der Küche eine schmale Wendeltreppe ins erste Geschoss führte. Die offene Treppe im Foyer hätte ich nicht benutzen können, ohne von Bohnert bemerkt zu werden.

Kurze Zeit später stand ich in dem dunklen Jagdzimmer und wusste nicht, wo ich anfangen sollte zu suchen. Wenn Bohnert das illegale Schnaps-Geschäft hinter dem Rücken seiner Frau betrieb, würde er Unterlagen darüber in diesem Jagdzimmer verstecken, das seine Frau nicht mochte. Aber wo? Ich ließ meine Taschenlampe über die Tapeten fahren und entdeckte einen stählernen, verschlossenen Wandschrank. Den Schlüssel dazu fand ich fünf Minuten später unter einer ausgestopften Eule. Der Schrank entpuppte sich als Waffenkammer, in der der Hobby-Jäger eine beachtliche Sammlung von Büchsen, Flinten und Pistolen aufbewahrte. Es blieb mir keine Zeit, die schmalen Seitenfächer, in denen Munition und anderer Kleinkram aufbewahrt wurde, näher zu untersuchen, denn ich hörte, wie es unten an der Wohnungstür klingelte. Ich schloss ab, legte den Schlüssel zurück, schlich mich zur Tür und öffnete diese einen Spalt breit. Ich sah, wie einer der Aushilfskellner Jürgen Armbruster die Tür aufmachte und dieser sofort hereindrängte. Er trug das gleiche Hemd wie damals, als ich ihn bei Maxi am Breitenbrunnen gesehen hatte, und sah fürchterlich aus. Armbruster flüsterte dem Kellner etwas zu, der verschwand aus meinem Blickfeld und kam bald darauf mit

Bohnert zurück. Bohnert packte Armbruster unterm Arm und stieg mit ihm die Treppe hinauf. Ich schloss schnell die Tür. Das Herz rutschte mir in die Hose und klopfte in atemberaubendem Tempo. Als die Schritte am Jagdzimmer vorbeigingen und eine Tür zwei Zimmer weiter aufgeschlossen wurde, kletterte mein Herz langsam an seinen Platz zurück, und ich schlich mich leise zu Bohnerts Büro.

»Bis du wahnsinnig?«, polterte Bohnert los. »Was fällt dir ein, unangemeldet bei meinem Empfang hereinzuschneien?«

»Dieser Eberle hat Maxi verhaftet«, hörte ich Armbruster jammern. »Ihr Lada soll den Russki in die Acher geschleudert haben, aber das stimmt nicht, Maxi fährt nie mit diesem Lada.«

»Ja und? Was habe ich damit zu tun?«, fragte Bohnert ungeduldig.

»Du musst sie da rausholen. Sie hat doch den Russki nicht umgebracht und den Hils auch nicht. Der Eberle spinnt. Du hast doch Kontakte ins Innenministerium nach Stuttgart. Lass diesen senilen alten Knochen stoppen!«

»Jürgen«, donnerte Bohnert. »Mit deiner Nervosität und deiner panischen Angst hast du den Bullen regelrecht auf eure Spur gesetzt. Jetzt sieh zu, wie ihr da wieder rauskommt.«

»Willst du, dass Maxi für zwei Morde in den Knast geht, die sie nicht begangen hat?«

»Maxi, Maxi, Maxi«, imitierte Bohnert Armbrusters weinerlichen Ton. »Wenn sie nichts damit zu tun hat, wird sich das bald herausstellen.«

»Willi«, flehte Armbruster.

Ein Stift quietschte.

»Die Telefonnummer von Dr. Mair, brillanter Strafverteidiger in Karlsruhe, Gruß von mir. Er wird sie gegen Kaution freikriegen. Und untersteh dich, in der Angelegenheit noch mal aufzutauchen. Kannst froh sein, dass ich deinen Vater so geschätzt habe! Und Jürgen, ich rate dir dringend …«

Bohnerts Stimme wurde leiser, und seine Schritte näherten sich der Tür. Wenn er sie jetzt öffnete, war ich ertappt. So hastete ich schnell zu der kleinen Wendeltreppe zurück, ohne noch zu erfahren, was Bohnert Armbruster dringend anriet.

Durch Maxis Verhaftung hatte Eberle Armbruster aus seinem Versteck gelockt. Der Mann war am Ende, ein nervliches Wrack, das nur darauf wartete, seine Seele erleichtern zu können. Was immer ihn belastete, er würde es erzählen. Vielleicht wüsste ich dann endlich, wer Konrad ermordet hatte. Ich musste ihn abfangen, bevor er die Villa wieder verließ.

Aber dazu hatte ich keine Gelegenheit. Unten vor der Küchentür empfing mich Zigarrenrauch und ein lässig an der Wand gelehnter Achim Jäger. Erst da bemerkte ich, dass ich ihn den ganzen Abend noch nicht gesehen hatte, wo er doch sonst zu Bohnerts regelmäßiger Begleitung gehörte.

»Hallo, Lindenwirtin«, begrüßte er mich mit einem süffisanten Lächeln. »Wo kommen Sie her?«

Mit seinem Körper versperrte er mir den Zugang zur Küche.

»Auch Köchinnen müssen mal auf Klo«, sagte ich so cool wie möglich.

»Es gibt direkt eines neben der Küche«, sagte er und blies mir einen Tabakkringel ins Gesicht.

»Das war besetzt.«

»Ach ja?«, höhnte er grinsend.

»Ja«, sagte ich bestimmt und drängte mich an ihm vorbei in die Küche.

Jäger folgte mir. »Was haben Sie da oben gesucht?«

»Hab ich gerade gesagt: Ich war auf dem Klo«, sagte ich. »Ist das verboten?«

Ich wandte ihm den Rücken zu und fing an, die schmutzigen Platten zusammenzustellen.

»Nichts ist verboten«, erwiderte er. »Es hat nur alles seinen Preis.«

Ich ordnete meine Platten und sagte nichts. Ich spürte seinen Blick in meinem Rücken und drehte mich um. Ohne den Blick von mir zu wenden, griff Jäger nach zwei übrig gebliebenen Miniflammkuchen und steckte sie genüsslich in den Mund. Die brennende Zigarre hielt er weiter in der anderen Hand.

»Sie sind eine so gute Köchin. Warum konzentrieren Sie sich nicht auf Ihre Arbeit?«

»Tue ich irgendetwas anderes?«, fragte ich und sah ihn kampfbereit an.

Jäger schüttelte bekümmert den Kopf.

»Es wird Zeit, dass Sie hier wegkommen, meinen Sie nicht? Eine Frau wie Sie wird doch nicht weiter in der Linde kochen, oder? Jetzt, wo die Mutter schon wieder durch die Gegend humpelt. Welche Stadt lockt Sie nach Köln?« Er strich durch die Küche, paffte ein paar Zigarrenkringel in die Luft und griff lässig nach dem einen oder anderen Restchen. »In meinem Leben wird die nächste Station Prag oder Petersburg sein«, fuhr er fort, ein letztes Weinbergpfirsichküchlein zwischen den Zähnen. »Im Osten liegt die Zukunft, wirklich Neues tut sich nur dort.«

»Sie können Ihre Arbeit hier so einfach aufgeben? Ihren Chef allein lassen? Wer soll denn dann für ihn die Drecksarbeit erledigen?«, fragte ich und griff jetzt ebenfalls nach einem übrig gebliebenen Schwarzwälder Kirschtörtchen.

Er zuckte mit keiner Wimper wegen der »Drecksarbeit«.

»Wissen Sie«, sagte er stattdessen. »Ich habe keinen Chef, eigentlich bin ich Freiberufler. Wenn die Penunzen stimmen, kann ich gehen. Ich bin durch keinen Vertrag gebunden.«

»Und, stimmt die Knete?«, fragte ich.

»Fast.« Er lächelte unbestimmt. »Mit ein paar Glückskugeln bin ich Anfang nächster Woche weg. – Wollen Sie nicht mitkommen? Ich glaube, uns verbindet eine ganze Menge.«

»Das glaube ich nicht.«

»Wir sind ehrgeizig, arbeiten mit höchster Konzentration, sind in der Arbeit wandlungsfähig, geben nicht schnell auf und schleichen nachts gerne alleine durch die Gegend.«

»Merkwürdige Kombination«, meinte ich.

»Aber nicht schlecht.« Er wandte sich jetzt dem Ausgang zu. »Denken Sie darüber nach! Ich ruf Sie an.«

Ich wartete, bis er nicht mehr zu sehen war, und eilte dann zum Eingang. Aber Armbruster war bereits wieder verschwunden. Ich ging zurück ins Foyer, wo Carlo das Buffet schon abgebaut hatte. Im Esszimmer gaben die Gäste ein schwedisches Trinklied zum Besten. Gelächter folgte, die Stimmung schien weiterhin hervorragend zu sein. Gut gelaunt weilte Bohnert wieder mitten unter seinen Gästen.

Nachdem ich Eberle angerufen und ihm von Armbrusters Besuch hier erzählt hatte, lud ich mit Carlo Platten, Schüsseln und was wir sonst mitgebracht hatten, ins Auto und ging dann noch einmal zurück, um mich zu verabschieden. Die Dame des Hauses fand ich nicht, aber Bohnert kam mir mit offenen Armen entgegen.

»Kommen Sie, kommen Sie«, drängelte er. »Ich will Sie noch meinen Gästen vorstellen.«

Er packte mich unterhalb des Ellbogens und führte mich vor.

»Sie hat mit den besten deutschen Köchen gearbeitet. In den renommiertesten europäischen Häusern gekocht«, prahlte er, und ich schüttelte Hände. »Natürlich arbeitet sie an meinem Kochbuch mit. Übersetzen wir gern auf Schwedisch, dann wisst ihr da oben im Norden auch, dass man Schnaps nicht nur saufen, sondern damit auch wunderbar kochen kann. Von mir aus auch auf Norwegisch …«

Nach einer halben Stunde fand die Lobhudelei ein Ende, Bohnert packte mich erneut unterhalb des Ellbogens und führte mich nach draußen.

»So, und jetz horchsch du mir ämol genau zue, du wunderfitzige Rotzbip«, zischte er mir auf Alemmanisch ins Ohr und verstärkte seinen Griff um meinen Ellbogen. »Was fällt dir ein, in meinem Haus herumzuschleichen? Was wolltest du klauen?« – Er drückte mir so fest auf den Ellbogenknochen, dass ich laut aufschrie. – »Also, was wolltest du klauen?«

In seinem hochroten Gesicht funkelten die kleinen Augen voll wilder Entschlossenheit. Mit diesem Mann war nicht zu spaßen.

»Nichts, ich wollte nichts klauen. Unten war das Klo besetzt, und ich musste so dringend.«

»Und? Wo ist im ersten Stock das Klo?«, fuhr er fort, ohne den schmerzhaften Druck zu lockern. »Was für eine Farbe haben die Kacheln?«

»Zweite Tür links«, stammelte ich. »Die Kacheln sind hell- und dunkelblau. Es gibt sogar ein Männerpissoir.«

Innerlich dankte ich der Frau von diesem Arschloch für ihre Eitelkeit, die mir eine Führung durch das Haus ermöglicht hatte, die mich jetzt die richtigen Antworten geben ließ.

»Ich will dich nicht noch einmal in meinem Haus sehen«, drohte Bohnert dann, ließ aber endlich meinen Ellbogen los.

Er schob mich barsch nach draußen und knallte sofort die Tür hinter mir zu.

So sah er nicht, wie schnell ich zum Auto rannte. Carlo blickte mich besorgt an.

»Das war das erste und letzte Mal, dass ich für den gekocht habe«, sagte ich und rieb mir den schmerzenden Ellbogen.

In diesem Augenblick fuhr Adelas kleiner Schwarzer auf das Bohnert'sche Grundstück.

»Bei Monika Bohnert ist die Fruchtblase geplatzt, und Dr. Kälber hat einen Hexenschuss«, seufzte sie und gähnte leicht. »Mal sehen, ob sie es noch bis ins Krankenhaus schafft oder ob wir hier entbinden müssen.«

Sie packte ihr Täschchen und eilte zu dem Säulengang.

»Warte!«, rief ich ihr nach und erzählte ihr kurz, was passiert war. »Also: Nimm dich vor Bohnert in Acht!«, bat ich sie zum Schluss.

»Keine Sorge, mir tut der nichts«, meinte Adela und tätschelte kurz meine Hand. »Ich bringe seinen Sohn auf die Welt.«

*

Am anderen Morgen war Adela noch nicht zurück. So eine Geburt könne dauern, erzählte Eberle beim Frühstück so selbstverständlich, als würde er schon seit Jahren sein Leben mit einer Hebamme teilen.

Bedächtig rupfte er sein Frühstücksbrötchen klein, brockte es in die Tasse und löffelte gemächlich die mit Kaffee vollgesogenen Brotstückchen. Bei diesem morgendlichen Genuss ließ er sich sichtlich ungern vom Klingeln seines Handys stören.

»Burgert von der Wache in der Martinstraße«, stöhnte er nach seinem Telefonat und widmete sich erneut seinen Brotbrocken. »Maxi van der Camp sitzt dort in der stinkigen Ausnüchterungszelle. Das ist nicht die feine Art, gell, aber ich hab halt gedacht, dann redet sie schneller. Leider sieht es nicht so aus. Das ist eine Zähe, sie sagt nichts, verlangt nur einen Anwalt.«

»Bohnert hat heute Nacht Armbruster einen Mair aus Karlsruhe empfohlen«, sagte ich.

»Oh, Scheißebächele, dann wird's schwierig. Der Mair ist ein gewiefter Hund.«

»Lass mich mit ihr reden!«, schlug ich ihm vor. »Von Frau zu Frau, wir sind zusammen zur Schule gegangen.«

»Warum nicht?«, meinte Eberle nach drei weiteren Löffeln Brotbrocken. »Ob ich noch einmal mehr oder weniger meine Kompetenzen überschreite, darauf kommt's auch nicht mehr an, gell? – Aber wenn, Katharina, dann sofort. Der Mair lässt nimmer lang auf sich warten.«

285

Ein kleines, fast diskretes Schild an der Haustür wies darauf hin, dass in dem langweiligen, dreieinhalbstöckigen Fünfziger-Jahre-Bau eine Polizeiwache untergebracht war. Für die Wache hatte man zwei Dreizimmerwohnungen zusammengelegt und in eines dieser Zimmer eine Ausnüchterungszelle mit grauen Kacheln eingebaut. Die Zelle roch nach Pisse und altem Erbrochenen. Unausgeschlafen und mit derangierter Hochsteckfrisur saß Maxi auf der Schlafpritsche. Sie schien wenig erfreut mich zu sehen.

»Was willst du denn hier?«, bleckte sie und strengte sich nicht an, ihr Pferdegebiss zu verstecken.

»Ich habe so lange auf Eberle eingeredet, bis ich dich besuchen durfte. Du weißt, er wohnt zurzeit bei uns in der Linde. Ich habe ihm gesagt, dass es ein Fehler war, dich zu verhaften, dass ich dich kenne und mir nicht vorstellen kann, dass du jemanden umbringst. Na ja, ich wollte dich fragen, ob ich etwas für dich tun kann.«

»Hast du einen Spiegel?«, fragte sie. »Kamm? Lippenstift?«

Unter dem misstrauischen Blick des Wache haltenden Beamten schob ich ihr die gewünschten Gegenstände in die Zelle und wartete, bis sie sich ein bisschen aufgebrezelt hatte und mir die Sachen zurückgab.

»Soll ich dir einen Anwalt besorgen?«, fragte ich. »Sonst bekommst du doch nur einen Pflichtverteidiger.«

»Nicht nötig«, meinte Maxi, jetzt schon wieder ihr Gebiss verbergend. »Darum wird sich bereits gekümmert.«

»Genau das glaube ich nicht«, sagte ich so leise, dass Maxi ihr Ohr ganz nah ans Zellengitter legen musste. »Gestern Abend war ich bei Bohnert, habe ein Buffet für ihn ausgerichtet und dabei ganz zufällig ein Gespräch zwischen ihm und Jürgen Armbruster mitgehört.«

Maxis Körper spannte sich an, sie war hochkonzentriert.

»Armbruster war total besorgt um dich, hat Bohnert gebeten, seine Beziehungen zum Innenministerium für dich spielen zu lassen, hat sich für dich ins Zeug gelegt, dass muss man sagen, aber –«

Ich machte eine Pause und putzte mir umständlich die Nase.

»Aber was?«, drängelte Maxi ungeduldig.

»Aber Bohnert wollte nicht. Hat gesagt, ihr zwei, du und Armbruster, habt euch selbst in den Sumpf geritten und müsst jetzt sehen, wie ihr wieder herauskommt. Zum Schluss«, log ich, »hat er Armbruster geraten abzutauchen, anstatt sich für dich zu engagieren, um wenigstens seine eigene Haut zu retten.«

Maxis Kiefer klappte nach unten, sie rang um Luft und Fassung und entblößte ihre breiten Zähne.

»Was meinst du, warum du noch keinen Besuch von einem Anwalt hattest?«, fragte ich und streute Salz in die Wunde, die ich bei ihr gehauen hatte. »Niemand hat sich um einen gekümmert.«

Sie antwortete mit einem wütenden Schnauben, und in ihren Augen entdeckte ich noch etwas anderes als Wut: erste Zweifel.

»Ich weiß nicht, auf was für einen schmierigen Handel du dich eingelassen hast, um diese Skihalle zu bekommen und dein Hotel zu retten, aber es sieht ganz so aus, als ob du geopfert werden sollst. Die Fäden hast du auf gar keinen Fall in der Hand, das weißt du spätestens seit deiner Verhaftung. Glaub mir, du bist nur ein kleiner Bauer in ihrem Spiel. Hast du eine Ahnung, wer deinen Lada benutzt hat?«

Sie holte tief Luft. »Den Lada benutzt mein halbes Personal. Sie haben mir Stein auf Bein geschworen, dass keiner ihn vorgestern gefahren hat. Der Nachtportier schwört sogar, dass er kurz nach Mitternacht, als er eine kleine Runde ums Haus drehte, noch blitzblank auf dem Parkplatz stand. Und morgens, als die Polizei kam, war er schlammverschmiert«, erzählte sie. »Ich verstehe es nicht, ich verstehe es nicht.«

»Jemand will dich reinlegen, Maxi«, machte ich weiter. »Rein interessehalber: Woher hattest du das Geld für die großzügige Spende an Apfelbök?«

Falsche Frage. Ihre Hände krampften sich um die Gitterstäbe, aber sie machte den Mund nicht noch mal auf. Ich sah ihr in die Augen, sie fixierte mich hart. Noch traute sie mir nicht.

»Du bist clever genug, um zu wissen, dass Bestechung eine andere Qualität hat als Mord. Wenn du den Mund nicht aufmachst, kann es wirklich sein, du gehst für zwei Morde ins Gefängnis, die du nicht begangen hast. Eberle sagt, es gibt erdrückende Beweise gegen dich. Aber er ist ein alter, müder Kommissar, der sich irrt, nicht wahr?«

»Natürlich habe ich keinen der beiden umgebracht«, presste sie heraus.

»Wer steckt hinter diesem liechtensteinischen Trust?«

»Hör endlich mal mit dieser Scheißfinanzierung auf! Ich verstehe nicht, was die mit den Morden zu tun haben soll.«

Sie verschränkte die Arme wie ein trotziges kleines Mädchen.

»Jetzt stell dich nicht blöder an, als du bist, Maxi«, pfiff ich sie an.

»Konrad hat sich vor seinem Tod mit diesem Thema beschäftigt, er hat herausgefunden, dass du Apfelbök bestochen hast. Weißt du, ich habe mich gefragt, warum er damit nicht an die Öffentlichkeit ist.«

Ich wartete auf eine Reaktion von Maxi, aber die verschränkte weiter ihre Arme und hielt den Mund.

»Er hätte dich und Apfelbök hochgehen lassen können, aber das reichte ihm nicht. Er vermutete noch mehr schmutzige Geschäfte bei der Finanzierung der Halle und wollte das Komplott als Ganzes aufdecken. Und du und ich, wir wissen, dass er Recht hatte. – Also Maxi, mach endlich den Mund auf, und ich besorge dir einen Anwalt, damit du hier rauskommst.«

Ich sah, wie es in ihrem Kopf arbeitete, wie sie innerlich ihre Chancen abwog.

»Natürlich würde dir Armbruster gern helfen, aber der ist so am Ende, der kann nicht mal sich selbst helfen. Aber im Grunde seines Herzens liebt er dich ... Chapeau, ein schöner Mann, Maxi, für so was hattest du schon früher ein Händchen.«

»Jürgen!« Ein Lächeln aus einer Mischung von Bedauern und Verachtung spielte um ihren Mund. »Wenn er nur nicht so ein elender Schlappschwanz wäre.«

»Ich denke, dein aktueller Liebhaber, dieser kleine Skifahrer, kann auch nichts für dich tun.«

Das Gift in ihrem Blick hätte dreimal gereicht, um mich umzubringen.

»Sorry, Maxi, aber ich will dir nur die Ausweglosigkeit deiner Lage klar machen«, sagte ich. »Wer will dir zwei Morde in die Schuhe schieben? – Das ist der springende Punkt.«

»Was glaubst du, worüber ich die ganze Zeit nachdenke?«, zischte sie immer noch wütend.

»Fang doch mit den einfachen Sachen an«, schlug ich vor. »Wer hat dir das Geld für Apfelbök gegeben?«

»Du weißt doch, wie das in der Politik läuft«, sagte sie. »Apfelbök musste die Halle in der Regionalkonferenz durchboxen, dafür sollte er belohnt werden.«

»Von wem hattest du das Geld?«

Eisiges Schweigen. Ein Scheißjob war das. Ich beneidete Eberle nicht um seinen Berufsalltag.

»Das kommt doch sowieso raus, Maxi! Eberle kann deine Kontobewegungen überprüfen. Du hast kein Geld, also, wer hat gezahlt? Bohnert?«

»Färber«, nuschelte sie.

»Färber, der Müllkönig, war der führende Kopf?«, fragte ich erstaunt.

»Kann man so nicht sagen, aber Färber hat sein Leben lang nichts anderes getan, als aus Dreck Geld zu machen. Das ist einer, der alle Tricks beherrscht.«

»Am besten, du erzählst von Anfang an«, schlug ich vor. »Wann ging das mit der Indoor-Skihalle los?«

»Vor ungefähr drei Jahren. Ich fand die Idee bestechend, genau passend, um die Talfahrt im Schwarzwald-Tourismus zu stoppen, und fing an, mit allen möglichen Leuten darüber zu reden. Morgentaler war sofort Feuer und Flamme, denn nachdem die Kurklinik Radberg Bankrott gemacht hat, sah es gar nicht gut aus für den Fremdenverkehr in Sasbachwalden. Udo Flattert von Fun-Sport, der Betreiber der Skihalle von Neuss wollte ebenfalls einsteigen. – Im ersten Jahr lief alles wie geschmiert: Pläne wurden in Auftrag gegeben, eine Kalkulation gemacht. Dreiundzwanzig Millionen Euro soll die Halle kosten, achtzig Prozent davon will die Fun-Sport AG bestreiten, Erschließungskosten und Ähnliches wollte die Gemeinde Sasbachwalden übernehmen. Um er kurz zu machen, irgendwann war der Punkt erreicht, wo die Finanzierung der Halle an drei Millionen zu scheitern drohte. Sasbachwalden konnte nicht mehr einbringen, Flattert wollte nicht mehr einbringen, andere Finanziers waren einfach nicht in Sicht. Es fehlten drei Millionen.«

Man merkte, dass sich Maxi jetzt auf ungefährlichem Terrain bewegte. Sie redete wie ein Wasserfall. Burgert, der mich neulich Nacht nach Hause gefahren hatte, stellte mir einen Kaffee hin und schob Maxi eine Tasse durchs Gitter.

»Morgentaler hat mit den Banken geredet, ich habe mit den Banken geredet, es war hoffnungslos. Natürlich habe ich mit Jürgen über die Sache gesprochen, der aber auch keine drei Millionen hatte. Aber Jürgen hat diese Skihallen-Idee seinen Jagdfreunden vorgestellt. Im Nachhinein frage ich mich, warum Morgentaler nicht auf die Idee gekommen ist, der gehört doch auch zu den Jägern, aber da hatte er ein Brett vor dem Kopf.«

Maxi nahm einen Schluck aus dem klotzigen Kaffeebecher und

verzog angewidert das Gesicht. »Kannst du mir mal ein Glas Wasser besorgen? Der Kaffee ist ungenießbar.«

Ich bat Burgert darum und reichte es Maxi.

Maxi nippte vorsichtig daran und verstummte wieder. Ich nickte ihr aufmunternd zu, aber sie machte den Mund nicht mehr auf. Nach einer Weile sagte ich: »Eberle ist ein alter, müder Mann, der nächstes Jahr pensioniert wird. Er will den Fall so schnell wie möglich beenden. Er hat genug Belastungsmaterial gegen dich in der Hand, damit formuliert jeder Staatsanwalt eine Mordanklage. Ich kenn ihn ganz gut, wenn du mir sagst, wo er nach dem wirklichen Mörder suchen muss, wird er dich freilassen, glaub's mir.«

Maxi blieb stumm.

»Erinnerst du dich, was der Politiklehrer in der Berufsschule, der uns so gut gefallen hat, immer gesagt hat?«, versuchte ich es weiter. »Wenn du Erfolg hast …«

»Musst du aufpassen, dass man dir die Leiter nicht unter den Füßen wegzieht«, ergänzte Maxi.

»Genau das passiert, sie wollen dich opfern, Maxi.«

Nervös nestelte sie an ihrer Hochsteckfrisur herum und begann unruhig in der engen Zelle auf und ab zu gehen. Ich hielt den Mund und wartete. Was auch immer ich jetzt sagte, konnte nur falsch sein.

»Es ist nicht einzusehen, warum ich den schwarzen Peter behalten soll«, sagte sie nach einer Ewigkeit.

Na endlich, dachte ich seufzend.

»Was hat die Jagdrunde ausgeheckt?«, fragte ich und hoffte, dass Mair noch nicht so bald auftauchen würde.

»Erst mal passierte überhaupt nichts«, fuhr Maxi fort. »Aber zwei Jagden später sprach Färber Jürgen darauf an, meinte, dass er noch ein bisschen Geld übrig habe, was er äußerst ungern dem Fiskus melden würde, er könne sich vorstellen, das Geld in einem liechtensteinischen Trust anzulegen und diesen Trust zur Restfinanzierung der Skihalle zu nutzen. Allerdings habe er nur eine Million.«

»Von wem stammt das restliche Geld?«

»Der dickste Batzen von Bohnert, aber auch mein Jürgen hat eine kleine Summe lockergemacht. Sein Vater hatte vor seinem Tod noch ein hübsches Sümmchen von einer unter der Hand verscherbelten Ferienanlage an der Adriaküste zur Seite gelegt. Geld, was Jürgen wegen möglicher Nachfragen nie wagte einer deutschen Bank anzuvertrauen. Er ist so ein Hosenschisser! Wenn ich nur an das Theater der letzten Woche denke. Der konnte ja kein Auge mehr zutun, aus Sorge, dass an die Öffentlichkeit kommt, was er mit dem Geld von seinem Vater gemacht hat.«

»Weißt du, woher Bohnerts Geld stammt?«

Maxi rieb mit einem Papiertaschentuch den Rand des Wasserglases sauber und nahm einen weiteren Schluck.

»Ich habe ihn nicht danach gefragt. Es wird gemunkelt, dass er nicht schlecht mit schwarzgebranntem Schnaps verdient.«

»Färber, Bohnert und Armbruster haben also mit am Fiskus vorbei geschleustem Geld in Liechtenstein einen Trust eröffnet und diesen für die Finanzierungslücke der Skihalle zur Verfügung gestellt?«

»Genau. Bedingung war, dass keiner der drei mit diesem Trust in Verbindung gebracht wurde. Offiziell habe ich über einen Treuhänder diese Gelder angeboten bekommen und damit im Einverständnis mit den anderen Finanziers der Skihalle die Deckungslücke in der Finanzierung geschlossen.«

»Hat es dich nicht gestört, dass es dreckiges Geld war?«

»Geld stinkt nicht«, meinte Maxi ungerührt. »Weißt du, was ich Jahr für Jahr an Steuern bezahle? Dieses Steuersystem ist so ungerecht! Kaum verdient man ein bisschen, will der Staat sofort einen großen Batzen davon abhaben. Ehrlich gesagt, ich bewundere jeden, dem es gelingt, Geld am Fiskus vorbeizuschleusen.«

»Wie hat Konrad davon erfahren?«

»Tja, das ist halt die große Frage! Der Mann war von Anfang an ein einziges Ärgernis! Dass er es schaffte, in der Bevölkerung einen solchen Widerstand gegen die Halle zu mobilisieren, damit haben wir natürlich überhaupt nicht gerechnet! Aber nun ja, die Sache war auf einem guten Weg, als die Regionalkonferenz zu unseren Gunsten entschied. Apfelbök ist sein Geld wert, dass muss ich sagen.«

»Von wem wusste Konrad? Von Färber, Bohnert oder Armbruster?«

»Das weiß ich nicht«, sagte Maxi ärgerlich. »Von mir hat er nichts erfahren. Du kannst dir nicht vorstellen, wie geschockt ich war, als er am Breitenbrunnen auftauchte und von mir wissen wollte, welche regionalen Geldgeber hinter dem liechtensteinischen Trust stecken. Aber äußerlich habe ich ganz cool reagiert, habe ihm gesagt, er soll aufhören, irgendwelchen Hirngespinsten hinterherzujagen.«

»Aber du hast doch sicherlich alle Geldgeber über diesen Vorfall informiert?«

»Natürlich.«

»Mit welchem Ergebnis?«

»Wie nervös Jürgen geworden ist, wissen wir ja alle. Bohnert und Färber nahmen die Information ohne sichtbare Reaktionen nur zur Kenntnis, wollten nur genauestens wissen, ob ich mich nicht verplappert habe.«

»Wann war das?«

»Ein paar Tage vor Hils' Tod.«

In einem Zug kippte sie das restliche Wasser hinunter, während mir nur noch eine einzige Frage unter den Nägeln brannte.

»Wer von den dreien war es, Maxi?«

Maxi reagierte nicht, sie starrte an mir vorbei zum Eingang der Wache. Dort verschaffte sich ein Bär von einem Mann in einem anthrazitfarbenen Zweireiher lautstark Gehör.

»Eine Untersuchungsgefangene in einer Ausnüchterungszelle! Wie lange ist sie schon hier? Wieso haben Sie Frau van der Camp noch keinen Pflichtverteidiger bestellt? Meine Herren, das wird ein juristisches Nachspiel haben.«

Ich wusste sofort, dass dieser Mann der Strafverteidiger Mair war, und auch Maxi kapierte sehr schnell, weshalb er hier war.

»Das zahle ich dir heim, du hinterlistige Schlange«, zischte sie.

Ich hastete schnell an Mair vorbei aus der Wache, bevor dieser mir unangenehme Fragen stellen konnte. Mit meinem Besuch hatte ich mir Maxi van der Camp endgültig zur Feindin gemacht. Keine schöne Aussicht, falls ich ihr zufällig noch mal begegnen sollte.

Ich rief Eberle an und traf mich mit ihm am Rathausplatz.

»Jetzt wissen wir, wer hinter dem liechtensteinischen Trust steckt, aber immer noch nicht, wer Konrad und Vladimir ermordet hat«, meinte er, nachdem ich ihm von meinem Gespräch berichtet hatte.

»Konrad muss einen Beweis gefunden haben, nur mit einem handfesten Beweis konnte er einem der drei gefährlich werden«, meinte ich.

Eberle nickte geistesabwesend, weiß der Henker, über was der sich jetzt den Kopf zerbrach. Ein Anruf zwang ihn, zur Wache in die Martinstraße zu fahren. Mair machte den Jungs dort die Hölle heiß.

Nachdenklich blieb ich auf der Bank vor dem Narrenbrunnen sitzen. Der einzige Schwachpunkt bei einem liechtensteinischen Trust war die Geldübergabe. Und plötzlich wusste ich, wie Konrads Beweis aussah. Er hatte am Achersee die Geldübergabe beobachtet und fotografiert. Was hatte der Empfänger dann mit dem Geld gemacht? Hatte er es mit nach Hause genommen, oder war er direkt damit nach Liechtenstein gefahren? – Er musste sofort nach Liechtenstein gefahren sein, Konrad war ihm gefolgt, er hatte gesehen, wie er mit einem Koffer in einem liechtensteinischen Bankhaus verschwand …Mit Sicherheit hatte Konrad davon Fotos gemacht. Nur so war der Beweis hieb- und stichfest. Diese Fotos waren bei dem Einbruch geklaut worden. Aber nicht alle.

Ich brauchte jetzt jemanden zum Lautdenken und rief Adela an. Auf ihrem Handy meldete sie sich nicht, und mein Vater erzählte, dass sie noch nicht zurückgekommen sei. – War das eine lange Geburt.

Vielleicht konnte Teresa mir weiterhelfen.

»War Konrad in den Wochen vor seinem Tod mal in Liechtenstein?«, fragte ich, nachdem ich ihren Blumenladen betreten hatte.

Irritiert legte sie die roten und weißen Anemonen zur Seite, aus denen sie gerade einen Strauß band.

»Du solltest aufhören, dich so in diese Sache zu verbeißen«, sagte sie. »Konrad war nicht in Liechtenstein.«

»Kannst du dich an eine andere Reise kurz vor seinem Tod erinnern?«

»In unserer Tiefkühltruhe habe ich ein tiefgefrorenes Käsefondue vom Chäs-Marili aus Schaffhausen gefunden. Da hat Konrad irgendwas von einem Kurztrip in die Schweiz genuschelt. Näheres hat er nicht erzählt, wie immer im letzten halben Jahr, und das Käsefondue haben wir auch nicht mehr gegessen, das liegt immer noch in der Gefriertruhe.«

Mein Punto fand schon fast allein den Weg in die Legelsau, so vertraut war ihm die Strecke in den letzten Tagen geworden. Den Schlüssel für Teresas Haus hatte ich noch von meinem letzten Besuch in der Tasche.

Neben dem Käsefondue lag nur noch ein tiefgefrorenes Brot in dem ansonsten leeren Gefrierfach. Hektisch öffnete ich die handabgepackte Käsetüte. Das Foto klebte an der Seite fest, ich löste es vorsichtig aus der Packung und befreite es von Käseraspeln. Es war mit einer Sofortbildkamera aufgenommen und zeigte Willi Bohnert mit einem Koffer vor einer liechtensteinischen Bank stehend.

Wenn das kein Beweis war!

*

Aufgeregt rief ich Eberle an.

»Natürlich«, meinte er, und zum ersten Mal wirkte der kleine Schwabe nervös. »Natürlich ist es gut, dass du dieses Foto gefunden hast, aber es gibt noch ganz andere Neuigkeiten. Bei Vladimirs Sachen haben wir Konrads Handy gefunden. Rate mal, wem sein letzter Anruf galt?«

»Bohnert«, sagte ich überzeugt.

»Seiner Frau«, sagte Eberle. »Er hat kurz vor seinem Tod die Nummer ihres Blumenladens gewählt.« Warum hatte Teresa nichts davon erzählt?

»Was das jetzt heißt, weiß ich noch nicht«, fuhr Eberle hektisch fort. »Ich habe im Moment ganz andere Sorgen: Adela ist verschwunden. In der Martinstraße ist eine Meldung eingegangen, dass ein schwarzes VW-Cabrio mit Kölner Nummer den Zugang für die Lkws am Wolfsbrunnen blockiert. Adelas Wagen! Daraufhin habe ich sofort bei Bohnerts angerufen, dort ist sie schon um sechs Uhr morgens weggegangen. Auf ihrem Handy meldet sie sich nicht.«

Adela hatte die ganze Nacht gearbeitet. Mehr als einmal hatte sie mir erzählt, wie anstrengend eine Geburt auch für die Hebamme sei und dass es nichts Schöneres gebe, als danach erschöpft ins Bett zu fallen. – Was also wollte sie nach einer anstrengenden Nacht um sechs Uhr morgens am Wolfsbrunnen?

Eberle brauchte mindestens eine halbe Stunde, bis er am Wolfsbrunnen sein konnte, von der Legelsau aus würde ich in zehn Minuten dort sein. In einem Tempo, in dem sonst nur junge Straßenrowdys durchs Achertal fahren, jagte ich den Punto die Legelsau hinunter, durch Seebach durch und dann den Berg zum Wolfsbrunnen hoch.

Einsam stand Adelas kleiner Schwarzer auf der Zufahrt zum Steinbruch, von wo aus das dumpfe Poltern der Steine und das kreischende Quietschen der Steinsäge zu hören waren. Der Wagen war ordentlich abgesperrt, drinnen sah er aus wie immer, sogar ihr Hebammenköfferchen lag auf dem Rücksitz. Auf dem steinigen Boden konnte ich keinerlei Spuren ausmachen, die mir eine Richtung hätten vorgeben können. Wo war sie hingegangen? In alle vier Himmelsrichtungen erstreckte sich kilometerlang unbewohnter Tannenwald.

Planlos lief ich in Richtung Steinbruch, an der Mulde vorbei, in der Konrad gelegen und ich beinahe den Tod gefunden hatte. Und wenn sie hier verabredet gewesen oder nicht freiwillig hierher gefahren war? Um die in mir aufsteigende Panik zu verhindern, versuchte ich mich zu erinnern, was sie gestern Nacht getragen hatte. Ihren Trenchcoat und darunter die rote Angorastrickjacke. Fieberhaft suchte ich die Mulde nach einem roten oder beigen Farbtupfer ab, sah aber nur das helle und dunklere Grün von Farn und Heidelbeersträuchern.

Im Steinbruch kämpfte ich mich wieder bis zur Bauhütte durch. Man konnte nicht behaupten, dass der Vorarbeiter sich freute, mich wiederzusehen.

»Der schwarze VW gehört einer kleinen, runden Frau mit schwarzen Haaren und olivfarbener Haut«, sagte ich, bevor er den Mund aufmachen konnte. »War sie heute Morgen hier? Hat einer Ihrer Leute sie gesehen?«

Er griff mich am Oberarm und schob mich dieses Mal zu Fuß aus dem Steinbruchgelände.

»Ich habe es Ihnen schon mal gesagt«, brüllte er gegen den Lärm an. »Hier läuft niemand herum, der hier nicht hingehört. Und außer Ihnen versucht das auch keiner.«

»Heißt das, keiner hat Adela Mohnlein gesehen?«

»Weder die noch jemand anderen«, brüllte er weiter und wich gemeinsam mit mir dem Bagger aus. »Wenn sie wieder auftaucht, können Sie ihr sagen, dass sie Glück hat, ein Auto zu haben, was sich zur Seite hieven lässt. Sonst hätte sie ganz schön blechen können, weil unsere Laster nicht hätten pünktlich liefern können.«

Ohne ein weiteres Wort ließ er mich am Rand des Steinbruchs stehen und verschwand in einer Wolke aus Staub. Ich ging zum Wolfsbrunnen zurück. Dort hatten in der Zwischenzeit zwei Streifenwagen und ein Polizeibus geparkt. Aus Letzterem stiegen drei Beamte mit Hunden.

»Wo ist Kuno Eberle?«, fragte ich einen, der lässig an einem der Streifenwagen lehnte und eine verspiegelte Sonnenbrille trug.

»Wer sind Sie?«, fragte er und musterte mich durch seine undurchsichtigen Brillengläser.

Ich erklärte es ihm.

»Nur weil die Frau ihr Auto hier so blöd geparkt hat, tut der Schwabe so, als sei sie schon tot«, maulte einer der Hundeführer.

»Sonst ist der mit seinem ›No numme nit hudle‹ immer die Langsamkeit selbst, und jetzt kann ihm nichts schnell genug gehen«, meinte ein anderer.

»Dann wollen wir mal«, meldete sich der dritte Hundeführer. »Wer geht Richtung Busterbach, wer Richtung Fürstenstein, wer Richtung Schwarzenbach?«

»Hier«, meinte die Sonnenbrille und hielt mir das Autotelefon hin. »Eberle will Sie sprechen«

»Katharina, ich will, dass du dich aus der Suche nach Adela raushältst. Unser Täter ist gefährlicher, als ich dachte.«

Eberle sprach so schnell wie noch nie. Ich hörte ihn unter Druck atmen.

»Ich sehe nur zwei Möglichkeiten für ihr Verschwinden. Entweder hat Adela heute Nacht Bohnert auf den Kopf zugesagt, dass sie ihn für Konrads Mörder hält« – etwas, was ihr durchaus zuzutrauen war –, »oder sie hat etwas gehört oder gesehen, was sie nicht hören oder sehen durfte. Ihr Verschwinden muss etwas mit Bohnert zu tun haben. Ich stell dem das ganze Haus auf den Kopf, schau in jedem Maischefass nach, untersuch alle Brennanlagen. Und wenn ich hier nichts finde, knöpfe ich mir Teresa Hils vor. Und wehe, Adela ist nur ein Haar gekrümmt geworden!«

Er war krank vor Angst um sie.

»Wo steckst du?«, fragte ich.

»In Waldulm. In Bohnerts Haus.«

»Wenn Bohnert was mit ihrem Verschwinden zu tun hat, wird er sie wohl nicht in seinem Haus verstecken«, gab ich zu bedenken.

»Bin ich der Polizist oder du? Ich durchsuche alles, systematisch alles«, sagte Eberle ungeduldig und ohne meinen Einwand zu erwägen. »Und du hältst dich da raus, ich will dich nicht auch noch suchen müssen. Fahr zur Linde und bleib dort und unternimm nichts mehr in diesem Fall, hörst du? Gib mir mal den Kollegen!«

Ich reichte das Telefon weiter. Kuno Eberle konnte nicht mehr klar denken, die Angst, Adela könnte etwas zugestoßen sein, machte ihn blind für alles andere. Nicht, dass ich mir keine Sorgen machte! Ich dachte an unsere unfreiwillige Fahrt im Laster von Conan und Rambo. »Wir sind aus jeder brenzligen Situation mit heiler Haut herausgekommen, Schätzelchen«, hörte ich Adela sagen. Sie hatte ein Talent, in brenzlige Situationen zu geraten. Hoffentlich kam sie auch diesmal wieder heil heraus.

»Sie sollen nach Hause fahren«, sagte der Streifenbeamte zu mir.

»Schon klar«, sagte ich und ging zu meinem Punto.

Es war doch Schwachsinn, Adela in Bohnerts Haus oder in seiner Brennerei zu vermuten. Ich rief Eberle noch mal an.

»Der Keller im Seehotel, da musst du nach ihr suchen«, sagte ich.

»Ich sag's dir noch mal, Katharina, hör auf, dich in diese Suchaktion einzumischen. Ich weiß, was ich tue und wie ich vorzugehen habe. Pass einfach nur auf dich selber auf, ja?«

»Niemand weiß, dass ich die neue Stahltür im Seehotel entdeckt habe. Für Bohnert ist das doch der sicherste Ort, jemanden zu verstecken! Vergiss die Maischefässer und die Brennerei, da ist sie nicht!«, redete ich auf ihn ein wie auf einen lahmen Gaul.

»Fahr nach Hause«, wiederholte er mit steigender Unruhe in der Stimme. »Koch Adelas Lieblingsspeise, durchsuche ihr Zimmer nach einem Hinweis, den ich nicht gefunden habe, aber halt dich aus allem raus!«

Eberle konnte mich mal. War mal wieder ein typisches Beispiel für Liebe-macht-blind. Wenn er den Keller des Seehotels auf die lange Bank schob, ich würde es nicht tun. Der Keller war ein ideales Versteck und musste etwas mit Bohnerts illegalen Schnapsgeschäften zu tun haben. Nur dort konnten die Kisten gelagert haben, die Rambo und Conan verladen hatten. Aber wie sollte ich die Eisentür aufbekommen?

Ich rief FK an, der zum Glück in der Redaktion saß.

»Na, Nervensäge, was willst du diesmal?«, begrüßte er mich, aber das klang heute nicht unfreundlich.

»Du erinnerst dich an diesen Keller im Seehotel?«, fing ich an.

»Klar. Ich kann dir noch ziemlich genau alle Orte aufzählen, zu denen du mich in den letzten Wochen geschleppt hast. Habe durch Zufall noch was Interessantes über den Obstgroßhändler, der sie gemietet hat, erfahren. Rate mal, wen der hauptsächlich mit Obst beliefert?«

»Die Brennerei Bohnert«, tippte ich.

»Woher weißt du das?«, fragte FK halb beleidigt, weil ich ihn um einen Trumpf gebracht hatte.

»Logisches Denken, Intuition, such es dir aus«, sagte ich schnell. »Hör zu, FK, ich weiß, wer die Finanziers des liechtensteinischen Trusts sind. Halt dich fest! Färber, Armbruster und Bohnert!«

»Ist ja noch furchtbarer, als ich vermutet habe«, stöhnte FK.

»Mit Hilfe eines Hacker-Freundes ist Konrad dahinter gekommen, dass Maxi van der Camp Apfelbök bestochen hat, und er hat Bohnert dabei beobachtet, wie er Geld auf einer liechtensteinischen Bank eingezahlt hat, außerdem wusste er von Bohnerts Schwarzbrennerei-Geschäften. Als Bohnert erfahren hat, was Konrad weiß, hat er ihn in den Steinbruch am Wolfsbrunnen bestellt, wahrscheinlich hat er ihm ein Geschäft vorgeschlagen, auf das Konrad sich nicht eingelassen hat, und da hat er ihn umgebracht.«

»Scheiße, Scheiße, Scheiße«, fluchte FK. »Kannst du das beweisen?«

»Es gibt ziemlich viele Indizien dafür, aber das muss warten, weil nämlich Adela seit heute Morgen verschwunden ist, sie war in Bohnerts Haus, sie ist doch Hebamme, weißt du, und die Frau hat das Baby bekommen. Nachdem sie das Haus verlassen hat, fehlt von ihr jede Spur, bis auf die Tatsache, dass ihr Auto verlassen am Wolfsbrunnen steht. – Kurzum, ich muss in den Keller vom Seehotel. Kannst du mir einen Bunsenbrenner besorgen, damit wir ein Loch in die Stahltür schweißen können?«

»Wolfsbrunnen. Adela weg. Bohnert ein Mörder. Seehotel. Bunsenbrenner auf keinen Fall, wenn schon Schweißgerät. Ich finde, du redest ziemlich wirres Zeugs, Katharina.«

Dass er nur immer so skeptisch und vorsichtig sein musste!

»FK, du bist der Einzige, den ich kenne, der alles besorgen kann. Wirr oder nicht, sei einfach so lieb und besorge uns ein Schweißgerät und komm damit zum Seehotel. Ich fahre vor und warte vor der Stahltür auf dich. Vielleicht kann Adela mich rufen hören, dann weiß sie, dass Rettung naht.«

»Schweißgerät? Wo soll ich ein Schweißgerät her bekommen?«, hörte ich FK ins Telefon japsen. »Du bist komplett verrückt, nie hätte ich dir auch nur den kleinen Finger reichen sollen.«

»Du wirst doch einen Automechaniker kennen, oder?«

»Vergiss es, vergiss es!«, stöhnte FK.

»Ich fahre jetzt los und rechne fest mit dir«, sagte ich, bevor ich die Off-Taste des Handys drückte.

Keine zwanzig Minuten später stellte ich den Punto auf dem Parkplatz des Campingplatzes ab. Als ich ausstieg, ergoss sich ein kräftiger, kalter Schauer aus dem bleigrauen Himmel und ließ das heruntergekommene Hotel noch trostloser erscheinen. Ein paar kräftige Windböen wühlten das Baggerloch auf. Frittenbude und Umkleidekabinen auf der linken Seite versanken im Regen. Bei diesem Sauwetter trieb sich nicht mal ein Angler am See herum. Das Loch in der ehemaligen Terrassentür war seit dem letzten Mal nicht zugehämmert worden. Ich schlüpfte hinein, wappnete mich gegen den Geruch aus Moder und Elend, der mir wieder entgegenschlug, und stieg, ohne mich umzuschauen, in den Keller.

»Adela«, rief ich laut, als ich mich der Stahltür näherte, aber ich erhielt keine Antwort.

Zu meiner Überraschung fand ich die Tür unverschlossen, sie war angelehnt und ließ sich ohne Quietschen aufmachen. Der Raum, in den ich trat, war dunkel und feucht und strömte einen intensiven Geruch aus, den ich mittlerweile sehr gut kannte: Schnaps! Kirschwasser, Obstler, Tobinambur und Himbeergeist. Einen Lichtschalter suchte ich vergebens, das spärliche Tageslicht, das durch zwei schmale Kellerfenster in den Raum drang, ließ mich gerade mal ein paar Umrisse erkennen. Ich sah ein Förderband, darauf in einer Reihe aufgestellte Flaschen. Eine Abfüllanlage. Hier wurde der Schnaps nicht nur gelagert, sondern in Flaschen abgefüllt.

Ein kurzes Stöhnen ließ mich herumfahren, und hinter einem Stapel Schnapskartons sah ich ein paar Stiefel mit gelben Schnürsenkeln. Gelbe Schnürsenkel! Vladimir hatte am Wolfsbrunnen Schuhe mit gelben Schnürsenkeln gesehen.

Für einen Augenblick war ich gelähmt.

»Hau ab!«, hörte ich Adela mit Panik in der Stimme rufen, und im selben Augenblick wurden die Kartons umgestoßen, und Achim Jäger wirbelte auf mich zu. Undeutlich sah ich hinter ihm Adela an ein Heizungsrohr gefesselt. Als die Kartons umfielen, war ich reflexartig zurückgegangen, sodass zwischen mir und Achim Jäger das Förderband mit den Flaschen lag.

»Er hat Konrad umgebracht!«, rief Adela und rüttelte am Heizungsrohr, »Bohnert hat ihn gestern Nacht gedrängt, endlich ins Ausland zu gehen, aber das Geld hat ihm nicht gereicht. Hau ab und hol Hilfe!«

Das war leichter gesagt als getan, denn zwischen dem Förderband und der Tür stand Achim Jäger.

»Schade um dich, Lindenwirtin«, sagte er und tänzelte vor der Abfüllanlage auf und ab, ohne mich aus den Augen zu lassen. »Ich dachte gestern, du hättest mich verstanden, als ich gesagt habe, Neugierde hat ihren Preis. Schade, schade, dass wir jetzt nicht mehr gemeinsam nach Petersburg gehen werden.«

Blitzschnell griff er nach einer der Flaschen auf dem Förderband und schlug ihr an einem Betonpfeiler den Boden ab.

»Ein Killer«, stammelte ich. »Das kann doch nicht wahr sein!«

»Oh, deine gute Meinung von mir ehrt dich, Lindenwirtin«, gurrte er. »Du hast Recht, eigentlich bin ich kein Killer. Für Geld mache ich so gut wie jede Drecksarbeit, aber ein Killer bin ich nicht.«

»Glaub mir, er hat ihn umgebracht«, schrie Adela wieder und rüttelte weiter an ihren Fesseln.

»Hat Bohnert den Mord befohlen?«, fragte ich und suchte händeringend nach etwas, womit ich mich verteidigen konnte.

»Bohnert kann mir gar nichts befehlen. Ich habe dir doch gesagt, dass ich Freiberufler bin.«

Jäger warf die kaputte Flasche wie einen Jonglierball von der einen in die andere Hand. Sein Blick war fest auf mich gerichtet. Die schönen honiggelben Augen glänzten.

»Wir waren Geschäftspartner. Sind uns vor drei Jahren zufällig im Casino in Baden-Baden begegnet. Ich war pleite, er hat mir großzügig Geld geliehen. Dafür habe ich ihm eine Ladung billigen Schnaps aus Polen besorgt. So sind wir ins Geschäft gekommen.«

»Das war deine Idee, die Brennkessel der Kleinbrenner zum Verfeinern des polnischen Schnapses zu nutzen?«, duzte ich ihn zurück, wohl wissend, dass ich ihn am Reden halten musste.

»Sagen wir mal, Bohnert und ich, wir waren ein kreatives Team. Bohnert fand, dass er viel zu viel Steuern für seinen Schnaps bezahlte, ich hatte eine Idee, wie man das umgehen konnte.«

»Aber leider ist euch Konrad Hils auf die Schliche gekommen.«

Instinktiv wich ich immer weiter von dem Förderband zurück.

»Wenn ich was nicht leiden kann, dann sind es selbstgefällige Lehrer, die mit ihrer regelmäßig fließenden Staatsknete im Rücken meinen, die Moral gepachtet zu haben«, geiferte Jäger und schwang sich wie ein Kunstturner unter dem Förderband hindurch. »Außerdem haben sie viel zu viel Zeit. Wer kann sich sonst nachts am Achersee herumtreiben? Blöderweise hat der Dreckskerl zufällig eine Geldübergabe gesehen und davon ein Foto gemacht. Hat gemeint, damit einen ganz großen Coup landen zu können. Die Skihalle zu kippen und Bohnert an den Pranger stellen. Für wen hält sich der Idiot? Für Gott?«

»Warum hat sich Konrad auf das Treffen am Wolfsbrunnen eingelassen?«

Ich wusste, solange er redete, würde er mich nicht angreifen. Aber er kam immer näher, und ich hatte immer noch nichts gefunden, womit ich mich verteidigen konnte. Bald würde ich mit dem Rücken an der Wand stehen.

»Jeder hat seine Schwachstellen, auch Konrad Hils«, Jäger lächelte diabolisch und kam weiter auf mich zu. »Hab ihm gesagt, er habe doch eine attraktive Frau, die bestimmt nicht verunglücken soll.«

»Die Fotos gegen das Leben seiner Frau.«

Aus den Augenwinkeln sah ich eine schmale Eisenstange, die gegen die Mauer gelehnt war.

»Plus ein paar Zugeständnisse in Sachen Skihalle, so war das Geschäft.«

Ohne dass ich erkennen konnte, weshalb, fing plötzlich das Förderband an zu laufen. Klirrend schoben sich die Flaschen in ein Rondell, durch schmale Düsen strömte Flüssigkeit in sie hinein. Ich konnte deutlich riechen, dass es Kirschwasser war.

»Und woran ist das Geschäft gescheitert?«

Ich stand jetzt mit dem Rücken an der Wand. Mit dem rechten Arm tastete ich nach der Eisenstange.

»An einer blöden Sentimentalität von mir!« Jäger lachte kurz und dreckig. »Hab ihm gesagt, dass er die Glücksstunden mit Anna nur Bohnerts Großzügigkeit verdankt.«

»Anna hat sich nicht von Bohnert bezahlen lassen, dafür, dass sie mit Konrad ins Bett ging, niemals«, sagte ich.

»Natürlich nicht. Aber Hils hat es mir geglaubt. Da ist er ausgeflippt, hat mich gewürgt, der Scheißer. Ich musste mich verteidigen,

301

zum Glück lag die Spitzhacke herum. Er hätte mich sonst umgebracht.«

Jäger war mir jetzt so nah gekommen, dass ich den scharfkantigen Flaschenhals hätte berühren können. Stattdessen griff ich die Eisenstange hinter mir fest mit der rechten Hand, schwenkte sie über den Kopf nach vorn und hieb damit auf Jägers Arm ein, sodass er das Glas fallen ließ. Kaum hatte er die Hand frei, griff er nach der Eisenstange und versuchte, sie mir zu entwinden. Eine Zeit lang wirbelten wir beide wie asiatische Stockkämpfer im Kreis herum, ohne darauf zu achten, dass dabei immer mehr Flaschen aus dem Rondell kippten und sich literweise Kirschwasser auf den Kellerboden ergoss. Adela schrie derweil laut, aber vergebens um Hilfe.

»Warum hast du Vladimir umgebracht?«, keuchte ich. »Der Junge hat dich nicht mal gesehen.«

»Da war ich mir nicht so sicher.«

Jäger keuchte nicht. Er war zwar kleiner als ich, aber wesentlich trainierter. Lange würde ich die Stange nicht mehr festhalten können.

»Eigentlich wollte ich ihm nur einen Schreck einjagen.«

»Schreck einjagen! So wie den Kleinbrennern, denen du Haus und Hof abfackelst«, hechelte ich.

»Sein Pech, dass er die Kurve bei der Acher nicht bekommen hat.«

Jetzt ließ ich die Stange los. Für einen Augenblick verlor Jäger das Gleichgewicht, und ich trat ihm mit meiner restlichen Kraft gegen die Beine. Im Fallen packte er mich am Arm und zog mich mit. Schon am Boden liegend, hieb er mir einen Fuß in die Kniekehle, sodass ich vor Schmerz zusammensackte. Ich ließ mich mit meinem vollen Gewicht auf ihn plumpsen, was ihm für kurze Zeit den Atem nahm und mich für Sekunden mit meinem schweren Körper versöhnte. Aber Jäger gelang es, einen seiner Arme unter mir hervorzuziehen, damit packte er meine Haare und riss mir den Kopf nach hinten. Blitzschnell wand er sich unter mir hervor, drehte mich auf den Rücken, setzte sich auf meinen Bauch und hielt mit seinen Beinen meine Arme am Boden fest. Neben dem Schmerz raubte mir der Geruch des Kirschwassers den Atem. Haare, Klamotten, alles sog sich mit Schnaps voll.

»Lass sie sofort los, du Scheißkerl!«, brüllte Adela.

Aber Jäger, jetzt auch um Atem ringend, schnaubte nur.

»Wirklich schade um dich, Lindenwirtin«, flüsterte er und näherte

sich mit seinen Händen meinem Hals. »Eigentlich hatte ich ganz andere Pläne mit dir. Wir hätten ein Liebespaar werden können.«
Seine Hände umschlangen meinen Hals.

»Von Liebe hast du doch überhaupt keine Ahnung«, keuchte ich und merkte, wie der Griff um meinen Hals immer fester wurde. Er würde mich umbringen. Ich hatte nur noch ein paar Sekunden zu leben. Keine Ahnung von der Liebe hatte der Dreckskerl, aber wusste ich, was Liebe war? Ecki, ich musste unbedingt Ecki wiedersehen. Herausfinden, ob das Liebe war, was uns verband. Dafür musste ich leben! Mein Kopf drohte zu platzen, und mein Hals war ausgetrocknet, fester und fester drückte Jäger zu. Ecki! Mit verzweifelter Kraft löste ich meinen rechten Arm unter Jägers Bein, und jetzt packte ich ihn bei den Haaren. Für einen Augenblick lockerte Jäger seinen Griff um meinen Hals, dann drückte er wieder fester zu.

»Hallo?«, hörte ich eine Stimme rufen. Irritiert ließ Jäger meinen Hals los und lockerte den Druck seiner Beine auf meine Arme. Ich wand mich unter ihm hervor und rappelte mich auf. Japsend und röchelnd sah ich FK an der Eingangstür auf der anderen Seite der Abfüllanlage stehen.

»Katharina, wofür brauchst du dieses verdammte Schweißgerät?«, hörte ich seine Stimme sagen, dann schwanden mir die Sinne, und ich stürzte in ein Meer aus Kirschwasser.

*

Schwester Iris sah mich sehr vorwurfsvoll an, als sie mir den Puls fühlte.

»In vier Wochen zweimal per Notaufnahme eingeliefert zu werden, das schaffen nicht viele«, sagte sie. »Ich habe Sie schon dreimal komplett abgewaschen, aber Sie stinken immer noch nach Schnaps.«

»Haare waschen«, krächzte ich, aber meine Stimme war so leise und verkratzt, dass nicht mal ich mich verstand.

»Es dauert noch eine Weile, bis Sie wieder richtig reden können«, sagte Schwester Iris und strich sich energisch eine Strähne aus dem Gesicht. »Auch der Hals wird noch wehtun. Wollen Sie mal sehen?«

Ich nickte ergeben, und die blonde Iris holte einen Handspiegel aus dem Badezimmer.

Mein Hals war doppelt so dick wie normal und übersät mit blauen, grünen und violetten Flecken. An manchen Stellen konnte man die Fingerabdrücke von Achim Jäger genau erkennen.

»Adela? FK? Und was ist mit Jäger?«, wollte ich fragen, brachte aber nur ein paar arabisch anmutende Krächztöne heraus.

»Nicht sprechen!«, ermahnte mich Schwester Iris.

Ich bat um Papier und Bleistift und schrieb meine Fragen auf. Meine Hand gehorchte mir nicht richtig, und ich lieferte eine ziemliche Kritzelei ab.

»Sie sind die Einzige, die ins Krankenhaus kam«, meinte die Schwester, nachdem sie meine Frage entziffert hatte. »Deshalb gehe ich davon aus, dass alle anderen gesund und munter sind. – Morgen oder übermorgen dürfen Sie auch Besuch empfangen, aber erst mal müssen Sie etwas zu Kräften kommen.«

Sie stellte mir einen Joghurt hin. Nach drei Löffeln gab ich auf. Lieber den Hunger ertragen als die schrecklichen Schmerzen, die ich beim Schlucken hatte.

So verbrachte ich die nächste Zeit mit viel Schlaf und weiteren Versuchen, Joghurt in mich hineinzulöffeln. Der Schlaf war traumlos. Weder verfolgte mich der mörderische Achim Jäger, noch plagten mich die Ereignisse im Goldenen Ochsen in neuen Alpträumen. Als ich aus einer der vielen Schlafphasen erwachte, saßen Adela und Eberle an meinem Bett.

»Wie geht's dir, Schätzelchen?«, fragte Adela und tätschelte meine Hand.

»Ich trinke nie mehr in meinem Leben Kirschwasser«, würgte ich langsam, aber in verständlichen Worten heraus. »Was ist mit Achim Jäger?«

»Ist flüchtig, Kuno lässt ihn mit Interpol suchen«, meinte Adela.

»Und Bohnert?«

»Natürlich leugnet er, einen Mord in Auftrag gegeben zu haben. Um ihm das nachzuweisen, müssen wir erst den Jäger fassen. Alles andere habe ich an die Abteilung für Wirtschaftskriminalität weitergegeben. Mal sehen, ob sie ihm wegen des Schnapsgeschäfts an den Kragen können. Wir haben zwar das Foto, aber Leut wie der Bohnert, könnet sich winden wie ein Aal, gell?«, meinte der kleine Schwabe.

Ich dachte an den Kölner Müllskandal und musste ihm zustimmen.

»Nur der Vollständigkeit halber«, flüsterte ich und merkte, wie

304

sehr das Sprechen mich anstrengte, »wie ist Jäger an Maxis Lada gekommen?«

»Gar nicht. Er war mit dem Lada vom Bohnert unterwegs. Am
Breitenbrunnen hat er die Nummernschilder vertauscht«, berichtete
Eberle. »Maxi fuhr das gleiche Modell. Die Kollegen von der Spurensicherung haben erst beim zweiten Anlauf entdeckt, dass die Nummernschilder manipuliert waren. Der Jäger war auf seine Art ein richtiges Cleverle.«

»Und wie kam Adelas Wagen zum Wolfsbrunnen?«

»Keine Ahnung«, meinte er. »Da müssen wir warten, bis wir Jäger
haben.«

Ich nickte erschöpft.

»Weißt du was?« Adela beugte sich zu mir herunter. »Kuno fährt
mit mir ein paar Tage auf den Heuberg und zeigt mir, wo er aufgewachsen ist. Ist das nicht wunderbar? – Gieß die Blumen, wenn du
vor mir nach Köln zurückkommst, ja?«

Das Letzte, was ich sah, bevor ich ins Reiche der Träume zurück-
glitt, war das Strahlen in ihren Augen.

In den nächsten Tagen fiel mir das Schlucken zunehmend leichter,
und meine Besucher gaben sich die Klinke in die Hand.

Teresa brachte einen wagenradgroßen Blumenstrauß aus Herbstastern, Goldlack und Zinnien mit und wirkte gelassener als bei unseren letzten Treffen. FK war nach der Geschichte im Seehotel bei ihr
gewesen und hatte ihr alles erzählt.

»Du hattest Recht«, sagte sie, nachdem sie sich ausgiebig nach meinen Schmerzen erkundigt hatte. »Ich fühle mich erleichtert, seit ich
weiß, wer Konrad ermordet hat und warum. Dass er wegen dieser
Skihalle gestorben ist und die deswegen jetzt höchstwahrscheinlich
nicht gebaut wird, macht ihn zwar nicht wieder lebendig, aber damit
kann ich besser leben, als wenn er sinnlos, ohne erkennbares Motiv
gestorben wäre.«

Sie strich mir mit ihren schrundigen Händen über meine Arme
und lächelte mich voller Mitgefühl an. Ich nickte und beschloss, ihr
nichts von Anna Galli zu erzählen, auch nichts darüber, dass Konrad
nicht wegen der Skihalle, sondern aus verletztem Stolz und Eifersucht umgebracht wurde. Achim Jäger war kein kühler Killer, das war
eines der wenigen Dinge, die ich ihm glaubte. Er hatte Anna geliebt.

Ich sah ihn vor mir, wie er sie nach dem Treffen der Legelsauer in den Arm nahm oder wie er ein paar Tage später vor der Jagdhütte verzweifelt »Anna, Anna« rief. Sie verließ ihn wegen Konrad. Er gönnte ihr diese neue Liebe nicht. Deshalb erfand er die Geschichte, dass Anna von Bohnert gekauft war und Konrad nicht wirklich liebte. Ob Konrad zuerst auf Jäger oder Jäger direkt auf Konrad losgegangen war, würde sich nie mehr klären lassen.

Anna Galli besuchte mich auch, ganz in Schwarz gekleidet, mit einem Kreuz aus roten Granatsteinen um den Hals und einer riesigen Umhängetasche über der Schulter. Sie erzählte, dass sie das Achertal verlassen und eine Zeit lang in Süditalien leben wolle, in Kalabrien, woher ihre Vorfahren kamen.

»Mal sehen, was für ein Schnaps sich aus Orangen und Feigen brennen lässt«, meinte sie und wühlte dann in ihrer Tasche. »Hier«, sie reichte mir eine mit Gummis zusammengeschnürte Zettelsammlung. »Rezepte, von meiner Großmutter. Vielleicht findest du was Interessantes darin. Mit einem meiner Brände kann ich dir zurzeit bestimmt keine Freude machen.«

Sie ging, ohne sich groß zu verabschieden. Kalabrien, dachte ich. Vielleicht passte das heiße Klima des Südens besser zu dieser leidenschaftlichen Frau als das wohltemperierte Achertal.

Carlo schneite immer eine Stunde vor der Arbeit vorbei, brachte mir ein frisches Obststück mit und nutzte die Zeit, die ich im Bett liegen musste, um mich mit Fragen zu Kochrezepten und Kochtricks zu löchern.

Natürlich kamen auch Edgar und Martha, Martha schon gipslos, nur noch leicht humpelnd. Sie brachte frische Dampfnudeln mit Vanillesoße, eine Lieblingsspeise meiner Kindheit. »Von Krankenhauskost ist noch keiner gesund geworden«, sagte sie und sah mit Wohlwollen, mit welchem Genuss ich die Dampfnudeln verzehrte. Bei ihrem Besuch hielt sie sich mit Vorwürfen sehr zurück. Aber ich machte mir nichts vor, das Verhältnis zu ihr würde schwierig bleiben. Liebe geht durch den Magen, das zumindest hatte sie mir mitgegeben.

Sogar der Schindler Blasi, der Weber Gustl und der Ehmann Karle kamen an einem Morgen, bevor sie in der Linde ihr erstes Bier bestellten, bei mir im Krankenhaus vorbei.

»Hesch jo viel durchmache miesse«, meinte der Schindler Blasi. »Aber ebbs macht mich ä bissl neidisch. Die Sach mit dem Kriesewasser.«

»Stimmt's, dass du drin badet hesch?«, fragte der Weber Gustl.

Der Ehmann Karle beugte sich über mich und roch an meinen Haaren.

»Het se«, sagte er zu den beiden.

»Im Kriesewasser bade mus ebbs Wunderbars si«, schwärmte der Schindler Blasi, und seine Säufernase glänzte.

»Aber schad um dän schene Schnaps«, meinte der Weber Gustl.

»Des hät mee als ei Rusch gän«, seufzte der Schindler Blasi bedauernd, bevor er die beiden anderen zum Aufbruch mahnte.

Einen Tag bevor ich entlassen wurde, klopfte FK.

»Siehst schon wieder richtig gut aus, Nervensäge«, begrüßte er mich.

»Immerhin musst du jetzt keine weiteren Artikel über die Morde schreiben«, sagte ich. »Bleibt dir nur noch der Ärger mit der Skihalle.«

»So, wie's aussieht, wird sie oben am Breitenbrunnen wirklich nicht gebaut«, seufzte FK. »Aber jetzt wird überlegt, sie in Achern am Zubringer bei den alten Franzosenkasernen zu bauen. Dann muss ich mich weiter damit rumärgern.«

»Vielleicht kommt sie doch nach Rust, in die Nähe des Europaparks.«

»Hoffen wir's!«

»Dann kannst du endlich wieder über Männergesangsvereine, Skiclubs und Landfrauenturnen schreiben.«

»Schön wär's.«

Er packte die Hände in die Hosentasche und stand verloren neben meinem Bett herum. Er trug wieder eines seiner langweiligen Jacketts. Keiner von uns wusste so recht, was er sagen sollte.

»FK«, meinte ich nach einer Weile. »Du weißt, wenn du nicht gekommen wärst …«

»Schon gut«, unterbrach er mich. »Es hat so lang gedauert, bis ich ein Schweißgerät aufgetrieben hatte.«

»In Zukunft werde ich dir nicht mehr auf den Wecker gehen.«

»Gott sei Dank!«, meinte FK und grinste mich an.

Eine Zeit lang redeten wir über Belanglosigkeiten.

»Ich muss los«, sagte er dann und drückte mir zum Abschied einen ungeschickten Kuss auf die Stirn.

Immer noch die Hände in den Hosentaschen und ohne sich noch mal umzusehen, verließ er das Zimmer. Ich sah ihm lange nach. Es war schon verdammt gut, ihn zum Freund zu haben.

Ein paar Tage später packte ich in der Linde meine Sachen zusammen. Es war ein trüber Novembertag. Grauer, dichter Nebel klebte über der Rheinebene.

Nach einem Blick auf die Uhr griff ich zum Handy und wählte diese lange Nummer. Tatsächlich klappte die Verbindung, und kurze Zeit später hörte ich Eckis Stimme.

»Wie ist das Wetter bei euch in Bombay?«, fragte ich.

»Es ist warm wie immer, und der Monsunregen hat gerade alles zum Blühen gebracht«, sagte Ecki. »Es duftet wie im Paradies. Wann kommst du?«

»Ich könnte nächste Woche fliegen.«

»Wunderbar«, rief er, und ich merkte, wie er sich freute.

»Was ist mit Wien?«, fragte ich dann. »Machen wir zwei das Resto für Gerer?«

»Wien«, gluckste Ecki, und seine Stimme klang samtweich wie guter Burgunder. »Zu Wien kann man niemals nie sagen.«

Sechs Kirschwasserrezepte,
die garantiert nicht tödlich sind

Linzertorte

Die Linzertorte ist ein »Vorratskuchen«, der sich
gut zwei, drei Wochen aufbewahren lässt. Im Badischen hat jede Bäckerin ihr eigenes Geheimnis für
eine wirklich gute Linzertorte. Mein Rezept stammt
von Tante Mathilde, die eine vorzügliche Köchin
war und der ich die ersten kulinarischen Highlights
meiner Kindheit verdanke. Dinkelmehl und geröstete
Walnüsse sind hierbei das Besondere. Natürlich können die Walnüsse auch durch Haselnüsse ersetzt werden, aber der Geschmack ist dann ein anderer. Alle
Nüsse bekommen ein intensiveres Aroma, wenn man
sie zehn bis fünfzehn Minuten im Backofen röstet.

Zutaten:
125 g Weizenmehl
125 g fein gemahlenes Dinkelmehl
250 g Walnüsse, geröstet und fein gemahlen
220 g Zucker
250 g Butter
1 Ei
1 Eiweiß
1 EL Kakao
1 TL Zimt
1/2 TL Nelken
1 Prise Muskat
1 Prise Salz
3-5 EL Kirschwasser

außerdem für den Guss:
1 Glas säuerliche Marmelade (am besten Himbeere
und rote Johannisbeere gemischt)
1 Eigelb

Zubereitung:

Aus allen Zutaten einen festen Teig kneten. In Folie verpackt eine Stunde im Kühlschrank ruhen lassen. Zwei Drittel des Teiges ausrollen und in eine Springform legen. Einen Rand formen. Den Teig dick mit Marmelade bestreichen. Aus dem restlichen Teig Streifen ausrollen und diese gitterförmig auf den Kuchen legen. Die Gitter und den Rand mit Eigelb bestreichen.

Bei 175 Grad eine knappe Stunde backen.

Kirschplotzer

Kirschplotzer ist ein Sommerauflauf, der am besten mit frischen Herzkirschen und bei strahlendem Sonnenschein schmeckt. Als Nachtisch fast zu mächtig, empfiehlt sich der Auflauf als süßes Hauptgericht mit einer Gemüsesuppe oder einem bunten Salat vorneweg. Hier das Rezept meiner Mutter:

Zutaten für vier Personen:
125 g Butter
2 Eier
200 g Semmelbrösel oder (Weiß)brotreste
100 ml lauwarme Milch
100 g geröstete und gemahlene Haselnüsse
1 TL Zimt
1/2 TL Nelken
3-5 EL Kirschwasser, je nach Gusto
500 g frische, entsteinte Süßkirschen

Zubereitung:
Semmelbrösel/Weißbrotreste mit der lauwarmen Milch übergießen. Butter und Eier schaumig schlagen. Brotmasse und Haselnüsse unterrühren. Mit den Gewürzen und dem Kirschwasser würzen. Masse in eine gefettete Auflaufform füllen und bei 175 Grad zwischen 30 und 45 Minuten backen. Lauwarm servieren.

Kirschwasserbömble

Kirschwasserbömble vereinigt die besten Zutaten von Schwarzwälder Kirschtorte mit den Vorteilen von Eiscreme. Ein gut vorzubereitender, wunderbarer Nachtisch. Da in diesem Rezept das Eigelb roh verwendet wird, unbedingt auf frische Eier achten.

Zutaten für vier Personen:
Für das Parfait:
4 Eigelb
150 g Puderzucker
1/4 l Schlagsahne
4 EL Kirschwasser
70 g fein gehackte Stückchen einer feinen Zartbitterschokolade

Für die Soße:
500 g frische Sauerkirschen
100 g Zucker
4 EL Kirschwasser
1 TL Kartoffelstärke

Zubereitung:
Eigelb mit dem Handrührer dick aufschlagen, dann ins warme Wasserbad geben. Zwei Drittel des Puderzuckers unterrühren. So lange rühren, bis die Masse dickflüssig ist. Dann im Eiswasser kalt rühren. Die Sahne mit dem restlichen Zucker steif schlagen, gemeinsam mit den Schokostückchen unter die Eimasse heben. In Timbaleförmchen füllen und für mindestens vier Stunden in den Gefrierer stellen. Vor dem Servieren die Förmchen kurz in heißes Wasser stellen und dann stürzen.

Für die Soße:
Die Sauerkirschen entsteinen, gemeinsam mit dem Zucker kurz aufkochen, Kartoffelstärke in Kirschwasser auflösen und die Kirschen damit aromatisieren. Warm über das Eis geben.

Käsefondue

Da ich bei der Recherche zu diesem Buch erfahren habe, wie viel badisches Kirschwasser jahrelang als Schweizer Kirschwasser verkauft wurde, finde ich, dass hier unbedingt ein Fonduerezept hingehört, obwohl dies kein badisches, sondern ein Schweizer Gericht ist.

Bei der Käsemischung können Sie die Mengen der einzelnen Käsesorten nach Ihrem Geschmack verändern. Wenn Sie das Fondue gern herzhaft mögen, nehmen Sie mehr Appenzeller, mögen Sie es eher mild, mehr Emmentaler.

Zutaten für vier Personen:
800 g Käse (zu gleichen Teilen Emmentaler, Appenzeller und Greyerzer)
3,5 dl spritziger Weißwein (die Schweizer empfehlen einen Fendant, der aber gut durch einen badischen Gutedel zu ersetzen ist)
1 TL frischer Zitronensaft
4 TL Kartoffelstärke
6 EL Kirschwasser
1 Knoblauchzehe, halbiert
frisch gemahlener Pfeffer und frisch gemahlene Muskatnuss nach Geschmack
800 g Weißbrot in Würfel geschnitten
eventuell: Essiggürkchen, Perlzwiebeln, frische Radieschen als Beilage

Zubereitung:
Fonduetopf mit der Knoblauchzehe ausreiben, diese nach Belieben im Topf lassen. Käse mit Weißwein und Zitronensaft unter kräftigem Rühren aufkochen, bis der Käse geschmolzen ist. (Es gibt Schweizer, die darauf schwören, mit einem Holzlöffel immer Achten zu rühren.) Die Kartoffelstärke mit dem Kirschwasser anrühren und unter die Käsemasse geben, mit Pfeffer und Muskat würzen. Auf keinen Fall salzen, der Käse

ist salzig genug. Sofort servieren. Auf dem Rechaud bei
mittlerer Hitze warm halten und mit jedem
Brotbrocken umrühren.

Nützliche Tipps vom »Chäs Marili« in Schaffhausen:
Wenn die Fonduemischung 1-2 Stunden im Wein zieht,
wird das Fondue schön sämig.

Wenn man dem Fondue etwas Butter oder Schlagsahne
beimischt, wird das Fondue besonders cremig.
Wenn sich das Fett vom Käse trennt, erneut etwas
Kartoffelstärke in Weißwein auflösen und unterrühren,
bis die Masse wieder gebunden ist.

»En Guete!«, wie die Schweizer sagen.

Rehfilet mit Kirschen und Bärlauchspätzle

Das Reh-Rezept ist von Hans Paul Steiner aus dem
»Hirschen« in Sulzburg und dem Buch »Baden-Küche,
Land und Leute« von Martina Meuth und Bernd
Neuner-Duttenhofer entnommen.

Rehfilet
Zutaten für vier Personen:
500 g ausgelöster Rehrücken
3 EL Butter
100 g Schalotten
150 g Kirschen
je ein Gläschen Kirsch und ein Gläschen Rotwein
2-3 EL Rehfond (alternativ Wildfond)

Zubereitung:
Fleisch von Häuten und Sehnen befreien, salzen und
pfeffern. In einem Esslöffel heißer Butter von allen
Seiten anbraten. In Folie gewickelt im warmen Backofen ruhen lassen, bis alles Weitere erledigt ist. Die
Bratbutter wegkippen, die fein geschnittenen Schalotten in frischer Butter andünsten. Die Kirschen mit
Stiel zufügen, rasch mit Kirsch und Wein ablöschen,
den Rehfond hinzufügen. Zwei Minuten kräftig
köcheln. Das Fleisch schräg in dünne Scheiben
schneiden, mit den Kirschen garnieren und mit der
Soße begießen.

Bärlauchspätzle
Zutaten für vier Personen:
5 Eier
500g Weizenmehl
100g Bärlauch
100ml Gemüsebrühe
eventuell etwas Salz und Wasser

Zubereitung:
Bärlauch klein schneiden, in lauwarmer Gemüsebrühe
fein pürieren, durch ein Sieb streichen und diese Flüssigkeit zu Mehl und Eiern geben. Den Teig mit den
Knethacken des Handmixers kräftig durchschlagen,
er muss zäh und fest sein. Mindestens eine Stunde
ruhen lassen. Durch den Spätzleschwob in kochendes
Salzwasser drücken, abtropfen lassen. Zu dem Rehfilet
servieren.

Schnelle Schwarzwälder Kirschtorte

Nicht so aufwendig, aber genauso lecker wie eine echte Schwarzwälder Kirschtorte, ist diese schnelle Torte.

Zutaten:
1 fertiger Schokoladenbiskuitboden
100g Haselnüsse
1 Glas Sauerkirschen
1 P. roter Tortenguss
10 EL Kirschwasser
1/4 l Schlagsahne
1 P. Vanillezucker
1 P. hauchdünne Zartbitterschokoladentäfelchen

Zubereitung:
Den Schokoladenbiskuit und die Haselnüsse im Backofen zehn bis fünfzehn Minuten im Backofen rösten. Zuerst die Haselnüsse, dann den Biskuit in der Küchenmaschine fein mahlen.
Biskuitbrösel und gemahlene Haselnüsse mischen, in einen Backring füllen und mit fünf Esslöffel Kirschwasser tränken. Sauerkirschen abschütten, Saft auffangen.
Den Tortenguss mit einem Viertel Liter Kirschsaft und dem restlichen Kirschwasser anrühren und aufkochen, die Kirschen unter den dicklichen Guss rühren und auf die Biskuit-Nuss-Masse streichen. Erkalten lassen.
Die Sahne mit dem Vanillezucker steif schlagen und auf die erkaltete Kirschmasse streichen. Die Schokoladentäfelchen zerkleinern und dicht über die Sahne streuen.
Sofort servieren.

An dieser Stelle sei noch ein weiteres großartiges badisches Kochbuch empfohlen:

»Geistvolles aus der Ortenau«, mit wunderbaren, größtenteils recht anspruchsvollen Rezepten von Karl Hodapp vom »Rebstock« in Waldulm. Zudem enthält dieses Buch sehr viele Informationen über die guten Brände der badischen Kleinbrenner und stellt die besten Kleinbrenner der Region vor. Das Buch ist 2002 im Achertäler Verlag erschienen.

Mein besonderer Dank an dieser Stelle gilt:

Meiner Familie, dabei vor allem:

Meiner Schwester Martina Glaser, die mich auf die Idee mit der Skihalle brachte und mir alle Artikel dazu sammelte.

Meinem Vetter Gebhard Glaser, der mir als badischer Kommunalpolitiker mit Rat und Tat zur Seite stand und viele Kontakte für mich machte.

Meinem Vetter Albrecht Glaser, der mich mit Informationen über den Widerstand gegen die Skihalle versorgte.

Meiner Stiefmutter Hildegard Glaser, die mir Baden-Baden zeigte und mir viele Geschichten darüber erzählte.

Last but not least meinen Töchtern Lynn und Nora, die mir die Zeit ließen, dieses Buch zu schreiben.

Des Weiteren:

Adalbert Schindler, der mich in die Kunst des Schnapsbrennens einweihte.

Karin Killius, die als junge Frau die Faszination des Brennens entdeckte und mich mit ihrer Begeisterung für seltene Brände ansteckte.

Leo Klär, der mir als Kellermeister neue Entwicklungen im Ausbau von badischem Spätburgunder erläuterte.

Den Jägern Josef Köninger und Hubert Rheinschmitt, die mir mit Geduld und Begeisterung erklärten, worin die Faszination des Jagens liegt.

Rolf Sigel, der mich mit Informationen über internationale Geldwäsche versorgte.

Ralf Schneider, ohne den meine Figuren kein Kölsch sprechen könnten.

Martina Kaimeier, die als erfahrene Drehbuch- und begeisterte Krimileserin die Schwachstellen in Konstruktion und Plot herausfand.

Rainer Smits, der mein Schreiben kontinuierlich begleitete und Komma- und Rechtschreibfehler ausmerzte.

Marion Heister für ihr vorzügliches Lektorat.